응급!
사랑으로 치료하는 방법

단ㄴ

응급! 사랑으로 치료하는 방법 3

초판 1쇄 인쇄 2017년 12월 11일
초판 1쇄 발행 2017년 12월 19일

지은이 강규원
발행인 오영배
기획 박성인
책임편집 김수현
디자인 권지연
제작 조하늬

펴낸곳 (주)삼양출판사 · 단글
주소 서울시 강북구 도봉로 173
대표 전화 02-980-2112 **팩스** / 02-983-0660
편집부 전화 02-980-2116 **팩스** / 02-983-8201
블로그 blog.naver.com/dan_gul
출판등록 1999년 3월 11일 제9-00046호

ISBN 979-11-283-9268-9 (04810) / 979-11-283-9265-8 (세트)

 은 (주)삼양출판사의 로맨스 문학 브랜드입니다.

응급!
사랑으로
치료하는
방법 vol.3

강규원 장편소설

달글

┤ 차 례 ├

치료 방법 16.
좋아한다는 말의 의미 깨닫기

오늘은 아침부터 김찬형이 호들갑을 떨었다. 골방에 들어오자마자 찬형은 다정의 옆에 서서 시끄럽게 떠들었다.

"야 안다정. 너한테는 호텔 뷔페를 열 번 정도 쏴도 아깝지 않다, 진짜."

"미쳤냐? 왜 그래?"

다정의 타박에도 찬형은 여전히 싱글벙글이었다.

"어제 저녁부터 이미진하고 만나 보기로 했어."

지난 달 말일부터 미진과 사적으로 연락을 주고받던 찬형은 마침내 사랑을 쟁취했다. 첫사랑인지는 몰라도 첫 연애이기는 했다. 누군가는 서른이나 먹어서 첫 연애라고 순진한 김찬형을 비웃을 수도 있겠지만, 그에게는 어제가 최고의 날이었다. 그리고 그는 다정이 서운해하던 것을 떠올리고 제일 먼저 동기에게 소식을 알려 주었다.

"아, 잘됐네. 축하해."

다정이 교재를 넘기면서 건성으로 대답했다. 김찬형이 이미진과 연애한다는 건 축하할 일이긴 한데, 왠지 기분이 찝찝했다. 김찬형에게 마음이 있어서는 결코 아니었다. 오히려 저 동기 놈의 연애에 힘을 실어 준 쪽은 안다정이었으니까.

그저 뭐랄까? 아, 이놈도 연애를 하는구나…… 싶었다. 민석도 그렇고 찬형까지 연인이 생겨 버렸다. 연애를 하기 전보다 연애를 하는 그들은 행복해 보였고 의욕이 넘쳤다. 연애가, 사랑이 대체 뭐기에 사람들이 뽕이라도 맞은 듯 즐거워하는 건지 다정은 아직 이해할 수가 없었다.

비슷한 감정은 안다정도 알긴 했다. 도태인과 함께 있으면 기분이 좋아질 때가 많았다. 그와의 실없는 대화, 시시콜콜한 이야기들…….

무엇보다 기분이 바닥을 칠 때, 그가 잘생긴 얼굴로 웃어 주면 마음이 살짝 부드러워지기도 했다. 역시 남자는 기본적으로 얼굴이 잘생겨야 하는 법. 게다가 언제부터인가 그가 귀찮지 않았다. 그에게 기대는 것도 편해서 다정은 태인이 필요했다.

필요에 의한 만남. 안다정과 도태인은 딱 그 정도의 사이였다.

"리액션이 그게 다야?"

"그럼 뭘 더 해? 호텔 뷔페 식사권이나 주고 말하든가."

다정이 손바닥을 척 내밀자, 단숨에 입을 다문 찬형은 다정의 건조한 대구에 뾰로통한 표정만 지었다. 거의 190센티미터에 달하는 거구가 소녀처럼 입술을 삐죽거리자 다정은 물론 민석도 얼굴이 구겨졌다.

"이건 뭐냐?"

"아, 그거……."

민석이 가리킨 도시락 통에 다정은 튀어나오려는 한숨을 겨우 삼켰다.

어제 도시락 이야기를 하자마자 도태인은 새벽부터 신이 나서 점심 도시락을 만들었다. 요즘 부쩍 바빠진 터라 점심에 다정을 챙길 수 없어 아쉬워하던 참에 좋은 의견이라고 말이다. 그의 행동력은 상당해서, 몇 달 전만 하더라도 매사에 무기력하던 백수라는 게 믿기지 않았다.

"이걸 안다정이 직접 쌀 리는 없고……."

찬형이 허리를 숙여 도시락 통에 대고 킁킁거렸다. 맛있는 냄새가 작은 틈새로 흘러나왔다. 아침을 거르고 나온 찬형의 배에서 본능적으로 우렁찬 소리가 울렸다.

"짐승이냐?"

"맛있겠다. 떡갈비 냄새나."

다정의 말을 무시하고 찬형이 중얼거렸다. 민석이 키득거리면서 찬형의 어깨를 툭 때렸다.

"이렇게 해 주는 남자가 있는데 겨우 사귀기 시작한 네 이야기가 눈에 차겠어?"

민석이 정곡을 찌르자 그제야 찬형은 도시락을 만든 사람이 누군지 깨달았다. 세상에 그런 남자가 있다니…… 평생 제 손으로 도시락 한 번 싸 본 적 없는 김찬형이 경악한 표정으로 다정을 쳐다보았다.

"진짜?"

진짜 도태인이 도시락을 쌌느냐 묻는 찬형에게 다정은 고개만 까딱였다. 탄식하는 찬형의 옆에서 민석이 얄밉게 말했다.

"솔직히 내가 안다정이면 이렇게 보드에 목 안 매고 설렁설렁하겠다. 따도 그만, 안 따도 그만이잖아."

순간, 다정의 눈이 가늘어졌다. 의자를 빙글 돌려 민석을 못마땅하게 쳐다본 다정이 차갑게 말을 툭 내뱉었다.

"너 또 여친한테 차였냐?"

"뭐? 아니야."

다정은 황급히 손을 내젓는 민석을 여전히 흘겨보고 있었다.

"근데 왜 또 시비야?"

"아, 미안. 시비 거는 거 아니었는데. 부러워서 그렇지."

민석의 사과에도 불구하고 다정은 얼굴을 펴지 않았다. 오히려 실언이 아니라는 게 더욱 기분 나빴다. 진심으로 그렇게 생각하고 있다는 뜻 아닌가? 안다정이 도태인이라는 대어를 낚았으니 10년 동안 쌓아 온 것들은 포기해도 된다고 말이다.

농담도 상대방이 용인하는 선 안에서 해야 하는 거다. 4년 동안 동고동락한 동기라면 안다정이 의사 면허에 얼마나 예민한지 모르지는 않을 것이다.

이놈들은 안다정이 도태인과 결혼할 것도 아니고, 미래가 확정된 사이도 아닌데 왜 자신의 가능성을 물어도 된다고 생각하는 건지 모르겠다. 다정이 무심하게 투덜거렸다.

"그렇게 부러우면 네가 도태인하고 살든가."

폭탄 같은 소리에 찬형과 민석이 뜨악한 표정을 지었다.

"응? 살아?"

"뭐라고?"

동시에 튀어나온 목소리에 다정이 흠칫했다. 찬형이 믿을 수 없다는 눈빛으로 물었다.

"설마 같이 살아?"

"너, 내가 아는 안다정 맞아?"

다정에게 한소리 들은 민석도 거들었다. 그럴 만도 했다. 어느 누구보다도 이성적이고 상식적이며 조심성 많은 안다정이 혼전에 남자와 동거를 하고 있다니! 몇 달 전의 그들이라면 절대 믿지 않았을 말이었다.

"와…… 진짜 그래도 되는 거야?"

"네 오피스텔에서 살아?"

"안다정의 탈을 쓴 도깨비 아니냐, 이거?"

"언제부터 같이 살게 된 건데?"

찬형은 뜬금없는 소리를 했고, 민석은 사실 확인에 주로 치중

했으나 어쨌거나 동기 둘이 번갈아 가면서 빽빽거렸다. 어느 누구가 남자들은 말이 없다고 했나? 이놈들은 다정이 아는 그 어떤 여자들보다도 더 시끄럽고 말이 많았다. 두 동기의 입을 다물게 하기 위해 다정이 양손으로 책상을 쾅 내리쳤다.

"시끄러워. 내 사생활이야."

슬금슬금 동기의 눈치를 보던 두 남자가 입을 냉큼 다물고 교재에 코를 박았다.

점심시간. 다정은 도시락 덕분에, 민석은 연인과의 점심 약속 때문에 찬형과 같이 구내식당에 가 주지 않았다. 하필이면 오늘 미진도 오프라서 그는 홀로 식당 구석에 처박혀 음식을 먹었다. 식당 업체가 바뀌어서 밥이 맛있기라도 하니 다행이었다.

그때, 고맙게도 3년 차 신채린이 식판을 들고 찬형에게 다가와 물었다.

"선생님, 왜 혼자 계세요?"

"ER(응급실) 안 바빠? 치프가 자리를 다 비우네."

"저도 점심 먹어야죠."

채린이 새침하게 대답했다. 환하게 웃는 후배를 멍하니 보던 찬형은 오늘 오전 다정의 폭탄선언을 떠올리고 자세를 바로잡았다.

"신당백, 너 도태인 씨 잘 알아?"

"얼굴 정도만 아는 사이예요. 왜요?"

틀린 말은 아니었다. 도태인과 신채린은 정말 안면 정도나 있는 사이였다. 만약 안다정이라는 공통 지인이 없었더라면 소가 닭을 보듯 서로를 무시했을 것이다. 그나마 안다정이라는 화제로 몇 번 대화를 나누었을 뿐, 둘은 거의 10년 전에 행사에서 스쳐 지나간 인연에 불과했다.

잠시 고민하다가 찬형이 무거운 한숨을 내뱉었다. 4년 동안 찬형이 지켜봐 온 바, 안다정은 사적인 일을 타인에게 별로 말하지 않았다. 그래서 안다정은 엄청나게 절친한 친구도 없었고, 고만고만한 인간관계만을 평온하게 유지하는 편이었다. 제 어머니가 시한부 환자로 응급실에 실려 왔을 때에도 모르는 척 입을 다물던 다정이었다.

그런 안다정의 사생활을 아무 관련 없는 채린에게 막 풀어놔도 되는 걸까? 그러나 찬형은 구내식당에서 여자와 단둘이 시시덕거리던 태인을 떠올리고 말하기로 결정했다.

"어디 가서 말하지 마."

"뭘요?"

"안다정이 미쳐 가지고 둘이 같이 사나 보더라고."

"어머, 정말요?"

이미 아는 이야기라서 놀랄 것도 없었지만 채린은 놀란 척했다. 동거 사실을 다정이 스스로 말했다니 조금 놀랍기는 했다. 역시 동기는 동기인가 보다.

"걔, 도대체 무슨 생각인지 모르겠다."

찬형이 어깨를 축 늘어뜨리고 말했다. 식판 가득 담았던 밥을 다 비운 주제에 입맛이 뚝 떨어졌다며 그는 젓가락을 식판 위에 걸치듯 내려놓았다. 걱정이 담긴 찬형의 말에 채린이 소리 없이 웃었다.

"선생님, 좀 보수적이신가 봐요. 결혼 전에 그럴 수도 있죠."

"아니, 그게 아니라……."

손을 내저은 찬형은 한숨을 길게 내쉬었다.

"나도 뭐 둘이 사귄다거나 그러면 이해를 해. 근데 안다정은 둘이 절대 사귀는 사이 아니라고 딱 잘라 말하고 있다고. 같이 산다면 결혼 약속까지 할 것은 없다 해도, 일단은 사귀기라도 해야 하는 거 아니야?"

"으음, 네에……."

채린도 그 점이 이상했다. 다정은 태인과의 사이에 사랑이라는 감정이 없다고 딱 잘라 말했다. 둘은 필요에 의해 만날 뿐, 연인 관계가 아니라고 단호하게 대답하고서는 또 미적지근한 얼굴로 도망쳤다.

"며칠 전에는 그 사람이 다른 여자랑 단둘이 여기서 점심 먹더라. 그때 우리 셋이 같이 있었는데 안다정은 그 사람 아는 척도 안 하는 거 있지? 기분 나쁜 거 다 보이는데."

"네? 태인이 오빠가 다른 여자랑요?"

그 여자가 사촌 누이라는 것을 알 리 없는 김찬형은 오해를 하고 있었다.

이번에는 채린도 정말 놀랐다. 이 세상에 안다정밖에 보이지 않는 사람이 다른 여자랑 단둘이 만나는 모습은 상상조차 되지 않았다. 가족이 아닐까? 어제도 태인의 어머니가 다정을 찾아오지 않았나. 사이가 썩 좋은 모자는 아니라지만 그래도 같이 점심 정도는 했을지도 모른다. 채린이 고개를 갸웃거리며 물었다.

"그럴 리가 없는데. 혹시 나이 든 분이었어요?"

"아니? 우리 또래."

채린의 눈이 가늘어졌다. 업무적인 이유일 수도 있겠고, 아니면 동료 직원일 수도 있었다. 채린은 나름대로 태인을 믿고 있었다. 도태인은 안다정 바라기였다. 적어도 신채린이 보기에는 말이다.

하지만 흥미롭기도 했다. 그 여자는 도대체 누구였을까?

"그래 놓고 오늘은 또 도시락을 싸 들고 오질 않나…… 도대체 뭐 하는 거야, 그게?"

"안 선생님이 부끄러워서 일부러 아닌 척하는 건 아닐까요?"

흥분한 찬형과 반대로 채린은 차분했다. 찬형이 미간을 찌푸렸다.

"아닌 척? 넌 안다정이 그럴 인간 같냐?"

"……아뇨."

잠시 다정을 떠올린 채린이 떨떠름하게 고개를 흔들었다. 채린이 알기로 다정은 그렇게까지 감상적인 타입은 아니었다. 무슨 생각을 하는지 모를 정도로 다정은 감정이나 기분을 드러내지 않는 편이었다. 다정은 동거 사실이 들켰다고 해도 얼굴색 하나 변하지 않고 '그래서? 네가 뭔데 그런 걸 묻는 건데?'라고 말할 사람이었다.

"무슨 생각인지 통 모르겠다니까. 나중에 잘못되면 다 안다정만 뒤집어쓸 텐데."

그 말을 끝으로 찬형은 불만스러운 표정을 유지한 채 다시 젓가락을 들었다. 잠깐 흥분해서 떠들어 댔더니 배 속이 조금 비었다. 남은 반찬을 다 쓸어 먹고 나서 찬형은 자리에서 일어났다.

"들어가세요."

"오냐."

채린의 인사에 찬형이 노인네처럼 대답하고 멀어져 갔다. 채린은 식판을 옆으로 살짝 밀고 팔꿈치를 테이블 위에 올린 채 턱을 괴었다. 아무리 세상이 변했다 한들, 여자에게 씌워지는 굴레는 아직 사라지지 않았다. 돌다리도 두들겨 보고 건넌다던 안다정이 그 점을 몰랐을 리는 없다. 그래서 채린은 다정이 태인에게 생각보다 깊은 마음을 가지고 있다고 넘겨짚었다.

오지랖일지도 모르겠는데 채린이 보기에 다정과 태인은 무척 잘 어울렸다. 두 사람을 보면, 자신과 자신의 연인을 보는 것도 같았다. 물론, 성별을 바꿔서.

'그런데 왜 자꾸 자기 마음을 부정하는 거냐고.'

일단 지르고 보는 신채린은 다정의 미적지근한 태도가 이해가 되지 않았다. 답답한 기분에 채린은 미역국이 든 국그릇을 들고 뜨끈한 국물을 마셨다. 아가씨처럼 자란 신채린은 응급실 근무 3년 만에 아저씨가 다 되어 있었다.

오늘 태인은 주차장이 아니라 응급의료센터 1층 로비에서 느긋하게 다정을 기다렸다. 차 안보다 로비가 그녀를 1분이라도 더 빨리 볼 수 있어서였다.

　　로비에 있을게요.

메시지를 보낸 그가 싱글벙글 웃으면서 계단 쪽을 힐끔거렸다. 그때, 누군가가 그의 등을 콕 찔렀다. 기다리던 다정이 벌써 왔나 싶어서 그가 환한 얼굴로 몸을 돌렸다.

그러나 뒤에 서 있는 사람은 안다정이 아니라 신채린이었다. 태인의 얼굴에서 미소가 싹 가셨다.

"이 시간에 여기 왜 있어?"

그러나 그는 대답 대신 침묵을 선택했다. 신채린에게도 이렇게 찬바람을 날리는 도태인이 이상한 마음을 먹고 다른 여자와 점심을 같이 할 리가 없지. 찬형의 오해를 채린은 믿지 않았다. 그녀가 팔을 교차해 팔짱을 낀 채로 뻐딱하게 서서 말을 이었다.

"잘됐네. 오빠, 나랑 이야기 좀 하자. 안다정 선생님 이야기야."

그의 관심을 끌기에 안다정만큼 좋은 주제는 없었다. 시큰둥하던 태인의 눈빛이 변했다. 그가 꾹 닫고 있던 입을 열었다.

"뭔데?"

"잠깐, 여긴 사람 많으니까."

채린이 앞장서서 태인을 비상계단 쪽으로 데리고 갔다. 다정이 먼저 로비에 도착하면 연락을 하겠지 싶어서 그도 별 저항 없이 채린을 따라갔다. 채린은 큰 소리가 나지 않도록 철문을 조심스럽게 닫고 다른 사람이 없는지 확인한 후에 천천히 말했다.

"오빠, 안 선생님하고 같이 살잖아."

주차장에서 신채린의 깜찍한 질문에 넘어간 전적이 있는 터라 태인이 불쾌한 듯 미간을 좁혔다. 다정에게는 항상 눈높이를 맞춰 주었지만 다정보다 한 뼘 정도 큰 채린에게 시선을 맞춰 줄 필요도, 생각도 없었다. 그가 눈을 내리깐 채 채린의 말을 기다렸다.

"왜 같이 살아?"

"네가 무슨 상관이야?"

표정 없이 귀찮은 투로 묻는 태인의 모습은 다정과 꽤 닮아 있었다. 좋아하는 사람을 닮는다더니. 채린이 흥미로운 눈빛을 겨우 숨기면서 대답했다.

"선생님이 그러더라. 오빠랑은 아무 사이도 아니라고."

무표정하던 태인의 얼굴에 균열이 생겼다. 눈가를 찡그린 그는 아무렇지 않은 척 차가운 벽에 기대었다.

"오빠랑 같이 사는 것까지야 숨길 수 있다지만, 아무 사이도 아니라고 딱 잘라 말하시는 것까지는 이해가 안 되거든. 진짜야?"

뭐라고 대답해야 할지 모르겠다. 당사자인 도태인조차 안다정과 자신이 무슨 관계인지 정의 내릴 수 없었다. 룸메이트? 그저 룸메이트라기에는 두 사람 사이에는 뜨겁고 끈적한 감정이 자리했다. 친구라고 부르기도 모호한 사이였다. 친구끼리는 야한 짓을 하면 안 되니까. 생활을 공유하고 감정을 나누며 서로의 몸을 탐하는 사이를 도대체 뭐라고 불러야 할지 모르겠다.

'애인인가?'

사랑이라면 치를 떠는 안다정이 그럴 리가. 태인은 자신의 눈먼 기대를 비웃었다. 태인은 다정이 자신의 옆에 있어 주는 것만으로도 만족하려 애를 썼다. 문제는 욕심이었다. 원하는 것이 채워지자마자 또 다른 갈증이 일었다.

요즘 그는 애정을 제외하고 안다정을 평생 독점하는 방법을 찾고 있었다. 그래서 그녀가 자신에게 익숙해지도록 그녀에게 자신이 만든 음식을 먹이고, 그녀가 귀찮아하는 일을 도맡아 하면서 그녀를 달래 주고, 그녀의 마음을 온전히 얻으려고 노력했다. 그녀가 자신 없이는 살지 못하게끔 말이다.

태인이 입을 다문 채 채린을 빤히 쳐다보았다. 그 눈빛이 마치 제3자는 빠지라는 듯 차가워서 채린이 떨떠름하게 덧붙였다.

"필요에 의해 만나는 거라고…… 하셔서."

틀린 말은 아니었다. 도태인은 안다정이 필요했다. 안다정에게 도태인이 필요한지는 모르겠지만, 적어도 자신은 그녀의 곁에 있어야만 했다. 안다정도 진심으로 도태인을 필요로 했으면 좋겠다. 평생 그녀를 붙잡고 있을 수 있다면 좋을 텐데.

태인은 여전히 묵묵부답이었다. 답답해진 채린이 결국 말을 돌렸다.

"오빠, 며칠 전에 구내식당에서 여자랑 밥 먹었다며?"

"여자?"

구내식당에서 밥 먹은 건 이번 주에 딱 한 번뿐이었다. 지혜가 식당 환경을 살펴보러 온 그날만 구내식당을 갔다. 그 이야기를 하는 건가? 어쨌든 도지혜도 여자긴 하니까. 그가 눈살을 찌푸리고 사촌 누이의 이름을 입에 올렸다.

"도지혜 말하는 건가?"

"나야 모르지. 근데 그때 안 선생님 기분 완전 나빠 보였다고 그러더라."

"기분이 나빴다고?"

이해할 수 없는 채린의 말에 태인이 미간을 좁혔다. 그날 저녁, '왜 구내식당에서 밥 먹었어요?'라고 묻던 다정의 모습이 떠올랐다. 태연한 표정과 평이한 어조였다. 그녀는 지혜의 정체를 묻지도 않았다. 생각해 보면 채린의 말과는 정반대로 관심 없어 보이는 태도였다.

태인은 채린을 의심스럽게 살펴보았다. 이 인간은 저번에도 세 치 혀를 놀려서 원하는 정보를 얻어 간 적이 있었다. 또 도태인을 낚기 위해 밑밥을 뿌리는 걸지도 모른다. 그의 의심 가득한 눈초리에 채린이 이때다 싶어 떡밥을 던졌다.

"당연하지. 좋아하는 남자가 다른 여자랑 단둘이 밥 먹는데 기분이 좋겠어?"

"사촌인데?"

"그, 그, 그래? 그럼 말고."

사촌이라니! 당황한 채린이 말을 더듬었다. 역시 도태인이 괜한 여자를 만날 리가 없었다.

'좋아하는 남자.'

한편, 태인은 이상하게 자꾸 입매가 풀어졌다. 다른 사람들 눈에 안다정이 도태인을 좋아하는 것으로 보이나 보다. 태인의 기분이 한층 좋아졌다. 조금 누그러진 그를 보고 그녀가 말을 계속했다.

"하여튼 확실하게 해야 하는 거 아니야? 안다정 선생님, 연애도 처음이고……."

"연애?"

태인의 되물음에 채린이 말을 멈추었다. 다정과 마찬가지로 태인은 의아한 표정이었다. 어쩜 두 사람이 이렇게 똑같을 수가 있을까? 전에 다정도 연애와 사랑을 부정했다. 정말 두 사람은 그런 사이가 아닌 걸까? 전혀 모르겠다는 태인의 태도 탓에 채린은 다시금 혼란에 빠졌다.

"사귀는 거 아니야?"

태인이 도통 말이 없자, 답답한 투로 채린이 언성을 높였다.

"오빠, 선생님 좋아하잖아."

그는 대답 대신 고개만 끄덕였다. 도태인은 안다정을 좋아했다. 이는 불변의 진리와도 같았다. 그의 말에서 확신을 얻은 그녀가 빠르게 덧붙였다.

"선생님도, 오빠 좋아하는 거고."

"으음……."

"서로 사랑하는 거잖아."

갑자기 태인이 뜸을 들이자 불안한 듯 채린의 목소리가 떨렸다. 채린이 보기에 다정 역시 태인을 좋아하고 있었는데 태인의 태도를 보아하니 아닐 수도 있다는 생각이 들었다. 채린이 초조하게 태인을 흘끔거릴 때였다. 그가 한숨처럼 대답했다.

"사랑은 아니야."

안다정은 사랑을 경멸했다. 다정은 사랑이라는 빛이 쉽게 바랜다고 여기고 있었다. 태인은 그녀에게 사랑을 줄 수도 없고, 받을 생각도 절대 하지 않았다. 만약 자신이 그녀에게 사랑한다 말하면, 그녀는 차가운 얼굴로 그를 떠날지도 몰랐다. 그녀가 그에게 바라는 건 변하지 않을 감정이었다.

"……뭐?"

태인이 담담하게, 그러나 한편으로는 씁쓸한 표정으로 대답하자 채린은 당황했다. 그때 덜컹, 하고 비상계단 위에서 철문이 닫히는 소리가 났다. 화들짝 놀란 채린이 고개를 들었으나 그곳에는 아무도 없었다.

"비상문 닫고 다니라는 소리 못 들었나? 깜짝 놀랐네."

채린이 투덜거리는 동안, 태인은 계단 위를 빤히 쳐다보았다. 어느 층에서 문이 닫힌 건지 정확히 알 수는 없었지만 이 계단을 통해 다정이 구내식당으로 내려간 적이 있었다. 그녀는 아니겠지. 로비에 있겠다고 했으니 중앙 계단을 통해 내려갈 것이다.

곧, 그의 상념을 채린이 깨뜨렸다.

"선생님 사랑하는 거 아니면 오빠, 적당히 해."

채린의 말이 끝나기 무섭게 태인이 등 뒤의 벽에 몸을 비스듬히 기대었다. 느슨한 자세로 선 그가 그녀를 서늘하게 내려다보았다. 입꼬리가 올라가 웃는 표정 같았지만, 태인의 눈동자는 차갑게 가라앉아 있었다.

"네가 뭔데?"

속삭이는 목소리가 채린의 등골을 오싹하게 만들었다. 문득 채린은 태인이 제정신이 아니라는 사실을 떠올렸다. 그녀가 반걸음 뒤로 물러서기 무섭게 그가 말을 이었다.

"네가 뭔데 나한테 이래라저래라 하는 건데?"

"오빠가 똑바로 행동을 안 하니까."

미친놈을 앞에 두고 있었지만 채린도 지지 않았다. 워낙 지기 싫어하는 성격이라 태인의 위협하는 태도가 오히려 승부욕을 자극했다. 그녀는 마른침을 삼키고 다정과의 비밀을 말해 버렸다.

"……오빠 어머니가 선생님을 찾아오는 거야."

"누가?"

"오빠 어머니."

태인의 기세가 단숨에 사그라졌다. 그는 뒤통수를 얻어맞은 양 눈만 깜빡거렸다. 이때다 싶어 채린이 재빨리 말했다.

"오빠는 안다정 선생님을 사랑하는 것도 아니라며? 그런데 남들이 보기에는 오빠가 선생님을 너무너무 사랑해서 쫓아다니는 걸로 보이거든. 나만 해도 오빠가 선생님한테 반한 걸로 알고 있었고."

"반한 건 맞아."

그가 정정하자마자 그녀가 쿡 웃었다. 첫눈에 반해서 졸졸 쫓아다니다가 동거까지 시작한 주제에 사랑이 아니라고 우기는 남자가 우스웠다. 도태인도, 안다정도 연애하는 게 아니라고 손을 내젓는데 신채린이 보기에 두 사람은 틀림없는 연인 관계였다.

"그러니 오빠 어머니는 어떻겠어?"

"언제 찾아왔어?"

얼굴을 굳힌 태인이 채린의 어깨를 꽉 쥐고 물었다. 자기감정도 모르는 한심한 남자한테 도움이 될 정보는 알려 주고 싶지 않았지만, 채린은 다정의 얼굴을 봐서 한 번은 넘어가 주기로 했다. 비밀로 하겠다던 약속도 이미 저버렸고 말이다.

"어제."

어제 다정은 아무런 내색도 하지 않아 그런 일이 있었을 줄은 꿈에도 몰랐다. 그녀의 반응에 민감한 자신이 눈치채지 못할 정도로 그녀는 담담했었다. 그렇지만 딱 하나, 마음에 걸리는 한마디가 있었다.

"같이 사는 게 이상해 보이겠죠? 결혼도 안 한 사람끼리."

어머니가 다정에게 무슨 말을 했을지 대충 알 것도 같았다. 어머니는 상대가 자신보다 약한 존재라고 생각이 되면 브레이크 없이 아무 말이나 하는 사람이었다. 상처를 받았을까? 당연히 받았을 것이다. 하지만 그녀는 그에게 일언반구도 하지 않았다.

"도대체 왜……."

"왜 말을 안 했냐고?"

태인의 속마음을 읽은 것처럼 채린이 도중에 말을 잘랐다. 등골이 오싹해진 쪽은 이제 채린이 아니라 태인이었다. 오늘 오전까지만 하더라도 다정은 태인을 아무 일 없던 듯이 대했다.

"오빠가 그 사실을 알면 좋아할지 싫어할지 물어보셔서…… 싫어할 거라고 했거든."

그러니까 안다정은 도태인이 싫어할 말을 굳이 하고 싶지 않다는 뜻이었다. 마음이 조급해진 태인은 채린의 어깨를 밀어 놓아주고 몸을 돌렸다.

"나중에 이야기해."

"할 이야기도 없어!"

서둘러 멀어지는 그의 등 뒤에 대고 그녀가 꽥 소리를 질렀다.

2층 구석의 골방은 명목상 연구실이었지만, 전문의 시험 준비를 하는 4년 차들의 독서실과 다름이 없었다. 구석이다 보니 4년 차들은 엘리베이터나 중앙 계단을 이용하기보다 주로 비상계단을 통해 이동하는 편이었다.

안다정도 그랬다. 그리고 오늘, 주차장으로 가기 위해 비상계단 출입문을 연 그녀는 왠지 얼음물을 뒤집어쓴 기분을 받았다.

비상계단 출입문을 소리 없이 열자마자, 그녀는 아래에서 왕왕 울리는 익숙한 목소리를 들었다. 3년 차 신채린의 목소리였다.

"오빠, 선생님 좋아하잖아."

채린이 말하는 것을 듣기 무섭게 다정은 아래층의 상황이 머릿속에 그려졌다. 지금 신채린은 도태인과 이야기를 하는 모양이었다. 태인과 채린이 전부터 안면 있는 사이라는 것쯤은 알고 있었는데, 다정은 둘이 자신을 가운데 둔 대화를 나누는 게 기분 나쁘기보다 신기했다.

"선생님도, 오빠 좋아하는 거고."

채린이 확신에 찬 목소리로 말하자 다정의 얼굴이 화끈거렸다.

"서로 사랑하는 거잖아."

비상계단은 지하에서부터 맨 위층까지 뻥 뚫려 있어서 층간 대화도 똑똑히 들렸다. 그때, 바닥으로 가라앉을 만큼 묵직한 음성이 이어졌다.

"사랑은 아니야."

순간, 덜컥 심장이 내려앉았다.

그 말이 머리를 세게 때리는 것만 같아, 다정은 도망치듯 비상 계단을 나왔다. 느릿느릿 닫히던 철문은 제 무게를 이기지 못하고 큰 소리를 냈으나, 이미 그녀는 중앙 계단으로 달려간 이후였다.

도태인과의 사이에 놓인 감정이 사랑이 아니라는 것쯤은 안다정도 잘 알고 있었다. 그런 변하기 쉬운 감정에 의지할 생각은 눈곱만큼도 없었다. 그러니까 심장이 발치로 떨어지는 것 같은, 그런 기분을 느낄 필요는 없는데…….

계단 난간을 잡고 정신없이 뛰어 내려가던 다정은 올라오던 간호사와 어깨를 부딪쳤다. 제 어깨를 감싸 쥔 간호사가 얼굴을 찌푸리고 주의를 주었다.

"뛰지 마세요!"

"아, 죄송합니다."

눈앞에 보이는 게 없는데도 다정이 고개를 숙여 사과했다. 뒤늦게 다정을 알아본 간호사가 의아한 눈길을 보냈다.

"어머, 안다정 선생님?"

간호사는 다정이 가운을 입지 않아서 병원 관계자라고 생각하지 못한 모양이었다. 다정이 손등으로 입가를 가리고 고개를 들자 간호사는 처음 보는 다정의 난감한 얼굴에 걱정스레 물었다.

"급한 일이라도 있으세요?"

"아, 아뇨…… 아닙니다, 그런 거."

횡설수설거리는 다정의 모습 역시 처음이라 간호사는 눈을 동그랗게 떴다.

"괜찮으세요? 안색이……."

다정이 손을 돌려 손바닥으로 입가를 주춤주춤 가렸다. 심장이 두근거려서 입술에서도 심장 박동이 느껴지는 것만 같았다. 마음이 왜 이러는 건지 정말 모르겠다. 손가락 사이로 그녀가 힘없이 대답했다.

"네, 괜찮습니다."

의심스럽게 다정을 바라보던 간호사는 걸음을 재촉하며 올라갔다. 걸음을 멈추고 난간에 기대어 선 다정은 아무렇지 않은 척을 하기 위해 휴대폰을 꺼냈다. 휴대폰에는 아직 확인하지 않은 메시지가 한 통 와 있었다.

주차장이 아니라 로비에서 기다리겠다던 태인의 메시지였다. 화면을 가만히 바라보던 그녀가 한숨을 내쉬었다. 점점 진정이 되는지 심장이 천천히 뛰기 시작했다.

사랑이 아니라는 도태인의 말 때문에 충격을 받은 건 아니었다.

'그 남자한테 뭘 바란 거야?'

자신의 나약해 빠진 마음에 다정은 충격을 받았다. 왜 실망을 하지? 그의 '사랑'을 바라고 있었나? 그렇지 않았다. 변하기 쉬운 사랑은 이쪽에서 사절이었다. 그런데 기분이 이상하다. 아니, 정확히는 기분이 나빠졌다. 속이 울렁거리고 눈앞이 어지러웠다.

"바보같이……."

신물이 올라와서 침을 삼키고 그녀가 혼잣말을 중얼거리다가 난간 아래로 시선을 던졌다. 응급실 1층은 여전히 사람들로 가득했다. 그 가운데 단번에 그녀의 눈길을 끌어당기는 남자가 서 있었다. 주변에는 관심이 없는, 멍하니 허공을 바라보고 있는 남자. 비상계단에 있는 줄 알았는데, 벌써 채린과 이야기를 마친 모양이었다.

병이 만들어 낸 환각을 보는 걸까? 다정은 태인의 시야가 어떤지 문득 궁금해졌다. 그녀는 그를 얌전히 관찰했다. 곳곳에 죽음이 가득한 응급실이지만 그는 괴로워 보이지는 않았다. 꾸준히 이어 온 치료 덕분인지, 아니면 그의 말마따나 안다정의 존재 때문인지는 알 수 없었다.

얼마간의 시간이 지나고, 허공만 바라보던 태인이 다정의 시선을 느끼기라도 한 양 계단 쪽을 힐끔 올려다보았다. 폐쇄적이지 않은 중앙 계단은 그녀의 모습을 숨기지 못했다. 그가 걸음을 재촉하더니 바로 계단을 올라왔다.

"선생님."

그는 평소에 지어 보이던 맑고 환한 미소를 짓고 그녀에게 손을 뻗었다. 수려한 모습에 계단을 오르내리던 사람들이 그를 힐끔거렸다. 그녀 역시 그에게 시선을 고정할 수밖에 없었다.

"물어보고 싶은 게 있어요."

그녀의 손을 낚아채듯 잡아챈 그가 그녀의 귓가에 소곤거렸다. 그의 숨결에 귓속까지 간지러워지는 느낌이 들어 그녀가 어깨를 움찔 움츠렸다.

"여기서 말고, 차에서."

그녀가 말없이 고개를 끄덕였다. 그는 그녀의 손을 꼭 잡고 주차장으로 거침없이 걸어갔다. 그녀는 잡히지 않은 손으로도 그의 손을 감쌌다. 흘깃, 그가 뒤를 돌아보고는 빙긋 웃어 주었다.

주차된 차 앞에 도착하자마자 태인이 기다렸다는 듯 입을 열었다.

"어머니가 찾아왔다면서요?"

"아······."

그 말을 전해 준 사람은 신채린일까, 아니면 그의 어머니일까. 다정이 난처한 눈빛으로 그를 올려다보았다. 채린이 분명 태인

에게는 말을 해야 한다고 주장했으나 일이 시끄러워지는 건 딱
질색인지라 숨기려고 했다. 달가운 만남도 아니었고, 아들 앞에
서 어머니에 대해 나쁜 평가를 내리고 싶지도 않았다.

그가 고개를 숙이고 재차 물었다.

"왜 말 안 했어요?"

"특별히 말할 만한 이야기도 안 했고……."

"내가 들으면 싫어할까 봐서?"

그제야 다정은 범인을 알 수 있었다. 그녀가 눈살을 찌푸린 채
투덜거렸다.

"신 선생, 입이 무거운 줄 알았는데."

아마 두 사람은 방금 전 비상계단에서 이 이야기를 나누었을
것이다. 얼굴을 구기고 있는 그녀의 등을 토닥이고 나서 그가 조
수석 문을 열어 주었다. 그녀는 별말 없이 차 안으로 들어갔다.
서둘러 운전석에 앉은 그가 문을 닫고 말했다.

"앞으로는 이런 일 없게 할게요."

"괜찮아요. 어머니 귀여우시던데."

"……네?"

그 순간 시동을 걸기 위해 차 키를 꽂다가 태인의 손이 미끄러
졌다. 다정의 무심한 대꾸에 태인은 기가 막혔다. 그녀가 담담하
게 말을 이었다.

"귀여우시다고요. 순진하다고 해야 할까?"

"정말 어머니 만난 거 맞아요?"

"갤러리 마루. 추은미 대표. 어머니 아니에요?"

"맞긴 한데……."

도태인이 아는 추은미 여사는 귀엽다거나 순진하다는 수식어와는 전혀 어울리지 않는, 속물적이고 이기적인 사람이었다. 그런데 다정은 그런 어머니의 어떤 모습을 본 건지 귀엽고 순진하다고 평가하고 있었다. 어머니가 안다정을 구워삶았을까? 하지만 태인은 그럴 리는 없다고 생각했다. 그랬으면 어제 이미 다정이 자신에게 어머니와의 만남을 말해 주었을 테니까.

"어머니가 귀엽고 순진한 사람은 아닌데."

"속이 빤히 들여다보이니까요."

다정이 창밖을 응시하면서 대답했다. 은미는 다정에게 좋은 사람인 척 내숭을 떨지 않았다. 다정이 아무 힘도 없는 약자라고 여기자마자 은미는 밑바닥까지 떨어진 인성을 보여 주었고, 다정 역시 그에 걸맞은 태도로 은미를 대했다.

"그쯤이면 귀여운 분이었어요."

"선생님의 '귀엽다'는 단어의 정의가 뭔지 모르겠어요."

운전을 시작한 태인이 미간을 좁히고 중얼거렸다. 다정은 소리 없이 웃었다. 욕망을 숨기지 못하는 은미는 자기 위치에 자부심도 있었고 자만심도 상당했다. 사실, 오히려 은미 같은 사람이 다루기는 편했다. 무시만 하면 되니까. 제일 무서운 사람은 무슨 생각을 하는지 짐작도 할 수 없는 부류였다.

"어머니가 미인이시던데요."

다정이 말을 돌렸다. 이번에 태인은 가타부타 대답하지 않았다. 어머니의 외모는 양날의 검과도 같았다.

"보자마자 '아, 도태인 씨 어머니네?' 싶었고."

그는 짐짓 불쾌해졌지만 아무 내색도 하지 않았다. 집안 사정을 모르는 다정에게 굳이 어두운 이야기를 할 필요는 없었다.

어머니와 닮았다는 소리는 어렸을 때부터 들어 왔다. 어머니를 닮아 남매가 둘 다 빼어난 외모를 가졌다고 여러 사람들이 칭찬을 했으나, 그게 칭찬으로 들리지 않는다는 게 문제였다.

외모로 재벌가 막내아들을 사로잡아 결혼한 신데렐라 가십의 주인공, 은미를 뒤에서 비웃는 사람들이 많았다. 그 때문에 은미는 자식들이 팔방미인이 되기를 원했다. 뛰어난 외모를 가진 똑똑하고 다재다능한 자식들은 은미의 액세서리였다. 은미는 뛰어난 자식을 낳아 기른 훌륭한 어머니로서 모두에게 인정받기를 바랐다.

어두운 기억을 다시 묻어 두고 나서 태인이 조심스럽게 물었다.

"어머니가 무슨 소리 했어요?"

"그냥…… 평범한 말씀 하셨어요."

다정은 굳이 태인에게 은미의 말을 옮기지는 않았다. 자신의 어머니가 그런 소리를 하고 다니는 걸 알면 그가 상처를 받을 것 같았다. 게다가 그의 반응에서 이미 그녀는 어느 정도 어머니를 향한 그의 감정을 눈치챘다. 괜히 나쁜 소리를 더할 필요는 없었다.

"어머니가 무슨 소리를 했든, 다 잊어버려요. 들을 가치 없는 말이니까."

"아들이 큰일 할 사람이라던데."

"내가요? 말도 안 되는 소리."

수년 동안 백수로 살아온 태인이 황당하다는 투로 대꾸하고는 헛웃음까지 터뜨렸다. 어머니가 자신에게 그런 기대를 하고 있을 줄은 상상도 못 했다. 매일 버릇처럼 하던 소리가 인간쓰레기라는 말이었는데, 밖에서는 정반대로 말하고 다녔다는 거지. 그는 어이가 없었다.

이제 코너만 돌면 오피스텔이었다. 병원과 가까운 거리에, 심지어 차까지 타고 다니니 눈 깜짝할 새에 도착이었다. 오피스텔 주차장으로 진입할 즈음 그녀가 에둘러 말했다.

"집에 좀 오래요."

기어를 움직이고 나서 태인이 고개를 돌렸다. 다정은 안전벨트를 풀고 자세를 바로 했다.

"난 어머니랑 사이가 안 좋아요. 아니 무지 나쁩니다."

"그럴 것 같네요. 말 안 듣는 아들 같아."

피식 웃은 그녀가 말썽쟁이를 보는 시선으로 그를 바라보았다. 그가 사이드브레이크를 올리고 바로 대답했다.

"그러니까 집에 안 들어갈 겁니다."

"마음대로 하세요. 성인인데."

다정 역시 태인을 보낼 생각은 없었다. 어느새 그와 함께 있는 시간에 익숙해져서 만일 그가 집을 나간다면, 허전한 기분을 지울 수 없을 것 같았다. 그때였다.

"그렇죠?"

"뭐가요?"

"성인인데."

언제 얼굴을 굳혔냐는 듯, 그가 싱글벙글 웃고 있었다. 심상찮은 기류에 그녀가 뒤로 바짝 몸을 뺐다. 닫힌 조수석 문에 그녀의 등이 닿았다. 스윽 가까이 다가온 그가 한 손으로 그녀의 뺨을 감쌀 무렵이었다.

이 상황을 안다. 그녀는 다음에 있을 일이 저절로 예상되었다. 아마 다음에는 뺨을 감싼 손의 새끼손가락으로 그녀의 턱을 살짝 들어 올린 뒤, 입을 맞출 것이다. 전에도 그랬듯이.

다정이 양손을 들어 태인의 입가를 막았다. 이는 분명한 거부 표현이라 그의 어깨가 움찔했다. 그의 의아한 눈빛에 그녀가 투덜거렸다.

"이런 건 애인끼리 하는 거거든요?"

"네? 언제부터요?"

그녀의 손을 떼어 낸 후, 그가 믿을 수 없다는 표정을 지었다.

"지금까지가 이상했던 겁니다. 사회 통념상."

연애하는 것도 아니고 결혼할 사이도 아닌데 애정 표현은 어불성설이었다. 다른 사람들이 지적하던 것을 마음에 담아 둔 다정은 차갑게 말하고 후다닥 밖으로 나갔다. 태인도 재빨리 그녀를 따라 차를 빠져나왔다. 얼마나 다급했는지 운전석 문짝이 떨어질 듯 큰 소리를 내며 닫혔다.

"그럼 지금부터 애인 하면 되잖아요."

"애인이 뭔지 알기나 해요?"

"사랑하는 사람?"

그의 단순한 대답에 그녀는 울컥 화가 치밀었다.

"난 사랑 같은 거 안 믿어요."

다정의 말끝이 미세하게 떨렸다. 믿지 않는데, 자꾸 믿어 보려고 마음이 움직여서 단속이 필요했다. 기분이 상한 양, 뿔이 난 그녀를 보자 태인은 이도 저도 못하는 자신의 처지가 서글퍼졌다.

"사랑하지도 않으면서."

그녀의 목소리가 희미하게 흩어졌다. 그는 부정하지 않았다. 부정하면 큰일이 날 것만 같았다. 자신의 감정은 사랑과도 닮아 있었지만, 절대 사랑이라고 이름을 붙여서는 안 된다. 그랬다가 그녀는 자신에게 실망하고 떠날지도 몰랐다. 그는 자신의 생명줄을 쥐고 있는 그녀를 놓을 수는 없었다.

"내가 그쪽한테 바라는 건 사랑 같은 게 아니에요. 알잖아요."

이 말은 안다정 자신의 마음을 단속하기에도 충분했다.

"알지만……."

그가 꼭 빗속에 홀로 남겨진 강아지처럼 그녀를 애처롭게 쳐다보았다. 그녀는 고개를 돌리고 가방끈을 꽉 쥐었다. 아이러니하게도, 사랑을 외면하고자 노력할수록 사랑이라는 감정의 존재감이 커져 가기 시작했다. 도태인의 감정은 변하지 않는다고 했다. 그 마음을, 다정은 쉽게 상하는 사랑으로 바꾸어 받고 싶지는 않았다.

두 사람 사이에 어색한 분위기가 흘렀다. 둘 다 참을 수 없는 공기였다. 현관 비밀번호를 누르는 그에게 가방 안에 든 빈 도시락 통을 떠올린 그녀가 먼저 말을 붙였다.

"도시락은 맛있었어요. 고마워요."

"아, 맞다. 오늘 너무 바빠서 물어보지도 못했네."

점심시간이 지나자마자 전화로 물어봤어야 했는데 워낙 바빠서 묻지도 못했다. 자동문이 스르륵 열렸다. 함께 엘리베이터를 기다리는 상황은 아주 익숙한 일인데 오늘 따라 낯설고 어색했다.

"내일도 도시락……."

"내일은 안 가요. 주말이니까."

그러니 태인이 아침 일찍 일어나서 도시락을 챙길 필요는 없었다. 뜻밖의 소식에 그가 눈을 반짝 빛냈다.

"주말에 쉬어요?"

"네."

사실 응급실 근무가 끝난 다정이 병원에 나가야 할 이유도 없었다. 집에만 있으면 한없이 늘어질까 봐 일찌감치 하루를 시작하기 위해, 그리고 동기들과 도와 가면서 스터디를 할 목적으로 병원에 나가는 것뿐이었다.

"그럼 우리 내일 기분 전환 삼아서 나가요. 어디 갈까?"

언제 우울했냐는 듯 그가 신이 나서 떠들었다. 엘리베이터에서 내릴 때까지 태인은 다정의 어깨를 폭 감싸 안고 있었다. 그는 그녀의 어깨와 팔을 자연스럽게 쓸어 주었다. 얇은 옷을 사이에 두고 서로의 체온이 전해졌다.

아, 이 남자는 사랑하지도 않는 여자를 쓰다듬고 안아 주는구나.

문득 다정의 가슴 한구석이 서늘해졌다. 외면하려고 해도 외면할 수 없는 감정이 불쑥불쑥 튀어나왔다. 그녀는 진심을 억누르는 것만으로도 힘겨워서 그의 말에 대충 맞장구만 쳐 주었다.

다정의 생체 리듬은 항상 오전 여섯 시 즈음에 맞춰져 있었다. 눈을 반짝 뜬 다정은 고요한 공기를 느끼고 도로 눈을 감았다. 곁에 있는 사람의 포근한 체취가 코끝에 감돌았다. 자신의 등을 부드럽게 감싸고 있는 손으로부터 따스한 체온이 전해졌다.

그리고 또 하나. 뭔가가 허리께에 닿는다. 처음에는 태인의 손인가 했는데, 그의 손은 둘 다 이불 밖으로 나와 있었다.

그러면 이것은…….

"허익!"

자신의 허리에 닿은 게 뭔지 깨닫자마자 안다정은 도태인을 발로 차 버렸다. 자다가 침대 밑으로 굴러떨어진 태인이 허리를 부여잡고 상체를 겨우 일으켰다. 그녀의 변태 짐승 보는 듯한 시선에 그는 바로 상황을 눈치채고 억울해했다.

"이건 내 의지가 아니에요!"

"아, 압니다만……."

지식으로 아는 것과 직접 부딪치는 건 체감의 크기가 달랐다. 갓 의사 면허를 따고 인턴으로 병원에 발을 디뎠을 때처럼, 머릿속 지식과 실제로 느끼는 현실은 너무나 달랐다.

"미안해요."

바닥에 앉은 채 침대에 얼굴을 묻은 그에게 그녀가 진심을 담아 사과했다. 어깨가 들썩일 정도로 크게 한숨을 내쉰 후 까치집이 지어진 머리를 쓸면서 그는 서러운 표정으로 고개를 들었다.

"오늘은 늦잠 자고 싶었는데."

어쩌다보니 토요일인 오늘도 여섯 시 기상이었다. 난감한 기색으로 그녀가 그의 팔을 잡아 일으켰다.

"조금 더 자고……."

태인을 달래려던 다정의 말은 끝까지 이어지지 못했다. 그녀가 이끄는 대로 얌전히 움직이던 그가 갑자기 훌쩍 침대 위로 올라오더니 단숨에 그녀의 위로 올라온 탓이었다.

"뭐, 뭐하는 겁니까?"

단숨에 그의 팔 안에 갇힌 그녀가 당황한 눈으로 그를 올려다보았다. 그를 밀어내기 위해 그녀가 양손을 그의 가슴에 대었다.

심장 박동이 느릿느릿 전해졌다. 도태인은 지금 안정적인 상태라는 뜻이다. 반면, 안다정의 심장은 점차 빨리 뛰었다.

"선생님, 좋아해요."

"……네?"

"내 마음은 변하지 않으니까…… 믿어 달라고요."

진지한 눈빛이 내려앉자 그녀는 저도 모르게 고개를 끄덕였다. 그녀에게 향한 그의 감정은 특이했다. 그는 그녀에게 사랑을 요구하지도 않았고, 특별한 부탁을 하지도 않았다. 그저 도태인은 안다정이 자신의 옆에 있어 주기만을 바랐다.

다정은 태인이 이런 소리를 하는 이유를 대충은 알 것도 같았다. 그는 어제저녁부터 미세하게 불안해했다. 그게 그의 어머니를 만났다는 사실 때문인지, 아니면 안다정이 차갑게 선을 그었기 때문인지 그녀로서는 정확히 알 수 없었다.

이내 그는 깔아뭉갤 것처럼 그녀를 위에서 안은 채 눈을 감았다. 그녀는 가까이 있는 그의 얼굴을 빤히 쳐다보았다. 곱게 감긴 눈, 곧게 뻗은 콧날 등을 관찰하듯 보던 그녀가 한숨을 겨우 참았다.

'뭐야?'

잠투정이었나?

태인의 품 안에서 벗어나고자 다정이 이리저리 버둥거렸지만 슬프게도 그의 팔은 쉬이 풀어지지 않았다. 정말 잠들어 버린 걸까? 그녀는 미동도 없는 그를 보다 못해 그의 귓가에 대고 큰 소리를 질렀다.

"알았다니까!"

벼락처럼 내리친 목소리에도 팔꿈치로 몸을 지탱한 그가 놀란 기색 없이 빙그레 웃더니 그녀의 옆으로 빙글 굴러갔다. 겨우 몸을 일으킨 그녀가 미간을 찌푸린 채 그를 내려다보았다. 꿀맛 같은 휴일인데도 늦잠은커녕, 아침부터 힘이 다 빠졌다.

세수와 양치 정도만 마치고 나온 다정은 숨소리도 없이 자는 태인을 내려다보았다. 정말 피곤한지 도태인은 그새 또 잠들었다.

'이래서 놀러 가기는.'

다정은 늘 그렇듯 머리를 하나로 단정히 묶고 냉장고에서 커피를 꺼내 책상 앞에 앉았다. 이미 전문의 시험에 합격한 선배들은 주말쯤은 쉬면서 머릿속을 정리할 필요가 있다고 조언을 해 주었으나, 초조한 마음은 쉬이 잡히지 못했다. 불안에 떠느니 차라리 공부를 하는 쪽이 마음 편했다.

다섯 페이지를 넘겼을 즈음, 등 뒤에서 자신을 부르는 태인의 목소리가 들렸다.

"선생님."

펜을 내려놓고 그녀가 고개를 돌렸다. 그가 깨어난 이상 조용히 공부하기는 틀렸으니까.

"안 잤어요?"

"종이 넘기는 소리가 들려서요."

쓸데없이 잠귀도 밝다 싶어서 그녀가 떨떠름한 시선을 보냈다. 잠시 그녀는 그가 노래를 부르던 이사를 고민해 보았다.

태인은 침대에 모로 누워 다정을 바라보고 있었다. 자신 혼자 쓸 적에는 적당하다 싶었던 싱글 침대가 도태인에게는 꽉 차서 좁아 보였다.

"아침 뭐 먹을까요?"

이 남자는 자신을 볼 때마다 음식 타령을 했다. 그녀가 질린 듯 투덜거렸다.

"됐어요."

그는 아무 말 없이 눈을 가늘게 떴다. 가늘어진 눈매는 무척 섹시한 편이라, 그녀는 저도 모르게 그의 눈길을 피했다. 생긴 게 잘생겨서 그런지 도태인은 성적 매력도 상당했다. 괜스레 얼굴이 달아오를 만큼. 그녀는 붉어진 얼굴을 숨기기 위해 자세를 바로 하고 말을 이었다.

"오늘은 그쪽도 쉬었으면 해요."

태인은 다정의 등을 뚫어질 듯 응시했다. 그녀는 분명 그의 시선을 느끼고 있을 텐데도 꿈쩍하지 않았다. 그가 살포시 몸을 일으켰다. 몸을 덮고 있던 이불이 스르륵 떨어졌다.

"집안일 해 주는 건 고마운데…… 사실 그쪽 어머니를 뵈었을 때 조금 뭐랄까, 볼 낯이 없었다고 할까……."

"왜요?"

가까이에서 들리는 낮은 음성에 다정이 화들짝 놀라 옆을 돌아보았다. 어느새 그가 그녀의 등 뒤로 기척도 없이 다가와 있었다. 얼마나 놀랐는지, 심장이 미친 듯 내달렸다. 그의 손이 미끄러지듯 내려와 그녀의 머리를 쓸어 주었다. 사랑하지 않는 여자에게도 상냥한 손길이었다.

"조, 좀 그렇잖아요. 하나뿐인 귀한 아들을 식모로 부려 먹고 있으니까."

다정이 양심의 가책을 느낀 부분은 그것뿐이었다. 만일 이런 상황이 아니었더라면 은미에게 처음부터 당당했을지도 몰랐다.

"내가 좋아서 해 주는 건데."

하지만 그는 그만둘 생각이 없어 보였다. 결국 그녀는 한 걸음 물러나기로 했다.

"아무튼 주말에는 쉬는 걸로 해요. 일도 많고 피곤하다며."

"그럼 좀 이르게 나가요. 브런치 먹게."

그가 길쭉한 눈을 예쁘게 휘며 말했다. 언제부터 안다정이 남자의 미인계에 넘어가게 되었는지 모르겠지만, 그녀는 순순히 고개를 끄덕였다.

다정과 태인은 차를 타고 이동하는 대신 오랜만에 거리를 걸었다. 8월보다는 공기가 뜨겁지 않아 산책 겸 걷기는 좋았다. 다정의 오피스텔은 병원과 가까웠고, 병원 정문 앞은 번화가라서 온갖 가게가 성업 중이었다.

문제는 브런치 가게에서 김찬형과 딱 마주쳤다는 데 있었다.

수줍은 얼굴로 미진에게 뭔가를 말하던 찬형이 다정을 보더니 어깨까지 들썩이면서 놀랐다.

"뭐, 뭐야?"

"어머! 선생님, 안녕하세요?"

"안녕하세요…… 어?"

찬형이 다정과 태인을 번갈아 보는 것과 달리, 미진은 다정에게 살갑게 인사를 건넸다. 다정도 웃으며 인사를 하다가 눈을 동그랗게 떴다. 4년 차인 안다정이나 김찬형과 달리, 3년 차 이미진은 주말에도 병원에 갇혀 있어야 했다. 그런데 이 시간에 데이트라니?

"이 선생님이 이 시간에 어떻게……."

"오늘 저 오프라서요. 어제 당직 서고 이제 막 풀려나왔어요."

미진이 피곤한 얼굴로 웃었다. 당직의 고통은 겪어 본 자들이라면 모두 미진의 말에 공감할 수 있었다. 다정이 미진을 안쓰럽게 쳐다보았다. 그러나 미진은 생각보다 아무렇지 않은 듯했다.

"선생님도 남자 친구랑 데이트?"

미진의 말에 모두의 시선이 태인에게로 향했다. 예의상 어색한 웃음이라도 지어 보일 법한데, 다른 사람에게는 전혀 관심이 없는 도태인은 무표정하게 서 있을 뿐이었다. 다정이 그런 사이가 아니라고 부정할 새도 없이 찬형이 벌떡 일어나 말했다.

"안다정, 잠깐 나 좀 보자."

찬형이 대뜸 다정의 팔을 붙잡으려는 찰나, 태인이 한 걸음 앞으로 나와 찬형을 막아섰다. 덩치는 곰 같은 데 소심하기 짝이 없는 찬형이 기어들어 가는 목소리로 부탁했다.

"저기, 잠깐이면 되는데요."

"뭔데 그래?"

결국 다정이 태인의 팔을 살짝 밀고 고개를 까딱였다. 찬형은 미진에게 양해를 구하고 다정을 질질 끌며 구석으로 걸어갔다. 찬형이 목소리를 잔뜩 낮추고 소곤거렸다.

"야, 너 다른 데 가."

"뭐, 뭐야?"

뜬금없이 축객령이 떨어지자 다정은 기가 막혔다. 이놈이 가게 주인도 아닌데, 왜 나가라마라 하는 건지. 하지만 찬형에게도 이유는 있었다.

"우리 서로 데이트하는 모습, 쪽팔리게 보여 주지 말자고."

4년 동안 동고동락한 동기란 친구를 넘어 가끔은 형제 같기도 한 사이였다. 그러니 찬형은 평소와 다르게 연애하는 달콤한 모습을 들키고 싶지 않았을 것이다. 하지만 그건 김찬형의 사정일 뿐, 안다정은 눈 하나 깜짝하지 않았다.

"너나 쪽팔리겠지."

"괜히 너 있으면 좀 그렇단 말이야."

찬형이 다정을 팔꿈치로 쿡 찔렀다. 다정의 얼굴이 확 구겨졌다.

"기가 막혀서…… 밥만 먹고 나갈 거거든?"

"아, 진짜! 자꾸 비교된다고."

"비교?"

찬형이 턱짓으로 태인과 미진 쪽을 가리켰다. 아무 생각 없이 다정이 고개를 돌렸다. 이내, 자신 쪽을 초조하게 바라보고 있는 태인과 눈이 마주쳤다. 그는 가만히 서서 미간을 살짝 찌푸리고 있을 뿐인데 가게 안 모든 사람들의 이목을 끌어당기고 있었다. 아무래도 외모가 비교된다는 뜻인가 보다. 다정이 태인을 덤덤하게 쳐다보다가 말했다.

"왜? 너도 못생긴 건 아니야."

"남자의 섬세한 마음을 몰라, 안다정은."

칭찬인지 비웃음인지 모를 말에 찬형이 코끝을 찡그리면서 투덜거렸다. 다정은 콧방귀도 뀌지 않았다. 동기의 이런 모습이 얄미워서 찬형이 불만스레 지적했다.

"사귀는 사이도 아니라며 토요일 오전부터 데이트나 하고…… 안다정, 거짓말도 잘해."

"그, 그런 거 아니라니까?"

시큰둥하던 다정이 깜짝 놀라 부정했다. 그러나 찬형은 믿어 주지 않았다.

"길 가는 사람 붙잡고 물어봐라. 아니, 이미진한테만 물어봐도 둘이 연애하는 줄 알 걸?"

다정은 싱글벙글 웃고 있는 미진 쪽을 슬쩍 곁눈질했다. 그러고 보니 미진은 태인을 다정의 연인이라고 착각하고 있었다. 아니라고 솔직히 대답해 줬어야 했는데, 김찬형한테 질질 끌려와서 오해를 풀지도 못했다.

자신이 태인과 함께하는 모습이 그렇게 커플 같은 걸까? 모든 사람들은 안다정과 도태인을 보자마자 연인으로 여겼다. 미진도, 찬형도, 민석도, 채린도, 그리고 태인의 어머니까지…….

말 잘하던 안다정이 할 말을 찾지 못해 입을 다물자, 이때다 싶어 찬형이 직접적으로 물었다.

"부정하는 건 너뿐이라고 생각 안 하냐?"

"사랑은 아니야."

하지만 찬형의 말을 들은 순간, 다정은 비상계단에서 채린에게 말하던 태인의 목소리가 떠올랐다. 그래, 안다정뿐만 아니라 도태인도 아니라고 딱 잘라 부정했었다. 사랑이라고 이름 붙이기에 그들이 서로에게 품은 감정은 훨씬 무겁고 변함이 없었다.

"나뿐만은 아닐걸."

다정이 차갑게 대꾸하고 돌아섰다. 뒤에서 찬형이 작게 뭐라고 떠들었으나 그녀는 동기의 말을 무시하고 태인에게 곧장 다가갔다. 그녀가 다가올수록 그의 초조한 표정이 점점 풀렸다. 그가 그녀의 손을 덥석 잡았다.

다정이 입을 열었다.

"나갑시다."

"어머, 자리도 많은데 왜요?"

태인이 하고 싶은 말을 미진이 대신해 주었다. 다정은 미진 쪽을 돌아보면서 어색한 미소를 지어 보였다.

"김찬형이 창피한가 봐요."

"야!"

언제 돌아왔는지 미진의 맞은편에 앉은 찬형이 붉어진 얼굴로 당황했다. 뭐, 동기의 첫 연애를 도와주기 위해서라도 이 가게는 나가는 게 좋겠다. 괜히 안다정이 있으면 신경이 쓰여서 잘 해낼 일도 망칠 테니 말이다.

"맛있게 드세요."

이제 막 풋풋한 연애를 시작한 동기를 위해 다정은 태인의 손을 잡아끌었다. 그는 별 대꾸 없이 그녀를 따라와 주었다.

인사를 마치고 가게를 나온 그녀가 길을 따라 몇 걸음 걷다가 한숨을 내쉬고 제안했다.

"수제 버거나 먹으러 가요."

안다정의 말을 거절할 수 없는 도태인은 그녀의 손을 놓지 않은 채로 가까운 수제 햄버거 가게를 찾았다. 근처에 새로 오픈한 브런치 가게 때문인지, 인기 많은 수제 햄버거 가게인데도 오늘따라 손님이 적었다.

직원의 안내를 따라 안쪽 테이블로 들어가던 다정은 가게 유리창에 비친 자신과 태인의 모습을 보고 찝찝해졌다. 손을 맞잡은 남녀는 연인으로 보이기 충분했다. 다른 사람들이 오해할 만도 했다.

'이래도 되는 거야?'

……라고 생각했지만 다정은 곧 그 고민을 접어 버렸다. 마음속에 있는 욕망을 억누르고 싶지는 않았다. 지금 자신은 도태인의 손을 잡고 싶었다. 이 마음을 굳이 숨겨야 할 이유가 있을까?

앉아서 메뉴판을 펼친 다정은 고민 가득한 표정으로 메뉴를 하나하나 읽었다. 무슨 햄버거가 좋을까 진지하게 고민하는 그녀에게 태인이 먼저 물었다.

"왜 나가 달라는 거였어요?"

태인은 아까 찬형이 다정의 팔을 잡고 구석에 갔을 때부터 부쩍 기분이 좋지 않았다. 자신을 배제한 채 다정이 찬형과 무슨 이야기를 나누는지 신경이 쓰였다. 김찬형이 남자라서 그런 건 아니었다. 김찬형이 아니라 신채린이라 해도 기분이 나빴을 것이다.

도태인은 안다정이 나누는 모든 이야기, 안다정에 관한 모든 일들을 속속들이 알고 싶었다. 그래서 이 세상에, 안다정에 대해 제일 잘 아는 사람이 자신이기를 태인은 진심으로 바라고 있었다. 태인은 제 속에 가득찬 독점욕을 삭이지 못해 지금까지 고통스러웠다.

"아, 그게…… 김찬형이 자기 데이트하는데 아는 사람 보기 부끄럽대서요."

"아하."

별것 아닌 이야기였다. 그는 어두운 독점욕을 숨기고 그다지 관심이 없는 척 대꾸했다.

메뉴를 결정한 다정이 가게 직원을 불렀다. 메모지를 들고 다가온 직원에게 다정이 메뉴판을 콕콕 짚어 가면서 주문했다.

"하나는 기본에 치즈 추가해 주세요. 생 양파는 말고 그릴드로요."

이럴 때 하나씩 알게 된다. 안다정은 비린 음식을 좋아하지 않고 너무 기름진 음식 역시 싫어한다. 그렇지만 고소한 치즈는 좋아하고 맛이나 향이 강하지 않은 채소라면 불평 없이 먹는다. 생선 초밥이 아니면 굳이 날 음식을 즐기지는 않으며 덜 익혀서 핏물이 비치는 고깃덩어리도 썩 내켜 하지는 않았다.

사소한 음식 취향이지만 그녀에 대해 하나씩 알아 갈수록 그는 텅 빈 마음속이 채워지는 기분이었다.

음식에 대해 집착이 없는 도태인은 무조건 기본, 아니면 가장 비싼 메뉴 둘 중에 하나로 택하곤 했다. 다정이 기본 메뉴를 선택해서 태인은 제일 고가의 메뉴를 골랐다.

"잠깐 손 좀."

웬일로 다정이 손바닥을 내밀자 잘 훈련된 애완견처럼 그는 그녀의 손바닥 위에 제 손을 놓았다. 남자 손치고 곱고 길쭉한 손을 그녀가 물끄러미 내려다보았다. 특별한 목적은 없었다. 그냥 그의 손을 잡고 있고 싶을 뿐이었다.

이 평화로운 시간이 좋다. 이 온기가 좋고, 이 남자가 좋다. 멍하니 있던 다정이 확인하듯 물었다.

"도태인 씨는 나를 왜 좋아해요?"

오늘 따라 다정이 이상하다. 어제 저녁만 하더라도 사랑이라는 말에 질색하면서 눈치를 보게 만든 여자가 갑자기 다정하게 자신을 대하고 있으니 태인은 무서워졌다. 평소 같지 않은 그녀의 모습이 불안을 자아냈다.

"……처음에는 날 살려 줘서 좋았는데, 이제는 그냥 좋네요."

그가 그녀의 눈치를 살피면서 조심스럽게 대답했다. 물론 거짓말은 아니었다. 그녀는 그의 진심을 느끼고 고개를 끄덕였다. 그때, 주문한 음식이 나왔다.

다정은 태인의 손을 미련 없이 놓더니 두툼한 햄버거를 꾹 눌렀다. 먹음직스러운 기름이 틈새를 따라 흘러나왔다. 포크와 나이프로 잘라 먹는 사람들도 있었지만, 그녀는 도구 사용을 귀찮아 했기 때문에 스스럼없이 한 손으로 햄버거를 들었다.

아침 겸 점심으로 칼로리 높은 햄버거를 맛있게 먹는데, 진한 눈길이 느껴졌다. 음식에 집중하고 있던 다정이 고개를 반짝 들었다. 음식은 물론 식기에도 손대지 않은 태인이 왠지 흐뭇한 표정으로 자신을 바라보고 있었다. 괜스레 창피한 기분이 들어 그녀가 냅킨으로 입가를 닦고 불만스레 말했다.

"뭘 그렇게 봐요?"

"내가 해 주는 것보다 맛있게 먹는 것 같아서요."

"아, 아니…… 그건 아닌데……."

항상 식사 때마다 신세를 지고 있는 그녀가 난처한 투로 쩔쩔 맸다. 그는 장난스레 미소만 지었다. 미남의 웃음은 심장 건강에 좋지 않았다. 또 맥박이 빨라져서 그녀는 아무렇지 않은 척 다시 고개를 숙이고 햄버거를 한 입 베어 물었다. 분명 햄버거가 방금 전까지 맛이 있었는데, 무슨 맛인지 모를 지경이 되어 버렸다.

다정은 천천히 음식을 씹으면서 힐끔 자신이 비치는 유리창을 곁눈질했다. 멀찍이 있는 유리창에 안다정과 도태인의 모습이 반사되었다. 그들의 모습은 청춘 드라마나 영화에서 나오는, 데이트를 즐기는 연인의 모습과 많이 닮아 있었다. 아마 남들 눈에도 저렇게 비칠 것이다.

'머리가 이상해질 것 같다⋯⋯.'

인간이 사회적 동물이라는 게 이럴 때 문제가 된다. 주변 사람들이 하나같이 입을 모아 안다정과 도태인이 연인 같다고 말을 하니, 철벽을 두른 안다정의 마음도 살짝 기울어진 것이다. 다정은 마음을 단속하려 애를 썼다.

지금 당장 이 자리에서 자신이 그에게 연애를 하자고 한다면 그가 흔쾌히 승낙할 것이라는 것쯤은 다정도 잘 알았다. 그러지 않는 이유는 자신이 너무나도 오랫동안 사랑을 외면하고 회피했기 때문이었다. 20년간의 자신을 부정하는 것만 같아서 그녀는 쉽게 마음을 바꾸고 싶지 않았다. 상하기 쉬운 사랑이라는 감정에 불안해지고 싶지도 않았다.

접시를 깨끗하게 비운 다정이 기름진 속을 달래기 위해 시원한 음료를 마실 무렵, 직원이 테이블 위에 손바닥만 한 빨간색 케이크를 내려놓았다. 깜짝 놀란 다정이 눈을 동그랗게 뜨고 물었다.

"이건 주문 안 했는데요?"

"스위트 하트'라고 원래 커플끼리 오시면 서비스로 드리는 거예요."

케이크는 하트 모양이었다. 커플? 스위트 하트? 닭살 돋는 단어에 다정이 당황한 듯 태인을 바라보았다. 그러나 그는 담담하게 빨간 하트를 응시할 뿐이었다. 직원이 이어 설명했다.

"친구나 직장 동료랑 오시면 다른 메뉴 서비스로 드리니까 궁금하시면 다음에도 오세요."

"아, 네……."

여기서 연인 사이가 아니라고 말하기도 곤란해, 다정은 떨떠름하게 대답했다. 직원이 멀어지는 것을 지켜보고 나서 그녀가 디저트용 포크로 케이크를 살짝 떠 보았다. 무스 케이크라 말랑말랑하고 탱탱한 질감이었다. 공짜 디저트니까 양심의 가책 없이 먹자. 그녀는 망설이지 않고 상큼한 무스 케이크를 입으로 가져갔다.

입 안에서 녹아내리는 느낌과 새콤달콤한 맛에 기분 좋은 표정을 짓던 다정은 제게 꽂히는 시선을 느끼고 퍼뜩 정신을 차렸다. 맞은편에 앉은 태인이 턱을 괸 채로 그녀를 보며 빙그레 웃고 있었다. 케이크를 꿀꺽 넘기고 나서 그녀가 우물쭈물 입을 열었다.

"뭘, 뭘 봐요?"

"선생님, 단 거 별로 안 좋아하지 않나?"

안다정은 커피도 설탕 없이 먹는 편이었다. 그래도 가끔 달콤한 음식이 먹고 싶을 때가 있는 법이었다. 특히 지금처럼 기름지고 짠 햄버거를 먹었을 때 말이다.

"그렇긴 한데……."

고개를 끄덕이며 긍정하던 다정이 미간을 찡그렸다.

"아니, 내 식성 아는 사람이 저번에 케이크를 그렇게 사다 줘요?"

그 케이크의 심각한 단맛 때문에 김찬형은 제 말대로 급성 위장염에 걸려 화장실을 몇 차례 들락날락했고, 응급의학과 전공의들은 물론 너스 스테이션에 있던 간호사들까지 몇 조각 되지 않는 케이크를 나눠 먹어야만 했다. 아직도 다정의 냉장고에 두 조각이 남아 있기도 했다. 물론 그런 사정을 모르는 태인은 당당하게 대답했다.

"공부를 하려면 당분이 필요하다고 해서 단 걸로만 골랐거든요."

말이라도 못하면…….

그래도 도태인 나름대로 안다정을 생각해서 이른 오전부터 간식을 사다 준 셈이었다. 다정은 불평하지 않고 '스위트 하트'만 먹었다. 그동안 맞은편에 앉은 태인은 디저트에는 손도 대지 않고 다정이 먹는 모습만 물끄러미 살폈다.

오늘 따라 도태인의 시선이 뜨겁게 느껴졌다. 아니, 뜨거운 건 안다정의 얼굴인가? 이쯤 되니 정말 체하겠다. 참다못한 다정이 자리에서 일어났다. 그녀의 속내를 모르는 태인이 의아한 듯 물었다.

"어디 가요?"

"화장실 좀……."

가게 안은 에어컨 때문에 추울 지경인데 얼굴은 자꾸 뜨거워진다. 다정은 도망치듯 화장실로 들어갔다. 남들에게 이런 모습을 들키고 싶지 않아, 그녀는 얼굴을 가리고 열려 있는 마지막 칸에 숨었다.

에어컨이 약하게 가동되는 화장실은 상승한 체온을 쉬이 가라앉혀 주지 않았다. 다정은 변기 뚜껑을 내리고 앉아 손부채질을 했다.

'이게 다 김찬형 때문이야.'

다정은 마음이 심란해진 이유를 동기에게 돌리고 한숨을 내쉬었다. 심장이 빨리 뛰어서 그런가, 머릿속이 멍해졌다.

옆 칸이 열리고 닫히는 소리가 세 번 정도 들린 다음이었다. 화장실 칸 밖에서 낯선 여자의 높은 목소리가 울렸다.

"그 남자 봤어?"

"잘생긴 남자?"

"연예인인 줄 알았다니까."

밖에서 들리는 대화에 다정이 눈동자를 데굴 굴렸다. 아무래도 바깥 여자들의 대화 주제가 도태인인 것 같다는 건 자신만의 착각일까? 가게 안에 연예인만큼 잘생긴 남자가 있었나? 눈앞의 도태인에게만 신경 쓰느라 가게에 누가 있었는지 다정은 기억하지 못했다.

"나도 내가 모르는 연예인인 줄 알았어. 아이돌 할 나이는 아니고 왜 연극배우나 모델 같은 거."

"여자랑 왔잖아. 환한 대낮에 연예인이 여자랑 오픈된 공간에 올 리가 없지."

"아, 머리 하나로 묶은 여자?"

다정은 하나로 단정히 묶인 제 머리를 잡아 보았다. 이 대화로 확실해졌다. 그녀들은 지금, 도태인과 안다정을 주제로 수다를 떨고 있었다.

이대로 모르는 척 문을 열고 나가려던 다정은 멈칫 행동을 멈추었다. 제3자의 눈에 안다정과 도태인이 어떻게 비칠지 궁금해진 탓이었다.

"여자는 좀 평범해 보이던데."

자신의 이야기가 나오자 덜컥, 다정의 심장이 바닥으로 내려앉았다.

"돈이 많은가 보지."

바깥에 있는 여자들이 낄낄 웃자 다정은 문득 슬퍼졌다. 안다정보다 도태인의 재산이 훨씬 많기 때문이었다. 부유하고 외모도 준수한 남자가 자신의 옆에 찰싹 달라붙은 상황은 역시 자신이 생각해도 비현실적이기는 했다.

'물론 정신이 좀 아프긴 하지만.'

그래도 바깥에서 들리는 대화를 엿듣다 보니, 뜨거웠던 얼굴이 조금은 가라앉는 기분이었다.

"돈 때문인지 다른 이유 때문인지는 모르겠는데 확실히 남자가 여자한테 미쳐 있나 보더라."

다정은 여자의 말에 딱 반만 공감했다. 자신이 돈은 없지만 그 남자가 미친 건 맞았으니까.

"왜?"

"한 번도 눈을 떼지 않더라고. 내가 딱 그 사람 정면으로 보이던 자리였잖아."

"진짜 사랑하는 건가?"

사랑이라는 단어에 다정은 저도 모르게 숨을 멈추었다. 태인은 항상 그녀에게서 시선을 떼지 않았다. 오늘은 자신 또한 그에게만 집중하느라 주변에 누가 있었는지조차 기억하지 못했다. 다른 사람이 보기에 역시 그의 태도는…….

"돈을 사랑하는 건지, 그 여자를 사랑하는 건지."

"야, 난 돈 때문이어도 좋겠다. 그런 남자면."

여자 하나가 키득거리는 동안 다정은 입가를 가리고 소리 죽여 숨을 내쉬었다. 심장이 빨리 뛰니 호흡이 빨라지고 얼굴이 다시금 뜨거워졌다. 이내 화장품 파우치 지퍼를 닫는 소리가 경쾌하게 들렸다.

"나가자. 조금 있으면 영화 시간이네."

철문 닫히는 소리와 함께 화장실 안이 조용해졌다. 혹시 다른 사람이 있을까, 숨죽이고 조심조심 문을 연 다정이 텅 비어 있는 바깥을 보고 움찔거리면서 문을 열고 나왔다. 거울에 비친 자신의 얼굴은 화장실에 들어올 때와 다름없이 붉었다.

'미치겠네.'

찬물을 묻힌 손으로 얼굴을 다독이고 나서야 안색이 점점 돌아오기 시작했다.

도태인은 오로지 안정을 위해 안다정을 붙잡고 있는 것뿐이었다. 이유를 알고 있음에도 자꾸 심장이 부풀어 오르는 느낌이 들었다. 다른 사람들 눈에 두 사람이 연인으로 비친다는 걸, 이제야 실감했다.

그런데 기분은 나쁘지 않았다. 정확히 말하면 부푼 심장이 들뜨는 기분이랄까? 사랑이라면 치를 떨던 안다정이.

'내가 왜 좋아하고 있지?'

거울에 비치는 자신의 얼굴이 낯설어서 다정은 정신을 차리고자 양손으로 뺨을 살짝 때렸다. 물론 정신이 바로 돌아오지는 않았다.

몸이 가는 곳에 마음도 가기 마련이라더니…… 생활 전반을 공유하면서 마음의 틈이 생긴 모양이었다. 그녀는 한숨을 길게 내쉬고 나서 안색을 살피고 화장실을 나섰다.

한편, 다정이 통 돌아오지 않자 태인은 초조해서 어쩔 줄 몰랐다. 그는 화장실로 통하는 코너에서 눈을 떼질 못했다.

한참 시간이 지나고 나서 다정이 돌아왔을 때에야 그는 마음을 놓을 수 있었다. 그가 진심을 담아 어리광을 부렸다.

"선생님, 나 버리고 간 줄 알았어요."

"애도 아니고 집 못 찾아올 나이도 아니면서."

다정이 떨떠름하게 답하고 태인의 시선을 피했다.

그에게 호감 이상의 감정이 생겨 버렸다. 아무래도 주변 사람들에게 넘어간 느낌이지만 인정하고 나자 그를 왠지 똑바로 쳐다보기 힘들었다. 이 남자가 자신에게 원하는 건 이런 감정이 아니고, 자신 역시 상하기 쉬운 감정에 휘둘리고 싶지 않아서 다정은 자신의 마음을 외면하려고 노력했다.

남은 무스 케이크를 거의 한입에 욱여넣고 나서 다정은 남은 음료를 마셨다. 배가 부른데도 먹을 수밖에 없었다. 그의 시선을 모르는 척하기 위해서는.

"그만 나갈까요?"

턱을 괴고 한참 안다정을 관찰하던 태인이 웃음기 섞인 목소리로 말했다. 다정은 머뭇머뭇 빨대를 놓고 몸을 일으켰다.

그와 마주하지 않고 나란히 걸으니 마음이 조금 편해졌다. 햇빛이 유난히도 밝아서 그녀는 손으로 햇빛을 가리고 중얼거렸다.

"9월이라고 덜 덥네."

8월은 죽을 것처럼 찌더니, 9월부터는 바람도 살랑살랑 불었다. 그는 바람을 정면으로 맞고 있는 그녀를 불렀다.

"선생님."

"왜요?"

다정이 고개를 들기도 전에 태인이 그녀의 손을 잡았다. 아까 그녀가 그의 손을 잡았던 것처럼 그가 그녀의 손을 폭 감싸 쥐었다. 예전과 달리 스킨십에 익숙해진 그녀는 깜짝 놀라기는 했어도 그의 손을 뿌리치지는 않았다.

그녀는 모를 것이다. 그녀가 자리를 비운 시간이 길어질수록 그의 감정이 얼마나 널뛰었는지. 그녀보다 늦게 들어갔던 손님들도 나오는데, 혹시 어디가 아파서 쓰러진 것은 아닐까? 아니면 갑자기 이 상황이 물려서 집으로 돌아가 버린 건 아닐까? 불안하고 또 걱정 탓에 초조해서 그는 포크를 꽉 쥐고 자신의 감정을 억누르려 노력했다.

시간을 살피던 태인은 5분 뒤에도 그녀가 나오지 않는다면 여자 화장실이라 할지라도 망설임 없이 들어갈 것이라고 마음을 먹었다. 초침이 움직이는 매장의 시계를 보고 있으려니, 그의 인내심은 뚝뚝 떨어져 갔다.

그 기분을 떠올리며 그가 혼잣말처럼 말했다.

"놓치기 싫어서."

"사람이 많은 것도 아닌데요."

그녀는 그를 핀잔하면서도 손을 빼지는 않았다. 햇볕이 뜨겁게 느껴지기 시작했다. 갑자기 기온이 변한 건 아니니까 아마 안다정의 체온이 상승한 것이리라. 그녀는 다른 손으로 손부채질을 했다.

'감정 정리 좀 하자.'

다정은 이를 꽉 깨물고 길을 따라 걸었다.

집으로 가는 지름길은 썩 넓지 않은 골목이었다. 건물 사이라 햇빛은 큰길처럼 들지 않았고 그늘진 곳은 시원했다. 지옥 같은 여름 더위와 다르게 이제는 볕 아래에만 있지 않으면 그럭저럭 견딜만한 온도라는 걸 아는데, 걸으면 걸을수록 맞잡은 손에서 느껴지는 온기가 뜨거웠다. 심장은 좀처럼 진정하지 않았다. 안다정의 체온은 분명 37도 이상일 것이다.

다정이 태인에게 슬쩍 말을 붙였다.

"저기, 덥지 않아요?"

"괜찮은데."

의식하는 건 오로지 안다정뿐인 양, 도태인은 태연했다. 손바닥에 땀이 차서 손을 빼고 싶은데 그는 그녀의 마음을 읽은 듯 손에 더욱 힘을 주었다.

태인은 다정과 손을 잡고 있으면 마음이 놓였다. 그녀를 만나기 전에는 몰랐던 것 중 하나가 평소 자신이 몸을 잔뜩 긴장시킨 채 살았다는 사실이었다. 그녀와 함께하면 자연스레 긴장이 풀려 몸이 한결 편안해졌다. 계속 자신을 쫓던 죽음의 공포에서 완전히 분리되는 기분이었다.

언제까지 이 모호한 관계가 지속될까? 이 안락함과 편안함을 알게 된 이상, 태인은 죽기 전까지 다정을 놓을 수 없는 몸이 되어 버렸다. 그는 그녀와 함께 있기 위해서라면 무엇이든지 할 수 있다고 다짐했다.

그때였다.

"야! 비켜!"

뒤에서 엔진을 개조한 오토바이의 요란한 소리와 함께 잔뜩 흥분한 목소리가 들렸다. 태인이 뒤를 돌아보기도 전에 굉음이 그의 옆을 거세게 때리고 지나갔다. 그가 미간을 찌푸리면서 품 안으로 다정을 막 끌어안으려던 참이었다. 아슬아슬하게 스치고 지나간 첫 오토바이와 반대로, 뒤따라오던 오토바이는 다정의 오른쪽 몸을 치더니 바닥으로 널브러졌다.

순식간에 일어난 일이었다.

"아아, 젠장…… 겁나 아프네."

큰 부상을 겨우 모면한 오토바이 운전자가 팔로 아스팔트 바닥을 짚으며 욕설을 내뱉었다. 오토바이 바퀴가 헛돌다가 멈추었다.

"으…… 씨발, 재수 없어……."

바닥에서 겨우 상체를 일으킨 남자가 몇 번 더 험한 말을 툭툭 뱉더니 상황 파악을 위해 제 오토바이 쪽을 돌아보았다. 옆으로 쓰러진 오토바이는 다정의 오른 다리를 깔아뭉개고 있었다. 남자는 다친 사람보다 제 오토바이가 소중한 듯 소리를 꽥 쳤다.

"아줌마! 비키라고 했잖아! 재수 없게!"

평소의 안다정이라면 여기서 욕설이라도 뱉었겠지만 지금은 달랐다. 오른쪽 다리에 가해진 충격으로 반쯤 정신이 나간 탓이었다.

고개를 숙인 다정은 입술만 벌린 채 겨우 호흡을 했다. 무릎 아래로 커다란 바늘이 꿰뚫고 지나가는 듯한 극심한 통증이 그녀의 몸을 뻣뻣하게 굳혔다.

"눈깔을 장식으로 달고 다녀? 죽고 싶어?"

다정도, 태인도 아무 말이 없자 겨우 무거운 바이크를 일으켜 세운 남자는 균형을 되찾고 속도를 높여 골목을 쌩하니 빠져나갔다. 뺑소니라는 자각은 없는 모양이었다. 오토바이 소리가 점점 멀어지더니 이내 사라졌다.

다정은 자신의 왼손을 잡은 태인의 손에 점점 힘이 가해지는 것을 느끼고 정신을 차렸다. 그러자 저도 모르게 입에서 신음이 흘러나왔다. 아무 소리도 들리지 않을 정도로 귓가가 멍했다. 이마에서부터 흐르는 식은땀이 뺨을 타고 떨어졌다.

수백, 수천 번을 보았을 상처가 자신의 다리에 새겨져 있다는 이유만으로도 볼 엄두가 나지 않았다. 그럼에도 그녀가 자신의 상태를 살펴야 하는 건, 자신의 등 뒤를 받쳐 주고 있는 남자 때문이었다. 그녀가 오토바이의 무게와 충격을 이기지 못하고 넘어지면서 그 역시 그녀에게 밀려 쓰러진 것이었다.

자신의 숨소리만이 들리는 세상에서 벗어나 정신을 차리기 위해 그녀는 억지로 눈을 뜨고자 했다. 정신이 돌아오자마자 날카로운 고통과 동시에 죄어드는 듯한 둔탁한 통증이 날아들었다. 찢어진 피부를 타고 뜨끈한 액체가 흐르는 느낌까지 생생했다. 상처에서 흘러나오는 액체가 뭔지 알기에, 그녀는 극한의 상황에서도 자신의 손에 힘을 꽉 주었다.

다정은 신음을 터뜨리면서 겨우 입을 열었다.

"눈을…… 감아요."

바닥에 점점이 번져 가는 혈액을 그가 보지 못하게끔 말했으나, 이미 너무 늦었다. 고개를 돌린 다정은 새하얗게 질린 태인의 얼굴을 보자마자 그의 목을 끌어당겨 품에 안았다.

도태인은 혈액 공포증이 있었다. 제 입가가 찢어져서 나오는 피만 봐도 과호흡 증후군을 일으킬 정도로 그는 혈액에 예민했다. 피를 보고 몇 번이고 기절했던 그에게 지금 이 상황은 악몽이나 다름없었다.

안다정의 몸에서 생명이 빠져나간다. 그의 심장이 멎을 듯 조여들기 시작했다. 통증을 이기지 못하고 그녀의 입에서 터져 나오는 신음 소리에도 태인은 손가락 하나 까딱할 수가 없었다.

오토바이가 빠져나간 골목 끝에서부터 죽음이 그를 발견하고 다가오고 있었다. 죽음으로부터 도망치는 그를 비웃기라도 하는 듯, 환청이 들렸다.

"여기 있었구나."

환청이라는 걸 알면서도, 태인은 꼼짝하지 못했다.

"도태인 씨."

누나의 목소리를 빌렸던 죽음은 어느새 다정의 목소리로 변해 있었다. 동공이 풀린 태인의 눈동자에 패배감 가득한 눈물이 올라왔다.

"도태인 씨! 정신 차려!"

고통을 참으면서 다정이 젖 먹던 힘까지 짜내서 외쳤으나 태인에게 닿지는 못했다. 아니, 환청이 안다정의 목소리를 빌린 이상 그는 그녀의 말을 곧이곧대로 들을 수가 없었다. 이내 그는 얼굴을 일그러뜨린 채로 눈을 감아 버렸다.

골목을 지나는 사람은 아무도 없었다. 이 상황에 기절한 도태인은 도움이 되지 않았고, 안다정 역시 제 몸을 가눌 수 없었다.

그녀는 주머니에서 겨우 휴대폰을 꺼내 바닥에 놓고 힘겹게 구급차를 불렀다. 구급차를 기다리는 동안 그녀는 태인이 숨을 쉬는지, 혹시 심정지가 온 것은 아닌지 초조하게 확인했다. 들썩이는 그의 가슴에 귀를 대고 빠르게 뛰는 맥박 소리를 들은 후에야 그녀는 한시름 놓았다.

병원 근처에 있던 구급차는 금세 신고자에게 달려왔다. 구급대원은 아는 얼굴을 보고 눈을 동그랗게 떴다.

"아니, 선생님……."

이 순간 가장 필요한 건 상황 설명이었다. 다정이 끙끙 앓는 소리 사이로 설명했다.

"오토바이에 치이고 눌렸는데 부러진 건지 아직은 모르겠어요. 너무 아파 아무 생각도 안 나서요."

이 와중에 농담 같은 소리를 하는 다정을 구급대원이 기가 막힌다는 눈빛으로 쳐다보았다. 다정의 머릿속에는 응급실에 실려 간다면 후배들이 엄청나게 놀라겠지, 같은 황당한 생각만이 맴돌았다. 그만큼 현실감이 없었다.

구급대원은 다리에서 피를 줄줄 흘리는 다정보다 정신을 잃은 태인이 훨씬 위험하게 느껴져서 먼저 태인부터 구급차에 실었다. 다정은 구급대원의 등 뒤에 대고 말했다.

"사고 당한 건 아닌데, 바로 바이털 체크해 주세요. 제가 이런 상황이라 맥박수조차 못 셌습니다."

"보통 사고 당하면 남의 맥박수를 못 세는 게 당연한 겁니다만."

지독하다는 양 구급대원이 혼잣말을 중얼거렸다. 혼잣말을 똑똑히 들었지만 다정은 대꾸를 하는 대신, 고통을 이기지 못하고 오만상을 찌푸리며 앓는 소리를 냈다.

"으……."

"금방 응급실 도착이니까 바로 갈게요."

"……네."

다정이 고개를 끄덕였다. 길바닥에서 상처를 세척하고 치료하는 것보다 빨리 병원에 도착하는 편이 나았다. 그래도 병원에서 일한다고 파상풍 주사 등을 맞아 둔 게 다행이었다. 곧, 다정도 들것에 들려 구급차에 오를 수 있었다.

"이분은 신콥(Syncope, 실신)인가요? 혈압하고 맥박이 좀 높긴 한데, 정상 범위입니다."

"아, 네……."

도태인의 상태가 정상이라는 말에 그녀의 눈앞이 흐려졌다. 긴장한 근육들이 뒤늦게 풀어지며 의식이 점차 사라지기 시작했다.

"선생님?"

"선생님! 멘탈(Mental, 의식) 잡으세요!"

호들갑을 떠는 구급대원들의 목소리가 점점 멀어지다가 끊겼다.

치료 방법 17.
사랑을 인정하기

정신을 잃은 게 차라리 다행이었다. 아니었으면 치료받는 내내 후배들 볼 낯이 없었을 것이다.

눈을 뜬 다정은 익숙한 공기를 잔뜩 들이마시고 멍하니 천장만 바라보았다. 9월에 응급실에 또 오다니!

"좀 괜찮으세요?"

마침 커튼을 걷으며 들어온 채린이 정신을 차린 다정을 보고 걱정스레 물었다. 공교롭게도 환자 안다정의 담당의가 신채린이었다.

"……아니."

전혀 괜찮지 않은 다정은 흘깃 링거를 살폈다. 저 주사액에는 아마 진통제랑 항생제가 들어 있을 것이다. 다정의 머릿속에 응급실 프로세스가 척척 떠올랐다. 그녀가 한숨을 내쉬며 상태에 대해 묻기 시작했다.

"부러진 건 아니지?"

"네. 엑스레이 결과 보세요."

채린은 다정에게 다리 사진을 건네주었다. 대충 봐도 뼈는 깨끗했다. 다정이 기가 막힌다는 투로 말했다.

"부러지지 않을 줄은 알았는데…… 크랙(Crack, 금)도 없는 건 좀 신기하네. 나 오토바이에 눌렸거든. 번(Burn, 화상)도 없지?"

엔진 가까이에 닿았으면 화상도 입었겠지만 다정의 기억 속에 살이 타는 듯한 고통은 없었다. 채린도 고개를 끄덕였다.

"네. 천만다행이죠."

거즈로 꼭꼭 싸맨 다리를 힐끗 본 다정은 이제야 여유를 되찾았다. 다리가 부러지지 않은 것만으로도 한결 마음이 가벼워졌다. 진통제 덕분에 통증도 거의 없자 환자 안다정은 평소의 이성적인 모습으로 돌아왔다.

"슈처(Suture, 봉합) 했어?"

"네, 한 군데 4센티 정도요."

다정이 고개를 갸웃거렸다.

"이상하네? 한 군데? 블리딩(Bleeding, 출혈) 심했는데."

피가 뜨끈하게 흐르던 느낌이 아직도 생생했다. 심지어 피가 줄줄 흘러서 도태인이 기절까지 하지 않았나. 그러나 채린은 고개를 설레설레 저었다. 다정은 다리 이곳저곳이 긁히고 파인 찰과상만이 있었다. 봉합이 필요할 만큼 찢어진 상처는 한 군데뿐이었다.

"……그렇게 큰 상처는 없었는데요? 블리딩도 금방 멈췄고."

"그래? 바닥에 피가 흥건했던 것 같은데……."

"상황은 잘 모르겠는데 다친 부위가 워낙 넓어서 그렇게 보였을 수도 있어요. 슈처한 부분 흉터는…… 남을 거예요."

채린은 다정의 매끈한 다리에 흉터가 남을 것을 안타깝게 여겼으나 정작 당사자인 안다정은 별로 신경 쓰지 않았다.

"얼굴도 아닌데 됐어. 도태인 씨는?"

"음, 그게…… 태인이 오빠, 정신은 금방 차렸는데……."

"그런데 어디 갔어?"

정신을 차린 도태인이 안다정의 곁에 없다니, 의외였다. 다정이 눈을 동그랗게 뜨고 묻자 채린이 관자놀이에 검지를 가져다 대더니 빙빙 돌렸다. 도태인이 돌았다는 몸짓이었다.

"완전 빡쳐 가지고……."

"엥?"

그러니까 도태인이 화가 머리끝까지 났다는 뜻이었다. 도통 이해하지 못하는 다정을 채린이 복잡한 시선으로 바라보았다.

정신을 잃은 다정을 보고 잠시 패닉에 빠졌던 태인은 정신을 차리자마자 주사 바늘을 빼 달라고 단호하게 요구했다. 난처해하는 간호사 대신 바늘을 빼 준 채린은 차갑게 가라앉은 태인의 표정에 그가 입을 열기 전까지는 아무것도 묻지 못했다. 화가 나서 눈앞에 아무것도 보이지 않는 사람에게 이성적인 대화를 요구할 자신이 없었다.

"오토바이 뺑소니라면서요?"

"아, 그랬지."

"그거 잡을 거라고 빡쳐서 나갔어요."

다정은 아무 말 없이 고개를 끄덕였다. 뺑소니 사건은 빠른 신고가 중요하긴 하니까. 그런데 왠지 서운했다. 자신은 구급차에 올라서 그의 상태를 확인한 뒤에야 정신을 놓았는데, 그 남자는 의식을 되찾자마자 홀랑 떠나 버리다니. 다정의 안색이 어두워졌다.

"그래도 아까까지 옆에 있었어요. 여기서."

채린이 다정의 기분을 눈치채고 커튼 뒤 옆 침대를 가리켰다. 이미 다른 환자가 자리 잡고 있는 침대는 얼마 전까지는 태인이 자리하고 있던 곳이었다.

퇴원한 태인은 바로 경찰 상부에 인맥이 있을 할아버지에게 연락을 했다. 다정이 깨어나는 것을 보고 나서 움직이고 싶었지만 그녀가 언제 정신을 차릴지 몰라 결국 병원을 나서야만 했다.

"참! 오빠가 선생님, 특실로 옮기라고 했어요."

"어? 아냐, 됐어."

큰 부상도 아니고 당장 퇴원해도 무리 없는 터라 다정이 손을 막 내저을 참이었다. 채린이 농담인지 진담인지 모를 소리를 뱉었다.

"선생님이야 근무 다 끝났고 시험만 보면 되니까 상관없어도 전 앞으로 1년이나 더 근무해야 하거든요? 태인이 오빠 말 무시하면 저 어떻게 될지 몰라요."

처음에 다정은 신채린이 진지한 표정으로 헛소리를 한다고 생각했다. 다정이 미간을 좁히고 코웃음을 쳤다.

"그 사람 신입이야. 신 선생보다 연차가 낮다고."

"올해 지나 봐요. 신입인가."

채린의 확신 가득한 목소리에 문득 다정은 태인이 자신과 꽤 먼 사람임을 다시금 깨달았다. 도태인이 비좁은 오피스텔에서 가사일까지 맡아 하고 있기 때문인지 다정은 가끔 이렇게 그의 위치를 망각하곤 했다. 다정은 다리에서 흐르는 피를 보고 새하얗게 질렸던 태인의 얼굴을 떠올렸다.

언젠가 헤어지기 전에 그의 혈액 공포증이 나았으면 좋겠는데.

순간, 다정의 심장 부근이 콱 조여들었다. 다정이 미간을 좁히고 심장이 뛰고 있을 가슴에 손을 얹었다. 생소한 통증은 이내 자취를 감추었고 다정은 한숨만 내쉬었다. 이 가슴 통증이 심인성이라는 걸 누구보다도 그녀 자신이 잘 알아서였다.

"근데 뭐…… 퇴원해도 되는데 특실에 가려니 좀 그러네."

상체를 일으킨 다정이 머리를 긁적였다. 그때, 커튼이 홱 걷히더니 김웅진 교수가 혀를 차면서 들어왔다.

"안다정."

"아, 안녕하세요."

다정이 어색하게 인사를 했다. 근무하는 병원에 실려 오면 이게 문제다. 아는 사람이 많다는 점 말이다. 웅진은 도무지 믿을 수 없다는 듯 다정을 쳐다보며 말했다.

"대체 어떻게 된 거야? 오토바이에 치였다며?"

"네……."

창피해서 다정의 얼굴이 화끈 달아올랐다. 허리에 손을 얹은 웅진이 한숨을 푹푹 내쉬었다.

"보드 시험 앞두고 조심하지 않고?"

"죄송합니다."

안다정은 다친 것도 억울한데 꾸지람까지 듣고 있었다. 시무룩해진 다정을 보던 웅진은 더 이상 제자를 꾸짖지 않기로 했다. 다친 사람이 제일 속이 상할 터였다.

"다리 부러지지 않은 걸 다행으로 생각해."

"네."

"너 멘탈 없이 들어오는데 그거 보고 내가 다 멘탈이 나가는 줄 알았다."

아끼던 제자가 전문의 시험만 앞두고 갑자기 교통사고를 당해 들어왔다는 소식에 웅진은 눈앞이 어지러웠다. 조심성 많은 안다정이 사고로 응급실에 실려 올 줄 누가 알았을까? 웅진만큼이나 다른 의료진들도 깜짝 놀라고 말았다.

그래도 검사 결과, 큰 부상은 아니었고 며칠 쉬면 괜찮아질 정도였다. 그나마 그 사실이 다정에게는 위안이었다.

"조심, 또 조심. 알지?"

웅진은 그 말을 남기고 빠른 걸음으로 응급 수술을 위해 멀어졌다. 다시 커튼이 닫히자 다정은 양손에 얼굴을 묻고 힘없이 중얼거렸다.

"진짜 쪽팔려 미치겠다."

"그 기분 저도 알죠."

1년 차 때 횡단보도 앞에서 기절한 경험이 있는 채린이 다정의 기분에 공감해 주었다. 다정이 손 사이로 한숨을 뱉었다. 응급실에 더 있다가는 창피할 일만 일어날 것 같아, 그녀는 어서 빨리 특실이든 어디든 옮겨서 숨고 싶었다.

하지만 다정이 특실로 옮기자마자 사고 연락을 받은 찬형이 미진과 함께 병문안을 왔다. 병원 가까이에 있다가 달려온 동기 커플을 다정은 어두운 안색으로 쳐다보았다.

"소문 다 났냐?"

"당연하지. 너 입원하자마자 내 폰에 불났어."

처음에 찬형의 휴대폰으로 날아든 메시지는 정말 끔찍했다. 다정이 교통사고로 의식불명이라는, 오해하기 쉬운 내용이었기에 찬형은 찬물이라도 맞은 양 얼어붙어서는 덜덜 떨었다. 워낙 심각한 외상 환자를 많이 봐 온 터라 머릿속에는 피투성이가 된 동기의 모습이 그려졌으나, 결과적으로는…….

"근데 안다정, 완전 멀쩡하잖아?"

"내 말이."

안다정은 멀쩡한데도 도태인 때문에 호화롭게 특실에 처박혀야만 했다. 낯부끄러워서 정말 참을 수가 없었다. 차라리 다리라도 부러졌으면 몰라! 다정은 한숨을 겨우 삼켰다. 보호자용 의자에 앉은 미진이 조심스레 물었다.

"좀 괜찮으세요?"

"네, 뭐……."

다정이 미진의 시선을 피하면서 웅얼거렸다. 그래도 이만한 부상으로 끝난 게 어디인가 싶기도 했다. 실금조차 가지 않은 튼튼한 다리, 심각하지 않은 상처들. 봉합한 상처를 빼면 계단이나 아스팔트 길에서 넘어져 구른 것과 비슷했다.

'도대체 왜 기절한 거지?'

물론 피부가 저며지는 듯한 통증은 끔찍했으나, 지금 와서 생각해 보니 이게 기절까지 할 일이었나 싶어 다정은 허무해졌다. 가만히 앉아 있던 미진이 그런 다정을 위로해 주었다.

"지금은 괜찮다고 해도 TA(Traffic Accident, 교통사고)는 후유증 올 수 있잖아요."

"그렇기는…… 하죠."

다정이 떨떠름하게 긍정했지만 왠지 후유증은 오지 않을 것 같았다.

4년 차 안다정이 의식을 잃은 채로 교통사고 환자 타이틀을 달고 들어온 바람에, 전공의 후배들이 다들 놀라 호들갑을 떨면서 하지 않아도 될 온갖 검사를 다 했다. 다행인지 불행인지 몸에 특별한 이상은 없었다. 4센티미터 봉합한 다리 외에 눈에 띄는 외상은 바닥을 짚은 손바닥이 살짝 긁힌 것 정도였고 그 밖에 손목 인대가 조금 늘어난 것쯤?

놀란 가슴을 쓸어내리고 나자 찬형은 그제야 안정을 되찾았다. 때마침 찬형의 휴대폰이 울렸다. 발신인을 확인한 찬형이 쯧쯧, 혀를 찼다.

"얘도 난리네."

"얘?"

"장민석."

동기의 이름에 다정의 눈가가 일그러졌다.

"오늘 오프인 애들한테까지 다 퍼졌다더니……."

"민석이랑 전화하고 올게."

좌절하는 동기의 모습을 감상하고 킥킥 웃으면서 찬형이 나가자 다정은 특실에 미진과 단둘이 남았다. 조용한 가운데 미진이 슬쩍 물었다.

"선생님, 남자 친구분은 어디 가셨어요? 같이 계셨다면서요."

미진이 말하는 남자 친구는 태인을 가리키고 있었다. 당황한 다정이 손을 내저었다.

"나, 남자 친구 아니에요."

미진의 오해를 풀어 줄 때가 이렇게 올 줄이야. 다정의 부정에 미진은 큰 눈을 더욱 동그랗게 떴다.

"네?"

오전부터 태인과 단둘이 데이트를 한 주제에 그와 절대 연인 사이가 아니라고 주장하는 다정은 미진의 눈에 당연히 이상해 보였다. 혼란스러워하던 미진이 겨우 이성적인 결론을 내리고 다시 물었다.

"아…… 그러면, 약혼자 같은 건가요?"

"그렇게 보는 사람들 많은데, 저희 그런 사이 아니에요."

거우 당황을 수습한 다정이 고개를 살짝 저었으나 미진은 여전히 이해가 되지 않는 눈치였다.

"아까는 데이트도 하셨고…… 또, 같이 사신다면서요?"

"그렇기는 한데……."

하여튼 김찬형! 다정은 입이 싼 동기에게 속으로 불평했다.

다정은 미진의 오해를 풀어 주고 싶은데 어째 계속 같은 자리만 맴돌고 있는 느낌이었다. 미진이 다정을 가만히 지켜보다가 표정을 굳히고 조심스럽게 말했다.

"설마 그분이 선생님을 좋아한다고 고백 안 하셨어요?"

도태인은 안다정에게 좋아한다는 말을 달고 살았다. 그가 어렵고 불편해서 그녀가 질색할 때에도 그는 꿋꿋하게 그녀를 좋아한다며 실없는 웃음을 내보이곤 했다. 지금은 다정 역시 그와 함께하는 시간이 좋다고 느끼고 있었다.

"너무 좋아한대서 탈이죠."

변태가 따로 없던 태인의 여러 모습을 떠올린 다정이 저도 모르게 피식 웃자 미진이 진지한 목소리로 다정을 불렀다.

"선생님."

"네?"

"저랑 김 선생님도 서로 좋아한다고 해요."

"김 선생? 아, 김찬형이요?"

"네."

고개를 끄덕인 미진이 예쁘게 웃었다. 연인 사이가 되었는데도 찬형과 미진은 서로를 아직 '김 선생', '이 선생' 하고 어렵게 부르는 모양이었다. 문득 다정은 찬형이 미진에게 왜 반했는지 알 것도 같았다. 예쁘게 웃는 사람을 보면 저절로 기분이 좋아지니까, 마치 도태인을 볼 때처럼.

태인을 떠올리자 다정은 그가 도대체 어디에서 뭘 하고 다니기에 아직까지도 머리털 하나 보이지 않는지 불만스러웠다. 평소의 도태인이라면 다친 안다정 옆에 찰싹 붙어 있을 법도 한데, 신고하러 가서는 감감무소식이라니? 물론 태인에게 전화를 해볼 수도 있지만 다정은 먼저 전화를 하고 싶지 않았다.

잠깐 다정이 태인 생각에 빠져 있는 동안에도 미진은 계속 말했다.

"사랑한다는 말은 어색하고 낯간지럽잖아요. 살짝 순화해서 좋아한다고 말하는 거죠."

"아, 네……."

상념에서 빠져나온 다정이 아무 생각 없이 고개를 끄덕였다.

그러나 미진은 아직까지도 이해하지 못하는 다정을 답답하게 쳐다보다가 차근차근 설명해 주었다.

"호감 있는 남녀 사이에, 좋아한다는 말은 사랑한다는 말하고 동의어예요."

"아, 네…… 네?"

그제야 다정이 미진의 말뜻을 이해하고 펄쩍 뛰었다.

"그런 거 아니에요. 정말!"

이번에도 격렬히 부정하는 다정을 물끄러미 응시하다가 미진이 빙긋 미소를 지었다.

"정말 아니에요? 신기하네."

아무래도 이미진은 안다정의 말을 전혀 믿지 않는 눈치였다. 다행히 전화를 마친 찬형이 병실 안으로 들어와서 난처한 대화는 흐지부지 끝이 나 버렸다.

"장민석은 여친한테 꽉 잡혀서 못 나온대."

"올 필요 없다고 그래."

교통사고라고 거창하게 말은 해도 고작 열상 하나에 찰과상과 타박상이 전부였다. 일반인들이야 병상에 누워 있는 환자를 보면 큰일이 났겠구나, 여기겠지만 슬프게도 안다정 주변 사람들은 전부 의료인이었고, 그들은 다정의 차트만 봐도 특실 입원이라는 사치에 황당해할 것이 분명했다.

"장 선생님, 여자 친구 되게 좋아하시나 봐요."

"좋아서 미친 적도 있어요. 잠깐 차였을 때."

그 불똥이 애먼 안다정에게 튀어서 어이가 없었지. 다정은 며칠 전 사건을 떠올리고 코끝을 찡그렸다. 그때, 다정은 자신에게 꽂히는 미진의 시선에 퍼뜩 정신을 차렸다. 미진이 의미심장한 미소를 짓고 있었다.

미진의 주장에 따르면, 좋다는 단어는 사랑한다는 단어와 같은 뜻이라고 했다. 다정의 머릿속에서 자연스럽게 변환이 이루어졌다.

"장 선생님, 여자 친구 되게 사랑하시나 봐요."
"사랑해서 미친 적도 있어요. 잠깐 차였을 때."

기가 막히게도 딱 맞아떨어지는 바람에 다정이 혀를 내둘렀다. 정말로 미진과 찬형은 사랑한다는 말을 좋아한다는 단어로 바꾸어 말하고 있었다. 그런데 과연 그들만 단어를 바꿔 사용하는 걸까?

"공연 예약되어 있는데, 도태인 씨는 언제 오냐?"

"그, 그러게……."

다정이 떨떠름하게 대꾸했다. 계속 시간을 확인하는 찬형만큼이나 다정도 태인이 언제 오는지 궁금했다. 병실 안에 침묵과 어색한 분위기가 흘렀다. 웃고 있는 사람은 다정의 반응을 살피는 미진뿐이었다. 미진의 시선에 다정은 가시방석에 앉은 듯 괜히 불편해졌다.

"바쁘면 어서 가 봐. 시간 늦겠다."

"괜찮으시겠어요? 혼자?"

"부러진 것도 아니고 괜찮아요. 저 때문에 데이트 망치지 말고 얼른 가 보세요."

"선생님, 제가 한 말 한번 잘 생각해 보세요."

미진은 웃는 낯으로 다정에게 숙제를 남기고 찬형과 함께 나갔다.

홀로 남자 병실은 조용하다 못해 적막해졌다. 다정의 눈동자가 흔들렸다. 사랑한다는 말이 좋아한다는 소리와 다를 게 없다고? 그렇다면 안다정이 그동안 사랑이라는 단어에 유난히 큰 의미를 부여하고 있던 걸까?

"선생님, 좋아해요."

"우리 안다정 선생님…… 정말 좋아."

"오빠, 선생님 좋아하잖아."

"선생님도, 오빠 좋아하는 거고."

다정의 머릿속에서 그동안 들었던 말들이 어지럽게 맴돌았다. 그녀의 얼굴이 점점 붉어졌다. 보는 눈이 없는데도 그녀는 양손으로 얼굴을 가려 버렸다. 기분이 이상했다. 그렇다고 해서 나쁜 건 아니었다.

경찰서에서 진술을 마치고 돌아오는 길에 태인은 할아버지와 통화를 했다.

─진술은 똑바로 했지?

"네. 번호판 외웠으니까요."

─그럼 금방이겠네.

집채만 한 오토바이가 다정의 가느다란 다리를 덮치는 장면은 사진처럼 태인의 머릿속에 강렬하게 남았다. 심지어 오토바이의 뒤에 달린 번호판까지 상세하게 기억할 정도였다. 무력함에 눈앞이 아찔하던 그 순간은 다시 떠올리고 싶지 않아도 저절로 떠올라 그를 괴롭혔다. 핏물 가득한 욕조처럼.

─안다정 선생은 괜찮고?

"……모르겠어요. 지금 다시 병원으로 가고 있습니다."

─너무 걱정 마라. 괜찮을 거야.

손자의 힘없는 목소리에 도종철 회장이 바로 위로의 말을 건넸다. 그러나 태인의 귓가에 할아버지의 위로는 들리지 않았다.

자신이 기절할 때까지도 다정은 의식을 잃지 않았다. 도태인은 따라 할 수도 없는 대단한 정신력이었다.

다정의 다리를 타고 흐르던 피를 본 순간, 그는 온몸이 얼음처럼 굳어 버렸다. 공포로 인해 숨이 제대로 쉬어지지 않았고 심장은 터질 듯 뛰었으며 눈앞까지 점점 흐려지는 가운데, 눈을 감으라는 그녀의 목소리가 멀리서 들렸다. 하지만 공포에 노출된 몸은 말을 듣지 않았다.

"제가 너무 한심해서 미칠 것 같아요."

―자책하지 마. 사고였어. 네가 사고를 낸 것도 아니잖아?

"아뇨……."

그게 문제가 아니었다. 태인은 정작 다치지도 않은 자신이 먼저 의식을 잃었다는 사실에 미칠 것만 같았다. 적어도 구급차만큼은 자신이 불렀어야 했는데 그녀의 다리에서 흘러나오는 붉은 액체를 보고 겁이나 집어먹었다.

안다정이 죽을지도 모른다는 공포가 이성을 삼켜 버렸다. 다정의 음성을 빌려 나온 환청이 태인의 정신을 갉아먹었다.

그제야 태인은 다정 역시 평범한 사람임을 인식했다. 이번 사고는 안다정을 향한 도태인의 감정과 인식을 완전히 바꾸어 버리는 계기가 되었다. 이전에는 그녀가 생명을 관장하는 신처럼 느껴졌는데, 지금은 그녀 역시 자신이나 누나처럼 죽음을 피할 수 없는 평범한 사람임을 태인은 뼈저리게 깨달았다.

죽음이 다정에게 시뻘건 혀를 날름거리며 입맛을 다셨다. 약한 달간의 치료는 환각에 아무런 도움을 주지 않았다. 태인은 숨이 막히고 온몸에 힘이 빠져 무력해지는 그 기분을 다시는 느끼고 싶지 않았다. 그는 어떻게든 이 저주 같은 공포증에서 벗어나고 싶어졌다. 진심으로.

단지 그녀의 곁에 있기 위해 치료를 받던 전과 달리, 그는 공포증을 극복하는 방법을 진지하게 고민했다. 안다정을 잃을 뻔한 사고가 언제 또 일어날지 모르니 말이다.

한참 동안 손자가 말이 없자, 종철이 기다리다 못해 태인을 불렀다.

—태인아?

"아…… 네."

태인은 가까워진 병원 후문을 보고 퍼뜩 정신을 차렸다. 그는 걸음을 멈추고 고개를 슬쩍 돌렸다. 길이 꺾어지는 모퉁이에 남성용 검은 단화가 살짝 나왔다가 들어갔다. 누군가가 자신을 뒤쫓고 있다는 뜻이었다. 그 순간, 가슴속에 응어리져 있던 뜨거운 감정이 울컥 치밀었다. 이 와중에도 어머니의 감시는 계속되고 있었다.

하지만 태인은 미행을 눈치채지 못한 척, 병원 후문 안으로 걸음을 옮기며 딱딱하게 말했다.

"내일쯤 말씀드리고 싶은 게 있습니다."

—뭔데?

"가서…… 말씀드릴게요."

—알았다.

할아버지는 태인의 무거운 목소리에 더 이상 아무것도 묻지 않고 전화를 끊었다. 아직 다정이 응급실에 있을까 싶어서 태인은 걸음을 재촉해 응급실로 향했다.

그러나 다정이 누워 있던 침대에는 다른 환자가 누워 있었다. 마침 태인을 발견한 채린이 다가와 담담하게 알려 주었다.

"특실로 가셨어."

"깨어났어?"

채린이 고개를 끄덕이자 태인의 얼굴에 안도의 빛이 스쳤다. 이제야 안심하는 그를 보고 그녀가 한숨을 내쉬었다.

"말했잖아, 심한 부상 아니라고."

태인은 채린의 말을 듣는 척도 하지 않고 출입구 쪽으로 걸음을 돌렸다. 다정이 깨어나기 전에 모든 일을 다 처리했으면 좋았을 텐데, 조금 늦었지만 의식을 되찾은 그녀를 어서 제 두 눈으로 확인하고 싶었다. 그때 채린이 그를 불렀다.

"오빠."

그가 대답 대신 고개만 살짝 돌렸다. 그의 눈동자가 조급하게 빛났으나 채린은 그를 쉽게 놓아주지 않았다. 다정의 성격을 잘 아는 채린은, 분명 다정이 태인에게 한 마디도 불평하지 않을 것을 알기에 그녀를 대신해서 이렇게라도 알려 주고 싶었다.

"서운해하시더라."

채린이 다정에 대해 말하고 있음을 눈치채자마자 태인이 다시 몸을 돌렸다. 이런 걸 보면 참 영락없이 안다정 바라기다. 아무 상관없는 제3자인 신채린이 보기에도 도태인의 세계는 안다정을 중심으로 돌고 있었다.

"내색은 안 하시겠지만."

"왜?"

태인이 한 걸음 채린에게 다가와 물었다. 묵직한 저음이 서늘하게 울렸다. 남자 목소리치고도 유난히 낮은 음성이었다. 그러나 채린은 한 치도 밀리지 않았다.

"깨어났는데 옆에 오빠가 없었잖아."

다정은 눈을 뜨자마자 내심 태인을 찾고 있었다. 어쩌면 다정은 자신의 상태보다 태인을 염려하고 있었는지도 모른다. 곁에 태인이 없는 것을 확인하고 시무룩해 하는 다정의 모습을 채린은 잊지 못했다.

"만약 내가 안 선생님이었으면 오빠 진짜 가만 안 뒀어."

다정과 태인을 이송한 구급대원은 다정이 앰뷸런스에 오를 때까지 의식이 있었다고 설명했다. 구급대원은 실신한 일행의 상태를 확인하자마자 기절한 다정을 의사의 귀감이라고 침이 마르도록 칭찬한 뒤에 떠났다. 그러나 채린은 착잡했다. 정신을 잃은 태인을 옆에 두고 통증을 참아 가며 119에 신고했을 때, 다정의 기분이 어떨지 상상도 가지 않아서였다.

"좋아하는 여자가 다쳤는데도 혼자 기절하고 말이야."

무표정하던 태인이 질끈 눈을 감았다. 저주 같은 혈액 공포증 때문에 다정에게 큰 상처를 주고 말았다. 자책 때문에 그의 목소리가 한층 약하게 흘러나왔다.

"그건, 내가……."

"그래 놓고는 자기 혼자 정신 차렸다고 홀랑 사라지고."

변명거리를 아는 채린이 말을 도중에 자르자 태인은 우울해졌다. 채린의 말을 듣자 하니, 다정이 얼마나 많이 실망했을지 그는 가늠도 되지 않았다. 오늘 일로 안다정이 도태인을 버린다고 하더라도 그는 할 말이 없었다. 그에게는 그녀를 붙잡을 명분이 없었다.

태인은 문득 다정과 만날 생각만으로도 무서워졌다. 안다정과의 관계에서 도태인은 철저한 을의 입장이었다. 그런 주제에 먼저 기절을 하질 않나, 그녀가 깨어나기도 전에 병원을 떠나질 않나…….

'어떡하지?'

그의 손이 미세하게 떨리기 시작했다. 만약 안다정이 도태인을 차갑게 내친다면 앞으로 자신은 어떻게 살아가야 하는 걸까?

그때였다. 태인을 한심하게 보고 있던 채린이 답답한 듯 숨을 푹 내쉬고 깔끔하게 결론을 내려 주었다.

"선생님한테 빨리 가서 사과하고 고백해."

"뭐?"

뜬금없는 소리에 태인이 망연한 시선만 보냈다. 가운 주머니에 손을 꽂은 채린이 코웃음을 치면서 말했다.

"사랑이 아니기는."

응급실에 실려 온 태인은 정신을 차리자마자 제일 먼저 다정을 찾았다. 옆 침대에서 의식을 잃은 채 늘어져 있는 그녀를 보고 그는 창백한 얼굴로 벌벌 떨었다. 어쨌든 도태인도 환자인 터라, 그를 진정시키기 위해 소량의 진정제를 투여해 준 채린은 세상을 다 잃은 듯 멍하니 앉아 있는 태인에게 다정의 상태가 나쁘지 않다고 계속해서 설명해야만 했다.

"오빠 깨어났을 때 표정, 사진으로 찍어 뒀어야 하는데."

채린의 발랄한 목소리와는 반대로, 태인의 눈빛은 여전히 가라앉아 있었다. 안다정에게 사랑 고백? 말은 쉽지, 그랬다가는 단숨에 버려질 것이다. 가뜩이나 지금 다정이 자신에게 얼마나 실망하고 있을지 모르는 상황에서 그녀가 치를 떠는 짓을 할 수는 없었다.

채린을 뒤로하고 태인은 별 대꾸 없이 걸음을 옮겼다.

'웃기는 사람들이야.'

아무리 봐도 서로 좋아서 어쩔 줄 모르는데, 정작 당사자들은 감정을 부정하고 있으니 신채린 입장에서는 기가 막히고 웃길 뿐이었다.

그 시간, 찬형과 미진이 떠나고 다정은 홀로 널찍한 특실에 박혀 있었다. 미진이 남긴 숙제가 다정의 마음을 혼란스럽게 어지럽혔다.

진통제 효과가 점점 떨어지는 듯 다리가 욱신거리기 시작했다. 참지 못할 통증은 아니지만 짜증이 치솟았다. 혼자 있으려니 마음도 처졌다. 아픈 건 보통 아무렇지 않게 혼자 견뎠는데 언제부터 마음이 이렇게 약해졌을까? 다정은 자신을 약하게 만든 사람이 누군지 알고 있었지만 그를 탓하고 싶지는 않았다.

"올해 지나 봐요. 신입인가."

멍하니 출입문만 바라보는 동안 머릿속에서 채린의 목소리가 또렷하게 재생되었다. 언제나 자신의 곁에 있을 남자라고 여겼는데 문득 도태인이 참 먼 사람이라는 것을 깨달았다. 그는 탯줄을 잘 잡고 태어난 덕분에 평범한 사람들은 전혀 상상도 못 할 속도로 승진할 것이다. 원래 세상은 불공평한 거니까 그가 얄밉지는 않았다. 오랜 시간 꾸준한 치료를 받으면 언젠가 도태인이 안다정을 필요로 하지 않을 날도 올 것이다.

"선생님, 좋아해요."

이 말도 더 이상 듣지 않을 테고.

이른 아침에 잠투정하던 그의 목소리를 그녀는 똑똑히 기억하고 있었다. 아마 그는 불안해서 무의식적으로 자신에게 달라붙은 것이리라. 그의 병이 낫거나 혹은 많이 호전되었으면 좋겠는데, 한편으로는 그가 계속 병을 앓았으면 좋겠다는 이기적인 마음도 스멀스멀 생겨났다.

'미쳤나 봐. 무슨 생각을…….'

다정은 자신의 음험한 생각을 털어 내려 노력했다. 몸이 아프니 생각이 비관적으로 흘러갔다. 진통제 주사를 맞든지 약을 먹고 싶었다. 진통 효과가 나타났을 땐 기분이 이만큼 나쁘지 않았으니까.

점점 더 다리가 아파 와서 그런지 그녀는 울적해졌다. 그냥 집에 가면 안 될까? 입원까지 할 만큼 심한 부상도 아니고, 도태인은 안다정의 존재를 잊은 것처럼 돌아오지도 않았다. 괜스레 서운해진 다정이 상체를 벌떡 일으켰다. 도태인이 얄밉지 않다는 말은 취소다.

"가자."

누가 못 가게 막은 것도 아니고, 퇴원 수속만 하면 그만이었다. 다정이 조심조심 다친 다리를 침대 밑으로 내릴 찰나였다. 무슨 타이밍인지 문이 소리 없이 열리고 기다리던 사람이 모습을 드러냈다.

다정의 움직임이 뚝 멎었다.

침대를 내려가려는 다정의 태도에 깜짝 놀란 태인이 후다닥 달려왔다. 소리 없이 열렸던 문이 달칵, 소리를 내면서 닫혔다.

"선생님!"

다정의 움직임을 저지하기 위해 태인이 그녀의 어깨를 꽉 잡았다. 기분이 썩 좋지 않아서 그의 손을 뿌리칠 만도 한데, 그럴 기운이 없는 건지 그러고 싶지 않은 건지 그녀는 가만히 있었다. 곧, 그녀의 입에서 차가운 질문이 튀어나왔다.

"어디 갔다 왔어요?"

"괜찮아요?"

그런데 도태인은 대답 대신 안다정의 상태나 묻고 있었다. 그녀도 대답은 하지 않고 짜증스럽게 되물었다.

"어디 갔다 왔냐고 물었잖아요."

평소와 다르게 다정은 집요했다. 짜증 섞인 그녀의 목소리에 태인은 덜컥 겁을 집어먹고 사실대로 털어놓았다.

"그…… 경찰서 좀 다녀왔어요."

물론 다정도 채린에게 들어서 행선지는 알고 있었다. 굳이 재확인할 필요가 없는 일이었는데도 집요하게 물은 이유는 그에게 짜증을 부리고 싶어서였다. 그를 기다린 시간을 보상받고 싶은 마음도 없지는 않았다.

한편, 오늘 일로 안다정이 도태인에게 깊게 실망했을까 봐 태인은 안절부절못했다. 다정을 만나면 사과하고 사랑 고백을 하라며 채린이 태인을 떠밀었으나 이 상황에서 사랑 고백 같은 걸 했다가는 안다정과의 사이가 정말 끝장이 날 것 같았다. 그래서 태인은 사과의 말만 입에 올렸다.

"미안해요. 혼자 뒤서."

사람의 마음이란 참 신기해서 그 말 한마디만으로도 다정의 부정적인 기분이 조용히 녹아내렸다. 요즘 들어 안다정의 기분 그래프는 오락가락 널을 뛰었다. 여전히 다리는 아프고 불편했지만 다정의 표정은 한결 밝아졌다. 괜히 그에게 짜증을 부린 것 같아 그녀가 멋쩍게 말을 돌렸다.

"그쪽 바이털 괜찮던데, 어디 이상한 데는 없어요?"

"이상한 데?"

"어지럽다거나, 숨이 잘 안 쉬어진다거나."

태인이 고개를 저었다. 다정이 의식을 되찾은 이상, 그의 마지막 불안까지도 자취를 감추었다.

"다행······."

그녀가 고개를 끄덕이면서 덤덤하게 대꾸할 무렵, 어깨 위에 놓인 그의 손에 힘이 들어갔다. 그녀의 어깨를 잡은 채 그가 다리를 굽혔다. 침대 위에 앉아 있는 그녀보다 바닥에 자리한 그의 시선이 낮아졌다. 주인을 잃어버릴 뻔한 강아지처럼 그가 그녀를 올려다보며 신음을 터뜨리듯 입을 열었다.

"진짜 죽는 줄 알았어요."

누가 죽는 줄 알았다는 걸까? 다친 안다정이? 아니면, 다친 안다정을 보게 된 도태인이?

태인은 다정의 어깨를 자신 가까이로 끌어당겼다. 그녀의 몸이 살짝 기울어졌다. 그가 계속 말을 이었다.

"선생님, 미안해요. 내가 정신을 차리고 있어야 했는데······."

"어쩔 수 없었잖아요."

다정이 담담하게 대답했다. 그가 먼저 정신을 잃은 건 당연한 일이었다. 도태인은 피 한 방울에도 예민한 상태였고, 안다정은 몇 번의 경험을 통해 그의 병을 이해하고 받아들였다. 그러나 그는 큰 죄라도 지은 양, 시선을 떨구고 있었다.

"오늘은 하루 입원해요."

순간, 다정의 미간이 좁아졌다. 이 정도로 특실을 차지하고 있는 것도 창피해 죽겠는데 하루 입원까지 하라니! 아무래도 이 남자는 안다정의 상태를 사실보다 심각하게 받아들였나 보다. 당장 집으로 돌아가고 싶은 마음에 그녀가 빠르게 말했다.

"아니, 이게 입원할 만한 상처도 아니고 뼈에 이상도 없고……."

그녀의 무릎에 시선을 고정하고 있던 그가 다시 고개를 들었다.

"그래도 모르는 거니까 오늘 하루는 꼭 병원에 있어요."

"이건 넘어진 정도라고 봐도 된다니까요?"

"옆에 있을게요."

늘 곁에 붙어 있으면서도 그는 일부러 말을 덧붙였다. 오늘 그녀가 깨어났을 때, 곁에 있어 주지 못한 걸 미안해하는 모양이었다. 그의 눈빛이 왠지 결연하게 빛나서 그녀는 더 이상 거절할 수가 없었다.

"……알았어요."

도태인은 변함이 없었다. 변함없이 안다정에게 매달리는 모습이, 어째서인지 다정에게 만족감을 주었다. 적어도 지금의 그는 그녀를 간절하게 필요로 하고 있었다.

다정은 태인의 팔을 잡아 일으켜 세웠다.

"의자에 앉아 있든지, 베드에 앉아 있어요. 주저앉아 있지 말고."

그녀의 손에 이끌려 엉거주춤 일어나 눈치를 살피던 그가 빙그레 웃었다. 안다정은 아닌 척해도 따뜻한 구석이 있었다. 그는 바닥으로 향해 있는 그녀의 다리를 조심스럽게 들어 침대 위에 올려 주고, 그녀의 옆에 자리했다. 크게 다치지 않았다는 그녀의 말은 사실인지, 다리를 건드려도 그녀는 많이 아파 보이지는 않았다. 그의 마음이 한결 편해졌다.

한동안 감정적으로 굴었더니 이제는 이성적인 호기심이 샘솟았다. 다정이 푹신한 베개를 세워 등을 기대고 물었다.

"신고는 어떻게 했어요? 거기 CCTV 같은 게 있었나?"

그녀의 질문에 태인은 고개를 흔들었다. CCTV는 필요치 않았다. 주변에 주차된 차량에 블랙박스가 있었을지도 모르지만 그것 역시 필요하지 않았다.

"번호를 외우고 있었으니까."

"번호?"

"바이크가 선생님한테 쓰러지는 그 상황을…… 사진처럼 기억하고 있어서요."

다정이 저도 모르게 입을 벌렸다. 도대체 이 남자의 머릿속은 어떻게 되어 있는 걸까? 충격적인 상황을 정확하게 기억하다니.

문득, 다정은 태인이 몇 년 동안이나 누나의 죽음에 고통스러워하는 이유를 알 것도 같았다. 그 끔찍한 상황을 세세하게 기억하고 있다면 안다정이라도 미쳐 버릴 것이다.

"정신과 교수 말로는 그 상황이 너무 충격적이라 그럴 수도 있대요."

태인이 응급실에 실려 오자 주치의인 정신과 교수가 응급실까지 내려왔다. 무려 VIP이기 때문에 가능한 일이었다.

"번호를 잊어버리기 전에 신고하고 싶었어요."

거기에 할아버지의 인맥까지 이용했다. 경찰은 도태인에게 더할 나위 없이 호의적이었다. 게다가 목격자의 정확한 증언이 있으니 이 사건은 금세 해결될 것이다.

"그, 그렇군요……."

다정은 자신이 깨어나기도 전에 태인이 경찰서에 간 이유를 이해했다. 섭섭한 감정은 이미 사라진 지 오래였다. 아니, 이제 서운하기보다는 그 기억에 고통스러워할 그가 안타까워졌다.

그녀의 누그러진 목소리에 그는 담요 밖으로 나와 있는 그녀의 손을 조심스럽게 잡았다. 이 온기가 식어 버릴까 봐 얼마나 무서웠는지 모른다. 그녀가 깨어난 뒤에는 이 온기로부터 버림받을까 봐 겁이 났다. 그러나 그녀는 죽지도 않고 그를 버리지도 않았다. 그가 솔직하게 말했다.

"선생님, 나는 선생님이 없으면 살 수가 없어요."

그의 손에 감싸인 제 손을 멍하니 보고 있던 그녀가 그에게로 시선을 돌렸다. 눈이 마주치자마자 그가 서글픈 듯 옅은 미소를 지어 주었다.

"선생님 없이 살아가는 방법을 잊어버렸으니까."

안다정 없이 살았던 지난날들이 어땠는지 태인은 기억하지 못했다. 인생의 암흑기와도 같은 시간을 굳이 떠올리고 싶지도 않았다.

"그래서 이대로 선생님을 잃어버리면, 나도 죽겠구나 했어요."

그제야 그녀는 죽는 줄 알았다던 그의 말뜻을 이해했다. 그가 떨리는 숨을 내쉬고 말을 이었다.

"피를…… 보는 것보다 그게 더 무서웠어."

"죽을 상처는 아닌데."

응급실에서 4년을 보낸 다정에게 이 정도 상처는 별것도 아니었다. 그녀가 머쓱하게 중얼거렸으나 태인은 그녀의 손을 꽉 잡고 단호하게 말했다.

"다시는 다치지 마요."

예전의 안다정이라면 그게 마음대로 되는 거냐고 톡 쏘아붙였겠지만, 그의 간절한 표정을 보자 차마 말이 나오지 않았다. 그녀가 조용히 고개를 끄덕일 참이었다.

"하나만 더."

태인의 말은 끝나지 않았다.

"선생님이 오늘 나한테 많이 실망했을 거…… 알아요. 알지만……."

"그렇지 않……."

"그래도 옆에 있어 주면 안 될까요?"

잠깐 섭섭하기는 했어도 실망하지는 않았다고 바로 말해 주려던 그녀가 입을 다물었다. 그는 그녀가 도망갈세라 그녀의 손을 양손으로 감싸 쥐었다. 그의 손이 조금 떨리는 것도 같았다. 아니, 떨리는 건 자신의 손인가? 그녀가 무심결에 마른침을 삼켰다. 두 사람의 시선은 서로에게 꽂혀서 움직일 줄 몰랐다.

"내가 죽을 때까지."

몇 번이고 반복했던 말이 오늘 따라 무겁게 들려서 다정은 눈도 깜박이지 못했다. 그가 토해 내듯이 덧붙였다.

"선생님이 없으면 살 수 없을 것 같으니까."

그의 목소리에서 진심이 짙게 묻어났다. 그는 어느새 양손으로 감싼 그녀의 손을 제 가슴께로 가져갔다. 불안한 듯 두근거리는 심장 소리에 문득 그녀는 멀게만 느껴지던 도태인이 훌쩍 가깝게 느껴졌다. 그는 여전히 말이 없는 그녀를 바라보며 말했다.

"죽을 때까지 내 감정은 변하지 않을 거예요. 선생님만 여기, 내 옆에 있어 주면."

진지하고 절실한 태인의 표정에 다정의 마음이 흔들리기 시작했다. 자신은 계속해서 그를 의심했었다. 안정을 되찾으면 그는 떠나게 될 거라고 여기며 무의식중에 마음과 감정을 단속해 왔다.

"선생님이 의식 없이 누워 있는데…… 미치는 줄 알았어."

목소리만큼이나 그의 몸이 떨리자 그가 가지고 있던 공포와 불안이 그녀에게도 고스란히 전해졌다. 그의 음성은 낮아지다 못해 힘이 빠지고 반쯤 쉬어 버렸다.

"차라리 내가 그 자리에 누워 있고 싶었어요. 그때, 내가 치였으면 좋았을 텐데……."

다정과 자리를 바꿔서 걸었더라면 다친 쪽은 태인 자신이었을 것이다. 병원에서 정신을 차린 이후로 그는 그 사실을 얼마나 후회했는지 모른다. 자신이 죽는 한이 있어도 그녀가 다치지 않았으면 좋았을 거라고, 극단적인 생각까지 할 정도로.

"태인아, 죽어도 좋을 만큼 사랑하는 사람을 만나. 그럼 너
도 날 이해할걸?"

죽기 전에 누나가 남긴 말이 지금처럼 공감되는 적이 없었다. 목숨보다 중요한 건 없다고 여겼었는데, 그녀가 수척한 얼굴로 기절해 있는 걸 보니 자신이 죽는 게 나았을 거라는 생각만이 들었다.

태인은 죽어도 좋을 만큼 사랑하는 사람을 바라보았다. 그는 평소보다 안색이 창백한 그녀의 긴 머리를 정돈해 주면서 애써 미소를 지었다. 누나가 왜 목숨을 버렸는지, 그는 이제 알 것 같았다. 사랑하는 사람이 힘들어하는 모습을 보는 건 무척 힘겨운 일이었다.

"그냥 약속만 해 주면 돼요. 많은 거 바라지 않아. 그냥, 그것만……."

눈물 때문에 태인의 눈가가 붉어졌다. 그 간절한 눈빛에 다정의 마음속을 감싸고 있던 벽이 균열을 이기지 못하고 와르르 무너졌다. 그녀가 저도 모르게 숨을 깊게 들이마셨다.

지금, 다정은 처음으로 사랑이 무엇인지 알 것 같았다.

두 사람을 제외하고 주변의 모든 사람들이 말했다. 안다정과 도태인은 연인 관계로 보인다고. 두 사람 사이에 맴도는 이름 모를 감정의 정체를 다정은 이제 외면하지 않기로 마음먹었다.

한참 침묵하던 그녀가 천천히 입을 열었다.

"조금 더."

다정의 말이 도중에 멈추자 태인이 초조한 시선만 내보였다. 그는 그녀에게 거절당할까 봐 두려워하고 있었다. 마치 사랑 고백을 한 남자처럼 말이다. 그녀가 한숨을 내쉬고 말을 이었다.

"남자라면 조금 더 욕심을 내 봐요."

그녀가 다른 손으로 그의 손을 덮자 그의 눈이 커졌다. 그녀는 미간을 좁힌 채 솔직한 감상을 늘어놓았다.

"도태인 씨가 하는 소리, 아주 완곡하게 하는 프러포즈 같은데."

평생 곁에 있어 달라는 말이나 그녀가 없으면 살 수 없다는 소리는 정말 프러포즈와 닮아 있었다.

"아, 난……."

뒤늦게 깨달은 그는 혹여 그녀가 불쾌했을까 봐 안절부절못했다. 하지만 그녀는 전혀 불쾌하지 않았다. 오히려 그의 심장 박동만큼, 그녀의 맥박도 평소보다 빨라져 있었다. 맥박이 빨라지자 얼굴이 다시 뜨끈해졌다. 손끝, 발끝까지 열기가 뻗쳐 나간 것 같았다. 그녀는 짐짓 아무렇지 않은 척 물었다.

"우리 되게 이상한 관계인 거 알아요?"

그녀의 말이 어떻게 이어질지 몰라 그는 불안해졌다. 그의 붉어진 눈동자가 흔들렸다. 그녀는 시선을 내려 맞잡고 있는 손을 응시했다. 이래 놓고 사랑하는 게 아니라고 열심히 부정하고 다녔다.

"서로 사랑까지는 필요 없다고 거짓말하면서 같이 살고, 같이 자고, 데이트를 해."

다른 말보다 거짓말이라는 단어가 태인에게 생소하게 들렸다. 사랑이 필요 없다는 말이 거짓이라면, 진심은 무엇일까? 그가 그녀에게 불안한 눈동자를 고정했다.

"남들은 다들 우리보고 커플이라고 하는데, 우리만 아니라고 거짓말을 하고 있잖아."

이상하게도 다정의 목소리가 한층 밝게 들렸다. 태인은 그녀의 눈치를 꼼꼼히 살폈다. 워낙 자신의 감정을 드러내지 않는 안다정이라, 눈치만으로 그녀의 속내를 읽기는 어려웠다.

그는 그녀의 말을 기다렸다. 지금 이 순간이 두 사람의 관계를 정의 내리는 시간임을 그는 무의식적으로 인지하고 있었다.

"그거 알아요? 우리 같이 이상한 관계에서는 좋아한다는 말이 사랑한다는 말하고 같은 뜻이래요."

그런데 뜻밖의 말이 이어졌다. 전혀 상상하지 못한 소리였다. 다정이 그를 똑바로 쳐다보면서 의견을 물었다.

"그렇게 생각해요?"

태인은 여기서 뭐라고 대답해야 할지 가늠할 수 없었다. 마음은 그녀의 말에 동의하고 있었지만 말로써 동의하는 순간 그녀가 차갑게 돌변할 것만 같았다.

　어제 저녁만 하더라도 안다정은 스킨십을 피하며 그에게 사랑을 믿지 않는다고, 또한 사랑을 바라지 않는다고도 말했다. 그녀의 마음이 하루 사이에 뒤집힌 게 아니라면 이건 덫이었다. 아주 달콤한 덫.

　그가 아무 말도 하지 못하자 그녀는 내심 기운이 빠졌다. 당연하게 그가 긍정하고 적극적으로 나올 줄 알았는데.

　하긴, 그는 놀랐다. 그녀가 계속 사랑에 지배당한 마음을 어떻게든 외면하려고 노력해 왔다는 것을. 그리고 결국 제 감정에 패했다는 사실도.

　"나한테 맨날 좋아한다고 말했잖아요."

　"그건 그렇지만……."

　"나도 도태인 씨를 많이 좋아해요. 그쪽하고 같이 있으면 좋으니까."

　다정이 똑 부러지게 고백하자 태인의 얼굴이 붉어졌다. 그녀의 입에서 나오는 좋다는 말은 그를 설레게 만들곤 했다. 그녀가 좋아하는 일이라면 무엇이든 해 주고 싶은 이 마음도 역시 사랑이겠지.

　하지만 도태인은 조심해야만 했다. 달콤한 말에 넘어갔다가 그녀를 잃어버리면 끝장이었다. 그녀는 여전히 머뭇거리는 남자를 답답하게 응시했다. 왠지 채린이나 미진이 자신을 볼 때 이런 기분이었을 것 같다. 그제야 다정은 답답해하며 쳐다보던 그녀들의 표정을 이해했다.

"바꿔 말하면 도태인 씨는 나한테 맨날 사랑한다고 말한 거고, 나도 그쪽을 많이 사랑한다는 뜻이에요."

"그쪽을 많이 사랑한다는 뜻이에요."

다정의 마지막 말이 귓가에 메아리처럼 울려서 태인은 숨이 턱 막혔다. 안다정은 허튼소리를 하는 타입이 아니었다. 농담으로도 사랑을 입에 올리지 않던 그녀가 저렇게까지 말한다는 건 진심이라는 뜻이었다.

벼락이라도 맞은 양 그가 아무 말도 못 하고 가만히 있자, 그녀가 자신의 마음도 정리할 겸 깔끔하게 결론 내렸다.

"좋아한다는 말이나 사랑한다는 말이나 같은 거라면, 달라질 게 없잖아요. 도태인 씨 마음은 변하지 않을 거라며."

모든 사랑이 변한다고 생각했던 과거와 달리, 다정은 이제 변함없는 사랑이 있음을 인정하기로 했다. 변함없는 마음은 아주 가까이에 존재했다. 엄마가 배신을 하고 떠났어도 죽을 때까지 다른 곳에 눈 돌리지 않은 아버지가 있었다. 도태인 역시 죽기 전까지 안다정을 향한 감정이 변하지 않는다고 몇 번이고 말했다.

"사랑이 아니라고 굳이 회피하거나 외면하지 않으려고요."

그리고 다정은 자신의 욕망도 받아들이기로 했다. 매번 마음을 억누르고 살았던 예전과 달리, 이제는 원하는 것을 원한다고 말하고 마음 가는 대로 행동하고 싶었다. 그에게 전화를 했던 그 밤처럼.

하지만 지금까지도 태인은 아무 말이 없었다. 벅찬 현실을 받아들이지 못해 머리에 과부하가 걸린 것뿐이었지만, 다정은 괜히 마음이 약해졌다.

"아닌가? 나 혼자 착각한 건가?"

다정의 물음에 태인이 고개를 저었다. 다행이다. 혼자 창피할 일은 없겠구나, 싶을 무렵 그가 그녀의 손을 꼭 잡은 채로 물었다.

"내가 선생님을 사랑하면, 평생 내 곁에 있어 줄 거예요?"

도태인이 안다정을 사랑한다는 조건으로 선심 쓰듯 남아 주는 것이 아니라, 안다정이 도태인을 사랑하기 때문에 그의 곁에 있는 것이다. 정확한 것을 좋아하는 다정은 곧장 그의 말을 지적했다.

"조금 이상한데. 사랑하니까 같이 있고 싶어서……."

그러나 그녀의 말은 끝까지 이어지지 못했다. 어느새 손을 놓아준 그가 그녀를 덥석 끌어안은 탓이었다.

그가 그녀의 귓가에 소곤거렸다.

"사랑해요."

진심이 가득 묻어나는 고백에 다정의 얼굴이 그 어느 때보다도 새빨갛게 변했다. 안겨 있어서 천만다행이었다. 이런 얼굴을 보여 주지 않아도 되니 말이다.

감격을 이기지 못하고 그가 다시금 반복해서 말했다.

"사랑합니다."

"……괜히 말했어."

다정이 한숨을 섞어 투덜거렸다.

＊　　＊　　＊

하루만 특실에 있으면 괜찮을 줄 알았는데, 태인은 하루 더 지켜보자며 고집을 부렸다. 다정이 기가 막힌 듯 자신의 상태를 설명했다.

"아주 멀쩡합니다. 뼈에 이상 없고, 신경 문제도 없고, 봉합한 것 빼면 긁힌 상처랑 멍든 게 다거든요?"

물론 도태인은 쉽게 수긍하지 않았다. 그는 고개를 젓고 자신의 주장을 굽히지 않았다.

"오늘 하루만 더 있어 봐요."

"아니, 내가 의산데!"

다정이 절규했다. 그럴 만도 했다. 오늘 오전, 일요일이라 평소보다 늦은 시간에 회진을 돌던 일반외과 과장은 복잡한 시선으로 특실 입원 환자 안다정을 쳐다보았다. 그 시선에 담긴 마음을 다정은 충분히 읽을 수 있었다.

'도대체 여기서 뭐 하는 거?'

……라는 눈빛이었다.

물론 옆에 도태인이 있어서 말로 하지는 않았지만 말이다.

외과 과장은 태인에게 다정의 상태가 무척 정상이라는 사실을 에둘러 알려 주고 떠났다. 그런데도 이 남자는 고집을 부리고 있었다.

"새벽에 열났었잖아요."

새벽녘, 다정의 체온이 37도를 넘어가자마자 태인은 당직 간호사를 호출했다. VIP의 특실 호출에 가장 연차 높은 간호사가 찾아왔고 자다 깬 다정은 차마 얼굴을 들 수가 없었다. 아마 월요일이면 병원 내에 소문이 파다하게 퍼질 것이다. 응급의학과 4년 차가 꾀병을 부렸다고. 인턴도, 1년 차도 아니고 알 것 다 아는 4년 차가!

"……그럴 수도 있죠. 지금은 다 내렸고, 그 정도로는 안 죽어요."

"안 돼. 선생님이 아니라 나를 위해서 입원해 준다고 생각해요."

이렇게 나오는 이상 퇴원을 주장할 수도 없었다. 그녀가 입을 다물자 그가 빙그레 웃으면서 말을 덧붙였다.

"나 안심시키라고."

"이상한 사람이야, 진짜."

다정이 얼굴을 잔뜩 구기고 불평했다. 예쁘게 웃는 모습으로 안심시켜 달라 말하다니, 정말 반칙이다. 그녀는 불만 가득한 표정으로 침대 헤드에 기대앉았다. 그런데 웬걸? 곁에 있어 주겠다던 도태인이 재킷을 걸치는 것이었다. 그녀가 빠르게 물었다.

"남은 특실에 가둬 두고 어디 가는 겁니까?"

"잠깐 할아버지 좀 뵙고 와야 해요."

"아…… 네."

이번에도 도태인은 반칙을 썼다. 할아버지를 만나러 간다는 말에 그녀는 그를 놓아줘야만 했다. 매일 붙어 있던 사이도 아니고 언제부터 같이 있었다고 붙잡는단 말인가?

그런데 왜 이렇게 서운한 마음이 드는 건지 모르겠다. 외로움과는 조금 달랐다. 아쉽기도 하고, 섭섭하기도 하고, 그가 살짝 얄밉기도 했다.

문이 닫히는 것까지 지켜본 다정이 한숨을 내쉬었다. 심심하니 차라리 이 시간에 공부라도 하는 게 나을 것 같았다. 그녀는 아침 일찍 그가 가져다준 전공 서적을 폈다. 공부하기 좋은 환경이기는 했다. 조용한 공간에 혼자 있으니까!

한편, 태인은 복도를 걸으면서 종철에게 전화를 걸었다. 그는 오늘 점심 즈음 할아버지를 만나 뵐 예정이었다. 병원과 본사가 가까워서 지금 출발하면 시간을 맞출 수 있을 것이다.

"지금 어디세요?"

―병원이다.

그런데 웬일인지 할아버지가 병원까지 걸음 했단다. 의외라는 투로 그가 말했다.

"직접 오셨어요? 제가 가려고 했는데."

―너랑 이야기도 하고, 안 선생도 좀 봐야지. 이사장실에 있어. 얼른 올라와라.

전화를 끊자마자 태인은 걸음을 재촉했다. 외과 병동 건물에서 단숨에 본관으로 향한 그는 얼마 지나지 않아 이사장실에 도착했다. 손자를 기다리고 있던 종철이 태인에게 손짓했다.

"어제 많이 놀랐나 보구나."

막냇손자는 전에 봤을 때보다 얼굴이 까칠했다. 마음고생이 심했던 것이리라. 종철이 안타까운 눈으로 태인을 쳐다보았다.

"괜찮습니다, 저는……."

다친 쪽이 자신이 아니라 안다정이었으니까. 어두워지는 태인의 안색에 손자의 마음을 읽은 종철이 소파를 가리켰다.

"앉아."

태인은 별말 없이 가리키는 자리에 앉았다. 시시콜콜한 이야기는 제쳐 두고, 종철은 본론으로 들어갔다.

"뭐 때문에 직접 만나서 이야길 해야 한다는 거냐?"

"미행하는 사람이 있었어요."

"뭐?"

종철의 눈이 크게 뜨였다. 잠시나마 종철은 태인의 말을 의심했다. 아무 말 없이 자신을 응시하는 할아버지에게 태인이 담담하게 말했다.

"피해망상 같은 거 아니에요. 아시잖아요. 누가 붙였을지."

"아직도 그 버릇 못 버렸구나."

주어가 생략되었어도 둘 다 누군지 정체를 알 수 있었다. 태인이 종철을 만나서 직접 이야기를 해야 한다는 이유도 여기에 있었다. 막내며느리의 은밀하고 악의 넘치는 행동은 체면상, 다른 사람들에게 들켜서는 안 되는 일이었다. 태인이 피곤한 듯 관자놀이를 누르면서 대화를 이었다.

"저 모르게 찾아왔었대요."

"누구한테? 설마 안다정 선생한테?"

"네."

막내며느리는 몇 년 전과 다를 바가 없었다. 종철은 죽은 손녀를 떠올리자 섬뜩해졌다. 자식 단속을 하느라 거칠게 나가는 것이겠거니, 외면했다가 꽃 같은 손녀를 잃었다. 손자만큼은 잃고 싶지 않아 이번에는 종철도 움직이기로 했다.

"안다정 선생이 너한테 직접 말했어?"

"아뇨."

태인이 쓸쓸하게 부정하자 그럴 줄 알았다는 듯 종철이 고개를 끄덕였다. 종철이 파악한 안다정의 성격은 남들에게 이런저런 이야기를 하는 편이 아니었다. 그게 나쁜 이야기라면 더더욱.

"오피스텔 주변도 맴돌고, 어제도 경찰서 다녀오는 길에 봤습니다."

고개를 끄덕이는 걸로 이해하고 있다는 제스처를 보내던 종철이 미간을 좁혔다. 마음에 걸리는 일이 있어서였다.

"설마 사고도……."

은미는 음모를 꾸민 전적이 있었다. 딸의 연인을 쫓아내기 위해 불량배를 동원해서 멀쩡한 가정집을 들쑤셔 놓았다고 들었다. 영인의 연인이 30년 가까이 살아온 동네에서 쫓겨나듯 이사를 하게 만든 범인이 은미였다.

하지만 태인은 할아버지의 의혹에 동의하지 않았다.

"아무리 어머니라도…… 그건 아닐 겁니다."

"그래, 그렇겠지. 그래야겠지."

다행히 다정은 가벼운 부상으로 끝이 났지만 까딱했다가는 사람이 죽을 수도 있는 사고였다. 아무리 은미가 미쳤다고 한들 목숨이 오가는 사고까지 꾸미지는 않았을 것이다. 이는 태인이 어머니에게 갖는 최소한의 믿음이었다.

"그래도 집은 옮겨야 할 것 같아요."

태인이 다정을 특실에 가두어 둔 이유는 따로 있었다. 다정은 매우 불만스러워 보였지만 어쨌든 그녀에게 따라붙는 미행을 쫓아내고 수월하게 이사를 하기 위해서였다.

종철이 확인차 물었다.

"집 구해 달라고?"

"네."

사실, 집 정도야 굳이 부탁할 필요 없이 태인 자신이 구해도 되는 일이었지만, 태인은 굳이 종철에게 부탁했다. 정확히는 종철의 그늘이 필요했다. 아무도 이의를 제기할 수 없는 할아버지의 힘이.

"그 사람한테 할아버지가 배경이 되어 주세요. 어머니가 꼼짝 못 하게."

종철은 태인을 물끄러미 응시했다. 손자가 왜 이런 부탁을 하는지 의도를 모르는 것은 아니었으나 종철은 조건을 달았다.

"난 내 사람 될 사람한테만 투자해. 결혼은 언제 하는 거냐?"

"그건…… 일단 전문의 시험 끝나고 생각할게요."

며칠 전과 달라진 말에 종철이 의외라는 표정을 지었다. 그새 두 사람 사이에 진전이 있었나 보다. 마음이 한결 가벼워진 종철은 손자와 장래 손자며느리가 살 만한 집을 몇 군데 떠올리고 개중 조용하고 둘이 살기 적합한 집을 골랐다.

"집이라…… 병원에서 조금 먼데, 괜찮겠어?"

"차 있으니까요."

거리는 문제가 되지 않는다는 듯 태인이 대답하자 종철이 이어 말했다.

"그럼 방배동에 있는 빌라로 들어가라. 작고 조용한 단지라 무슨 일 있으면 경비가 바로 달려갈 거야."

"오늘 바로 들어갈 수 있죠?"

"비어 있을 거다. 자세한 건 이 비서한테 말해 둘 테니 같이 상의해."

"감사합니다."

그제야 태인의 얼굴이 밝아졌다. 제 누나를 잃고 죽은 듯, 초점 없이 멍하니 있던 손자가 많이 변했다. 그 변화를 이끌어 내준 사람에게 종철은 진심으로 고마웠다.

태인이 비서와 상의를 하기 위해 자리를 뜨자 종철은 다정이 입원한 특실로 향했다.

똑똑, 문 두드리는 소리에 다정은 교재를 덮고 출입문을 쳐다보았다. 특별히 처치가 필요 없는 부상이라 의료진이 올 일도 없을 텐데, 싶을 무렵 문이 열리고 종철이 들어왔다.

"안 선생, 있나?"

"아…… 안녕하세요!"

깜짝 놀란 다정이 침대에서 내려오려 하자 종철은 그러지 말라는 듯 손을 내저었다. 난감한 표정으로 이도 저도 못하는 다정에게 종철이 씁쓸하게 말했다.

"태인이 놈이 부족해서 다치게 된 건 유감이야."

"아, 아닙니다. 사고였는걸요."

누가 보면 도태인 때문에 영구적인 장애라도 입은 줄 알겠다. 중환자가 아닌 터라 다정의 어깨가 무거워졌다. 어쩔 줄 모르는 다정을 가만히 살펴보던 종철은 보호자용 의자에 앉았다.

"특실 어때? 괜찮지?"

"예? 아, 예……."

이번 일을 제외하고 특실에 입원한 적이 한 번도 없던 다정은 떨떠름하게 긍정했다. 사실, 특실은 다정에게 생소했다. 응급실에서 일하다 보니, 특실 입원 환자를 도태인 말고는 본 적도 없었다.

"다른 사업부만큼이나 병원에도 신경을 많이 썼어. 우리나라 의료 인프라가 세계적으로도 밀리지 않으니까 경쟁하려면 신경을 써야지."

"예……."

도대체 종철이 무슨 의도로 이런 소리를 하는지 모르겠다. 병원 경영과는 전혀 상관없는 안다정은 의아한 눈빛을 애써 숨겼다. 종철이 말을 계속했다.

"요즘 태인이가 맡은 업무가 의료 관광 관련이기도 하고."

"아……."

문득 다정은 태인이 여러 외국어를 배웠다는 사실이 떠올랐다. 실무에 사용하는 걸까? 나사 하나 빠진 채 다니는 듯한 도태인이 진지하게 업무에 임하는 태도를 상상하자 그녀는 웃음이 슬쩍 비집고 나왔다. 앞에 종철이 있어서 겨우 참았지만 말이다.

"몰랐나?"

"그런 건 물어보지 않았습니다."

다정이 사실대로 말했다. 둘은 워낙 서로 다른 분야에서 일하기 때문에 상대의 업무에 대해 관심을 갖거나 참견하는 일은 없었다.

"그렇군. 이건 아주 중요한 일이야. 장기적으로 지켜볼 사업이고."

딱딱한 종철의 음성에 다정의 얼굴이 굳어졌다. 왜 자신에게 이런 소리를 하는 걸까? 다정은 은미와의 만남을 상기했다. 은미는 다정에게 태인이 큰일을 할 사람이라고 으스댔었다. 종철의 인격을 의심하는 건 아니지만, 비슷한 이야기를 하려는 걸 수도 있겠다. 다정은 종철이 말하기를 기다렸다.

"책임자가 태인인데, 도중에 그만두고 나가 버리면 곤란해."

정말 안다정이 도태인과 결혼을 해 줄지 의심스러워서 종철은 태인의 말을 확인하고 싶었다. 안다정은 도태인에게 인생을 저당 잡히고 싶지 않다고 분명하게 말한 적이 있었다. 같이 살고 있음에도 태인과의 미래를 생각해 본 적 없다며 미끼를 물지 않던 다정이 어떻게 변했을지 종철은 궁금하기도 했다.

"태인이가 병원에 있으려면, 안 선생의 도움이 필요하고."

"아!"

그제야 다정은 종철의 긴 이야기가 무슨 뜻인지 알아챌 수 있었다. 다정이 종철의 말을 알아듣자마자, 종철은 세 번째 똑같은 제안을 했다.

"다시 한 번 묻지. 병원에 남을 생각 없나?"

안다정은 도태인과 얽히기 싫다는 이유로 첫 제안을 칼 같이 거절했다. 그 다음에도 다정은 태인과의 미래에 확신이 없어서 거절을 해야만 했다.

그리고 오늘, 세 번째 하는 제안. 다정은 더 이상 종철의 제안을 거절할 이유가 없었다.

"1월에 전문의 시험이 끝나면……."

한 템포 쉬고 마음을 단단히 다잡은 다정이 말을 이었다.

"긍정적인 대답을 드리도록 하겠습니다."

다정의 대답에 종철이 환하게 웃었다. 웃는 입매가 익숙한 것이 태인과 무척 닮아 있었다. 역시 핏줄은 속이지 못하는 건가. 어렸을 적부터 할아버지가 없었던 다정은 막냇손자를 챙기는 종철이 신기했다.

언제 근엄했냐는 듯, 종철이 들뜬 목소리로 말했다.

"그래. 안다정 선생은 똑똑하니까 낙방은 하지 않겠지?"

"그, 글쎄요……."

당연히 한 번에 전문의 시험에 합격해야 한다고 생각해 왔지만, 막상 기대를 받으니 다정의 어깨에 부담이 콱 얹혔다. 그때였다.

"그리고 이사하면 집이 멀어지겠지만, 어차피 태인이가 출퇴근 도와줄 테니……."

"예? 이사요?"

"몰랐나?"

놀란 눈 두 쌍이 서로를 응시했다. 이사? 다정으로서는 청천벽력이었다.

"어, 언제 이사를…… 제가요?"

"지금?"

심지어 지금!

왜 도태인이 안다정을 병원 특실에 가두었는지 알 것 같았다. 계속 집이 좁다고 징징거리더니만 자신이 퇴원하기 전에 이사를 갈 생각이었던 것이다. 어른을 앞에 두었다는 것도 깜빡 잊고 그녀가 미간을 찌푸렸다.

"아니, 누구 마음대로……."

"태인이가 말을 못 했나 보군."

태인이 이놈은 왜 중요한 걸 알려 주지 않고 괜히 오해를 사는 건지! 종철은 손자를 위해서 다정을 진정시키기 위해 상황 설명을 시작했다.

"태인이 어미, 만났었다면서?"

"예……."

다정이 힘없이 긍정했다. 은미를 떠올리는 것만으로도 기가 빨렸다. 종철은 어두워진 다정의 안색에 은미와의 사이에 대강 무슨 대화가 오갔을지 눈치챘다.

"태인이 어미가 안 선생한테 사람 붙여 놓았다던데, 몰랐나?"

"저한테요?"

전혀 상상도 못 한 소식이었다. 다정은 눈을 동그랗게 뜬 채 깜박거렸다. 은미가 찾아온 건 그러려니 했는데, 감시를 당하고 있었을 줄이야. 다정의 등골이 오싹해졌다. 종철이 표정을 굳히고 대답했다.

"그래, 그래서 태인이가 바로 집을 구해 달라 부탁했지."

대충 사정을 이해한 다정은 할 말을 잃었다. 그런 건 미리 말을 해 줬어야지, 싶으면서도 그가 숨긴 이유를 알 것도 같았다. 자신의 어머니가 미행이나 붙이고 다닌다고는 말하고 싶지 않았을 것이다.

불편하고 어색한 침묵이 흘렀다. 해야 할 이야기를 다 마친 종철은 시간을 살폈다. 생각보다 시간이 많이 흘러 있었다.

"이런, 시간이 벌써 이렇게 되었구만."

재계 거물에게는 오후 일정도 30분 단위로 빡빡하게 짜여 있었다. 아마 비서들이 밖에서 발을 동동 구르고 있을 터였다. 종철은 미련 없이 의자에서 몸을 일으켰다.

"자세한 건 태인이한테 물어봐."

"아, 예…… 알겠습니다."

종철은 다정의 건강을 걱정해서 침대 밖으로 나오지 말라는 말만 하고 병실을 떠났다. 멍하니 앉아 닫힌 출입문을 보던 그녀가 한숨을 내쉬었다.

도대체 어떻게 돌아가는 건지 모르겠다. 다정은 일단 태인에게 사실 확인차 메시지를 보냈다.

이사한다면서요?

메시지를 확인했는지, 바로 태인의 전화가 걸려 왔다. 통화 버튼을 누른 그녀가 입술을 떼기도 전에 그가 말했다.

─할아버지가 벌써 말씀하셨어요?

"네. 무슨 일이에요? 왜, 어디로 이사를 해요? 누구 집으로?"

다정의 질문은 깔끔하게 요점만을 짚었다. 전화기 너머로 한숨 소리가 들리더니 태인이 하나씩 대답하기 시작했다.

—미행이 붙은 적도 있고, 오피스텔 주변에 사람이 계속 있었어요. 이사는 할아버지가 갖고 계시는 방배동 빌라로 일단 가기로 했고요.

"그걸 왜 이제……."

혼잣말처럼 투덜거린 다정은 도중에 말을 끊었다. 하긴, 어머니 이야기를 스스로 하기는 찝찝했을 것이다. 그러나 그는 뜻밖의 대답을 주었다.

—괜히 걱정하게 하고 싶지 않았으니까요. 공부하는 사람한테.

다정은 테이블 위에 놓인 두툼한 전공 책을 내려다보았다. 그래도 남편처럼 뒷바라지를 해 주겠다는 말은 빈말이 아니었나 보다.

"그럼, 지금은 어디예요?"

도 회장은 일정 때문에 병원을 나간 듯했다. 그런데 도태인은 일요일에 어디서 뭘 하고 다니는 건지 병실로 돌아오지 않았다. 그녀의 물음에 그가 머뭇거리다가 솔직히 답했다.

—……잠깐 어머니 갤러리예요.

"거긴 왜…… 아니, 알았어요."

—이따 다시 전화할게요.

태인의 말 뒤로 인사를 건네는 여자의 목소리가 들렸다. 은미는 아니고 젊은 여자 목소리였다. 아마 은미의 비서라거나, 갤러리 직원인 모양이었다.

전화를 끊은 다정은 이 상황이 믿어지지 않았다. 미행을 지시한 사람이 그의 어머니라고? 한 번도 수상한 사람을 본 적 없는 다정은 의심스러운 표정을 쉽게 지우지 못했다.

한편, 갤러리에 도착한 태인은 거침없이 대표 사무실로 들어갔다. 월요일이 휴일인 터라 오늘도 출근한 비서는 갑자기 찾아온 대표의 아들을 보고 깜짝 놀라 자리에서 일어났다.

"어머, 어쩐 일이세요?"

"어머니, 안에 계십니까?"

"그럼요."

대표의 미모를 그대로 물려받은 태인을 수줍게 올려다보며 비서가 대답했다. 태인은 바로 눈길을 거두고 사무실 문을 벌컥 열었다. 보통 비서가 안내하곤 했는데 그 짧은 시간도 기다리기 아까웠다.

은미는 평소에 코빼기도 비치지 않던 태인을 보고 의아한 얼굴로 자리에서 일어났다.

"네가 웬일이니?"

그러나 태인은 대답 대신 문이 닫히기를 기다리며 은미를 쳐다보았다. 차를 내올 필요 없다는 대표의 말에 눈치껏 비서가 출입문을 닫아 주었다. 성큼성큼 은미에게 다가간 태인이 테이블을 가운데 두고 멈추어 섰다. 태인은 자신보다 한 뼘 정도 작은 어머니를 내려다보면서 입을 열었다.

"쓸데없이 사람 붙이지 말고."

몰래 미행을 붙인 터라 은미의 어깨가 미세하게 움찔했다. 태인은 무표정하게 말을 이었다.

"멋대로 찾아가지도 마요."

"……무슨 소리니?"

아들의 말뜻을 알면서도 은미는 모르는 척 의도를 물었다. 태인은 시치미를 떼는 어머니를 무감정하게 응시하며 또박또박 말했다.

"안다정에게 찾아가지 말라고 분명히 말씀드렸습니다."

은미는 큼직한 테이블을 돌아서 가까이 다가오는 아들에게 경계의 눈빛을 보냈다. 왠지 아들이 해코지를 할 것 같았다. 팔을 뻗으면 목을 조를 수 있을 거리에서 태인이 다시 걸음을 멈추었다.

"오피스텔 주변에 뿌려 놓은 사람들도 다 수거해 가시고요."

"아, 아니 내가 그랬다고 누가……."

하지만 이번에도 은미는 발뺌부터 했다. 어머니는 전에도 그랬다. 누나와 누나의 연인에게 붙인 미행이 들통났을 때에도 자신은 그런 적이 없다며 고개를 빳빳이 들었다.

"어쩜 하나도 변하지 않을까?"

태인이 들으라는 듯 중얼거렸다. 은미의 눈가가 일그러질 즈음이었다.

"누나 피도 이렇게 말렸습니까?"

"뭐라고?"

참다못한 은미의 목소리가 높아졌다. 허리에 손을 올린 은미가 화병이라도 난 양 가슴을 두들기더니 서운한 감정을 담아 소리쳤다.

"걔가 대체 뭐라고 엄마를 의심해?"

은미는 태인의 이상 행동을 다정의 탓으로 돌리고 있었다. 물론 태인은 눈썹 하나 까딱이지 않고 나직하게 말했다.

"어머니가 그런 말씀을 하시면 안 되죠."

"뭐?"

"어머니가 망친 아들, 그 여자가 겨우 회복시켜 주고 있는데."

태인이 잇새로 위협하듯 말하기 무섭게 은미의 개인 휴대폰이 울렸다. 태인과 은미의 시선이 동시에 테이블 위, 휴대폰으로 꽂혔다. 이때다 싶어서 은미가 아들을 달랬다.

"애, 태인아."

무슨 전화인지는 모르겠지만 은미에게 있어서 이 전화는 하늘이 내려 준 동아줄처럼 느껴졌다. 은미가 덥석 휴대폰을 집으며 인자한 척 상냥한 목소리를 냈다.

"잠시만, 전화 좀 받고 이야기하자."

하지만 은미는 전화 상대의 정체를 확인하더니 난처한 듯 슬쩍 태인의 눈치를 살폈다. 태인은 발신 상대가 누군지 바로 알아챌 수 있었다. 어머니가 계속 발뺌하고 있는 사실을 증명해 줄 사람이겠지. 그는 코웃음을 치고 어머니를 쳐다보았다.

"받으세요."

아랫입술을 깨물고 전화를 받을지 말지 머릿속으로 계산하는 은미에게 태인이 부드럽게 말했다.

"아주 급한 보고일 테니까."

이미 태인은 모든 것을 다 알고 온 모양이었다. 이렇게 된 이상, 은미도 더는 모르는 척을 할 수 없었다. 은미가 바로 전화를 받았다. 익숙한 목소리가 전화기에서 흘러 나왔다.

—아무래도 이사를 하는 모양입니다. 지금 오피스텔에서 짐이 빠지고 있고, 이사 장소는 확인 결과 방배동 빌라입니다.

"방배?"

저도 모르게 되물은 은미는 입가를 늘리는 태인을 보고 화들짝 놀라 의자에 주저앉았다. 분명 제 배로 낳은 아들인데, 입가에 올라온 비릿한 미소가 소름 끼쳤다. 업체에서 보고가 계속 이어졌으나 은미의 귀에는 아무 말도 들리지 않았다.

"아, 알았어요."

은미는 떨리는 목소리를 겨우 가다듬고 전화를 끊었다. 어제까지만 해도 분명 태인의 계좌 흐름은 정지된 채 움직이지 않았다. 방배동에 있는 빌라를 구입할 정도라면 눈에 띄는 출금 내역이 있을 텐데?

"빌라 소유주가 누군지 궁금하시죠?"

마치 은미의 머릿속을 읽은 듯, 태인이 운을 떼었다. 은미는 마른침을 삼켰다. 아들은 집 안에 처박혀 있던 어린애가 아니었다. 은미는 뒤늦게 아들이 달라졌음을 깨달았다. 중학생 때부터 힘으로 제 엄마를 이겨 먹으려 굴던 아들은 어느새 머리까지 굴릴 줄 알았다.

"한 번 확인해 보세요. 아주 익숙한 이름이 나올 테니까."

이렇게 강하게 나오는데, 확인할 엄두가 날 리 없었다. 은미는 제 눈으로 현실을 확인하고 싶지 않았다. 그러나 악마가 속삭이듯, 태인은 계속 소곤거렸다.

"확인하게 되면, 다시는 허튼짓하실 생각 안 들 겁니다."

태인의 눈동자가 까맣게 가라앉았다. 불안한 듯 눈동자를 이리저리 굴리던 은미가 자애로운 표정을 만들어 내며 아들의 손을 잡았다.

"태인아, 네가 지금 엄마를 오해하고 있나 본데……."

"오해…… 라고요?"

"그래, 엄마가 왜 너한테 사람을 붙이고 그러겠어?"

태인은 제 손을 잡고 있는 고운 손을 내려다보았다. 곱게 관리된 손이지만 미끌미끌하고 질척한 느낌이었다. 기분이 나빠진 그가 은미의 손을 쳐내더니 테이블 위에서 티슈를 한 장 뽑아 은미가 만졌던 부분을 닦았다.

"아직 상황 파악이 잘 안 되세요?"

태인은 어머니하고는 조금도 닿고 싶지 않다는 마음을 적나라하게 드러냈다. 아들의 냉정한 태도에 은미는 충격을 받아 아무 말도 하지 못했다.

"어머니가 누나를 죽이고 제 인생까지 망가뜨렸다니까요?"

표정 하나 변하지 않고 끔찍한 소리를 하는 아들 때문에 은미의 등골이 서늘해졌다.

"무, 무슨 소리니? 어떻게 누나까지 들먹이면서 엄마를 그렇게……."

아들의 매도에 은미의 몸이 부들부들 떨렸다. 떨림을 멈추게끔 의자 팔걸이를 꽉 잡아 보았으나, 의자마저 덜덜 떨릴 뿐이었다.

"분명히 말씀드렸습니다. 어머니가 망친 내 인생, 그 여자가 돌려주고 있다고."

태인은 무표정하게 은미를 쳐다보면서 또박또박 말을 이었다.

"그러니까 다시는 내 여자 근처에 얼씬도 하지 마세요."

은미는 자신을 꼭 닮은 아들의 눈이 자신에 대한 혐오 이외의 감정을 드러내지 않자 소름 끼쳤다. 태인이 경고를 담아 말을 덧붙였다.

"난 누나하고는 다르니까."

그 말을 끝으로 태인은 미련 없이 사무실을 나섰다. 은미는 이 상황을 도통 받아들일 수가 없었지만 한편으로는 아들을 붙잡을 용기도 나지 않았다.

볼일을 마친 태인은 바로 병원으로 돌아왔다. 특실에 발을 들이자마자 그는 다정의 시큰둥한 말을 들었다.

"몰래 이사하려고 멀쩡한 사람 입원시킨 겁니까?"

"멀쩡하다니……."

기가 막힌다는 듯 태인이 침대로 가까이 다가오더니 대뜸 다정의 발목을 잡았다. 깜짝 놀란 그녀가 토끼 눈을 뜨고 그를 올려다보았다. 그가 속상한 표정으로 그녀의 다리를 가리키며 말했다.

"멀쩡한 사람이 이래요?"

"내 말은 입원까지 할 정도는 아니라는……."

"마음 같아서는 상처가 다 나을 때까지 여기 가둬 놓고 싶은데 참는 거예요."

하여튼 말이 통하질 않는다. 다정이 다리를 털어 태인의 손을 떼어 냈다. 이게 의료인과 일반인의 차이였다. 의사인 안다정은 병원에서 해 줄 수 있는 치료가 다 끝나면 당연히 퇴원을 해야 한다고 여겼고, 일반인인 도태인은 상처가 아물 때까지는 입원을 해야 한다고 생각했다.

기껏해야 봉합한 상처 부위에 드레싱만 하면 되는 경한 환자, 다정은 회진 도는 일반외과 사람들에게 얼굴을 들지 못했다. 그나마 다행인 건 내일이 월요일이고, 도태인이 출근을 해야 한다는 점이었다.

"그래도 내일 월요일이니까 퇴원해야 하거든요."

"짐 정리 다 끝나고 청소 된 다음에 연락 준댔어요. 저녁 사서 들어갑시다."

그의 완벽한 계획에 그녀는 고개를 끄덕일 수밖에 없었다.

"그…… 아까 말한 거요."

다정은 하루 종일 보던 전공 책을 옆에 밀어 둔 뒤, 조심스럽게 말을 꺼냈다. 한 번에 알아듣지 못한 그가 의아한 시선을 보냈다. 그녀가 덧붙였다.

"미행."

"아."

그가 고개를 끄덕이고 보호자용 의자에 앉았다. 그녀는 수려하게 잘생긴 남자를 빤히 쳐다보았다. 그녀가 의심스러운 마음을 숨기고 조금씩 묻기 시작했다.

"도태인 씨 어머니가 사람 붙인 건가요?"

"네."

그는 뜸 들이지 않고 바로 긍정했다. 의외였다. 어머니의 이상 행동을 숨기고 싶어 하는 줄 알았는데 아니었나 보다. 그의 얼굴에는 난처한 기색도, 창피한 감정도 보이지 않았다.

"난 몰랐는데, 그쪽은 주의가 참 깊네요."

그가 빙그레 웃었다. 도태인은 어렸을 적부터 예민한 편이었다. 그건 아마 어머니를 닮았을 것이다. 아버지는 무던한 타입이었으니까.

"그래서 어머니한테 화내고 오는 길?"

"다신 그런 짓하지 말라고 말만 했어요."

태인의 대답에 다정의 눈동자가 가늘어졌다.

"되게 놀라셨겠네요."

"네."

부들부들 떨던 은미의 모습을 떠올리고 태인이 씁쓸하게 긍정했다. 그러나 다정은 그의 반응을 조금 다르게 받아들였다.

만약, 아들의 끔찍한 망상에 어머니가 놀란 거라면?

솔직히 다정은 현실적으로 미행을 붙인다는 말이 도저히 이해가 되지 않았다. 영화나 드라마에서나 나올 법한 일이라 거리감이 있었다. 아무것도 없는 안다정에게 왜 그의 어머니가 미행을 붙이겠는가?

"도태인 씨."

그녀가 자신의 이름을 딱딱하게 부를 때, 그는 불안해졌다. 의사 앞의 환자가 된 기분이라 그녀와의 거리가 멀어진 느낌이 들어서였다. 그가 대답 대신 그녀를 물끄러미 응시했다. 그녀가 한숨을 내쉬고 말했다.

"피해망상이라는 거, 알죠?"

태인이 고개를 끄덕였다. 다정은 여전히 딱딱하게 물었다.

"교수님이 다른 말씀 없으셨어요?"

"내 말이 믿기지 않나?"

그가 한쪽 눈을 찡그렸다. 지금, 안다정은 도태인을 의심하고 있었다. 정확히 말하자면 그의 질병을. 이 모든 일이 그의 머릿속에서 일어난 일일 뿐이라고 말이다. 그녀가 한숨을 겨우 삼키고 어색하게 말을 이었다.

"그쪽 어머니가 왜 나한테 사람을 붙이고 감시를 하겠습니까?"

환각을 보고 환청을 듣는 증상은 조현병의 특징이었다. 그리고 또 하나, 과대망상 역시 조현병 환자들이 많이 겪곤 했다. 환자들은 주로 누군가가 자신을 해하려고 한다거나, 감시 혹은 미행을 하거나, 본인이 도청이나 도촬을 당한다고 호소했다.

그리고 도태인은 조현병 환자의 모범적인 사례를 보여 주고 있었다.

다정의 기분을 이해하면서도 태인은 마음이 무거웠다. 다정처럼 평범한 사람들이 전혀 상상도 못 하는 일을 어머니는 하고 있었다. 어머니는 아들의 여자에게 미행을 붙이고, 딸의 남자를 사회적으로 죽이려고 들었다. 차라리 자신의 머릿속에서 일어난 피해망상이면 얼마나 좋을까? 태인이 희미하게 웃으면서 대꾸했다.

"뭐, 그게 내 망상이면 어때요? 할아버지가 공짜로 집을 내줬는데."

가벼운 말에 다정의 미간이 좁아졌다. 태인은 그녀의 표정을 보지 못한 척 그녀를 덥석 안았다.

"월세 안 내도 되잖아요."

하지만 다정의 의심스러운 시선은 거두어지지 않았다. 태인에게 안기자 불안한 듯 빨리 뛰는 그의 심장 소리가 그녀에게까지 전해졌다. 다정은 자신의 태도가 의료인으로서 옳은 태도라고 생각하지 않았다. 아마 정신과 교수가 이 상황을 본다면 다정의 등짝을 후려갈겼을지도 모른다. 환자를 불안하게 만들어서 남는 게 뭐가 있겠느냐고 말이다.

그래도…… 이성이 쉽게 돌아오지 않는다. 환자가 이 남자라서. 어쩌면 그는 평생 불안정한 정신을 가지고 살아야 할지도 모른다고 생각하니 마음이 무거웠다. 그때, 그가 그녀의 마음속에 있는 말을 뱉었다.

"불안해요?"

그녀의 어깨를 잡아 품에서 떼어 낸 그가 옅은 미소를 지어보였다. 그녀는 아무 말도 하지 않았다. 그를 환자로 여기게 되자 이 상황에 무슨 말을 해야 할지 몰랐다. 그가 장난스럽게 덧붙였다.

"우와, 이 미친놈을 어떻게 평생 데리고 사나."

"그런 생각은 안 했어요."

그녀가 불쾌하다는 투로 정색하고 바로 부정했다. 그의 미소가 한층 진해졌다.

"그럼 다행이고."

웃음 섞인 목소리가 나직하게 들렸다. 정신과 전공이 아닌 터라 다정은 더 이상 캐묻지 않기로 했다. 태인이 그녀의 어깨를 쓸면서 말했다.

"피해망상인지, 과대망상인지 하는 그런 거 아니에요."

환자복 위로 느껴지는 그의 손길이 부드럽고 따스해서 그녀는 아무 대꾸도 하지 않았다.

"사실이 아니라면 할아버지가 쉽게 집을 내줄 리가 없죠. 그렇게 호구인 분 아니거든요."

"호구가 뭡니까, 호구가? 어른한테."

다정이 미간을 홱 찌푸리고는 양손으로 그를 밀어냈다. 하긴, 도 회장 역시 태인의 말을 믿고 있었다. 아무리 손자를 사랑하는 할아버지라지만 그만한 거물이 태인의 말을 덮어놓고 믿을 리가 없었다.

"그리고 자세한 사정은…… 집에 가서 말해 줄게요."

자세한 사정?

자신이 모르는 뭔가 특별한 일들이 수면 아래 묻혀 있는 모양이었다. 다정은 지금 당장 물어보고 싶었으나, 태인의 씁쓸한 표정에 어쩔 수 없이 고개만 끄덕였다. 이야기가 일단락 지어지자 그가 능글맞게 입을 열었다.

"이제 내가 물어볼 차롄가?"

"뭘요?"

진지한 분위기가 갑자기 미묘하게 변하자 다정이 본능적으로 침대 헤드에 몸을 붙였다. 침대 위로 훌쩍 올라온 그가 환자복 바짓단을 슥 쓸어 올렸다. 깜짝 놀라 그녀가 발가락을 바짝 오므릴 때였다.

"저녁 뭐 먹을까요?"

미묘한 공기와 전혀 어울리지 않게 생활감 넘치는 말이 이어졌음에도 다정은 심장이 터질 것 같았다. 히죽히죽 웃고 있는 태인을 빤히 처다보던 그녀는 아직도 다리에서 지분거리는 그의 나쁜 손을 찰싹 때리고 모르는 척 다시 전공 서적을 집어 들었다. 그게 마음에 들지 않았는지 그가 불만스레 말했다.

"선생님, 아픈데 공부까지 해야겠어요?"

"아까 회장님께 드린 말씀이 있어서요."

"뭔데요?"

"보드 따고 병원에 남는 걸 긍정적으로 생각해 보겠다고요."

"정말?"

언제 불만이 있었냐는 양, 얼굴빛이 환해진 그가 그녀를 다시금 덥석 안았다.

"진짜 병원에 남는다고?"

그녀의 귓가에 신이 난 목소리가 맴돌았다. 그럴 만도 했다. 도태인은 안다정의 곁에 있고 싶어서 안달이었으니까. 그는 항상 그녀가 전문의 시험에 합격해서 병원에 뿌리박길 바랐는데, 확답을 주지 않던 그녀가 오늘 드디어 병원에 남겠다는 말을 하니 기쁨을 감추지 못했다.

"그러니까, 보드 시험에 합격을 해야 한다니까요."

"네?"

이럴 때, 도태인은 바보가 따로 없었다. 순진한 표정으로 눈만 깜박거리는 그를 그녀가 못마땅하게 처다보았다.

"공부를 해야 한다는 뜻입니다."

말을 마치기 무섭게 그녀가 그를 매몰차게 밀어내고 무릎 위에 두꺼운 전공 서적을 턱하니 내려놓았다. 그의 시선이 책을 따라 움직였다. 도태인의 손길을 원천 봉쇄하기 위해 그녀가 한마디 했다.

"이제부터 나 건드리지 마요. 공부할 거니까."

"저, 저녁은……."

"뒷바라지해 준다면서요?"

그녀의 평온한 목소리에 그가 고개를 끄덕일 무렵이었다.

"그럼, 메뉴는 알아서."

그녀가 빙그레 웃었다. 그 미소가 너무 눈부셔서 그는 입을 다물고 쓸쓸히 고개를 숙였다. 역시 안다정은 쉽게 여지를 주지 않았다. 시무룩해진 그가 침대에서 내려갔다.

도태인은 확실히 미쳤다. 퇴원 수속을 끝낸 후, 태인은 다정이 '다리'를 다쳤다는 이유로 공주님처럼 그녀를 안아 들었다. 당연히 상식이 제대로 박힌 안다정은 질색을 했다.

"걸을 수 있다니까요!"

"상처가 덧나면 어쩌려고?"

"내 의사 면허를 걸고 절대 안 덧난다고요!"

의사 면허까지 걸었으나 안다정보다 머리 하나 이상은 큰 도태인은 꿈쩍도 하지 않았다. 키가 큰 만큼 그는 힘도 강했다. 그녀가 버둥거려도 그의 자세는 흐트러지지 않았다.

특실을 나와 사람 하나 없는 복도를 지날 때까지는 그래도 괜찮았다. 문제는 이제 사람들이 모여들기 시작하는 엘리베이터 부근이었다.

"아, 안 돼…… 내려 줘!"

다정이 있는 힘껏 발버둥을 쳤지만 태인은 듣는 척도 하지 않았다. 그녀는 양손으로 얼굴을 가렸다. 이러다 아는 사람을 마주치기라도 하면 대창피의 시대가 열릴 것이다. 가뜩이나 소문도 장난 아니게 퍼지고 있는데!

"휠체어를 달라고 할걸."

"무, 무슨 휠체어…… 다리가 부러진 것도 아닌데."

엘리베이터를 기다리는 동안 도태인이 쓸데없이 중얼거렸다. 마음 같아서는 그를 흠씬 두들겨 주고 싶었지만 다정은 기운이 다 빠져 버렸다.

얼마 지나지 않아 엘리베이터 문이 열렸다. 특실과 2인실 등 고가의 병실만 있는 위층이라서 엘리베이터 안에는 다행히 한 사람만이 있었다. 문제는 안다정이 잘 아는 사람이라는 데 있었다.

"어머, 안 선생님……."

왜 하필 이미진이 이 엘리베이터를 타고 있단 말인가. 내과 전공의인 미진은 내과 병동에 있어야 하는데, 여기는 외과 병동 건물이었다. 다정은 태인에게 어린애처럼 안긴 덕분에 키가 큰 미진과 눈높이가 맞았다. 얼굴이 새빨개진 채로 다정이 머뭇머뭇 입을 열었다.

"왜 여기에……."

"저희 할머니가 슬립 다운(Slip down, 미끄러짐)으로 입원하셔서요."

"아, 네…… 괜찮으세요?"

"네. 연세가 많으셔서 좀 걱정이긴 한데……."

우연이 참 얄궂다. 미진이 자신과 태인을 번갈아 보는 통에 다정의 얼굴이 뜨거워졌다. 가루가 되어 사라지고 싶을 만큼 창피해진 다정이 고개를 푹 수그리자 태인의 품에서 익숙한 체향이 풍겼다.

눈도 마주치지 못하는 다정에게 미진이 떨떠름하게 물었다.

"선생님도 이제 좀…… 괜찮…… 으시죠?"

"……네."

잠시 엘리베이터 안에 침묵이 흘렀다. 아마 미진은 이 상황을 어떻게 받아들여야 할지 고민하고 있을 것이다.

"그래도 든든하시겠어요. 정말 보기 좋네요."

"감사합니다."

다정이 아무 말도 하지 못하자 태인이 대신 대답했다. 다정은 튀어나오려는 욕설을 겨우 내리누르고 억지웃음을 지었다. 든든한 게 아니라 창피해 죽을 지경이었다. 그나마 이미진이 선한 성품을 가져서 '보기 좋다'는 말로 끝이 난 거지, 김찬형이 옆에 있었으면 평생의 놀림감이 되었을 것이다.

이제 다음 층부터 일반 병실이 있었다. 즉, 타는 사람이 많아진다는 뜻이었다. 도저히 멀쩡한 정신으로 참을 수 없어진 다정이 태인의 팔을 꼭 잡고 말했다.

"정말 미안한데, 그쪽이 죽기 전까지 곁에 못 있겠어요."

"네?"

"지금, 창피해서 내가 먼저 죽을 지경이니까."

죽겠다는데 더는 고집을 부릴 수도 없는 법. 태인이 흔쾌히 제 고집을 꺾었다.

"내려 줄게요."

생각보다 일이 쉽게 풀리자 다정이 고개를 반짝 들었다. 태인은 먼저 그녀의 발이 바닥에 닿게끔 허리를 굽혀 주었다. 자유의 몸이 되자마자 그녀가 울상을 지었다.

"진작 내려 주지!"

"그러니까 앞으로는 다치지 마요."

뻔뻔한 대구에 다정은 이만 갔았다. 두 사람을 지켜보고 있던 미진이 소리 없이 웃었다.

이내 엘리베이터가 멈추고 기다리던 사람들이 우르르 엘리베이터에 올랐다. 만약 태인이 계속 고집을 부렸더라면 이 많은 사람들이 안다정의 창피한 모습을 보았을 것이다. 상상만으로도 다정의 등골이 오싹해졌다.

호칭 교정하기

태인의 차는 평소 가던 길이 아니라, 낯선 도로 위를 달렸다. 다정이 불안한 듯 바깥을 몇 번이고 살폈다. 서울에서 30년을 살았지만 이런 동네는 처음이었다. 그녀는 시간을 확인하고 한숨을 내쉬었다.

"너무 먼 거 아니에요? 일찍 일어나야겠네."

물론 응급실 근무가 끝난 이상, 다정은 굳이 일찍 출근할 필요는 없었다. 꼭 병원에서 공부를 해야 한다는 원칙이 있는 것도 아니지만 인턴 때부터 5년, 익숙한 공간에서 동기들과 지식을 나누는 편이 좋아 꼬박꼬박 아침부터 병원에 나갈 뿐이었다.

차가 멈춘 곳은 고요한 빌라 단지였다. 고급 자재로 둘러싸인 상아색 건물을 올려다보며 다정이 고개를 갸웃거렸다.

"이게 빌라라고?"

"아파트는 아니잖아요?"

다정의 빌라라는 건물 개념이 재정립되는 순간이었다. 자신이
아는 빌라는 붉은색 벽돌로 차곡차곡 쌓아 올려진 건물에 비좁
은 주차장과 좁은 계단, 그리고 한 층에 현관문이 여러 개인 공동
주택이었다. 이런 우아한 건물이 아니라!

그런 다정의 마음을 모르는 태인은 아무렇지 않게 현관 비밀
번호를 누르고 들어갔다. 그녀가 떨떠름하게 그의 뒤를 따랐다.
중간에 닫혀 있는 문을 열자 널찍한 거실이 그들을 반겼다. 그녀
는 저도 모르게 숨을 헉 들이마셨다. 전체적으로 따스한 분위기
의 공간은 넓었지만 사람의 손길이 닿지 않아 텅 빈 느낌을 주었
다. 문제는 그래서 더욱 넓어 보인다는 것쯤?

"둘이 쓰니까 큰 집은 아니래요."

큰 집이 아니라고?

"……지금 여기 거실이 오피스텔보다 넓은 것 같은데요."

"나도 처음 오긴 했는데, 방을 어떻게 나눠 놨으려나."

태인은 다정의 손을 잡고 집 안 곳곳으로 이끌었다. 그는 거실
에서 가장 가까운 문부터 벌컥 열었다.

"여긴 서재인가?"

평범한 책상을 세 개 정도 이어 붙인 크기의 원목 책상과 한쪽
벽면을 메운 큰 책꽂이가 인상적이었다. 도서관에서나 볼 법한
천장까지 닿는 책꽂이를 그녀가 신기하게 응시했다. 원래 기본

적으로 인테리어가 되어 있는 건지, 아니면 비서가 그새 가구를 들여놓은 건지 알 길은 없었다.

"정말 황량한 서재네요."

다정이 떨떠름하게 감상을 뱉었다. 쌓여 있는 전공 책을 볼 때마다, 그녀는 책이 너무 많아서 큰일이라고 걱정했는데, 그 많던 책은 널찍한 책꽂이의 반도 채우지 못했다. 역시 공간의 문제였다.

서재에서 흥미를 잃은 태인은 조금 더 안쪽에 있는 방으로 향했다. 서재와는 다르게 여기는 한쪽 벽면이 통유리 창이었고 유리창 바깥으로 난 테라스도 보였다. 빛을 차단하는 암막 커튼이 양옆에 곱게 쳐져 묶여 있었고, 볕이 잘 들 자리에는 장정 서넛이 누워도 자리가 남을 큼직한 침대가 놓여 있었다.

'이게 다야?'

침대 옆에 협탁이 있고, 기역 자로 꺾인 곳에 파우더 룸이 있는 걸 제외하면 바닥에 깔린 러그 정도가 방 안의 전부였다. 의아한 다정과 달리, 태인은 익숙한 모양이었다. 그가 그녀를 데려와 침대에 앉히고 생긋 웃었다.

"여기가 마스터 룸이네. 여길 침실로 쓰라는 건가 봐요."

"침실이…… 오피스텔보다 크네요."

"그런가?"

그가 고개를 갸웃거리고 침실 안을 빙 둘러보았다.

"내 침실하고 비슷한 크긴데?"

그녀가 할 말을 잃은 것도 모르고 그는 침실 안쪽의 문을 열어 보았다. 문 안쪽을 들여다보기 위해 그녀가 고개를 쭉 뺐다. 어떻게 생겼는지 잘 보이지는 않았지만, 붙박이장으로 보이는 문들이 쭉 늘어서 있었다.

"여긴 드레스 룸인가 봐요."

그가 의외라는 투로 말했다. 궁금해진 그녀가 침대에서 내려와 드레스 룸 안으로 들어갔다. 제일 바깥쪽에 있는 붙박이장 문을 열자 자신의 옷이 보였다. 왠지 저 옷들이 공간과 어울리지 않는 기분이라 그녀는 바로 문을 닫아 버렸다.

"다른 방을 드레스 룸으로 쓸 줄 알았는데."

"여기도 많이 비었는데 굳이 다른 방을……."

도태인은 이 구조가 마음에 들지 않는 모양이었다. 물론 좋고 나쁘다는 생각은 안다정의 머릿속에서 이미 없어진 지 오래였다.

드레스 룸 출입문 옆에 또 문이 있었다. 침실에 딸려 있는 욕실이었다. 다정이 미간을 좁혔다. 정사각형에 가까운 월풀 욕조는 처음 보았다. 욕조에서 눈을 떼지 못하는 그녀에게 태인이 소곤거렸다.

"욕실…… 욕조가 넓고 좋죠?"

아버지와 둘이 살았던 작은 전셋집에는 욕조가 없었기에 어린 시절 다정은 TV 같은 데서 욕조가 나오면 부러워했다. 아버지가 돌아가신 뒤에는 방 두 칸짜리 전셋집을 정리하고 학교 주변 원룸에서 살았기에 역시 욕조가 있던 적이 없었다. 그런데 심지어 자신이 아는 직사각형 모양의 욕조가 아니었다.

"이렇게 큰 건 처음 봤어요."

그녀가 솔직히 대답하자마자 그가 그녀의 어깨를 끌어안으면서 신이 나 떠들었다.

"그래요? 둘이 들어가기 딱 좋은 크기인……."

"씻는 건 혼자 합시다!"

상상만으로도 창피해서 질색하는 그녀에게 그가 빙그레 웃어 주었다. 음흉한 말과는 상반되게 상큼한 미소였다. 그의 팔을 뿌리치고 먼저 욕실에서 잽싸게 나온 다정은 거실로 나갔다. 탁 트이다 못해 텅 빈 공간에서 그녀는 한숨을 길게 뱉었다.

차원이 다르다, 다르다 했지만 이만큼 다를 줄은 몰랐다. 도태인과 안다정은 생활 패턴은 물론 생활 수준도 무척 달랐다. 이런 집을 둘이 사용하기 좋다고 냉큼 받아 온 그와 자기 집 한 칸이라도 만들려고 애를 쓴 자신은 다른 세계에서 살아온 느낌이었다.

다정을 뒤따라 나온 태인이 그녀의 등 뒤에서 말을 걸었다.

"방이 1층에 두 개가 비고, 2층에는 다 빌 텐데 뭐로 채울까요?"

"일단…… 2층은 쓰지 말기로 해요."

집이 너무 넓어서, 다정은 더 이상 비어 있는 공간을 보고 싶지 않았다. 그녀의 목소리가 가라앉은 탓에 태인은 그녀의 눈치를 살폈다. 그녀가 말을 더했다.

"안 쓰는데 괜히 관리해야 하잖아요."

"그래요, 그럼."

그녀의 말 한마디에 그는 더 이상 집을 둘러보지 않기로 했다.

도태인은 대체 안다정의 오피스텔에서 어떻게 살았던 걸까? 좁아서 숨이 막히지는 않았을까? 다정은 태인이 왜 이사를 가고 싶어 했는지 조금은 알 것도 같았다. 그녀가 높은 천장을 올려다보며 중얼거렸다.

"이런 집이 있는지는…… 오늘 처음 알았어요."

"마음에 들어요?"

"네, 뭐…… 마음에 안 들면 천벌 받을지도……."

다정이 그녀답지 않게 말끝을 흐렸다. 대충 얼버무린 그녀에게 그가 뜬금없는 소리를 뱉었다.

"마음에 들면 할아버지한테 달라고 할까?"

"미쳤어요?"

깜짝 놀란 다정이 얼굴을 구겼다. 무슨 염치로 집을 받으라는 건지 모르겠다. 그런데 그는 농담이 아니라는 듯 진지하게 말했다.

"할아버지는 선생님한테 무엇이든 주고 싶을 걸요?"

"왜요?"

"날 일하게 만들었으니까."

그녀가 잠시 머뭇거렸다. 어이가 없어서 할 말을 잃은 탓이었다. 그녀는 겨우 그런 시답잖은 이유로 도 회장이 이런 고급 빌라를 줄 리 없다고 믿었다. 상식적으로 생각해 봐도, 안다정이 뭐라고 집을 주겠느냐고!

"거 참, 대단한…… 백수 손자군요."

다정은 태인의 말을 농담 그 이상으로 받아들이지 않았다. 그가 어깨만 으쓱였다. 정말로 지금 당장 할아버지에게 말만 하면 할아버지는 기꺼이 이 집을 그녀의 명의로 바꿔 줄 것이다. 단, 안다정이 도태인과 결혼을 한다는 조건을 달고 말이다.

"저녁이나 먹읍시다."

말장난은 여기까지만 하자. 그녀의 말이 떨어지자마자 그가 그녀의 손을 잡아 주방으로 이끌었다. 둘이 사용하기에는 쓸데없이 넓은 식탁에 큰 냉장고, 파티 때나 사용할 만한 홈 바 등을 보자 그녀는 정신이 나갈 것 같았다.

사실, 주방은 태인의 특별한 주문이 있었다. 그는 편리한 주부 생활을 위해 주방에서 쓸 만한 가전을 전부 채워 달라고 비서에게 부탁을 했었다. 단 몇 시간 만에 주방에 수천만 원어치의 가전이 채워졌다.

주방 제품에 관심이 없는 다정과 반대로 태인은 꼼꼼하게 주방을 살펴보고 있었다. 그녀는 식탁 의자에 앉아서 턱을 괴고 그의 움직임을 눈으로 좇았다.

정말 세상이 다르구만.

세련된 대리석으로 둘러싸인 인테리어, 용도도 알 수 없는 새

가전제품들에 그릇 하나, 컵 하나까지도 손대기 힘들게끔 값비싸 보였다. 안다정 인생에 이런 집에서도 살아 보다니. 다정이 힘없이 피식거렸다.

다정은 새 프라이팬에 비싼 소고기를 굽는 태인을 뒤에서 물끄러미 바라보았다. 고깃집에서 어색하게 고기를 조각내던 도태인은 이제 없었다.

다정의 다친 다리를 위해서는 음식점을 가기보다 집에서 저녁을 먹는 편이 나았다.

소고기는 비싼 값을 했다. 부드럽고 맛있는 고기를 기분 좋게 먹는 그녀에게 그가 말을 붙였다.

"상처 회복에는 소고기래요."

"누가 그래요?"

"인터넷에서?"

태인의 음식 관련 정보는 대체로 인터넷 검색에서 나왔다. 그리고 다정은 검증되지 않은 정보를 썩 못미더워했다.

"뭘 먹든 유의미한 상관은 없는데. 알코올처럼 덧나게 하는 거 아니면."

무심하게 대꾸한 뒤, 그녀는 구워진 고기만 집어 먹었다. 그는 비집고 나오려는 웃음을 참고 그녀의 접시에 잘 구워진 고기를 놓아 주었다.

배불리 먹었더니 몸이 늘어졌다. 왠지 졸린 것도 같았다. 다정은 눈가를 비비고 한숨을 내쉬었다. 지금 그녀가 기다리는 건 따로 있었다. 병실에서 태인이 했던 말이었다.

"그리고 자세한 사정은…… 집에 가서 말해 줄게요."

"언제 말해 줄 거예요?"

"뭘요?"

"집에 가서 뭐 말해 준다면서요."

식탁을 정리한 태인이 아차 싶었다. 주방 가전에 신경 쓰느라 까맣게 잊고 있었다.

"음……."

아까 은미의 행동을 그저 그의 피해망상이라고 여기던 다정의 모습에 그는 다정도 은미에 대해 알고 조심해야 한다고 생각했다. 다른 사람에게는 말하지 않았던, 집안의 더러운 사정을 털어놓으려니 마음이 복잡해졌지만 이제는 다정에게 더 이상 숨기고 싶지 않았다.

"조금 기분 나쁜 이야기일 수도 있어요."

"뭐요? 욕조에 둘이 들어가는 거?"

최근 들었던 이야기 중 기분 나쁜 이야기라고 하면 역시 이 말이었다. 그러나 웬걸? 도태인은 눈까지 반짝이면서 히죽거렸다.

"그건 기분 좋은 이야기고."

"정말 제정신이 아니야……."

다정이 변태에게 들으라는 듯 혼잣말로 중얼거렸다. 그가 새 식탁을 반질반질, 윤이 나게 닦은 뒤에 힘없이 말했다.

"다 말하고 나면 기운 빠져서 설거지 못 할 테니까 침실에서 쉬고 있어요."

"거실에 있을게요."

안다정은 역시 쉽게 여지를 주지 않았다. 그가 아쉽다는 듯 한쪽 눈가를 찡그렸으나 그녀는 침실이 아닌 거실로 나가 버렸다.

텅 비어 있는 거실 소파에 앉은 다정은 한쪽 벽면을 크게 메운 고급스러운 TV를 멍하니 바라보았다. 아까 본 욕실의 욕조도 그렇지만, 아버지와 함께 살았을 때 집에 있던 TV와는 차원이 달랐다. 아버지는 평생 뚱뚱한 TV만을 보다가 세상을 떠났다. 그 TV는 당시에도 10년이 넘은 제품이었다.

'참, 아버지도 이런 세상이 있다는 걸 알았더라면……'

다정은 꺼져 있는 TV 화면을 보다가 씁쓸하게 웃었다. 얇고 큼직한 TV에서 시선을 떼고 그녀는 주변을 둘러보았다.

도태인은 이런 집이 익숙해 보였다. 방 하나가 오피스텔만 한 집. 그의 유년 시절은 어땠을까? 도태인은 안다정과 달리 풍족한 환경에서 원하는 것들을 전부 손에 쥐었겠지. 친구들과 피아노 학원을 다니고 싶다는 말도 못 했던 어린 안다정과는 전혀 다른 삶을 살았을 것이다.

그때였다.

"선생님!"

식기세척기의 도움으로 설거지를 빠르게 마친 태인이 소파를 사이에 두고 다정을 등 뒤에서 안았다. 그녀가 고개를 돌리자 그의 수려한 얼굴이 가까이 보였다. 그가 유년 시절에 얼마나 풍족하게 살았든 간에 이런 남자를 가정부로 써먹고 있으니, 안다정 팔자도 이만하면 꽤 괜찮지 않은가?

"약 먹어야죠."

"아."

그가 약봉지와 냉수를 건네주고 옆에 자리했다. 그녀는 별말 없이 약을 먹은 뒤 테이블 위에 컵을 내려놓았다.

너무 넓어서 황량한 기분까지 드는 거실에 오로지 두 사람만이 체온을 주고받았다. 그녀가 그에게 머리를 기대고 솔직히 말했다.

"사실, 이렇게 넓은 집은 처음 살아 봐요."

"그래요?"

"거실이 따로 있는 집도 처음이에요."

아버지와 살았던 집은 거실이 따로 없었다. 그리고 혼자 살 적에는 원룸 형태의 집에서 살았기에 거실을 가져 보지 못했다. 그녀가 조잘조잘 속에 담아 둔 말을 털어놓았다.

"아까 욕조도 처음 봤고, 저런 TV도 처음이고, 그렇게 큰 책꽂이도 처음 써 봐요."

그는 아무 대꾸 없이 고개만 끄덕였다. 대답은 필요 없었다. 그녀가 고개를 들어 천장을 올려다보았다.

"천장도 다른 집보다 높고."

높은 천장에는 시스템 에어컨이 달려 있었다. 저 에어컨이 각 공간마다 달려 있었던 것 같다.

"아, 저런 에어컨은 학교랑 병원에서만 써 봤는데."

태인도 다정을 따라 흘끗 위를 쳐다보았다. 그러나 그에게는 특별할 것 없는 광경이었다.

"그쪽은 어렸을 때부터 이런 데서 살았어요?"

"당연하다고 하면 기분 나쁠까?"

"별로?"

모든 가정의 생활 수준이 평등하지 않다는 것쯤은 열 살도 되기 전, 친구 생일 파티에 갔을 때부터 알고 있었다. 학교에서 가장 부유한 친구의 생일 파티에 초대되어 예쁘게 포장한 색연필 세트를 들고 갔었다.

상다리가 부러지도록 차려진 생일상에 서른 명이 넘는 손님들, 그리고 한쪽 구석에 가득한 선물 상자. 생일을 맞은 친구는 왕관 모양을 본뜬 머리띠를 하고 한가운데 앉아 있었다.

그 친구와 썩 친하지 않았던 다정은 친구와 꽤 먼 자리에 앉아 그날 처음으로 피자를 먹어 보았다. 지금은 흔해 빠진 피잔데, 그날 처음으로 어린 다정은 박탈감을 느꼈던 것 같다.

"좋았겠네요."

"내 어린 시절이?"

태인의 물음에 다정은 대답 대신 고개를 끄덕였다. 그러나 그는 씁쓸한 미소만 내비치면서 어딘가 허무한 목소리로 대답했다.

"글쎄…… 선생님 정도는 아니라고 해도 별로 좋지는 않았는데."

그의 눈동자가 어두워졌다.

"전에 말한 적 있죠? 어렸을 때 억지로 어머니 손에 여기저기 끌려다닌 거."

"아, 네."

피아노 콘서트를 보러 갔던 날, 태인은 어렸을 때 공연장에 자주 끌려다녔다고 말했다. 그게 부러웠었는데 과연 부러워할 일이었을까?

"뛰어다니고 싶은 나이에 정장을 흉내 낸 교복을 입고, 머리는 깔끔하게 넘긴 채로 불편하게…… 어머니의 액세서리가 되어야 했어요."

액세서리? 이해할 수 없는 단어 선택이었다. 의아한 다정의 눈빛에 태인이 빙그레 웃으면서 설명했다.

"나한테는 이런 아들이 있고, 이런 딸이 있다고 자랑하기 위한 도구라고 해야 할까."

"그, 그건 너무…… 어떻게 어머니가 그런 생각을 하시겠어요? 다 자식 잘 되라는 거겠지."

당황해서 손까지 내젓는 다정 때문에 태인의 마음이 복잡해졌다. 안다정은 추은미를 너무 모른다. 자신의 어머니는 그런 평범한 어머니가 아닌데.

그는 희미한 미소를 지으면서 그녀의 손을 잡아 내렸다. 무릎 위에 두 사람의 손이 포개져 놓였다. 그가 엄지로 그녀의 손가락을 부드럽게 쓸어 주었다. 손에서부터 가슴까지 간질간질한 느낌이 전해졌다.

"외가는 서민 가정이었어요."

다정은 문득 채린이 은미를 신데렐라라고 칭했던 것이 떠올랐다. 미모로 일명 '신분 상승'을 이루어 냈다는 의미였다.

"어머니는 거기에 열등감이 있었고."

하지만 열등감 이야기는 처음이었다. 다정은 고개조차 끄덕이지 못했다. 기분 나쁜 어른이었지만 어쨌든 태인의 어머니였으니까 예의를 지키고 싶었다. 그가 눈을 내리깐 채로 말을 이었다.

"아주 심했어요. 누나와 날 쥐 잡듯이 잡았으니까."

아무리 희미한 기억이 되었다고 해도, 그는 어렸을 적 일을 아주 조금이라도 떠올리고 싶지 않았다. 그의 묵직한 목소리에 그녀가 조심스럽게 물었다.

"……아버지는요? 아버지한테 말려 달라고 하지 그랬어요?"

"아버지는…… 바쁘다는 핑계로 방관했어요. 겉으로 보기에 어머니는 교육에 많이 신경 쓰는 정도로만 비쳤을 걸요."

IT 산업이 막 커 가던 1990년대 말에서 2000년대 초, 그룹 내에서 디지털 산업 쪽을 맡은 도광열 사장은 집안을 돌아볼 여력이 없었다. 자식들이 말라 가는 것도 모르고 아침 일찍 출근해서 새벽에나 돌아오거나, 아예 집에 들어오지 못하는 날도 많았다.

"여덟 살짜리가 아침 다섯 시 반에 기상을 해서 운동을 해야 했어요. 그때 배운 게 검도."

어른들도 일어나기 힘든 시간에 어린아이가 일어나기란 훨씬 힘겨웠을 것이다. 전공의 저년 차 시절에도 여섯 시까지는 기절하듯 잤던 다정은 저도 모르게 입가를 가렸다.

"학교 수업이 끝나면 그때부터 하루가 시작되는 느낌이라고 할까? 기본적으로 피아노도 배워야 했고, 정규 과목 과외도 받아야 했고, 외국어도 어렸을 때부터 익혀야 한대서."

지금 생각해도 어떻게 그렇게 살았는지 모를 만큼, 살인적인 스케줄이었다. 그렇게 영혼이 빠져나간 남매는 어머니의 꼭두각시가 되어 이리저리 휩쓸려 살았다. 아마 그때가 은미에게는 가장 빛나는 시절이었을 것이다.

문득 다정은 예전에 태인이 했던 말을 기억할 수 있었다.

"악기, 그림, 무술. 다 배워야 했어요."
"무술?"
"이래 보여도 나 검도 유단자인데."

장난스럽게 나누었던 대화는 아픈 사실을 내포하고 있었다. 그런 것도 모르고 그를 부러워했다. 자식 교육에 어느 정도 강제성이 필요하다고 생각은 했지만 그의 유년 시절은 아동 학대나 다름이 없었다.

"이게 자기 자식을 위해서가 아니라⋯⋯."

잠깐 말을 멈춘 태인은 다정의 손에서 시선을 떼고 그녀를 바라보았다. 웃음기 사라진 그의 얼굴은 어딘가 서늘한 면이 있었다.

"팔방미인 남매를 둔 어머니로서 돋보이고 싶어서거든요."

"말도 안 돼."

그녀의 놀라는 목소리에 그가 희미하게 웃었다. 정말 자기 자식을 위해서였다면 그렇게까지 몰아붙여서는 안 되는 거다.

태인보다 체력이 약했던 영인이 피로를 이기지 못하고 쓰러졌을 때, 은미는 영인의 가느다란 팔에 링거 바늘을 꽂았다. 아들인 태인과 달리, 영인은 식이 제한까지 받고 있었으니 계속되는 강행군을 이기지 못했을 것이다. 하지만 일주일만 발레를 쉬고 싶다는 어린 딸의 간절한 부탁을 은미는 귓등으로도 듣지 않았다. 체형이 만들어지는 시기라는 게 그 이유였다.

그날 영인은 태인의 앞에서 눈물을 보였다.

"너는 남자라서 좋겠다."

그 말에 태인은 누나에게 아무 말도 해 줄 수 없었다. 일종의 부채감도 느꼈던 것 같다. 그날부터 남매의 현실이 부당하다는 걸 그는 조금씩 깨닫게 되었다.

"참기 힘들었어요. 뭐가 뭔지 모를 때는 아무 생각이 없었지만 점점 커 가면서 스스로 생각하다 보니까 이건 아니다 싶더라고요."

은미를 힘으로 제압할 수 있겠다 싶을 무렵부터 태인은 어머니의 말에 순종하지 않았다. 아버지는 사업 확장으로 바빴고, 가정 교육은 어머니에게 일임한 터라 태인을 잡아 주지 못했다.

"어머니 말에 따르지 않으니 바로 실패자 딱지가 붙었어요. 중학생 땐가?"

장신인 부모처럼 태인도 사춘기에 들어서면서 키가 부쩍 자랐다. 당연히 그만큼 열량이 필요했는데 은미는 밥상에서 아들을 실패자 취급하며 눈치를 주곤 했다. 얼마나 심했는지 어머니하고는 식사를 같이하고 싶지 않을 정도였다. 사춘기에 예민하기까지 한 태인은 아침 식사를 하다 참다못해 종종 의자를 걷어차고 나가곤 했다.

결국 은미도 어느 순간 폭발해서 태인을 유학 보내겠다고 날뛰었었다. 고래 싸움에 새우 등 터지는 쪽은 마음 여린 영인뿐이었다.

"미국으로 보내 버리겠다는 걸 누나가 겨우 말려서 계속 한국에 남아 있게 된 거고."

태인의 입에서 드디어 누나의 존재가 나왔다. 다정이 긴장하기 시작했다.

"누나는…… 어머니 말씀을 잘 들었나요?"

"누나는 순종적인 성격이었으니까."

영인은 기가 약해도 너무 약했다. 성인이 되어서까지도 영인은 은미의 손바닥 안에 있었다. 대학생인 영인보다 고등학생인 태인이 더욱 제멋대로였고, 어느 순간부터 은미는 아들을 포기하고 모든 관심을 딸에게 쏟았다.

"나를 부러워하면서도 마음이 약해서 어머니를 거스르지는 못했어요."

하지만 그런 영인도 뒤늦게 반항을 시작했다.

기분 좋게 집에 왔는데 집 안이 엉망진창인 날이 있었다. 화분이라는 화분은 전부 깨져 있었고 거실 바닥에는 골프채가 흩어져 있었다. 단숨에 기분이 나빠진 태인은 모르는 척 위층으로 올라갔고, 흐느끼는 누나의 울음소리를 듣게 되었다.

"대학을 졸업하고 처음으로 반항을 할 정도였으니까요."

그날이 바로 은미의 말에 영인이 반기를 든 날이었다.

"누나는 어머니를 닮아서 예뻤고, 순종적인 성격이었고, 학벌과 집안도 완벽했으니 어머니로서는 기대가 많았죠. 누나가 아니라 사돈 될 집안에."

미술 이론을 전공한 영인은 석사 1년 차에 어머니의 강요로 맞선을 보게 되었다. 은미는 자신이 애지중지 만들어 낸 액세서리를 20대 중반, 결혼하기 가장 좋은 나이에 비싼 곳에 팔기로 결정했다. 은미는 그 누구도 감히 비웃을 수 없는 대단한 집안에 분신 같은 딸을 시집보내겠다는 일념으로 살아왔던 것이다.

"하필이면 누나가 학부 때 동아리 선배와 눈이 맞아 버린 게…… 문제였고."

태인의 말에 다정이 미간을 좁혔다. 젊은 연인의 끝은 비극일 수밖에 없었다. 그가 괴로운 듯 얼굴을 구겼다.

"어머니는 그 남자를 오점처럼 생각했어요. 누나의 오점, 자신의 귀한 액세서리의 오점……."

그날부터 태인은 어머니의 밑바닥을 보게 되었다. 그러나 모전여전이라고 영인의 고집도 만만치 않았다.

"누나가 처음으로 고집을 부리게 되니까 어머니는 그 남자가 얼마나 쓰레기인지 날조된 자료로 아버지를 설득시키고, 그 남자에게도 협박을 하기 시작했어요."

어머니는 처음에 눈물로 영인을 달래다가 그게 먹히지 않자 영인의 연인에게 마수를 뻗쳤다. 그저 한 여자를 사랑한 죄로 그 남자는 직장과 미래를 잃어버렸다. 심지어 그의 가족들에게도 피해가 와서 오랫동안 살았던 동네를 도망치듯 떠나야 했다고도 들었다. 악몽 같은 시간이었을 것이다.

"그 사람…… 참 좋은 사람이었던 것 같은데."

태인이 다정의 손을 매만졌다. 잠깐 그녀의 시선이 손으로 떨어졌다. 그 남자는 안다정처럼 평범한 사람이었다. 특출하게 가진 것도 없고 그저 하루하루 열심히 살아온 사람 말이다.

"하필이면 IT 쪽에 있던 게 문제였어요. 아버지도 그쪽에 계시거든요."

은미는 남편에게 딸의 연인이 회사를 노리고 순진한 영인을 구워삶았다고 주장했다. 상황도 딱 맞아떨어졌다. 남자가 맡은 프로젝트가 하필이면 아버지 회사와 관련이 있던 탓이었다. 아버지는 회사가 너무나도 소중해서 딸의 말을 들어주지 않았다.

"겨우 취직한 곳에서 누명을 쓰고 잘렸으니 아마 다시는 업계에 발도 못 붙이게 됐을 거예요. 인생이 엉망진창이 된 거죠."

다정은 끔찍한 이야기를 믿을 수가 없었다. 직접 은미를 만나 보았기에 더욱 믿고 싶지 않았다. 아무리 은미의 인상이 나빴다 한들, 그렇게까지 악마 같은 사람은 아니기를 바랐다. 다정이 태인을 바라보며 떨리는 목소리로 물었다.

"그게 다 어머니가 하신 일은 아닐 거 아니에요? 설마……."

"맞아요."

태인이 망설임 없이 긍정하자 다정의 눈가가 일그러졌다.

"어머니가 누나한테 스스로 말했으니까."

"어떻게 그럴 수가……."

심지어 딸에게 직접 말했다니, 너무 잔인한 처사였다.

"누나는 많이 괴로워했어요. 자기가 사랑하는 사람 앞길을 다 막아 버린 거잖아요."

사랑하는 사람이 생겨서일까? 다정은 영인의 절망적인 기분을 조금이나마 이해할 수 있었다. 사랑하는 사람의 인생이 자신 때문에 망가졌다. 연인이 겉으로 내색하지 않는다 해도, 속으로는 그녀 자신을 원망할까 두려웠을 것이다. 그럼에도 아무것도 할 수 없는 자신의 무력함에 괴로워했겠지.

그렇게 시간이 지날수록 죄책감은 커져만 갔을 테고, 웬만한 사람들은 엄두를 내지 못하는 동맥 절단을 마음먹을 만큼 영인은 서럽고 비참해졌을 것이다.

태인 역시 마찬가지였다. 영인과 같은 일을 겪고 싶지 않아서 그는 바로 할아버지에게 다정의 배경이 되어 주십사 부탁을 했다.

"어머니에게 한 번만 허락해 주면 안 되겠느냐 매일 빌었지만…… 그게 통할 사람이었으면 그런 짓을 하지도 않았겠죠."

"……헤어진 척이라도 하지."

"누나는 거짓말을 못 하는 성격이었어요."

이미 돌이킬 수 없는 일이지만, 안타까운 마음에 다정이 탄식했다. 태인은 한 번도 영인에게 속아 넘어간 적이 없었다. 그만큼 누나는 속이 훤히 들여다보이는 사람이었다. 영악하지 못하고 순진한 누나는 마지막까지도 어머니에게 휘둘렸다.

"어쨌든 어머니도, 아버지도 누나의 편을 들어주지 않아서……."

그런 누나가 딱 하나, 자신의 죽음만큼은 스스로 선택했다.

"맞선 보기 일주일 전쯤에…… 누나는 죽었어요."

무겁고 낮은 목소리에 다정은 아무 말도 하지 못했다. 최초 발견자는 괴로운 듯 눈가를 일그러뜨리고 있는 남자. 자신의 연인이었다.

"너무 지쳐서 아무 생각도 하지 못했을 거예요."

그날, 누나의 마지막 모습이 생생해서 가슴이 답답해졌다. 구토할 것처럼 속이 안 좋아지고 어지러워진 그가 한숨을 터뜨렸다. 그녀가 손을 들어 그의 미간을 어루만져 주자 그는 눈을 감아 버렸다. 그녀의 손이 그의 반듯한 이마를 쓸어 주었다. 위로의 손길에 긴장했던 몸이 조금씩 진정되었다.

"어머니는…… 누나의 죽음을 슬퍼하기보다 창피해했어요."

"네?"

더 이상 놀랄 일이 없다고 생각했는데 다정은 또다시 당황하고 말았다. 딸의 죽음을 창피해하는 부모가 어디 있나? 다정은 아무리 은미가 인간 같지 않은 사람이라도 그건 말이 안 된다고 생각했다. 다정의 당황한 목소리를 듣고 눈을 뜬 태인이 자조적인 미소를 지으며 말했다.

"실패작이 되잖아요. 비운의 사고도 아니고 자살이라니."

"무, 무슨 소리예요, 그게?"

그녀는 '실패작'이라는 말이 도저히 이해가 되지 않았다.

태인은 장례식장 구석에서 일을 꾸미려던 어머니를 떠올렸다. 조문 온 사람들에게는 비통한 모습을 보이면서, 사람들 눈이 닿지 않는 곳에서는 눈을 시퍼렇게 빛내던 은미의 모습은 아무리 봐도 정상이 아니었다.

"그 남자에게 누나가 살해당한 거라고 꾸며 내려는 걸, 아버지가 겨우 막았어요."

"그건 불가능해요. 사망 진단서에 동맥 파열로 인한 과다 출혈이라고 사인을 명시했을 텐데⋯⋯."

그녀의 설명에 그가 고개를 끄덕이며 옅은 미소를 보였다. 병원에 경찰까지 매수하기란 이성적으로 불가능하다는 걸 알면서도, 눈이 뒤집힌 어머니라면 그 정도는 해낼지도 모른다는 두려움이 부자 간에 만연했었다. 딸을 죽음으로 몰고 간 은미라면 무슨 짓을 못 할까 싶었다.

"그런 사람이에요, 어머니는."

누나의 죽음으로 정신적 쇼크에 빠진 태인은 환청과 환각에 시달렸지만 그보다 더욱 끔찍해 보였던 것은 집에 돌아와서도 미친 사람처럼 집안을 활보하고 다니는 어머니였다. 지쳐 버린 광열은 아내가 자식의 죽음에 잠시 아픈 것뿐이라고 여겼고, 그런 무관심 속에서 은미는 끊임없이 누군가를 저주했다.

저주 상대는 누구였을까? 은미는 영인이 자살한 원인을 그 남자에게로만 돌렸다.

"그 남자도 어머니를 처음 만났을 때는, 이런 일이 일어날 줄 상상도 못 했을걸요."

아마 그 남자는 은미와의 첫 대면에서 어색하게 웃으며 최선을 다하겠다고 몇 번이고 고개를 숙였을 것이다. 그러나 사람의 진심이 통하는 상대가 있고, 그렇지 않은 상대가 있다는 것을 젊은 연인들은 몰랐다. 남자는 얼마 뒤에 자신이 직장에서 해고당하고, 가족들에게 위협이 돌아가고, 결국은 사랑하는 여자를 잃게 되리라고는 전혀 예상하지 못했을 것이다.

다정도 그랬다. 지난번에 은미를 만난 날 기분이 나쁘기는 했지만, 그뿐이라고 생각했다. 그래서 태인에게 은미와의 만남을 굳이 말하지도 않았다. 만약 가만히 있었다면 자신의 앞길에 무슨 일이 일어났을까?

"그래서 나는…… 아주 조금이라도 선생님한테 피해가 가는 일을 두고 볼 수가 없어요."

그녀가 그를 물끄러미 바라보았다. 그의 머릿속과 마음속에 쌓여 있는 기억과 감정이 어떨지 상상이 되지 않았다.

"누나처럼 속에만 담아 두지 않을 겁니다."

다정의 어깨를 잡아 품 안으로 끌어안은 태인이 단호하게 말했다. 그에게 안긴 그녀는 아무 말도 할 수 없었다.

*   *   *

월요일, 찬형은 다정의 다리를 흘깃 쳐다보았다. 긴바지를 입어서 겉으로 보기에는 다쳤는지 전혀 알아볼 수 없는 상황이었다. 그렇다고 걷는 모양이 어색한 것도 아니었다. 오토바이에 치이고 깔렸으면서도 멀쩡하다니, 찬형은 다정을 보고 혀를 내둘렀다.

"안다정, 은근히 철인이라니까?"

"좀 괜찮냐?"

병실을 찾아오지 못했던 민석이 조심스레 물었다. 저놈이 차라리 병문안을 오지 않아서 다행이라고 여기며 다정이 담담하게 대답했다.

"호들갑 떨 일도 아니었어."

4센티미터짜리 열상을 제외하고는 타박상에 찰과상 정도였다. 평소라면 다들 침만 발라도 나을 상처라고 농담처럼 말할 법도 한데, 교통사고라는 단어가 앞에 붙자 모두가 걱정하고 있었다. 다정은 머쓱했다.

사실 지금 그녀의 머릿속을 지배하는 건 다리의 상처보다 어제 들은 충격적인 이야기였다. 태인의 어머니가 그만큼 끔찍한 일을 저질렀다는 것도, 그의 누나가 죽을 수밖에 없던 이유도 충격적이었지만 가장 마음에 걸리는 건 그가 가진 깊은 상처였다. 자신에게 바보처럼 웃고 매달리던 남자의 어두운 그림자를 엿본 기분이었다.

그때 다정의 휴대폰이 웅웅 진동했다. 귀가 밝은 민석이 다정의 가방을 가리켰다.

"전화 온다."

정신을 차린 다정은 화면에 뜬 웅진의 이름에 의아해하면서 전화를 받았다.

"무슨 일이세요?"

—다정이 잠깐 내 방으로 올라와.

또 무슨 소리를 하려고? 다정은 눈가를 찡그렸으나 여기서 대답할 말은 하나뿐이었다.

"알겠습니다."

빠르게 통화를 마친 다정이 자리에서 일어나자 뒤에서 찬형이 관심을 보였다.

"누구야?"

"김 교수님."

"뭐? 너 무슨 짓을 한 건데?"

동기들의 뜨악한 시선이 다정의 등 뒤를 찔렀다. 응급실 근무가 끝난 뒤로 교수에게 불려 갈 일은 없다시피 하기 때문이었다. 물론, 이유를 알 수 없는 다정 역시 어깨만 으쓱하고 골방을 나섰다.

평소라면 계단을 통해 웅진의 진료실로 뛰어 올라갔겠지만, 그래도 나름 환자랍시고 다정은 조신하게 엘리베이터를 이용했다. 골방과 웅진의 진료실은 같은 응급의료센터 건물이라 금세 도착할 수 있었다. 똑똑, 노크를 하고 나서 다정이 약간 긴장한 목소리로 말했다.

"접니다."

"아, 들어와."

허락이 떨어지자마자 다정이 진료실 안으로 들어갔다. 웅진은 옅은 미소를 보이면서 환자들이 앉는 의자를 가리켰다. 다정이 떨떠름하게 의자에 앉았다.

"얘기 들었다."

"네?"

무슨 이야기? 어째 불안한 느낌이었다. 다정이 이해할 수 없다는 눈빛을 보이자 웅진은 인자한 웃음을 거두지 않고 설명했다.

"병원에 남을 거라면서?"

병원에 남는다는 선택지를 확정 지은 것도 아닌데 어디서 이런 말이 흘러나온 건지 모르겠다. 다정이 어불성설이라는 듯 물었다.

"누가요?"

"……이사장님이?"

"네?"

다정은 물론 웅진도 의아한 눈길만 서로 교환했다.

"어제 네가 그랬다던데, 남을 거라고."

그러니까 도종철 회장은 안다정이 도망갈 구석을 완전히 봉쇄해 버리겠다고 제삼자를 끌어들여 공언한 것이었다. 당황한 다정이 우물쭈물거렸다.

"아니, 그게…… 남는다는 게…….."

"잘 생각했어."

웅진이 다정의 말을 도중에 잘랐다. 비난이나 꾸지람이 아닌 칭찬이라 다정이 눈치껏 입을 다물었다.

"전에도 말했잖아. 너 같은 애가 남는 게 좋다고."

김웅진 교수는 진심으로 그렇게 생각하고 있었다. 안다정이 전공의로 들어오기 전, 웅진은 내색하지 않았지만 여자 전공의를 선호하지 않았다. 이제 막 수련에 돌입한 전공의의 수준은 도토리 키 재기였고, 그렇다면 차라리 체력이라도 좋아서 잘 버티는 남자 전공의들을 받는 게 이득이라는 판단에서였다. 기피 과였던 응급의학과에 지원하는 전공의들은 대체로 제 체력을 믿는 남자 전공의들이 대부분이기도 했고 말이다.

국가 지원을 받으면서 응급의학과의 선호도가 높아지고 근무 환경이 타과보다 낫다는 소문이 퍼지며 여자 전공의들도 하나둘 들어오기 시작했다. 그중 하나가 안다정이었다. 지원자 중 인턴 성적이 가장 좋아서 뽑았는데, 나란히 서 있을 적 거구의 김찬형이나 단단해 보이는 장민석과 반대로 왜소한 안다정을 봤을 때 웅진은 안다정을 괜히 뽑았다 싶었다. 정형외과 정도는 아니라고 하지만 응급실도 힘든 곳이었으니까.

하지만 첫인상과 달리, 시간이 지나면서 웅진은 안다정만한 전공의가 없다고 깨달았다. 안다정 밑으로도 똑똑하고 세심한 여자 전공의들이 들어와 웅진의 생각을 바꾸는 데 일조하기도 했다. 의사로서 뛰어난 자질을 가진 안다정을 아끼게 된 웅진은 수련이 끝나도 병원에 남지 않겠다던 다정의 말이 무척이나 아쉬웠었다.

그런데 남겠다고 하니 기쁠 수밖에!

웅진의 기분을 알 리 없는 다정은 얼굴을 굳히고 덤덤하게 대답했다.

"아직 보드 따지도 못했는데요."

"안다정이 떨어진다는 게 말이 돼?"

다정에게 기대가 높은 웅진이 웃음을 섞어 말했다. 쥐구멍에 숨고 싶어진 다정이 난처한 표정을 드러냈다.

"저 자꾸 부담 주시면 못 해요."

"아니, 너는 부담을 줘야 해."

안다정이 1년 차일 때, 웅진은 기대를 갖지 않았다. 오히려 튼튼해 보이는 김찬형에게 마음이 갔었다. 그러나 실수를 연발할 1년 차에 다정은 다급한 상황 앞에서도 차분하게 생각에 생각을 거듭하여 실수를 최소한도로 줄여 갔다.

그때, 웅진은 일부러 다정을 여러 가지 곤란한 상황에 노출시켰다.

'이것도 할 수 있어? 이것도? 저것도?'

시험 삼아 고년 차 전공의들도 눈치를 볼만한 상황을 만들어 부담을 지워 주었는데 안다정은 무리를 해서라도 수습하려 애를 썼다. 몇 가지는 성공하고 몇 가지는 실패했어도 1년 차 이상의 능력을 보여 주기는 했다.

"넌 부담받은 만큼 해내는 타입이거든."

"글쎄요……."

훗날 선배로부터 내막을 전해 듣게 된 다정은 치를 떨었지만 수직적인 사회에서 불만은 표출되지 못했다.

다정은 자신의 앞에서 웃는 웅진이 얄미웠으나 입을 꼭 다물었다. 이내 웅진이 능글맞게 말을 꺼냈다.

"벌써부터 손자며느리 취급이던데, 그렇게 도태인 씨랑 아무 사이도 아니라고 하더니 말이야."

다정이 난처한 시선을 바닥으로 떨구었다. 무슨 말을 해도 여기서는 변명이었다. 내년, 안다정이 병원에 남을 생각에 웅진은 기대 가득한 눈빛을 보내면서도 짐짓 엄격하게 경고했다.

"그래도 알지? 펠로우(Fellow, 전임의) 되어도 못하면 임용 없어. 봐주고 그러지 않을 거야."

"네, 뭐……."

그러든지 말든지.

긴장으로 지친 다정은 한숨을 겨우 삼켰다. 이러다가 도태인하고 헤어지기라도 하면 정말 큰일이었다.

점심시간에 다정은 3단 도시락을 꺼냈다. 다친 사람은 잘 먹어야 한다는 이유로 태인이 찬합에 도시락을 싸 주었는데 다정은 이 찬합이 도대체 어디에서 났는지부터 의심스러웠다. 큼직한 3단 도시락이 테이블 위에 올라오자 찬형과 민석이 눈을 휘둥그레 떴다.

"이게 뭐야?"

"혼자 다 못 먹어. 나가지 말고 앉아."

"우리가 먹어도 돼?"

찬형이 조심스럽게 묻자 다정이 대답 대신 고개를 끄덕였다.

소식하는 편은 아니지만 대식가도 아닌 안다정에게 언뜻 보아도 3인분이 넘는 도시락은 처치 곤란이었다. 그렇다고 남겨서 갔다가는 도태인이 슬퍼할 테고.

"와, 대박!"

다정의 허락에 찬형과 민석은 골방 구석에 컵라면과 함께 처박혀 있던 나무젓가락을 들었다. 오늘 점심값이 굳어서 찬형은 진정으로 기뻐하고 있었다. 제일 맛있어 보이는 탐스러운 떡갈비를 집어 입으로 가져간 찬형이 감탄을 토해 냈다.

"헐! 짱 맛있어."

"진심으로 말하는데, 이 사람 절대 놓치지 마. 남자가 음식 해 주는 게 쉬운 일 아니거든."

민석도 한마디 거들었다. 제 손으로 라면 외의 음식을 만들어 본 적 없는 장민석은 화려한 3단 도시락을 몇 번이고 들여다보면서 하염없이 감탄을 했다.

"뭐…… 그래."

다정이 민석의 말에 착잡하게 대답했다. 병원에 남기로 말이 퍼진 이상, 놓치는 게 아니라 도망도 못 갈 처지가 되었다. 3일쯤 굶은 듯 밥을 먹는 동기들을 다정이 떨떠름하게 쳐다보았다.

3단 도시락 전부 바닥이 드러날 즈음, 태인이 골방에 커피를 들고 찾아왔다. 똑똑, 노크 소리에 식사를 끝낸 다정이 문을 열고 깜짝 놀랐다.

"선생님!"

"어?"

시험공부 탓에 후줄근한 동기들과 달리, 한 치의 빈틈도 없이 깔끔한 정장 차림의 태인은 다정의 손에 따뜻한 커피를 들려 주었다. 이제는 커피 배달까지 하는 남자에게 다정이 고맙다고 인사할 참이었다.

"잘 먹고 있습니다."

'엄마 밥'보다 맛있다고 좋아하던 찬형이 먼저 신이 나서 말을 붙였다. 그제야 태인은 테이블 위에서 바닥을 보이는 낯익은 도시락을 발견했다. 그의 미간이 찌푸려졌다.

"아니, 왜……."

상황 파악을 끝낸 태인은 '쟤가 저걸 왜 먹고 있어?'라고 말은 못 하고, 시무룩한 표정으로 다정을 응시했다.

"혼자 다 먹으라고 했잖아요."

"혼자 어떻게 다 먹어요? 저 많은 걸."

물론 넉넉하게 만들기는 했지만…… 그래도 꼭 저놈들이 다정의 몫을 빼앗아 먹은 기분이라 태인이 못마땅하게 두 남자를 쳐다보았다. 민석과 찬형은 눈치를 보면서도 젓가락을 놓지 못했다. 저러다가 얹히겠다 싶어, 다정은 삐친 태인을 질질 끌고 나왔다.

복도는 조용했다. 점심시간이지만 골방 근처에 올 사람은 아무도 없었다. 다정은 연구실 문을 닫고 기대어 서서 심각한 표정을 지었다. 아까 오전에 있었던 일 때문이었다.

"큰일 났어요."

"무슨 큰일?"

다정과 단둘이 있게 되자, 언제 못마땅했냐는 듯 태인의 분위기가 바뀌었다. 사실, 도시락을 나누어 먹은 다정에게 서운함을 느낄 필요도 없었다. 그녀의 말마따나 양이 보통의 두 배 이상은 되었으니까. 그녀는 그의 감정이 어떻게 변화했는지 전혀 모르고 제 할 말만 했다.

"이사장님이 벌써 과장님한테 말을 흘렸다고요."

"과장이 누군데요?"

"응급의학과 과장, 여기 센터장님이요."

"아하, 뭐라고?"

다정이 한숨을 내쉬고 대답했다.

"내가 병원에 남는다고."

그는 그녀의 눈치를 살폈다. 자신이 알기로, 전공의들은 전문의 시험을 통과하고 나서 큰 병원에 남고 싶어 했다. 임상도 임상이지만 개원을 한다고 해서 성공하리라는 보장이 없는 사회로 변했고, 교수라는 안정적인 명예직으로 갈 수 있는 길이 그뿐이기도 했으며 개인적으로는 익숙한 곳에서 계속 일하고 싶은 마음도 있었다.

그러니 보통 수도권에 자리한 큰 병원은 전공의 지원율이 심각하게 낮은 흉부외과나 비뇨기과 같은 과를 제외하면 콧대가 높았다. 최근 떠오르는 응급의학과도 인재가 쌓이기 시작한 뒤로, 병원에 계속 남고 싶다고 해서 다 남을 수 있는 게 아니기에 다정은 복에 겨운 한탄을 하는 셈이었다.

"할아버지가 원래 확실한 걸 좋아하셔서 그래요."

다정은 인자하게 웃던 종철을 떠올렸다. 괜히 사기당한 기분이 들었다.

"이러다 보드 못 따면 무슨 망신이야? 창피해서 집 밖으로도 못 나갈 겁니다, 진짜."

투덜거리는 다정을 가만히 내려다보던 태인이 입가를 늘어뜨리고는 슬쩍 마음을 내비쳤다.

"그거 되게 좋은데⋯⋯."

"뭐라고요?"

전문의 시험에 떨어지는 게 좋겠다고? 다정은 처음에 잘못 들은 줄 알았다. 그녀가 눈을 부라리자 태인이 그런 뜻이 아니었다는 양 변명을 하며 고개를 저었다.

"아니, 선생님이 집에만 있으면 나도 맨날 집에만⋯⋯."

"됐습니다."

오랫동안 백수로 살아온 도태인은 꼭 백수로 돌아갈 기회만 엿보고 있는 듯했다. 이 인간하고 정상적인 대화를 하려고 했다니, 다정은 자신이 한심해졌다. 근심 걱정 없이 싱글벙글 웃는 그를 보자 그녀는 자신의 고민이 헛된 것처럼 느껴졌다.

점심시간이 끝나 다정과 헤어지고 사무실로 돌아와 업무에 집중하던 태인에게 경찰에서 연락이 왔다. CCTV가 달리지 않은 골목길이라고 해서 오로지 태인의 기억에만 의존해 조사가 시작되었으나 다행히 가해자들이 발뺌 없이 뺑소니를 인정했다.

저녁에 정신과 상담까지 예약되어 있는 태인은 근무 중에 결국 반차를 내고 경찰서로 향했다.

"새 오토바이 같던데, 어떻게 샀어? 훔쳤어?"

"아니거든요? 제가 알바 해서 산 거거든요?"

"알바는 무슨? 또 후배들 삥 뜯고 다니는 거 아니야? 어?"

경찰에게 파일로 쾅쾅 머리를 맞은 10대 불량 학생들은 이미 경찰과 안면이 있는 모양이었다. 두 달 전의 사고로 오토바이가 망가졌다던 가해 학생은 당시 천만다행으로 가벼운 부상만 입었지만 또 어디서 돈이 났는지 새로 고가의 오토바이를 구매해 뺑소니 사고를 냈다. 이번에도 찰과상 정도만 입은 학생은 아직도 버릇을 못 고치고 곡예 하듯 오토바이를 타고 다니다가 오늘 잡혔다.

"이 형, 잘생겼네. 배우예요?"

"TV에서 본 적 없는데? 모델 아닌가?"

"이놈들이, 버릇없게!"

자기들끼리 낄낄거리던 학생들은 경찰에게 또 맞고 말았다. 하여튼 매를 부르는 주둥이였다. 머리를 맞고도 기세가 꺾이지 않은 학생들이 껄렁거리면서 허세를 부렸다.

"아, 왜요! 물어보지도 못 하나?"

남자들도 미남에게는 관심이 많은 법이지만 이런 상황에서는 독이 되는 관심이었다.

태인은 가해자들을 내려다보며 얼굴을 굳혔다. 이놈들 때문에 다정이 다쳤다. 마음 같아서는 새파랗게 어린 학생들을 붙잡아 두고 다리를 부러뜨리고 싶었지만, 그런 비상식이 통하는 세상은 아니었다.

으스댔는데도 표정의 변화 하나 없는 태인을 보고 가해 학생들이 슬그머니 입을 다물었다. 눈빛이 살짝 맛이 가 있는 게, 더 건드렸다가는 미친개한테 물릴 것 같다는 본능적인 직감이 들어서였다.

한편, 태인의 정체를 아는 담당 형사는 태인이 분노할까 봐 노심초사하며 쩔쩔맸다.

"길 가는 여자 우습게 보고 위협하는 게 저 자식들 패턴입니다. 아주 양아치 새끼들이에요."

"우리가 언제요!"

태인과 말이 통하지 않자 가해자들은 경찰에게 투덜거렸다.

"조용히 안 해?"

고개를 돌린 경찰이 꽥 소리를 쳤다.

"너희 전에도 길 가던 아줌마 하나 쳤잖아? 날치기하려다가 실패해서!"

"아니거든요? 안 그랬거든요?"

아주 엉망진창이었다. 어린 애들은 빽빽거리고 경찰은 씩씩거리고, 이곳뿐만이 아니라 경찰서 여기저기서 고성이 오고갔다.

"피해자분은 많이 다치셨답니까?"

"퇴원했습니다."

"정말 다행이네요."

사고 당일에는 가해자를 잡아 죽여 버리고 싶은 생각뿐이었는데 막상 새파랗게 어린 남학생들을 보자 태인은 맥이 풀렸다. 다정이 지금보다 크게 다쳤더라면 모를까 일상생활에 문제도 없고, 또 그녀의 성격상 그가 과한 보복을 하는 것도 싫어할 터였다.

"잡았으면 됐습니다. 법대로 처리해 주시고, 이후에는 이쪽으로 연락 주세요."

할아버지에게 받은 본사 법무팀장 명함을 건네고 태인은 경찰서를 나왔다. 답이 없는 상황에 갑자기 피로가 몰려왔다. 그때 타이밍 좋게 휴대폰에 메시지가 들어왔다.

어떻게 됐어요? 괜찮아요?

다정의 메시지였다. 단순한 메시지 하나로도 피로가 풀려서 미소를 지은 태인이 바로 전화를 걸었다.

"선생님!"

―네.

담담한 음성으로 그녀가 전화를 받았다. 응급실 근무에서 빠진 뒤로 다정은 아무 때나 전화를 걸어도 괜찮다고 말했고, 그는 시간이 날 적에 눈치 볼 것 없이 그녀에게 종종 전화를 걸었다. 주로 저녁 메뉴 확인이나 퇴근 시간 맞추기 용도였지만 통화를 할 때마다 그녀와 보이지 않는 끈으로 연결된 것만 같아 그는 만족스러웠다.

지금도 마찬가지고.

―어떻게 됐어요?

"적당히 잘 끝났어요."

―다행이네요.

다정의 말에는 여러 가지 의미가 내포되어 있었다. 1차적으로는 사건 조사가 잘 끝났다니 다행이고, 혹시 했는데 도태인이 경찰서에서 사고를 안 쳐서 다행이고, 생각보다 그의 목소리가 차분해서 다행이었다.

―오늘 상담 있죠?

"네."

―가능하면 사실을 말해 봐요. 중요한 사실을 말하지 않으니까 차도가 없는 겁니다.

숨겨진 가족사를 들은 뒤, 다정은 태인의 치료가 더딘 이유를 알게 되었다. 중요한 원인은 손도 대지 않고 그 주변에서 맴돌고 있으니 갈피가 잡히지 않는 것이다. 그녀의 제안에 그는 긍정도 부정도 하지 않고 전화를 끊었다.

예상보다 경찰서를 이르게 나왔으니 진료 시간을 조금 당겨

볼까. 경찰서는 병원 가까이에 있었고, 그는 바로 예약 시간을 변경했다. 원래 당일 예약 변경은 취소만 가능했으나, VIP는 달랐다.

얼마 지나지 않아 태인은 정신건강의학과 과장하고 마주 앉았다. 이 병원에서 정신과적 질환에 가장 통달한 최성길 교수는 도태인 케이스가 생각보다 쉽지 않다고 여기고 있었다. 별로 낫고 싶다는 의지도 없어 보였고, 재벌가 일원이랍시고 숨기는 것도 많다 보니 이 환자는 치료에 부정적이고 비협조적이었다. 마음 같아서는 그냥 치료를 포기하든지 후배들에게 넘겼으면 좋겠는데, VIP니까 과장인 자신이 담당해야 해서 아주 최악이었다.

그런 태인이 웬일로 이렇게 말했다.

"헤모포비아(Hemophobia, 혈액 공포증) 치료는 안 되는 겁니까?"

"으음……."

도태인은 혈액 공포증이 갑자기 생겼다고 말했으나, 성길은 덮어놓고 믿지 않았다. 대부분의 공포증은 어떤 계기로 인해 발병했다. 직접적인 경험이든, 간접적인 경험이든 간에 계기가 있었을 것이다.

"정신적 트라우마 치료부터 해야 할 것 같습니다만, 환자분이 의사인 저를 못 믿고 계시니까 쉽지 않군요."

태인은 부정하지 않았다. 열 길 물속은 알아도 한 길 사람 속은 모르는 법. 이쯤 되면 정신과 전문의들도 극한 직업이었다. 성길은 가장 기본적인 이론만 설명했다.

"보통은 공포 자극 노출 빈도를 높여서 익숙해지는 노출 요법이 있는데, 환자분 상황이 워낙 복합적이니까요."

조현병 의심, 우울증, 강박증에 공포증과 망상 장애까지 도태인의 차트는 빼곡하게 채워졌다. 직계 가족 중에 정신 질환자가 있느냐 물었으나 태인은 그렇지 않다고 딱 잘라 말했다. 물론 이 역시 성길은 곧이곧대로 믿지 않았다.

"복합적인 상황이라도…… 계속 피하고 살 수는 없으니까요."

다정이 사고를 당했을 때를 떠올리면 태인은 눈앞이 캄캄했다. 앞으로도 그녀가 사고를 당하지 않는다는 보장이 없었다. 이번에는 다행히 큰 부상이 아니었지만 만약 같은 일이 또 일어난다면? 그때는 이번 사고보다 훨씬 크게 다쳐서 스스로 신고하지 못한다면? 사고가 아니더라도 그녀가 다쳐서 피를 흘릴 때 이 빌어먹을 공포증 때문에 도움이 되지 못한다면, 자신은 그대로 그녀를 잃어버리는 셈이었다.

"그럼, 뭐든 해 보실 생각 있습니까?"

"예."

다시는 이런 일을 반복하고 싶지 않아, 태인은 다른 것보다 혈액 공포증만이라도 고치고 싶었다.

마침내 이 VIP 환자에게서 개선 의지가 보이자 태인을 마주할 때마다 늘 권태롭던 성길의 표정이 달라졌다. 물론 의지만으로 병이 치료되는 건 아니지만 인간의 뇌란 꽤 복잡한 시스템의 집합체라, 치료 의지가 생겼다는 한 가지 요소만으로도 나아질 가능성이 더욱 높아졌다. 그뿐인가? 희귀한 케이스다 보니, 좋은 연구 주제가 될 수도 있을 것이다.

침묵 가운데 키보드를 두드리는 성길을 보다가 태인이 입을 열었다.

"하나 궁금한 게 있습니다."

"예, 뭐죠?"

"전에…… 가족력을 물어보셨잖아요."

성길은 대답 대신 고개를 끄덕였다. 대수롭지 않은 몸짓이었으나 성길의 시선은 날카로워져 있었다.

"제 병이 후천적인 게 아니라, 선천적일 수도 있는 겁니까?"

"음…… 선천, 후천을 가리기는 애매합니다."

이도 저도 아닌 대답에 태인이 답답한 기색을 보이자 성길이 키보드에서 손을 내리고 자세를 고쳐 앉으며 설명했다.

"왜 그런 거 있잖습니까? 유난히 감기에 잘 걸리는 사람, 유난히 배탈이 잘 나는 사람…… 사람들은 보통 체질이라고 부르죠? 마찬가지로 정신적으로 약한 사람이 있는 겁니다. 그리고 이것도 유전적인 기질 차이라고 보고 있고요. 부모가 당뇨일 때 자식의 당뇨 발병률이 높아지듯이 말이죠."

예시까지 들어가며 성길이 길게 설명하자 무언가 짚이는 것이 있다는 듯 태인이 고개를 끄덕였다.

"그렇군요. 알겠습니다."

"그럼, 천천히 치료해 봅시다."

성길은 마음의 벽을 허문 환자를 만족스럽게 쳐다보며 웃어
주었다.

*　　*　　*

여름이 끔찍하게 덥더니, 12월을 앞둔 초겨울도 끔찍하게 추
웠다. 도톰한 캐시미어 코트를 차려 입은 지혜가 팔 사이에 서류
를 끼고 코트 주머니에 손을 집어넣으며 춥다고 호들갑을 떨었
다.

"넌 안 춥냐? 추워 죽겠어! 빨리 가고 싶다, 빨리……."

지혜의 쓸데없는 소리에 태인은 굳이 대꾸하지 않았다.

태인은 지혜의 여행사와 함께하는 첫 프로젝트 준비를 실무자
로서 진행하고 있었다. 오늘도 일정 회의 때문에 지혜가 병원을
찾았고, 해가 저물 때까지 회의를 한 뒤, 퇴근을 위해 주차장으로
가는 길이었다.

"맞다. 아예 의료 관광 전용 센터 올린다며? 이사회 통과한 거
야?"

"음, 그럴걸……."

병원 사업에 전혀 관심 없는 도태인은 의욕이 없었다. 종철이
제대로 밀어주고자 눈을 빛내고 있는데 그조차도 받아먹으려 하

지 않는 사촌 동생을 지혜가 기막힌다는 듯 쳐다보았다. 지혜 자신이 태인이었다면 벌써 눈이 뒤집혔을 것이다.

'욕심이 없는 건지 뭔지……'

재벌가 일원 사이에서 의좋은 사촌이란 환상일 뿐이었다. 지혜도 그렇지만 다른 사촌들도 유산이나 재산 분할에 눈을 벌겋게 뜨고 하나라도 더 챙기려고 욕심을 부렸다. 그중에 막내인 태인만이 달랐다. 이미 세상을 떠난 영인도 조금 달랐으려나.

"확실히 돈이 되기는 하나 봐. 이번 프로젝트도 잘 되고 있고."

"그런가?"

다른 사촌들은 재산 싸움에 신경을 쓰지 않는 태인을 경쟁 상대로 여기지 않았다. 지혜가 보기에, 유유자적하는 삶을 바라는 건지 태인은 할아버지가 신경을 써 주는데도 불구하고 별로 경쟁에 뛰어들고 싶어 하지 않았다. 그러니 옆에서 도태인을 지켜보는 도지혜만 전전긍긍이었다. 관심이 없으면 의료 관광 사업을 자신한테 넘기라고 몇 번이고 말하고 싶은 걸 겨우 억눌렀다. 할아버지의 눈에 나쁘게 비칠까 봐.

"근데 너, 여자 있다면서?"

"누가 그래?"

"모르는 사람이 없는 것 같은데."

몇 번 병원을 오가면서 지혜는 태인에 대한 소문을 원치 않아도 듣게 되었다. 거의 스토커처럼 응급실 의사를 쫓아다녔다는 소문에 지혜는 황당했다. 사람을 무시하는 것을 넘어, 관심조차 없던 인간이 여자한테 목을 맬 거라고는 상상도 못 해서였다.

어차피 남의 연애사기도 했지만 실리적으로도 고작 의사 하나라면 후계 구도에 영향을 미치지도 못할 터. 지혜는 태인의 연애에 너그러웠다. 그녀가 걱정하는 건 단 하나였다.

"작은어머니, 괜찮아?"

그나마 영인과는 마음도 터놓을 만큼 친했던 지혜는 영인의 사정을 이미 알고 있었다. 영인이 원한다면 몰래 도움도 줄 수 있었는데, 그 바보는 사촌에게 폐를 끼치기 싫었는지 세상을 떠나는 쪽을 선택했다. 힘들어하던 영인의 모습을 아직 기억하는 지혜는 태인에게만큼은 별일이 없기를 바랐다.

"영인이처럼 지지 말고, 잘 지켜 줘."

"걱정 안 해도 돼. 그 사람 뒤에 할아버지 있으니까."

그런데 웬걸? 도태인이 폭탄 같은 소리를 했다. 집안의 왕좌를 쥐고 있는 할아버지가 배경이 되어 주는 의사라니? 지혜는 자신의 걱정이 순식간에 휴지 조각이 되는 느낌을 받았다. 당황한 얼굴로 지혜가 캐물었다.

"대박이네. 어느 집안인데? 아니, 이거 우리 오빠한테 말해도 돼? 할아버지라니……."

"하지 마."

다정의 주변이 시끄러워지는 걸 바라지 않는 태인이 단호하게 거절했다. 가뜩이나 전문의 시험 때문에 다정의 신경이 날카로워져 있는데 거기에 쓸데없이 다른 사람들까지 끼어들게 만들기는 싫었다. 태인이 다시금 강조했다.

"가만히 있어 줘. 조용히."

"그럼 하나만 묻자. 뭐 하는 집안인데? 의사라고 하던데 어느 병원 따님?"

"그런 거 아니야."

안다정이 가진 건 아무것도 없었다. 그저 10년이 넘는 시간 동안 착실하게 쌓아 온 노력뿐. 하지만 가진 것 없는 그녀가 도태인에게는 전부나 다름없었다.

주차된 차 앞에 선 태인이 경고를 담아 지혜를 쳐다보았다.

"알았어. 말 안 해."

지혜가 투덜거리고는 제 차로 휙 들어가 버렸다. 지혜의 차가 떠나는 것을 확인한 다음, 태인도 차에 올랐다. 다정이 있을 호텔로 가기 위해서였다.

1월 초에 있을 1차 시험을 위해 11월부터 각 과별로 호텔에서 합숙이 시작되었다. 응급의학과도 예외는 아니었다. 반쯤 강제적인 일이기는 했지만 수험생들끼리 모여서 스터디도 하고, 아무 방해 없이 공부만 할 수 있으니 빠지는 사람은 거의 없다시피 했다.

다정도 마찬가지였다. 문제는 그녀가 출퇴근을 한다는 데 있었다.

"내일 아침에 뵐게요."

"안녕히 가세요, 선생님."

타 병원 응급의학과 4년 차 윤 선생이 다정을 안쓰럽게 쳐다보았다. 대부분의 전공의들은 호텔에서 모든 생활을 했으나, 안다정은 출퇴근을 해야만 했다. 기혼도 아니고 미혼인데 말이다.

이유는 간단했다.

'이 인간 때문에!'

"병원에 선생님이 없으니까 너무 슬퍼."

다정은 자신을 기다리고 있는 태인을 못마땅하게 쳐다보았다. 오늘따라 공부가 술술 되어서 흐름이 끊기지 않도록 노력했다. 같이 방을 쓰는 룸메이트 윤 선생 입장에서도 옆 사람이 신들린 듯 공부하면 좋은 영향을 받기 마련이었다. 오늘 두 사람은 매우 흡족한 하루를 보냈다. 아마 윤 선생은 저녁을 먹고 그 흐름을 이어 나갈 것이다.

하지만 안다정은 달랐다. 집에 돌아가면 마법처럼 공부가 되지 않을 테니까. 태인의 품에 안긴 다정은 한숨을 내쉬었다.

"아무래도 뒷바라지를 하는 게 아니라 내가 떨어지기를 바라는 것 같은데."

"그럴 리가!"

태인이 부정했으나 다정은 믿을 수 없다는 눈으로 그를 바라보며 조수석에 올랐다. 시험 일주일 전쯤에는 이 남자가 울든 말든 호텔에 있어야겠다.

밤인데도 서울 시내 거리는 환했다. 바깥을 보던 다정은 답답한 마음에 차창을 열었다가 깜짝 놀라 창문을 올렸다.

"아, 너무 춥다. 갑자기 추워졌어."

"갑자기가 아니죠. 조금 있으면 12월이잖아."

기온 때문일까? 시험 날짜가 눈앞으로 확 다가온 기분이 들었다. 거의 호텔에 갇히다시피 해서 공부만 했더니 세상이 어떻게 변하는지 모르겠다. 그녀가 불안한 듯 한숨을 내쉴 무렵이었다.

"괜히 감기 걸리지 말고 이거 하고 다녀요."

잠깐 정지 신호에 멈추어 선 태인이 뒷좌석에 있던 종이봉투에서 머플러를 꺼내 다정에게 둘러 주었다. 언제 이런 걸 챙겨 왔나 싶어 다정이 의아하게 머플러를 내려다볼 때였다. 양손으로 머플러 끝을 각각 잡은 그가 씩 웃더니 대뜸 그녀에게 입을 맞추었다.

"뭐, 뭡니까?"

"입술이 조금 거칠어진 것 같은데?"

"커…… 커피를 마셔서 수분이 빠졌나 보죠."

당황한 다정이 헛소리를 하면서 뒤로 몸을 뺐으나, 조금 더 가까이 다가온 그가 장난스럽게 그녀의 입술을 핥았다. 그녀가 손등으로 입술을 닦아 내고 투덜거렸다.

"이러면 더 마릅니다."

얼굴을 새빨갛게 물들인 그녀가 불평하기 무섭게 직진 신호가 켜졌다. 운전 때문에 그는 더 이상 그녀를 난처하게 만들지 못했다.

"선생님이 응급실에 없으니까 병원 다니는 재미가 없어."

"나 참, 일하러 다니는 거지 놀러 다닙니까?"

부정할 수 없는 듯 그가 빙그레 웃었다. 일은 재미가 없었고 보람마저도 없었다. 태인은 할아버지와의 약속 때문에, 그리고 다정의 미래를 위해 병원에 남아 있을 뿐이었다.

"빨리 시험이 다 끝났으면 좋겠어요."

"나도요. 공부 지긋지긋하다, 진짜."

함께 있고 싶은 태인과 달리 지겨운 공부에 지친 다정이 한숨을 푹 내쉬었다. 이제 12월, 1월. 두 달 남았다.

집으로 돌아오는 동안 깜빡 잠에 빠졌던 다정은 뜨거운 시선에 퍼뜩 정신을 차렸다. 바깥은 어두워진 길가가 아니라 눈에 익은 지하 주차장이었다. 당황한 그녀는 자신을 깨우지 않고 흐뭇하게 지켜보고 있던 태인에게 툴툴댔다.

"좀 깨우지."

"지금 그러려고 했는데."

거짓말도 잘한다. 싱글벙글 웃는 남자에게 불신의 눈빛을 보내던 그녀는 도망치듯 차에서 내렸다. 못마땅한 눈초리와 다르게 그녀의 얼굴은 붉어져 있었다.

이제는 넓은 빌라도 익숙했다. 사용하지 않는 2층은 여전히 닫혀 있었지만, 넓은 집에 익숙해지니 다정은 다시는 오피스텔이나 원룸에 돌아갈 자신이 없기도 했다.

"여기 언제까지 빌려주신대요?"

"집이요?"

다정이 고개를 끄덕이면서 외투를 벗고 소파에 털썩 앉았다. 공부를 하느라 지친 그녀는 침대에 가지 않고 이대로 잠들고 싶었다. 그녀의 외투를 팔에 걸친 태인이 중얼거렸다.

"언제까지…… 라고 할 게 있나?"

할아버지에게 집을 빌리기는 했지만 임대 기한이 있는 건 아니었다. 그뿐이 아니라 종철은 막냇손자를 사회로 복귀시켜 준 안다정에게 뭐라도 주고 싶을 것이다.

"마음에 들면 선물로 달라고 하면 된다니까요."

"됐습니다!"

하여튼 스케일이 달라도 너무 다르다. 그의 말에 펄쩍 뛴 다정이 피곤한 눈을 감고 소파에 늘어지자 태인은 옷을 걸어 두기 위해 드레스 룸으로 들어갔다. 적막한 공간에 홀로 남아 정적을 즐기며 느슨하게 풀어져 있던 그녀는 갑자기 어깨에 닿는 손길에 눈을 번쩍 떴다.

"선생님."

재킷만 벗어 두고 나왔는지 태인이 셔츠 차림으로 서 있었다. 셔츠 소매가 걷어져 있는 게 저녁을 준비할 모양이었다. 그녀가 대답 없이 그를 쳐다보자, 그가 말을 이었다.

"좋아해요."

"네? 뜬금없이……."

언제부터인가 좋아한다는 말의 의미가 무거워졌다. 두 사람 사이에서 좋아한다는 말은 사랑을 담고 있었다. 그래서 더 조심스럽게 말한 그는 그녀의 옆에 앉아 제 딴에는 심각한 표정으로 말했다.

"그래서 말인데, 우리 호칭을 좀 바꿔야 하지 않을까요?"

호칭에 대해 아무 생각이 없던 다정은 의아해졌다. 그러나 그는 진지하게 주장하고 있었다.

"밖에서도 선생님이라고 하려니, 가까운 느낌이 안 들어서요."

문득 태인은 다정을 '다정'하게 불러 주고 싶었다. 많은 사람이 안다정을 '선생님'이라고 불렀다. 환자들도 그녀를 '선생님'이라고 칭했고, 신채린과 같은 후배들도 다정을 '선생님'이라고 불렀다. 그러니 특별한 사이인 도태인은 그녀를 '선생님'이라고 부르고 싶지 않았다. 뭔가 특별한, 둘만의 호칭이 갖고 싶었다.

"뭐라고 부르고 싶은데요?"

그 말을 기다렸다는 듯 태인이 히죽 웃었다.

"자기?"

그 순간, 알레르기 발작이라도 일어난 양 다정이 벌떡 일어났다. 긴 소매 셔츠를 입고 있지 않았더라면 팔에 돋은 소름이 다 보였을 것이다.

"미, 미, 미쳤어요?"

"그럼 이름을 부를까?"

당황한 다정과 달리 태인은 아무렇지도 않아 보였다. 할 말을 잃은 그녀가 입술만 달싹이는데도 그는 기분이 좋은지 웃고만 있었다. 소파에 앉은 채 그는 앞에 서 있는 그녀의 허리를 끌어안았다.

"내가 선생님보다 두 살이 많으니까, '다정아'라든가."

태인이 그 특유의 낮은 목소리로 이름을 입에 올리자 다정이 새빨개진 얼굴로 고개를 절레절레 저었다. 경련에 가까운 거절이었다. 그가 그녀의 배에 얼굴을 묻고 중얼거렸다.

"그러면 다정 씨?"

다정의 어깨가 움찔 움츠러들었다. 몸을 타고 울리는 나직한 목소리 탓이었다. 그걸 거절로 알아들은 태인이 혼잣말을 했다.

"안다정 씨. 흠…… 이건 너무 정이 없게 들리는데."

"그게 딱 좋은데요."

거의 울상이 된 다정이 힘없이 대꾸했다. 그가 그녀를 올려다보았다. 빨갛게 변한 얼굴로 어쩔 줄 몰라 당황하는 모습이 귀여워서 당장에라도 소파에 눕히고 싶었지만 일단 저녁을 먹어야 했다. 그가 불만스레 물었다.

"회사 동료도 아니고 '안다정 씨', '도태인 씨', 이게 뭐예요?"

"역, 역시 '선생님'이 제일 나은 것 같아요."

그녀의 말에 그가 실망한 듯 눈썹을 휘었다. 그녀는 혹시 그가 낯 뜨거운 호칭을 선택할세라 바로 덧붙였다.

"도태인 씨가 불러 주는 건 '선생님'이 제일 좋아요. 정말입니다."

"좀 이상한 페티시가 있나 봐요. 선생님이라고 불리는 걸 좋아하다니."

하지만 여전히 그는 그녀를 의심스럽게 쳐다보았다. 변태에게 변태 취급을 받아 울컥한 그녀가 투덜거렸다.

"누가 그쪽처럼 변태인 줄 알아요?"

태인은 부정하지 못했다. 안다정 한정으로 도태인은 세상 제일의 변태나 다름없었다. 그는 그녀가 달콤한 호칭에 적응하기 쉽게끔 한발 물러서기로 했다.

"알았어요. 그러면 허들을 천천히 내리기로 해요. 선생님, 안다정 씨, 다정 씨, 다정아, 자기…… 이렇게."

"어후!"

들을수록 미칠 것 같아 다정이 양손으로 얼굴을 가리고 진저리를 쳤다. 누군가가 달콤하게 자신의 이름을 불러 준 적이 없어서 그녀는 그저 어색하고 민망했다. 난처해 하는 그녀를 웃는 낯으로 지켜보던 태인이 계속 말했다.

"그리고 선생님도 정 없게 '그쪽'이라거나 '도태인 씨'라고 부르지 말고 조금씩 바꿔 줘요."

"뭐…… 뭐라고요?"

손을 내리고 고개를 든 다정이 떨리는 목소리로 물었다. 그녀는 태인의 장난기 가득한 표정을 보자 불안해졌다.

"'오빠'라든가."

오빠라는 단어는 너무 낯설었다. 저 인간에게 오빠라고 불러야 한다니, 소름이 돋는 것만 같아 그녀가 얼굴을 일그러뜨렸다. 도태인이 안다정보다 나이가 두 살이 많기는 했지만.

절대 못 하겠다는 투로 그녀가 고개를 젓자 그가 다른 선택지를 주었다.

"그게 싫으면 그냥 '자기'?"

그것도 차마…….

"가, 가능하면 '태인 씨'라고 부르겠습니다."

부들부들 떨면서 다정이 대답했다. 뭐 '그쪽'이라거나 '도태인 씨'보다는 훨씬 나은 어감이라 태인은 만족하기로 했다. 호칭이야 천천히 바꾸면 되는 거니 말이다.

치료 방법 19.
먼저 청혼하기

　연인들의 날이라는 크리스마스이브도, 연말연시도 안다정에게는 수험 기간일 뿐이었다. 1월 초에 전문의 시험 1차가 있었고 중순에 2차 시험이 잡힌 탓이었다. 1차는 필기, 2차는 일종의 실기 시험이었다. 물론 응급의학과야 슬라이드 시험이었지만.
　"공부를 헛한 것 같아."
　무난하게 1차를 통과했음에도 마지막 관문이 다가올수록 다정은 불안해했다. 그나마 다행인 건 응급의학과 전공의들이 모두 1차 시험을 통과했기에 2차 시험을 앞두고 분위기가 흉흉하거나 삭막하지 않다는 점이었다.
　"별일이네, 안다정이 다 떨고."
　찬형이 의외라는 투로 말했다. 한차례 그룹으로 스터디를 하고 난 뒤 점심을 먹고 커피를 마시며 머리를 식히는 시간, 전공의들은 4년 동안 봐 온 동기들끼리 모여 있었다. 다정이 대답 대신 한숨을 내쉬자 찬형이 그녀의 어깨를 두드려 주었다.

"무난하게 다 붙을 거야."

다정은 찬형을 복잡한 시선으로 쳐다보았다. 며칠 전, 1차 필기시험을 보고 나서 찬형은 울먹거렸다. 아무래도 자기는 떨어질 것 같다며 먼저들 가라고 다정과 민석을 보냈던 김찬형은 1차 합격자 발표 날 세상을 다 얻은 듯 희희낙락했었다. 그 텐션이 지금까지 이어지고 있었지만, 무조건적인 낙관론은 안다정과 거리가 멀었다.

찬형과 다정이 떠드는 동안 민석은 웬 카탈로그에 코를 박고 있었다. 표지에 웨딩드레스를 입은 여자 사진이 있는 걸 보아하니, 시험공부를 하는 건 아닌데 민석의 표정은 그 어느 때보다도 진지하기 그지없었다.

"쟨 뭐해?"

"민석이, 합격 발표 나면 프러포즈한대."

"헐…… 그 여자 친구한테?"

한 번 차였다가 다시 합친 커플이 결혼을 하는 건가? 다정이 의외라는 듯 민석을 흘깃 곁눈질했다. 아닌 척해도 민석의 귀 끝이 붉어져 있었다. 다 듣고 있으면서 모르는 척하기는. 결국 눈총을 참다못한 민석이 입을 열었다.

"군대 가기 전에 프러포즈해야 덜 불안하지."

안다정과 달리 두 동기는 남자라 군 복무를 해야 했다. 그들의 막막함을 온전히 이해할 수는 없는 노릇이라 다정은 굳이 토를 달지 않았다. 대신 그녀는 민석의 옆에 홀쩍 다가가 앉았다.

"야, 나도 같이 보자."

안다정이 웬일인지 카탈로그에 관심을 보였다. 찬형과 민석이 의외라는 듯 다정을 쳐다보았다. 하필 민석이 펼쳐 놓은 부분은 결혼반지와 웨딩 밴드 등이 소개된 페이지였다. 혼자 놀기 싫은 찬형도 달려와서 감탄을 늘어놓다가 반지 하나를 가리켰다.

"여자들은 이런 반지 좋아해?"

"으음……."

큼직한 다이아몬드가 화려하게 세공되어 반짝반짝 빛나는 반지 사진을 다정이 물끄러미 내려다보았다.

"받으면 좋긴 하겠지만…… 어디 끼고 다니지도 못하게 생겼는데."

특히 손을 많이 쓰는 의사에게 저런 반지는 걸리적거릴 뿐이었다. 썩 마음에 들어 하지 않는 다정에게 민석이 기막히다는 투로 말했다.

"이거 1억 넘거든?"

"뭐? 미쳤어?"

"알이 크잖아."

반지 하나에 1억 원? 고스톱 가상 게임머니도 아니고 진짜 돈으로? 소시민 안다정이 경악했다. 그러나 민석은 물론 찬형까지 다정을 의아하게 보고 있었다. 찬형이 눈을 끔벅이다가 물었다.

"안다정이라면 이 정도는 받아야 하는 거 아니야?"

"무, 무, 무슨 소릴……."

말 잘하던 안다정이 백치처럼 더듬거렸다. 무척 충격받은 동기의 모습에 민석과 찬형이 안쓰러운 듯 다정에게 동정 섞인 눈빛을 주었다. 어떻게 남자들도 아는 걸 몰랐냐는 듯이 말이다.

"여자 맞냐?"

"아니, 여자라고 다 아는 건 아닌데……."

결혼 적령기 여성이지만 안다정은 억울했다. 애초에 결혼에 뜻이 없었을 뿐더러 저렇게 비싼 반지가 세상에 존재하리라고는 상상조차 못 했었다. 다정은 눈을 비비고 나서 다시 사진을 내려다보았다. 1억 원이 넘는다고 하니 갑자기 반지가 무척 아름다워 보였다. 아, 이런 속물적인 마음가짐이란.

"예쁜 것 같긴 하네."

다정의 감상이 바뀌자 킥킥거리면서 찬형이 팔꿈치로 다정의 옆구리를 찔렀다.

"그럼 이거 사 달라고 그래."

"누구한테?"

"누구긴?"

두 동기의 능청스러운 눈빛에 다정의 미간이 슬슬 좁아질 무렵이었다. 민석이 씩 웃으면서 말을 뱉었다.

"설마 도태인 씨가 평범하게 작은 다이아로 프러포즈하겠어?"

별로 프러포즈 받을 일이 없는 것 같지만, 다정은 굳이 동기들을 들쑤실 소리는 하지 않았다. 대신 그녀는 조명을 받아 반짝이는 큼직한 다이아몬드를 멍하니 보다 중얼거렸다.

"근데 반지 말고 그냥 현금으로 했으면 좋겠다⋯⋯."

낭만이라고는 하나도 없는 소리에 찬형이 고개를 설레설레 저었다. 하지만 민석은 의외라는 듯 다정에게 말했다.

"프러포즈 받을 생각은 있네?"

"뭐?"

민석의 예리한 지적에 다정은 숨기고 싶던 무언가를 들킨 양 심장이 덜컹했다. 입을 다물고 멀뚱히 있던 다정은 동기들의 능글맞은 웃음에 자리에서 벌떡 일어났다. 놀림감이 되는 건 사절이었다.

"⋯⋯나 이만 들어간다."

"딱 걸렸네."

뒤에서 찬형이 시시덕거렸으나 다정은 무시하고 뛰듯이 호텔 방으로 들어갔다. 1차에 전원 합격을 한 터라, 다정은 여전히 타 병원 4년 차 윤 선생과 같은 방을 사용했다. 윤 선생은 샤워를 마치고 개운한 표정으로 나와 다정을 맞이했다.

"선생님, 씻으실 거예요?"

"아, 아뇨⋯⋯."

스터디는 오전에 전부 끝이 났다. 이제 그동안 배워 온 것들을 정리하는 시간만이 남아 있었다. 호텔 방 밖으로 나갈 생각이 없는 윤 선생은 미리 씻고 공부를 하려는 모양이었다.

합리적이고 이성적인 성격의 안다정은 사실 이상한 미신을 하나 믿고 있었다. 그건 바로 중요한 시험 전날, 그러니까 대입 시험이나 의사 고시 등을 보기 직전에는 절대 머리를 감지 않는 것이었다. 머리를 감으면 머릿속에 든 지식이 깨끗이 지워진다는 미신도 있었지만, 어느 순간부터는 감기를 예방하는 데 그 목적이 있었다.

젖은 머리를 톡톡 두드리는 윤 선생의 손가락에 반지가 하나 끼워져 있었다. 평소라면 절대 발견하지 못했을 반지였지만 방금 전까지 결혼반지를 보다 와서 그런지 윤 선생의 반지가 다정의 눈에 띄었다.

"선생님, 그 반지……."

"아, 이거요?"

수건을 내려놓고 손바닥에 로션을 덜던 윤 선생이 싱긋 웃으면서 말했다.

"남자 친구가 사 준 반지예요. 사귄 지 1년 되는 날에요."

"아, 남자 친구가 계셨구나……."

윤 선생을 찾아온 사람은 그녀의 어머니뿐이었기 때문에 다정은 윤 선생에게 애인이 있다는 사실을 전혀 몰랐다.

"그래도 안 선생님 남자 친구만큼 지극정성은 아니었어요. 제가 가끔 뭐라고 했다니까요? 한 번도 안 찾아오냐고. 누구는 매일 찾아오는데."

그 누구가 도태인을 뜻하는 걸 다정이 모를 리가 없었다. 윤 선생이 놀리듯 푸념하는 바람에 다정의 얼굴이 괜스레 붉어졌다.

"반지는 왜요?"

"아, 아니에요. 그냥……."

다정이 손을 내저었다. 더 이상 머리가 복잡해지기 전에 생각의 고리를 끊어야 했다. 당장 내일이 시험 날인데 프러포즈니, 결혼이니 하는 걸 생각했다가는 큰일이 날 것이다.

'2차나 잘 보자.'

잡생각을 털어 내기 위해 다정이 침대에 벌렁 드러누웠다. 저절로 손이 침대 옆 협탁에 놓인 휴대폰으로 갔다. 램프가 깜빡거리는 게 부재중 통화가 들어온 듯했다. 그리고 전화를 할 만한 사람은 하나뿐이었다.

다정은 태인의 번호를 보고 바로 전화를 걸었다. 마침 점심시간이라 몇 번 통화음이 가기도 전에 그가 전화를 받았다.

─점심 먹었어요?

"네."

역시 도태인은 제일 먼저 밥을 챙겨 먹었느냐는 말을 꺼냈다. 그가 그녀의 끼니를 챙기는 게 유난이다 싶으면서도 싫지는 않았다. 생각해 보면, 아버지가 돌아가신 뒤로 이만큼 안다정의 끼니를 챙겨 준 사람이 없었다.

사이드 테이블에 부착되어 있는 디지털시계에는 시간과 함께 날짜도 표기되었다. 요일을 확인하고 나서 그녀가 물었다.

"오늘 진료받는 날 아니에요?"

—맞아요. 외근 나가기 전에 진료받고 나가려고요.

왜일까? 다정은 문득 웃음이 나왔다. 여름에만 해도 백수로 스토킹이나 하던 이 남자가 성실하게 일을 한다는 사실이 신기했다.

그녀의 웃음소리에 덩달아 기분이 좋아졌음에도 그는 한숨에 섞어 말했다.

—내일이면 이제 볼 수 있는 거죠?

그의 목소리가 가엾게 울렸다. 1차 때도 그랬지만 시험을 앞둔 그녀는 그에게 일주일 동안은 호텔과 집을 오가고 싶지 않다고 부탁했었다. 그녀의 말을 거스를 수 없는 불쌍한 도태인은 넓은 집에 혼자 있어서 무척 외로워했다. 오늘 부로 그는 일주일째 그 집에서 독수공방 중이었다.

"네. 내일 시험 보고 연락할게요."

내일이면 숨 막히는 수험 생활도 끝이었다. 빨리 내일이 되기를 바라면서도, 한편으로는 시간이 더디게 흘러갔으면 좋겠다는 양면적인 감정이 다정의 가슴속에 자리 잡았다.

—지금 회사에 계세요?

광열은 오랜만에 아들에게서 온 전화에 당황했다. 아니, 처음에 당황하기는 했지만 기쁜 마음이 우선이었다. 자신이 직접 전

화를 걸어도 끊고 무시하기 일쑤였던 태인이 먼저 연락을 하다
니, 광열은 꼭 연애편지를 받은 소년처럼 반가워했다.

"네가 웬일이냐? 전화를 다 하고……."

―외근 나왔는데 아버지 회사 근처거든요.

"외근? 다시 돌아가 봐야 하는 거 아니야?"

―바로 퇴근하면 되니까 괜찮아요. 지금 계시면 잠깐 뵙고 싶
은데요.

방으로 직접 찾아가도 얼굴조차 보지 않으려던 아들이 변했
다. 제 누나가 죽은 뒤 다른 사람이 된 듯한 태인은 어느새 꾸준
히 회사도 다니고 스스로 나아지기 위해 치료도 받고 있었다. 광
열은 들뜬 마음을 숨기고자 헛기침을 했다.

"음…… 그래. 올라와라."

아무렇지 않은 척 전화를 끊었지만 광열은 허둥지둥 결재 서
류를 정리하고 책상을 치웠다. 1분이 1년처럼 길게 느껴지더니
곧 기다리던 노크 소리가 들렸다. 태인을 안내해 준 비서는 처음
보는 오너의 아들을 표가 나지 않게 흘끔거리다가 묵례를 하고
사무실에서 나갔다.

오랜만에 아들과 마주한 광열은 내심 놀라웠다. 코트를 벗어
팔에 걸치고 있는 태인은 자신이 아는 아들 같지 않았다. 이마를
덮었던 머리를 깔끔하게 올려 정돈하고 몸에 잘 맞는 정장을 입
은 아들은 마치 처음 보는 것 같았다.

'이렇게 컸었나?'

광열은 자신보다 눈높이가 살짝 높은 태인을 물끄러미 바라보다가 정신을 차리고 소파를 가리켰다. 아버지가 앉으라는 곳에 자리한 태인이 사무실 안을 쓱 훑고는 덤덤하게 입을 열었다.

"본사 이전하고 처음이네요, 여긴."

"그랬던가……."

어색하게 대꾸한 광열은 다시 들리는 노크 소리에 출입문으로 시선을 돌렸다. 비서가 공손한 태도로 물었다.

"다과 준비되어 있습니다. 내올까요?"

"뭐 마실 거냐?"

굳이 뭔가 먹고 싶지 않아, 태인은 대답 대신 고개를 흔들었다. 광열은 아들과의 시간을 방해받고 싶지 않아 손까지 내저었다.

"차는 됐어. 나가 봐."

"예."

비서가 조용히 나가고 문이 닫혔다. 가만히 침묵하던 태인이 닫힌 문을 힐끗 보고는 먼저 말했다.

"집에 별일 없죠?"

"뭐, 그렇지. 늘……."

부부 둘만 남은 집에 특별한 일이 있을 리가. 아무렇지 않게 대답했지만 광열은 집이라면 치를 떨던 아들이 웬일로 집 이야기를 하는 건가 싶었다. 그러나 물어볼 엄두가 나지 않았다. 지금, 아들과의 시간이 무척 소중해서 혹여 심기가 불편해진 태인이 나가 버릴까 두려웠다.

"음, 할아버지한테 소식 들었다. 일 잘하고 있다고?"

그래도 손자보다는 아들에게 마음이 쓰이는지 가끔가다 종철은 광열에게 태인의 소식을 전해 주곤 했다. 광열이 눈치를 보고 있지만 태인은 별로 기분 나빠 하지는 않았다. 오히려 조심스러워하는 아버지의 태도가 마음에 드는 것도 같았다.

"저 치료받고 있는 건 아시죠?"

"……그래. 괜찮은 것 같으냐?"

"좋아요. 진작 시작할 걸 그랬어요."

오늘도 상담 분위기는 좋았다. 태인이 치료에 진척이 있다고 피부로 느낀 건, 다정이 떠나고 홀로 집에 남아 있는데도 불안하지 않고 편히 잠들었을 때였다. 누나의 목소리든 다정의 목소리든 죽음은 더 이상 말을 걸지도 않았고 눈에 보이지도 않았다. 아직 실제로 피를 보기는 힘들었지만, TV에 나오는 핏방울쯤은 봐도 그럭저럭 기절하지 않을 정도는 되었다. 이게 나아지고 있다는 증거라고 태인은 굳게 믿었다.

"잘됐구나."

한결 밝아진 태인의 모습에 광열의 기분도 한층 좋아졌다. 그때였다.

"제가 이러는 게 가족력일 수도 있답니다."

순간 광열이 멈칫했다. 가족력이라는 단어에 광열의 머릿속에 불현듯 아내의 얼굴이 떠오른 탓이었다. 그 틈을 놓치지 않고 태인이 말을 이었다.

"지금 저랑 같은 생각하셨죠?"

오늘 태인이 광열을 찾은 이유는 간단했다. 상담할 때, 주치의는 태인의 가족사를 시시콜콜 묻지는 못했지만 가끔 태인이 흘리는 정보를 조합해 가면서 집안에 문제가 있음을 파악했고, 오늘 상담에서 오랜만에 가족력에 대해 언급했다. 가족 중에 문제 행동을 보이는 사람이 있는지 한번 잘 생각해 보라는 주치의의 말이 머릿속을 떠나지 않아서 태인은 외근을 나온 김에 아버지를 찾았다.

태인도 나름대로 은미의 언행이 정상 기준을 벗어났다고 넘겨짚고 있었다. 그래서 이참에 몇 가지 끔찍한 행동, 예를 들면 사람들 사이를 이간질하면서 말도 안 되는 소문을 퍼뜨리고, 백모들에게 강한 적개심을 보이며, 주변 사람을 손바닥 안에 넣고 쥐락펴락하려는 어머니의 행동을 에둘러 설명하자 주치의는 정확한 검사가 병행되어야 하지만 마음에 걸리는 병명이 있다고 알려 주었다.

"편집증이라고⋯⋯ 요즘은 이름이 바뀌었대요. 망상 장애라나? 제가 설명을 들었는데 인격 장애도 의심되더라고요."

"너, 지금 네 엄마가 정신병자라고 말하는 거냐?"

"설마 아니라고 생각하세요?"

태인의 반응에 울컥했으나 이상하게도 광열은 바로 대답하지 못했다. 언제부터인가 은미를 생각할 때면 항상 폭력적인 행동이 먼저 떠올랐다.

특히 뭔가 수틀린 은미가 집안 살림을 다 부순 그 이튿날이면 어김없이 가정부가 바뀌었다. 은미는 가정부가 자신의 행동을 비웃었다면서 곧바로 해고했고, 진상 사모님에게 질린 가정부들은 불만 없이 두둑한 퇴직금을 받아 챙겨 떠났다.

"지금 생각해 보면, 누나도 우울증이 있었던 것 같아요."

"영인이 얘기, 하지 마라."

광열은 죽은 딸 이야기를 불편해했다. 가슴속 깊은 곳에 남은 죄책감이 매일 광열을 짓눌러 일부러라도 그 화제를 피해야만 했다. 은미의 거짓말에 속아 넘어가지만 않았더라면, 앞날이 창창하던 젊은이의 미래를 망칠 일도, 딸을 그렇게 잃어버릴 일도 없었는데. 꼭 자신의 잘못인 것만 같아 광열은 항상 마음이 무거웠다.

아버지의 약한 마음을 눈치챈 태인이 비아냥거렸다.

"하긴, 아버지도 누나한테는 죄인이죠."

코웃음 치는 아들을 광열이 비참한 기분으로 응시했다. 은미를 끔찍하게 싫어하는 태인이었으나, 약한 부분을 자비 없이 물어뜯는 이런 면은 또 그녀를 닮아 있었다. 광열은 아들이 많이 건강해졌다 싶으면서도 한편으로는 변하지 않은 부분이 있구나 싶었다. 냉소적인 태인을 보다 못한 광열이 시선을 떨구고 씁쓸하게 말했다.

"그런 소리 하러 온 거냐? 내 탓하러?"

하지만 태인은 말없이 광열을 쳐다보았다. 피해자의 모습을 가장하고 있지만, 아버지는 방관자였다. 누나의 죽음에 아버지 탓이 없다고는 할 수 없었고, 태인의 정신이 망가진 데에도 아버지는 일정 부분 책임이 있었다. 그런 주제에 피해자인 척하는 광열의 모습이 우습기도 하고 화가 나기도 했다.

결국, 더 이상 대화할 마음이 사라진 태인이 먼저 자리에서 일어났다. 광열이 자연스럽게 고개를 들어 아들을 올려다보았다. 태인은 그만 떠나려는 듯 코트를 다시 걸치고 말했다.

"저랑 생각이 같으시다면, 어머니 치료를 고민해 보세요. 그 말씀드리러 온 겁니다."

"병이 있다고 해도 순순히 치료받을 사람 아니야. 알잖아?"

남들 시선에 예민한 아내가 병원을 스스로 찾을 리 없었다. 자존심이 높은 은미는 남의 말을 따라 치료를 받고 나아질 사람은 아니었다. 그러자 태인이 싸늘한 미소를 지은 채 차갑게 덧붙였다.

"폐쇄 병동이 괜히 있는 건 아니죠."

"너 이 녀석, 아들이라는 게……."

화들짝 놀란 광열이 자연스럽게 태인을 타박했다. 아무리 그래도 멀쩡히 사회생활도 잘하는 아내를 폐쇄 병동에 넣을 수는 없는 노릇이었다.

태인은 광열을 가만히 쳐다보았다. 오랜만에 부자의 시선이 서로를 향했지만 따스한 눈빛도 사랑이 듬뿍 담긴 이야기도 없었다.

"그러니까 고민해 보시라고요. 어머니 곁에 평생 계실 분은 제가 아니라 아버지니까."

그 말을 끝으로 태인은 출입문을 나섰다. 이제 선택은 아버지의 몫이었다. 어차피 집에 돌아갈 생각은 없었다. 앞으로 태인이 은미와 마주할 일도 없었다. 어찌 되었든 은미의 곁에 죽을 때까지 있을 사람은 광열이지, 태인이 아니었다.

도태인은 아침부터 일이 손에 잡히지 않았다. 초조한 기분이 회의 때도 드러났는지 오전 회의를 마치고 나서 사촌 누나인 지혜가 한마디 했다.

"오늘 왜 그렇게 딴생각을 해?"

"2차 날이거든."

"2차? 무슨…… 아!"

지혜가 저도 모르게 손뼉을 짝 쳤다. 세상사에 관심 없는 도태인이 저만큼 전전긍긍하는 일은 제 연인과 관련된 일뿐이었다. 할아버지가 배경이 되어 준다는 의사를 떠올리고 지혜가 가볍게 말했다.

"잘 보겠지, 뭐. 의사들은 다 똑똑하잖아?"

지혜의 말에 동감이긴 했으나 태인은 아무 대답도 하지 않았다.

찬바람이 몰아치자 그녀가 코트를 여미면서 눈살을 찌푸렸다.

점심을 먹으러 괜히 나가자고 했다. 그냥 구내식당에서 대충 해치우고 회사로 돌아갈 것을! 속으로 투덜거리던 지혜가 갑자기 걸음을 멈췄다.

"어, 그럼 이제 너 결혼하는 거야?"

"결혼?"

전혀 생각지 못한 말이라 태인이 미간을 찡그렸다. 지혜도 인상이 험악해졌다. 결혼 때문이 아니라 추위 때문에. 다시 걸음을 재촉하면서 지혜가 계속 물었다.

"전문의 따고 나면 결혼하는 거 아니야?"

"몰라."

"뭘 몰라? 바보야, 프러포즈나 준비해."

하지만 태인은 입을 다물고 대답을 회피했다. 결혼하고 싶다고 다 결혼할 수 있는 게 아니다. 결혼은 혼자 하는 것이 아니니까.

안다정은 평생 결혼할 생각이 없다고 그랬다. 그의 곁에 있어 주는 것도, 어렵게 사랑을 시작한 것도 기적 같은 일인데 그런 다정에게 괜히 프러포즈를 했다가 싸늘한 시선이나 받지 않을까 태인은 두려웠다. 이 관계의 추는 영원히 안다정에게 기울어져 있었다.

그때, 코트 안에서 휴대폰이 진동했다. 울적해진 태인은 전화가 오는 것도 모르고 멍하니 제 생각 속에만 빠져 있었다. 성질 급한 지혜가 보다 못해 사촌 동생의 코트 주머니에 손을 찔러 넣고는 휴대폰을 꺼냈다.

"전화 오잖아! 전화 안 받아?"

깜짝 놀란 태인은 혹여 다정의 전화일까 싶어 허둥지둥 휴대폰을 확인했다. 그러나 김새게도 할아버지의 전화였다. 롤러코스터를 타는 듯 시시각각 변하는 태인의 표정에 지혜가 혀를 쯧쯧 찼다.

"어휴, 쟤 오늘 왜 저래?"

태인은 자신을 타박하는 지혜를 흘깃 쳐다보고는 전화를 받았다.

"네."

―오늘 2차 시험이라며?

"네."

건성으로 대답하는 태인을 지혜가 의아하게 바라보았다. 저렇게 건성으로 통화할 정도면 도태인 성격상 아예 전화를 받지도 않았을 텐데, 누구기에 전화를 받은 건지 신기했다.

"누구야?"

남의 일에 관심 많은 지혜가 소곤거렸다. 말로 대답하기도 귀찮아서 태인은 휴대폰 화면만 잠깐 보여 주었다. 할아버지의 번호를 본 지혜가 저도 모르게 입을 쩍 벌렸다.

"헐……."

최고의 권력자! 지혜는 태인을 부러운 눈으로 응시했다. 도지혜는 할아버지의 전화를 직접 받아 본 적이 거의 없었다. 물론 업무 필드가 달라서 할아버지에게 조언이나 도움을 받을 일이 없긴 했지만 그래도 부러운 마음은 어쩔 수 없었다. 지혜가 입술을 삐죽거리는 동안 아무것도 모르는 종철이 뭔가 대화를 이어 나갔다.

─……와.

문제는 태인이 잠깐 귓가에서 휴대폰을 뗀 바람에 종철의 말을 제대로 듣지 못한 데 있었다. 지혜를 못마땅하게 보며 눈가를 찡그린 태인이 반문했다.

"네? 못 들었어요."

─퇴근하고 같이 오라고. 안다정 선생하고.

"본사로요?"

─음. 저녁이나 같이하게.

"오늘 그 사람 피곤할 텐데……."

태인이 떨떠름하게 거절할 참이었다. 꿍꿍이가 있는 종철은 한시도 지체할 수 없다는 투로 빠르게 말했다.

─피곤해도 저녁은 먹고 잘 거 아니야?

"일단 연락 오면 물어볼게요."

그래도 도태인은 쉽게 넘어가지 않았다. 이 상황에 제일 우선시해야 하는 건 다정의 상태였다. 솔직히, 태인은 중요한 시험을 준비하느라 녹초가 되었을 그녀를 부담스러운 자리에 데려가고 싶지 않았다.

태인이 담담하게 전화를 끊자마자 지혜가 눈을 부라렸다.

"야! 너 할아버지한테 무슨 배짱이야? 미쳤나 봐."

할아버지의 연락을 받으면 지혜 자신을 포함한 사촌들은 재 깍재깍 스케줄을 취소하고라도 할아버지를 찾았다. 한 번이라도 더 눈도장을 찍으려고 애를 쓰는 사촌들과 달리, 도태인은 아쉬 울 게 없는 모양이었다. 자신도 그렇지만 지혜는 오빠인 지겸이 할아버지의 눈에 들려고 애를 쓰는 게 허무하게 느껴졌다.

지혜의 호들갑에도 태인은 대꾸조차 하지 않았다. 그는 휴대 폰만 내려다보면서 시간을 살폈다. 열 시에 시험이 시작되고 두 시간가량 시험을 본다고 했는데 열두 시가 넘었음에도 다정의 연락은 없었다. 태인이 초조해하는 것도 모르고 지혜가 계속 조 잘거렸다.

"근데 할아버지가 그 의사 선생님 되게 아끼나 보다? 시험 날 짜까지 알고 계시고."

"시험 시간이 두 시간이라고 했는데……."

듣는 척도 하지 않는 태인을 지혜가 흘겨보았다. 울리지 않는 휴대폰만 붙잡고 안절부절못하는 사촌 동생을 보자 지혜는 그의 뒤통수를 한 대쯤 세게 때려 주고 싶어졌다. 이 인간은 제가 복에 겨운 줄도 몰랐다.

"어휴! 도태인 재수 없어. 나 먼저 간다. 점심 혼자 먹어, 찐따 야!"

화가 난 지혜는 자신을 무시하는 사촌 동생을 뒤로하고 몸을 돌려 주차장으로 향했다. 점심은 혼자 먹어야겠다. 집 밖으로 나온 태인의 모습을 처음 보았을 때는 안쓰러운 마음이 들었으나 이제는 달랐다. 영인의 일로 상처를 받아서 조금 이상해졌나 싶었는데 그게 아니라 도태인은 그냥 원래 성격이 더러운 것뿐이었다.

뒤에서 지혜가 뭐라 떠들든 태인은 신경도 쓰지 않았다. 다정의 연락이 통 오질 않아 점심시간인데도 점심 먹을 기분이 들지 않았다.

그때 기다리던 전화가 걸려 왔다. 열두 시 반, 30분이나 늦어진 시간이었다. 그럼에도 태인은 신이 나서 냉큼 전화를 받았다.

"시험 잘 봤어요?"

─아…… 잘 모르겠어요. 그럭저럭 괜찮게 본 것 같긴 한데…….

시험을 괜찮게 보았다는 말은 결과에 자신 있다는 뜻이다. 다정과 함께 시간을 보내며 태인은 그녀의 말속에 내포된 의미를 읽어 내기 시작했다. 그의 입가가 부드럽게 풀렸다. 걱정했는데 역시 안다정은 실망을 시키질 않는다.

─호텔에서 짐 정리하느라 연락이 늦었어요.

드디어 다정이 집에 돌아올 때가 된 것이다. 태인의 얼굴이 한층 더 밝아졌다. 문득 그는 점심을 포기하고서라도 그녀를 만나고 싶어졌다.

"나 지금 점심시간인데, 데리러 갈까요?"

─택시 타고 들어갈게요. 여기까지 언제 와?

신난 도태인과 다르게 안다정은 여전히 차분했다. 이성적인 대답에 태인이 움찔, 정신을 차렸다. 하긴, 백수가 아닌 도태인은 오후 업무도 봐야 했다. 그가 한 손으로 마른세수를 하고 나서 종철의 제안을 말했다.

"할아버지가 오늘 저녁에 식사 같이하자고 했는데, 피곤하죠?"

—아…….

다정의 반응에 민감한 태인은 아주 잠깐, 그녀가 머뭇거리는 것을 눈치챘다. 하여튼 할아버지도 너무했다. 쉼 없이 달려온 안다정이 드디어 시험에서 풀려났는데 하루 정도는 쉬게 내버려 두지, 절대 거절할 수 없는 제안을 하다니 말이다.

—아니에요. 낮잠 잠깐 자면 괜찮을 것 같으니까.

"오늘은 단둘이서 샴페인 따고 싶었는데."

그가 복잡한 마음을 숨기고 장난스럽게 대꾸했다. 거짓말은 아니었다. 종철의 연락이 아니었다면 태인은 오늘 저녁에 샴페인이나 와인 한 잔을 마시고 다정을 푹 쉬게 두었을 것이다.

—단둘이 샴페인 따는 건 내일도 할 수 있잖아요. 대충 시간 알려 주면 맞춰서 준비할게요.

"음, 그럼 일곱 시쯤? 내가 여섯 시에 퇴근하니까요."

—알았어요.

다정의 목소리가 힘없이 울렸다.

한편, 전화를 끊은 다정은 마지막 관문까지 끝마쳤다는 생각에 칼바람이 몰아치는데도 마냥 기뻤다. 마지막까지 시험공부에 매진해야 했던 지긋지긋한 호텔 정문 앞에서 다정은 4년 동안 동고동락한 찬형과 민석을 피곤한 낯으로 올려다보았다.

"1일에 보자."

두 동기가 고개를 끄덕였다. 다음달 1일은 합격 결과가 나오는 날이었다. 최종 합격일을 생각하자 긴장이 풀려 늘어져 있던 어깨에 잠시 힘이 들어갔다.

"잘 들어가라."

"안녕."

두 동기를 먼저 보낸 다정은 택시를 기다렸다.

홀로 남자 이제야 실감이 났다. 스무 살, 예과 때부터 시작한 기나긴 과정이 드디어 끝났다는 것을.

11년 만이었다.

감격스러울 줄 알았는데 다정은 예상보다 담담했다. 아마 그 감동은 최종 합격자 명단에 제 이름이 뜰 때에나 이어질 것이다. 지금은 그저 홀가분하고 속 시원할 뿐이었다.

택시를 이용해서 넓은 빌라에 일주일 만에 돌아온 다정은 집 안을 쭉 둘러보았다. 태인이 없어서 그런지 집이 꽤 낯설었다. 고요하고 적막한 곳. 넓기는 또 무진장 넓은 집이라 다정은 문득 외로워졌다. 이곳에서 며칠 간 혼자 지낸 태인도 비슷한 기분이었을까?

'그래서 그렇게 외로워했던 건가?'

개미 새끼 한 마리 지나가지 않는 집에 홀로 남자 그녀는 그의 마음을 조금은 이해할 수 있었다. 그래서 그는 툭하면 전화를 하고, 메시지를 보내고, 가능하면 그녀를 집에 데리고 가려던 것이었다.

이제 다정은 1일까지 쉬고, 전문의 시험 합격 결과가 나오면 돌아오는 월요일부터 병원 근무를 하기로 계획이 잡혀 있었다. 제대로 쉬는 건 보름도 되지 않겠구나, 싶자 다정은 막막해졌다. 9월부터 기껏해야 5개월 응급실 근무를 하지 않았는데 돌아갈 생각을 하니 속이 콱 막혀 왔다. 또 눈코 뜰 새 없이 바쁠 것이다.

'내가 무슨 부귀영화를 누리려고…….'

병원에 남게 되었단 말인가!

평생 응급실에서 썩어야 한다는 걸 모르는 바는 아니지만, 막상 쉬게 되자 다정은 2월이 아니라 인턴이 들어오는 3월에 출근하고 싶은 마음이 굴뚝같았다. 물론 웅진이 가만두지 않을 테니 이런 게으른 소리를 할 수는 없었다.

기운이 다 빠진 다정은 짐이 든 캐리어를 열어 정리할 엄두가 나지 않았다. 묵직한 캐리어를 대충 드레스 룸 구석에 밀어 넣고 돌아서려다가 그녀는 멈칫 걸음을 멈추었다. 오늘 아침에 태인이 늦잠을 잤던 걸까? 가장 안쪽에 있는 붙박이장 문이 제대로 닫히지 않고 열려 있었다. 바깥쪽 붙박이장은 그녀가 사용했고, 안쪽 넓은 장은 그가 쓰는 공간이었다.

드레스 룸 안쪽으로 들어간 다정이 열린 문을 닫으려다가 마음을 바꿔 슬쩍 열자, 태인에게서 종종 맡았던 시원하면서도 달콤한 향기가 났다. 그녀는 삐죽 튀어나와 있는 그의 정장 재킷 소매를 끌어당겨 만졌다. 익숙한 향기가 더욱 진하게 풍겨 왔다.

복잡한 마음을 담아 다정이 한숨을 내쉬었다. 붙박이장 문은 닫았지만 아직도 공기 중에는 태인의 향수 냄새가 남아 있었다.

다정은 문득 그가 그리워졌다. 몇 시간 뒤면 볼 사람인데도 가슴 한편이 서늘하니 조여들어서 그녀는 얼른 드레스 룸을 나와 버렸다.

드레스 룸 옆, 침실에 딸린 욕실에 겨우 들어간 다정은 너무 피곤해서 절로 눈이 감길 지경이었지만, 수험 피로를 한 꺼풀 씻어 내겠다는 마음으로 샤워를 마쳤다. 가운만 걸친 채로 침대에 돌아가 쓰러지듯 눕자 그녀의 온몸에 힘이 빠졌다.

이 시간만을 기다려 왔다. 포근한 침대에서 잠드는 시간을.

시간이 어느 정도 흘렀을까?

뭔가 부드러운 게 뺨에 닿았다 떨어지는 것을 느꼈지만 다정은 눈을 뜰 수가 없었다. 피로 때문에 몸이 무거워서 그녀는 손가락도 까딱하지 못하고 의식만 겨우 차렸다.

"……내일도 있고요."

흐릿한 의식 사이로 익숙한 목소리가 들렸다. 태인의 목소리였다. 꿈을 꾸는 건지 현실인 건지 알 도리가 없어서 그녀가 본능적으로 미간을 찡그릴 무렵이었다. 그의 목소리가 조금 더 또렷하게 들렸다.

"네, 피곤해 보여서요. 많이."

낮게 울리는 음성은 꿈이 아니라 현실이었다. 아무래도 도태인이 퇴근을 했나 보다. 그가 퇴근하면 뭘 하기로 했더라?

그때, 가물가물한 의식 사이로 섬광처럼 번쩍 저녁 약속이 떠올랐다. 그와 동시에 다정이 눈을 번쩍 떴다.

옷도 갈아입지 않은 태인이 그녀의 곁에 앉아서 통화를 하고 있었다. 아까 뺨에 닿았던 부드러운 건 그의 손가락이었다. 지금도 그의 손은 그녀의 뺨을 어루만지고 있었다. 혼란스러운 표정을 감추지 않고 다정이 부스스 상체를 일으키자 그가 그녀의 뺨에서 손을 떼어 냈다. 그의 팔이 거둬들어지는 동안 까만 재킷 소매에서 낯익은 향수 냄새가 났다.

"알겠습니다. 내일 그쪽으로 갈게요. 네, 조심히 들어가시고요."

통화를 마친 그가 휴대폰을 귓가에서 뗄 때까지도 정신이 온전히 되돌아오지 못한 다정은 시간을 살피고 나서야 정신을 차렸다.

"여, 여섯 시 반?"

"잘 잤어요?"

일곱 시에는 나가야 하는데, 이 남자는 약속이라는 걸 잊은 양 아주 여유로웠다. 다급해진 다정이 목소리를 높였다.

"여섯 시 반이잖아요!"

"할아버지한테 말씀드렸어요. 피곤해 보인다고."

어른과의 약속을 이렇게 일방적으로 파기하다니! 난처해진 다정이 양손으로 얼굴을 감쌌다. 분명 다섯 시에 일어날 생각으로 알람을 맞춰 뒀는데, 협탁에 놓여 있는 휴대폰은 꺼져 있었다. 배터리 충전을 안 했다고는 해도 몇 시간 만에 휴대폰이 꺼지리라고는 상상도 못 했다.

"……난 몰라."

난감해하는 그녀의 모습이 귀여워서 그가 쿡쿡거렸다. 그녀가 그를 못마땅하게 응시했다. 자신은 곤란해 죽겠는데 이 남자는 마음 편히 웃기나 하고…… 그녀는 한숨이 절로 나왔다. 그가 웃음을 겨우 거두고 그녀를 다독였다.

"괜찮아요. 좀 더 쉬고 내일 건강한 모습으로 만나 뵙는 게 훨씬 나으니까."

"나 좀 환자 같아요?"

"눈가가 퀭해서."

그가 그녀의 눈가를 엄지로 스윽 쓸었다. 그녀가 다시금 양손에 얼굴을 묻어 버렸다. 오랜만에 만났는데 그에게 추레한 모습을 보여 주고 싶지 않았다. 하긴, 거듭된 밤샘 공부와 날카로워진 신경 탓에 아마 피부도 많이 까칠할 것이다.

그때였다.

"씻고 바로 잤어요?"

"……네."

여전히 얼굴을 묻은 채 손 사이로 그녀가 중얼거리자, 그가 기분 좋은 듯 콧소리를 냈다.

"그래서 가운 차림이구나."

갑자기 오싹해진 그녀가 고개를 반짝 들었다.

가운?

잠들기 전, 옷을 갈아입을 여유도 없어서 그녀는 샤워 가운만 걸친 채 침대에 기절하듯 누웠다. 그러고 보니 어깨가 허전한 것도 같은데…….

"이게 뭐야!"

다정이 경악했다. 슬프게도 샤워 가운은 주인의 기대를 배신하고 말았다. 언제 허리끈이 풀린 건지 이 빌어먹을 가운은 그녀의 어깨를 드러낸 채 가슴을 아슬아슬하게 가리고 있었다.

팔을 조금만 오므려도 가운이 툭 떨어질 것 같아 당황한 그녀가 다급히 가운 깃을 정리할 무렵이었다. 세계 제일의 변태 도태인이 태연하게 재킷을 벗으면서 눈웃음을 쳤다.

"저녁 약속도 취소했는데 느긋하게……."

"느, 느긋하게 뭘?"

그의 눈웃음은 사람을 불안하게 만들기 충분했다. 특히 이런 상황에 성적 매력을 어필하는 건 반칙이었다. 그녀가 주춤주춤 뒤로 몸을 빼면서 고개를 저었다.

"피, 피곤해 보인다면서? 환자 같다면서?"

"잤잖아요. 이따 저녁에 또 자면 되지."

태인의 재킷이 협탁 위에 가지런히 놓였다. 뒤로 물러서던 다정은 어느새 침대 헤드에 등이 닿았다.

"지금 말고."

그는 그녀에게서 시선을 떼지 않은 채 목을 조이고 있던 넥타이를 풀었다. 사선으로 스트라이프 무늬가 들어간 실크 넥타이가 까만 재킷 위에 얌전히 놓였다. 그녀의 눈길이 차곡차곡 놓인 넥타이와 재킷에서 떨어질 줄 몰랐다. 그녀의 주의를 끌기 위해 그가 그녀의 이름을 불렀다.

"응? 다정아."

그렇게 이름을 부르면서 강아지처럼 빤히 쳐다보면 마음이 무너지기 마련이다. 그녀의 얼굴이 새빨개졌다. 입술이 바짝바짝 말라 가는 게, 이대로 가만히 있다가는 도태인에게 홀딱 넘어가게 생겼다.

"보고 싶어서 미치는 줄 알았어."

자고 일어난 뒤로 느릿하게 뛰던 심장이 점점 빠르게 달리기 시작했다. 이 남자가 아무래도 작정을 했나 보다. 숨이 막힐 듯한 밀도 있는 분위기가 두 사람 주변을 감쌌다. 무슨 말이라도 해서 일단 그를 진정시키고 싶은데 그녀는 도저히 할 말이 생각나지 않았다.

"그, 저기……!"

아무 말이라도 하려고 입술을 떼었으나 다행인지 불행인지 태인이 조금 더 빨랐다. 그의 입술이 그녀의 말을 삼켰다. 예기치 못한 입맞춤에 크게 떠졌던 그녀의 눈이 황급히 감겼다. 익숙한 체향이 밀려오자 얼굴이 화끈 뜨거워지고 심장이 빠르게 달음박질쳤다.

정신없이 공부하는 와중에도 그가 내심 그리웠나 보다. 아까 드레스 룸에서도 그의 옷을 무심결에 매만지지 않았던가? 문득 다정은 어느 순간부터 태인이 자신의 인생에 큰 영향을 미치고 있음을 깨달았다.

"프러포즈 받을 생각은 있네?"

어제, 결혼 관련 카탈로그를 함께 볼 때 동기가 장난스레 그런 소리를 했었다. 그때 자신은 무슨 반응을 보여야 할지 몰라서 도망치듯 자리를 뜨고 말았다. 아마 거기 계속 남아 있었다면 짓궂은 동기들은 다정의 입에서 결혼 이야기를 꺼내게끔 만들었을 것이다.

'결혼이라…….'

안다정 인생에 결혼 같은 건 없다고 생각했는데, 아닐지도 모르겠다. 큼직한 다이아몬드 반지, 프러포즈, 그리고 결혼…… 여러 가지 이미지와 개념으로 머릿속이 복잡해졌지만, 다정은 목에 닿는 뜨거운 숨결을 느끼자마자 모든 생각을 멈추었다.

*   *   *

갤러리에서 돌아온 은미는 화장을 지우기 전, 윗동서인 송희
영의 전화에 얼굴을 구겼다. 이 여자가 왜 전화를 한 건지 이유를
알 리 없는 은미는 괜히 불안하고 기분이 나빴으나 목소리를 가
다듬고 느긋한 척 전화를 받았다.

"웬일이세요? 형님께서."

─웬일이냐니? 태인이 결혼할 거라며?

뜬금없는 소리에 은미가 미간을 찌푸렸다.

─어떻게 말 하나 없어?

그러나 희영은 특유의 높은 목소리로 따지듯 물었다. 송희영
이 그러고 보니 성악과 출신이었던가? 그 옛날 이탈리아에서 유
학까지 하고 돌아온 송희영은 목소리만으로도 은미의 기분을 망
치기 충분했다.

─닥터라면서? 거기 병원 닥터.

순간, 은미의 머릿속에 다정의 얼굴이 스쳐 지나갔다. 분명 다
정은 태인과 아무 사이가 아니라고 맹랑하게 말했다. 당시에는
더 이상 다정을 이겨 먹을 자신이 없어서 물러났건만 그 여우 같
은 계집애가 얼굴색 하나 변하지 않고 거짓말을 했단 말인가?

"아니에요! 누가 그런 소릴……."

─아니야? 지혜가 그러던데? 아버님도 아신다고.

희영이 종철의 존재를 지적하자마자 은미는 말을 잃었다. 도
대체 어떻게 된 건지 모르겠다. 종철이 태인에게 빌라 하나를 내
준 건 알고 있었다. 좁아터진 오피스텔에 사느니 그 빌라에 사는

게 낫겠다 싶어서 그냥 내버려 두었다. 거기에 다정이 함께 사는 것도 전해 듣기는 했다. 아마 그 계집애가 넓은 집으로 이사하자고 아들을 꼬여 낸 것이겠지, 라고 가볍게 생각하긴 했었다.

그러나 종철이 둘의 관계를 허락했으리라고는 전혀 상상도 못했다.

—태인이가 제 짝을 만나서 다행이야. 영인이처럼 되지 않고.

꼭 웃음을 참는 것처럼 희영의 말끝이 흔들렸다. 죽은 딸을 언급하는 것도, 태인의 '결혼'을 축하하는 것도 전부 비웃는 것만 같아 은미는 분노가 치밀었다.

—우리 지혜가 아직 안 갔지만, 순서 같은 거 따지는 고리타분한 짓 안 하니까 너무 걱정하지는 마. 근데 의외네? 난 자기가 며느리 들일 때 엄청 조건 따질 줄 알았는데, 닥터 정도로 타협 보는 거야?

은미의 손이 부들부들 떨리기 시작했다. 희영은 지금 고소해하는 거다. 기껏해야 네 자식 인생은 그 정도로 끝이 났다고 말이다. 하지만 떨리는 손과 달리, 은미는 목소리를 최대한 여유롭게 꾸며 내었다.

"형님, 뭔가 잘못 알고 계시나 본데 그런 일 없거든요?"

—그래?

"어머, 형님. 태인이 아빠가 부르네요. 죄송한데 먼저 전화 끊겠습니다."

겨우 꾸며 낸 여유를 잃기 전에 다행히 은미는 통화를 종료할 수 있었다. 그리고 여유가 사라지기 무섭게 분을 이기지 못한 은미는 제 휴대폰을 내던졌다. 화장대 테이블 모서리에 정면으로 맞은 휴대폰은 액정이 쩍 갈라져 바닥으로 떨어졌다.

그러거나 말거나 은미는 분이 풀리지 않아 눈에 보이는 모든 것들을 집어던졌다. 유리병에 든 고가의 화장품들이 깨지며 바닥은 엉망진창이 되었다.

"어떻게 이럴 수가 있어?"

날카로운 비명이 들리자 깜짝 놀란 광열이 서재에서 뛰쳐나와 침실로 들어갔다. 참혹한 광경을 보자마자 그는 아내의 양쪽 손목을 잡아 행동을 저지했다. 그녀의 손에 들린 묵직한 나이트 크림이 마지막으로 바닥에 쾅 떨어졌다.

"뭐 하는 거야? 왜 이래?"

"태인이, 이 자식…… 미쳤어!"

아들을 향한 분노를 쏟아 내는 아내를 광열이 망연자실하게 응시했다. 발작과도 같은 화풀이를 그는 도저히 이해할 수가 없었다. 은미는 남편에게 매달리듯이 서러운 목소리로 말했다.

"여보, 태인이 좀 말려 봐. 결혼을 한대! 어떻게 그런 애랑 결혼을 해?"

광열은 태인이 도대체 누구와 결혼을 한다는 건지 도통 알 수가 없었다. 노기 가득한 은미의 눈에서 참다못한 눈물이 흘러나왔다.

"누가 그래? 그런 말 없었어."

"방금 지겸이 엄마가 전화해서 내 속을 다 긁어 놓잖아!"

그제야 그는 바닥에 떨어져 있는 휴대폰을 내려다보았다. 벌써 몇 번째 바꿨는지 모를 휴대폰은 또 박살이 나고 말았다. 그가 지친 듯 한숨을 섞어 물었다.

"……형수가 태인이 결혼한대?"

"부모인 우리도 모르는 결혼이 말이 돼?"

아들과 마지막으로 만났을 적, 광열은 태인에게 결혼 이야기를 전혀 듣지 못했다. 형수인 희영이 먼저 그 사실을 알 리도 없다고 생각했다. 문득 그는 아내가 정말 형수와 통화를 했는지 의심스러워졌다. 태인이 남긴 말이 광열의 머릿속에 맴돌았다.

"편집증이라고…… 요즘은 이름이 바뀌었대요. 망상 장애라나?"

"안 돼. 절대 안 돼. 우리 태인이가 뭐가 모자라서 그런 애랑 결혼을 시켜?"

"결혼 상대가 누군데 그래?"

광열이 은미의 손을 놓아주고 지친 듯이 묻자 그녀는 눈을 시퍼렇게 빛내면서 고래고래 소리를 질렀다.

"병원 의사! 부모도 다 뒈지고 없는 고아에 쥐뿔도 없는 년을 미쳤다고 며느리로 들여? 난 못 해. 창피해서 절대 허락 못 한다고!"

손을 놓아주기 무섭게 제 머리를 쥐어뜯으려는 아내의 팔을 그가 겨우 붙잡았다. 가느다란 팔에서 무슨 힘이 그렇게 나오는지 그녀의 자해를 막느라 그의 손등에도 핏줄이 바짝 섰다. 광열은 아내를 진정시키기 위해 그녀를 품 안으로 끌어안았다.

"제발 진정 좀 해!"

남편의 온기에 은미가 눈물을 터뜨리며 소리를 질렀다.

"지겸이 엄마가 전화로 날 얼마나 비웃었는지 알아? 닥터 정도로 타협 보는 거냐고…… 아들 새끼 가만히 내버려 뒀다가 이게 뭐야? 이제 진짜 가만히 안 있어!"

은미는 광열이 이해할 수 없는 소리만 계속 지껄였다. 그의 눈앞이 캄캄해졌다. 분노로 미쳐 버린 건지 지금 아내의 모습은 정말 미친 사람 같았다. 그녀를 달래 보고자 그가 그녀의 등을 쓸었다.

"은미야……."

"닥터? 그 조그만 계집애가 어디서 눈을 동그랗게 뜨고 거짓말을……."

광열은 몰랐지만 태인의 여자에 관해 은미는 알고 있는 모양이었다. 그러나 멀쩡한 모습으로 회사를 찾아 준 아들의 모습만으로도 흡족해서, 광열은 내심 태인이 결혼을 원한다면 기꺼이 허락해 주고 싶었다. 그가 아내의 등을 토닥이면서 조심스럽게 말했다.

"그만해. 태인이 내버려 두자. 자기 행복한 대로 살게……."

"지금은 미쳐서 그러는 거야. 조금만 더 나이 먹어 봐. 엄마 말 듣길 잘했다고 생각할 거라고."

"그만하자. 그만……."

제발 아내가 진정하기를 바라면서 광열이 계속해서 읊조렸다. 그러나 남편과 말이 통하지 않는 걸 깨닫자마자 은미는 광열의 품에서 벗어나려 애를 썼다. 격렬한 몸싸움이 이어졌으나 그녀는 남편의 힘을 이길 수는 없었다.

"이거 놓으라고!"

꽥 소리를 친 그녀가 그의 팔뚝을 콱 물었다. 깜짝 놀란 광열이 저도 모르게 팔을 풀어 주었다. 은미가 씩씩거리면서 뒤로 두세 걸음 물러섰다. 발끝에 깨진 유리 조각이 스쳤으나 그녀는 아픔도 느끼지 못하는 듯했다.

"너…… 진짜 왜 이렇게 변했니?"

팔을 부여잡은 광열이 기가 막힌 듯 중얼거렸다.

어깨를 들썩이면서 숨을 몰아쉰 은미는 남편을 노려보았다. 남편이 어떻게 제 편을 들어주지 않는 건지, 은미는 억울하기 그지없었다. 또한 그녀는 하나 남은 아들이 결혼하겠다는 여자가 겨우 의사 면허 하나 가진 고아인데도 그걸 가만히 내버려 두겠다는 남편이 야속했다.

"내가 어디가 변해?"

추은미는 변하지 않았다. 추은미가 변했다면 아들의 결혼 소식에 이렇게 날뛸 리가 없지 않은가? 은미는 진심으로 그렇게 생각하고 있었다.

시집 식구들의 비웃음과 무시, 주변 지인들의 은근한 뒷소문에도 이를 악물고 살아왔다. 타인에게 무시당하지 않기 위해서는 만만한 모습을 보여서는 안 된다. 어차피 겉모습만으로 판단하는 인간들이니 속이 어떻든 간에 겉으로라도 최고의 모습만을 보여 줘야 한다는 건, 은미가 30년을 넘게 지켜 온 철칙이었다. 그러니까 아들의 혼처는 최고여야만 했다. 그딴 하찮은 의사 나부랭이가 아니고.

"영인이 하나만으로도 됐잖아. 태인이는 내버려 두자. 우리 아들까지는 잃지 말자고."

그러나 까맣게 타들어 가는 속도 모르고 남편이라는 작자는 속 편한 소리만 하고 있었다. 거기에 죽은 딸까지 들먹이니, 은미의 머리가 홱 돌아 버리는 것도 당연했다. 은미의 독기 어린 눈이 광열을 쏘아보았다.

"영인이? 제 엄마 마음도 모르고 뒤진 년이 뭐? 내가 걔를 어떻게 키웠는데?"

광열은 자신보다 몸집도 작고 연약한 아내의 기세에 움찔 놀랐다. 비극적으로 생을 마감한 딸을 그렇게 평가하고 있을 줄은 몰랐다. 이 상황을 믿을 수 없어서 광열의 입 안이 바싹 말라 갔다.

"태인이 하나 남았어. 태인이라도 제대로 키워야지. 송희영이, 그년이 감히 날 비웃어?"

형수를 향한 험한 평가에 광열이 억눌린 신음을 뱉었다.

"다들 찍소리 하나 못하게 만들어 줄 거야. 두고 봐."

언제 분노했냐는 듯, 은미는 소름 끼치는 미소를 짓고 있었다. 광열은 회피하고 싶은 마음에 눈을 감았다. 아들의 말이 머릿속에서 계속 재생되었다. 아내는 정말…… 치료가 필요했다.

이런 여유도 오랜만이었다. 늦게까지 자고 일어나서 아무 일도 할 필요가 없는 여유는 꿈만 같았다. 이렇게 딱 한 달만 놀아 보고 싶었지만 그녀는 당장 다음 달부터 응급실을 바쁘게 뛰어다녀야 했다.

느긋하게 캐리어를 정리한 다정은 드레스 룸 바닥에서 일어나질 못했다. 빨랫감과 무거운 전공 서적을 분리하고 나자 허리가 아파 왔다. 이건 단순한 요통이 아니라 어젯밤에 무리를 한 탓에 생긴 통증이었다.

"아이고……."

진통제라도 먹어야겠다. 다정은 항상 집에 구급상자를 두고 상비약을 떨어지지 않게끔 채워 두었다. 혼자 살면 아픈 것도 서러워서 스스로 미리미리 건강을 챙겨야 하기 때문이었다. 침실 화장대 근처에 구급상자를 두었던 터라 그녀는 아픈 몸을 일으켰다. 허리와 다리까지 이어지는 근육통에 절로 앓는 소리가 나왔다.

다정이 드레스 룸에서 나오자마자 전화벨 소리가 울렸다. 덕분에 그녀는 타이밍 좋게 전화를 놓치지 않을 수 있었다. 특별할 것도 없이 태인의 전화였다.

"왜요?"

─오늘 저녁에 할아버지가 시간 못 내신다고, 점심에 보자고 하셔서요.

점심? 다정이 고개를 돌려 시계를 올려다보았다. 열 시 반이었다. 씻고 외출 준비를 하기에 모자란 시간은 아니었으나 촉박한 듯도 했다. 익숙하지 않은 화장까지 하려면 조금 서둘러야 했다.

"아, 그럼 지금부터 준비해야겠네."

─할아버지가 열두 시쯤에 차 보낸다고 했거든요. 그 차 타고 오면 돼요.

팔자에도 없는 기사 딸린 차라니! 다정의 얼굴이 조금 상기되었다. 이 남자와 함께 있으면 지금껏 경험하지 못했던 일들이 일어나곤 했다.

"알았어요."

그녀가 막 수락할 무렵, 희미하게 초인종 소리가 들렸다. 침실 출입문을 열어 놓기를 잘했다. 이 집의 침실은 숙면을 위해 방음이 철저해서 하마터면 초인종 소리를 놓칠 뻔했다.

"누가 왔나 본데…… 일단 전화 끊을게요."

─누가 와요, 이 시간에?

"벨 소리가 나서."

잠깐의 틈도 기다리지 못하고 또다시 초인종 소리가 울렸다.

다정이 미간을 찡그리면서 근육통으로 욱신거리는 다리를 빠르게 움직였다. 이 시간에 이 집에 올 사람이 누가 있나 싶어 그녀가 고개를 갸웃거렸다.

"택배인가?"

―택배는 경비 통해서 받게 되어 있어요. 초인종이 아니라 경비실 연락 아닌가?

아직 전화를 끊지 않아서 태인이 설명해 주었다. 한 번도 택배나 경비실 연락을 받아 본 적 없는 다정은 이 상황을 대수롭지 않게 여겼다.

"아, 그런가?"

―아무한테나 문 열어 주지 말고. 먼저 끊을게요.

다정과 다르게 태인은 업무 시간이었다. 그는 그녀를 아이 취급하고 나서 전화를 끊었다. 고작 두 살 많은 주제에 아이 취급하기는…… 그녀가 코끝을 찡그렸다.

집은 쓸데없이 넓었고 다정은 축축 처지는 몸을 겨우 이끌고 인터폰 앞에 섰다. 그러나 그녀는 인터폰 화면을 보고 멈칫했다.

"……어?"

인터폰에 비치는 아름다운 얼굴은 다정도 아는 얼굴이었다. 잔뜩 찌푸려진 얼굴에는 처음에 보았던 기품 같은 게 사라진 지 오래였다. 문을 열어 줄지 말지 다정은 잠시 갈등했으나 시끄럽게 울리는 초인종 소리를 이기지 못했다.

현관문 잠금장치가 달칵 풀리고 문이 확 젖혀졌다. 그래도 어른인데 인사는 해야겠지, 싶어서 다정이 막 고개를 숙일 찰나였다. 눈앞이 번쩍하더니 왼쪽 뺨이 뜨겁게 느껴졌다. 다짜고짜 뺨을 맞은 것이었다.

왼뺨을 감싼 다정이 은미를 올려다보았다. 아니, 말도 없이 보자마자 사람을 때리다니…… 비상식적인 상황에 다정은 기가 막혔다.

"……뭐 하시는 겁니까?"

"너 미쳤니?"

다정의 눈에 힘이 들어갔다. 미친 쪽은 안다정이 아니라 추은미 같았다. 아무리 화가 나도 그렇지 사람에게 손을 올리는 건 황당하다 못해 어이가 없는 일이었으니까.

은미는 다정의 대답을 기다리지 않고 자기가 하고 싶은 말만 줄줄 늘어놓았다.

"내가 분명히 말했지? 우리 태인이는 너랑 격부터 다르다고."

다정은 별 대꾸 없이 은미를 응시했다. 왼쪽 입가가 찢어졌는지 따끔거렸다. 이대로 가만히 내버려 두면 입가나 뺨이 부을 수도 있지만, 다정은 호들갑을 떨지 않았다. 은미는 계속 씩씩거렸다.

"아무 사이도 아니라면서 왜 내 귀에 결혼 이야기가 들려와? 어?"

당사자도 모르는 결혼 이야기에 다정이 미간을 찡그렸다. 얼굴 근육을 쓰자 팽팽하게 늘어난 입술이 안쪽으로 살짝 말려 들어가 비릿한 맛이 느껴졌다. 피가 나는 모양이었다. 그런데도 다정은 아무렇지 않게 말했다.

"무슨 소린지 모르겠네요, 결혼이라니."

"내가 네 거짓말을 믿어 줄 것 같아?"

거짓말은 아니었다. 아직 결혼한다는 말은 없었으니까. 그러나 지금 이 상황에 뭐라고 말한들 은미가 들어 줄 리도 없었다. 게다가 다정은 이미 '거짓말' 전적이 있었다. 9월에 은미와 처음 마주 앉았을 때, 태인과 아무 사이가 아니라고 확신했던 적이 있었다.

지금 와서 보면 그건 거짓말이었다. 안다정과 도태인은 서로 사랑하는 사이가 되어 버렸으니 말이다.

"어디서 이런 돼먹지 못한 게 태인이한테 붙어서는……."

치를 떠는 은미를 다정은 뻔뻔하게도 물끄러미 응시하고 있었다. 그 시선만으로도 노기가 치밀어서 은미가 삿대질을 했다.

"당장 짐 싸서 나가! 태인이 옆에서 사라지라고!"

하지만 은미의 날 선 태도는 다정에게 통하지 않았다. 다정은 은미의 무례한 태도를 이제 참아 줄 생각이 없었다. 첫 대면에서야 태인의 어머니라는 이유로 묵묵히 참았던 것뿐, 은미의 추악한 과거를 알게 된 이상 굳이 그녀를 배려해 주고 싶은 마음은 없었다. 거기에 다짜고짜 뺨부터 맞았으니 이 상황에 화가 나지 않으면 부처일 것이다.

"누가 누구더러 돼먹지 못하다고 하는 건지."

다정이 혼잣말처럼 비아냥거리자 은미의 눈동자가 커졌다. 새파랗게 어린, 자식뻘 되는 여자에게 비난을 들으리라곤 상상도 못 했던 터라 은미는 내심 당황스러웠다.

"보자마자 손이나 올리는 아주머니보다는 제 인격이 나은 것 같습니다만."

빈정거림은 안다정의 특기이자, 치프 시절 다정이 의국원들을 다룰 때 쓰던 방법이었다. 얼굴색 하나 변하지 않고 다정은 상대의 피를 말렸다. 다정이 삐딱하게 서서 찢어진 입가를 끌어 올리고 물었다.

"제가 여기서 안 나가면, 끌어내기라도 하시려고요?"

눈을 동그랗게 뜨고 묻는 다정을 은미가 기막히다는 시선으로 노려보았다. 그러나 다정의 말은 끝나지 않았다.

"아니면 또 치시려고요?"

다정이 왼손으로 제 뺨을 만졌다. 은미의 눈썹이 움찔 휘어졌다. 자신의 잘못을 인지는 하고 있다는 뜻이었다.

"좀 맞고 깽값 버는 것도 괜찮겠네."

사실, 응급실 근무 4년 동안 안다정은 폭력에도 수없이 노출되었다. 뺨 한 대 맞은 걸로는 간에 기별도 가지 않는 셈이었다. 폭언 역시 개 짖는 소리쯤으로 무시하고 할 일만 하던 강철 멘탈의 소유자, 안다정은 은미가 씩씩거리면서 뱉는 소리 따위는 별로 무섭지 않았다.

"내가 너 가만둘 것 같아?"

"가만 안 두면 뭘 어쩌시려고요?"

그나마 은미에게 존대하는 건 안다정의 최후의 보루였다. 추은미가 도태인의 어머니라는 사실을 끊임없이 되새기기 위해 다정은 인내심을 끌어모아 겨우겨우 은미에게 예의를 다해 주었다. 하지만 비아냥거리는 것도 멈추지 않았다.

"어떡하나? 아주머니 말씀대로 전 부모 형제가 없거든요. 가족 가지고 협박도 못 하실 테고……."

첫 대면에서 은미는 다정의 아픈 부분을 건드렸었다. 그런데 그게 장점이 될 줄이야. 다정이 코웃음을 치면서 말을 이었다.

"제가 도태인 씨랑 같은 병원 근무하는 건 아실 테니, 병원에 헛소문도 못 퍼뜨릴 테고……."

은미가 딸의 연인을 떼어 놓기 위해 꾸민 일들을 다정은 전부 기억하고 있었다. 자신의 어머니에 대한 추악한 사실을 털어놓던 태인의 모습이 아직도 기억 속에 선명했다. 그만큼 충격적인 이야기이기도 했다.

"뭐 다른 방법이 있나?"

다정이 은미를 놀리듯 고개를 살짝 기울였다. 은미는 주먹을 세게 쥐고 부들부들 떨었다. 다시금 속에서 분노가 끓어오르기 시작했다.

"너……."

"아니면 병원 상부에 힘을 좀 쓰실 수 있으려나? 근데 그것도 회장님께서 가만히 안 계실 텐데?"

다정이 종철을 들먹이자 은미의 손에서 힘이 빠졌다. 이 영악한 어린애를 이길 수가 없다. 어떻게 시아버지까지 구워삶은 건지…… 어쩜 하나도 공격할 틈이 보이지 않았다. 은미는 무력감을 느꼈다. 예전에 교양 없는 사람 취급을 해도 눈 하나 깜짝이지 않던 다정이었다. 자신의 지식에 자신감이 있는 사람들이나 가질 수 있는 태도였다.

추은미는 안다정에 비해 어느 것 하나 우월하지 않았다. 전혀 손이 닿지 않는 상대. 마치, 자신을 내려다보던 윗동서들처럼 안다정은 추은미를 비웃고 있었다.

자식뻘인 여자에게 자신이 비웃음을 당하고 있었다.

"이런 불여시 같은 년한테……."

다시 은미의 손이 번쩍 올라갔다. 그러나 은미의 팔은 다정의 손에 꽉 잡힌 채 허공에서 힘없이 흔들렸다.

"생각해 보니 제가 맞으면 좀 곤란합니다. 회장님과 점심 약속이 있어서."

다정이 눈살을 찌푸린 채 은미에게 경고의 시선을 보냈다. 서슬 퍼런 눈빛에 은미의 기세가 한풀 꺾였다.

"얌전히 나가 주시죠. 경비한테 끌려 나가는 쪽팔린 꼴 보이기 싫으시면."

"너……."

이런 하찮은 어린애에게 말로 밀리는 경험은 정말 처음이었다. '평범한' 사람들은 모두 은미의 앞에서 고개를 숙이고 구걸

하다시피 부탁해 왔다. 영인의 남자도 그랬다. 한 번만 너그러이 봐주셨으면 좋겠다고 무릎까지 꿇었던 남자를 은미는 잔인하게 짓밟았다. 무릎을 꿇고 머리를 조아리는 사람 쯤은 자신이 짓밟는다고 해서 문제가 되지 않았으니까 겁먹을 것도 없었다.

'그놈처럼 얌전히 고개나 숙이고 구걸할 것이지……'

은미의 얼굴이 더욱 일그러지자 다정은 은미의 팔을 놓아주었다. 물론 여기는 응급실도 아니고 추은미가 진상 환자도 아니니까 안다정이 가만히 당하고 있을 필요는 없었다. 다정이 말을 한자씩 씹어 뱉듯 또박또박 발음했다.

"그만 나가 주시죠."

축객령을 내린 다정이 은미를 뒤로하고 거실로 돌아갔다. 은미가 나가지 않으면 경비실에 연락할 생각이었다. 쉽게 나갈 사람이라고 생각하지는 않았지만 예상대로 은미는 나가지 않고 구두를 신은 채 쿵쿵거리며 안으로 진입했다.

다정은 바로 인터폰 수화기를 들고 경비실에 연락을 했다.

"지금 미친 여자가 들어와서 행패를 부리는데, 내쫓아 주세요."

—예에?

뜻밖의 소리에 경비가 깜짝 놀랐다. 고급 빌라 단지에 미친 사람이 난입하는 일은 1년에 한 번이나 일어날까 말까한 희귀한 일이었다. 은미는 다정이 감히 자신을 대놓고 미친 사람 취급을 해서 분노로 길길이 날뛰었다.

"뭐라고? 미친 여자?"

"빨리요."

—……아, 알겠습니다.

다급한 다정의 말과 인터폰을 타고 흐르는 은미의 쩌렁쩌렁한 목소리에 경비도 사태를 파악한 듯했다.

다정이 인터폰 수화기를 내려놓고 은미를 보며 답답한 한숨을 내쉬었다. 젊은 시절은 물론이고, 중년이 된 지금도 아름답고 부유한 여인이 왜 이렇게 패악을 부리는지 이해가 가지 않았다. 뭔가 이성적으로 대화를 해서 설득을 시키고 싶은데 분기탱천한 은미와는 통 말이 통하지 않을 것 같았다.

문득 다정은 태인의 괴로워하는 얼굴이 떠올랐다. 아들을 위해서라도 이런 행패를 부려서는 안 되는 건데. 힘들어하던 태인을 생각하자 다정의 심장이 죄어들었다. 그에게 있어서 어머니란 한없이 상처만 주는 존재였다. 지금까지도. 자기 아들이 얼마나 힘들어하는지 알기라도 하면 좋겠는데…….

안타까운 마음을 담아 다정이 은미에게 야속하다는 투로 말했다.

"이러시는 거, 도태인 씨가 알면 실망할 거라는 생각은 안 해 보셨어요?"

그 순간, 화를 이기지 못한 은미의 눈이 홱 돌아 버렸다.

"어머, 동서는 이런 것도 모르면 어떡해?"

"그러게요. 그래도 대학은 나와서 교양은 있다고 생각했는데."

"동서 아래서 애들이 뭘 배우겠어? 영인이랑 태인이가 불쌍해. 자기 엄마한테 얼마나 실망하겠어?"

윗동서들의 얼굴과 다정의 얼굴이 겹쳐지자마자 은미가 다정의 목을 콱 잡았다. 미처 피하지 못한 다정이 눈을 크게 뜨고 입술을 벌렸다.

"날 무시해? 네까짓 게?"

다정의 목에 압력이 가해지기 시작했다. 호흡이 불가능해지자 다정의 얼굴이 절로 찌푸려졌다. 괴로워하는 다정의 모습을 본 은미의 눈동자에 희열이 차올랐다.

"너만 없어지면 되겠지. 그럼 우리 태인이도 정신 차릴 거야."

이상하다. 아무리 막무가내인 사람이라고 해도…… 이렇게까지 과하게 행동할 리가 없는데?

은미는 정말 사람을 죽이고 싶은 듯 눈동자에 살기가 가득했다. 다정의 눈가가 점점 더 일그러졌다. 제정신인 사람이라면 절대 남의 목을 조를 리가 없었다.

"계십니까?"

쾅쾅, 현관문 두드리는 소리가 들렸으나 다정은 아무 소리도 내지 못했다. 이대로 몇 분만 더 지나면 호흡 곤란으로 사망에 이를 수도 있었다. 겨우 힘을 짜낸 다정이 은미의 손을 떼어 내기 위해 손목을 붙잡았으나 손에 힘이 들어가지 않았다. 다정의 시야는 점점 좁아지고 있었다.

"계세요?"

방금 전까지 인터폰으로 연락을 주었던 사람이 대답이 없다. 낌새가 이상하다고 생각한 경비는 징계를 감수하고 마스터키를 사용해서 안으로 걸음을 옮겼다. 화려한 빌라 내부보다 경비의 눈을 사로잡은 건 거실에서 다정의 목을 조르고 있는 은미의 악귀 같은 모습이었다.

"이게 무슨……!"

놀란 경비가 후다닥 달려와 있는 힘껏 은미를 떼어 놓았다. 반동을 이기지 못하고 뒤로 두어 걸음 물러선 다정은 다리에 힘이 풀려 털썩 주저앉았다. 은미도 멀찍이 바닥으로 쓰러졌다. 일단 경비는 경비실로 연락했을 피해자, 다정에게 다가갔다.

"아가씨! 괜찮아요?"

한참을 콜록거리던 다정은 가슴에 손을 얹고 숨을 몰아쉬었다. 산소가 공급되자 아득했던 정신이 슬슬 돌아오기 시작했다. 목을 졸린 채 오랜 시간이 지난 게 아니라 다행히 의식을 잃을 정도는 아니었다.

점점 나아지는 다정의 안색을 보고 겨우 안심한 경비가 몸을 휙 돌렸다.

"이 아줌마 미쳤네! 사람 죽이려고 작정했어?"

"경비 따위가 어디다 대고 막말이야?"

은미도 지지 않고 목소리를 높여 맞받아쳤다. 사람을 황천길로 보내려던 주제에 당당하기 그지없는 은미를 보고 경비가 질린 듯 입을 쩍 벌렸다.

"뭐요? 이 아줌마가 경찰서를 가 봐야지 정신을 차리려나? 지금 아줌마, 살인하려고 했어! 살인!"

당장에라도 경찰에 신고할 듯 경비가 뒷주머니에서 제 휴대폰을 꺼냈다. 살인이라는 끔찍한 단어에 잠깐 은미의 어깨가 굳었으나 그럼에도 불구하고 그녀는 턱을 들고 코웃음을 쳤다.

"살인? 내가 얠 죽이기라도 했어?"

"뭐 이런 여자가 있어?"

경비는 기가 막혀서 혀를 내둘렀다. 그 틈에 다정이 벽을 짚고 몸을 일으켰다. 경비의 시선이 다정에게로 향했다. 목이 벌겋게 부어 있는 게 정말 죽다 살아난 것처럼 보였다.

괜히 경찰에 신고했다가 태인이나 아니면 종철의 회사에 문제가 생길 수 있다는 생각이 들자 다정은 휴대폰을 든 경비의 손을 양손으로 잡고 고개를 흔들었다.

"신고하지 마세요."

"아니, 아가씨 입술은 왜 또 다 찢어지고……."

경비의 말에 다정이 왼쪽 입가를 손등으로 쓸었다. 꽤 따끔거린다 했더니 이내 피가 손등에 자취를 그렸다. 아까 목이 졸릴 때 어떻게든 숨을 쉬어 보려고 입을 벌렸다가 더 찢어진 모양이었다.

"이 정도는 괜찮습니다. 내보내 주세요, 저 사람."

"아, 알았습니다……."

다정이 보이는 단호한 태도에 경비는 더 이상 토를 달지 않고 은미의 팔을 꽉 잡아 끌어냈다. 강제로 내쫓기는 일에 익숙지 않은 은미는 팔을 휘저으면서 고래고래 소리 질렀다.

"이거 안 놔? 야!"

나가지 않으려 버티느라 은미의 구두 한 짝이 벗겨져 바닥에 나뒹굴었다. 경비가 쯧, 혀를 차고는 은미의 구두를 주워 들었다. 우아했던 모습은 어디로 사라졌는지 그 뒷모습은 추악할 뿐이었다.

한편, 다정은 한층 정돈된 시선으로 은미의 뒷모습을 살폈다. 마음에 뭔가가 걸렸다. 비슷한 행동을 보이는 '환자'를 본 적이 있어서였다.

치매 노인이 심하게 구타를 당하고 의식을 잃은 채 응급실에 실려 왔었다. 알고 보니 며느리한테 구타를 당한 것이었는데, 그건 꽤 충격적인 사실이었다. 왜냐하면 그 며느리가 어머니를 극진히 모시는 효부라고 소문이 자자했기 때문이었다.

그 며느리가 아주 악질적인 보호자라고만 생각했던 다정과 다르게 상황을 면밀하게 지켜보던 정신과 전공의는 그 보호자를 정신 질환자라고 설명했었다. 아무 문제없는 사람들은 분노를 적절한 선에서 조절할 수 있으나 그 보호자는 그렇지 못했다. 아주 오랫동안 홀로 간병을 했던 터라 무능력한 남편과 시어머니에게 분노가 많이 쌓여 피해망상이 심해진 탓이었다. 정신과 전공의는 본인뿐만 아니라 주변 사람들에게 성격적 결함으로 피해를 끼친다면 그건 분명 정신 장애의 일종이라는 말도 덧붙였다.

'비슷해…….'

스위치가 바뀌듯 보호자가 갑자기 돌변하던 모습과 오늘 은미의 모습은 닮아 있었다. 술도 마시지 않았고 약물을 복용한 것도 아닌데 말이다.

'그렇다는 건…….'

멍하니 있던 다정은 고개를 저었다. 그만 생각하자. 얼른 나갈 준비를 해야 했다. 가뜩이나 시간도 없는데 상처를 가릴 생각을 하니 속이 답답해졌다.

안다정은 화장을 잘 하지 못했다. 눈썹 정리나 파운데이션 사용 등, 기본적인 것만 해 왔던 다정이 부은 입가를 감추기란 불가능했다. 목에 남은 손자국이야 목까지 올라오는 셔츠로 가린다 쳐도 입가만큼은 어떻게 숨길 수가 없었다.

그리고 안다정의 상태에 예민한 도태인은 그녀의 얼굴을 보자마자 이상을 알아챘다. 그가 그녀의 턱을 붙잡아 엄지로 입가를 쓸었다. 그새 딱지가 졌는지 찢어진 입가는 울퉁불퉁하고 거칠었다. 그가 마른침을 삼키고 물었다.

"여기 왜 이래요?"

"맞아서요."

"네?"

맞았다니, 도대체 누구에게?

태인의 눈동자가 흔들렸다. 자신이 알기로 분명 다정은 집에 혼자 있었다. 정신이 불안정해서 스스로 자해를 할 여자도 아니고 이런 상처가 왜 생겼는지 이해가 되지 않았다. 그의 당황한 모습에 그녀가 한숨을 내쉬었다.

"우리 결혼해요?"

"네?"

방금 전까지는 누군가에게 맞았다고 하더니, 이제는 뜬금없이 결혼하냐고 묻는다. 태인은 도통 다정의 말을 따라가지 못했다. 그가 눈가를 일그러뜨린 채 목소리를 높였다.

"누가 그래요?"

"그쪽 어머니가."

뺨을 맞고 목까지 졸린 이상 다정은 굳이 은미의 방문을 숨기지 않기로 했다.

그녀의 말을 들은 순간 태인은 모든 상황을 이해할 수 있었다. 맞아서 부은 입가, 뜬금없는 결혼 이야기까지…… 그의 눈앞이 아찔해졌다.

"설마……."

태인의 경악하는 모습이 다정은 왠지 실망스러웠다. 내심 그가 결혼을 긍정하기를 기대했던 걸까? 자신의 인생에 결혼이란 단어는 없다고 생각했는데 왜 실망하고 있는 건지 모르겠다. 그녀는 갈대 같은 자신의 마음을 애써 외면하고는 계속 설명했다.

"아까 오전에 오셔서 길길이 날뛰시던데."

지난번에 다정이 사고를 당했을 적, 태인은 어머니를 찾아가 경고했었다. 더 이상 안다정 근처에 얼씬도 하지 말라는 경고였다.

그런데 고작 몇 달 만에 다정을 찾아가 폭력까지 행사하다니. 태인은 맥이 탁 풀렸다. 어머니는 절대 스스로 변하지 않을 것이다. 입원 치료가 불가피하다는 생각에 힘이 실렸다.

당장 어머니를 찾아가 폐쇄 병동에 집어넣고 싶었지만 태인은 움직일 수가 없었다. 마침내 할아버지인 도종철 회장이 나타났기 때문이었다.

다정은 오랜만에 보는 어른에게 꾸벅 인사를 했다. 흐뭇한 웃음을 짓고 있던 종철이 다정의 입가에 난 상처를 보고 미간을 좁혔다.

"안 선생, 입이 왜 그래?"

"그게…… 피곤했나 봅니다."

"피곤한데 일부러 불러낸 건가?"

뭔가 숨기는 게 있는 듯한 다정의 미심쩍은 태도에도 종철은 모르는 척 넘어가 주기로 했다. 그동안 봐 온 안다정의 성격상, 말을 하지 않는 데는 이유가 있을 테니까. 대신 종철은 얼굴을 구기고 있는 손자를 보고 혀를 찼다.

"넌 표정이 왜 그래?"

"아닙니다."

어른이 먼저 자리에 앉자 뒤늦게 다정과 태인이 각자의 자리에 앉았다.

미리 예약된 음식이 하나씩 테이블 위에 놓였다. 종철은 젊은 사람들이 불편하지 않도록 먼저 숟가락을 들어 전복죽을 한 입 맛보고 나서 입을 열었다.

"안다정 선생, 2월부터 다시 근무하는 거지?"

"먼저 합격을 해야죠."

"합격은 당연한 것 아닌가?"

종철의 말에 다정이 난처한 표정을 지었다. 물론 합격을 예상하고 있기는 한데 만약이라는 게 있는 법. 안다정은 돌다리도 두드려 보고 건너는 타입이었다. 다정은 확신하기 전까지는 절대 단언하는 타입이 아니었다.

아침을 거르고, 뺨도 맞았으며 목까지 졸린 다정은 나오는 음식을 말없이 비웠다. 다정과 반대로 태인은 젓가락질만 몇 번 하면서 깨작거렸다. 어머니가 다정을 찾아가 난동을 피웠다는 소식에 입맛이 뚝 떨어졌다.

종철은 두 사람 사이의 분위기를 살피느라 정신이 없었다. 안다정이 2월부터 응급실에서 다시 일을 할 예정인데 미련한 손자놈은 도대체 무슨 여유를 부리는 건지 모르겠다. 어서 결혼을 해서 안정적으로 자리를 잡고 본격적으로 병원 경영에 참여했으면 좋겠건만, 태인은 결혼 계획의 기역 자도 입에 올리지 않았다.

'요즘 젊은이들은 당최······.'

물론 안다정이 독신주의라는 건 종철도 익히 들어서 알고 있었다. 그러나 독신주의에 연애에도 관심 없어 보이던 다정을 졸졸 쫓아다녀서 연애에 동거까지 하게 만든 태인이 결혼에 실패할 것 같지는 않았다.

"저 잠시 화장실 좀 다녀오겠습니다."

정신없이 먹기만 했더니 입가가 불편해진 다정은 핸드백을 들고 일어섰다. 종철이 고개를 끄덕이자 다정은 조용한 룸을 나섰다.

소리 없이 열린 문은 아무 소리 없이 닫혔다. 유리문 밖으로 멀어지는 다정의 뒷모습을 끝까지 지켜보는 태인에게 종철이 못마땅하게 말했다.

"언제쯤 좋은 소식 들려줄 거냐?"

"예?"

"언제까지 내가 안 선생이라고 불러야 하는 거냐고."

할아버지의 말뜻을 알아들은 태인이 어깨를 축 늘어뜨렸다. 지금 종철은 태인에게 결혼에 대해 묻고 있었다. 문제는 안다정에게 결혼 생각이 없다는 것쯤이랄까?

"독신주의예요."

"뭐? 너도?"

화들짝 놀란 종철이 눈을 휘둥그레 뜨자 태인은 고개를 저었다. 도태인은 독신주의자가 아니었지만 오히려 강제로 독신주의자가 되게 생겼다. 안다정이 결혼에 관심이 없는 것 같으니 말이다.

"저 말고요."

"아, 안다정 선생이?"

"네……."

손자의 힘없는 대답에 종철이 들으라는 듯 혀를 쯧쯧 찼다.

"그건 너 하기 나름이야. 넌 멀쩡하게 생겨 가지고 말이야."

종철의 한심한 시선이 박혔지만 태인은 이도 저도 하지 못했다. 다정과의 관계에서 항상 을의 입장인 태인은 다정이 내색하지 않는 이상 청혼을 할 수 없었다. 만에 하나라도 구속하려고 드는 그에게 마음이 상한 그녀가 곁을 떠나 버릴지도 모른다는 불안을 마음속에 늘 지니고 있어서였다.

"이런 건 남자가 나서야지, 뭐 하고 있는 거야? 벌써 몇 달째."

그런 손자의 마음도 모르고 할아버지는 안달하고 있었다.

"그렇게 마음에 드세요?"

"안다정 선생?"

태인이 대답 대신 고개를 끄덕였다. 어머니인 은미는 다정을 찾아가 때릴 정도로 싫어하는데, 또 할아버지는 다정을 무척 예뻐했다. 둘 다 집안의 어른인데 다정을 대하는 태도가 무척 달라서 태인은 종철이 왜 다정을 좋아하는지 궁금해졌다.

"네가 병원 일을 계속 한다면 안 선생만큼 좋은 배우자도 없어."

종철은 벌써 태인과 다정, 그리고 의료 재단과 병원의 미래를 머릿속에 그려 두고 있었다. 병원을 태인에게 물려주고 재단의 수장이 되게 한 다음, 보통 의사들이 역임하는 병원장 자리를 다정에게 주면 완벽하게 병원을 컨트롤할 수 있을 것이다. 이는 단지 귀여운 손자에게 사탕을 쥐여 주려는 게 아니었다. 큰돈이 오가는 사업이고 집안의 재산을 지키기 위한 체계적인 계획이었다.

반면, 할아버지의 말이 무슨 의미인지 이해하지 못한 태인이 눈가를 일그러뜨릴 무렵이었다. 종철이 은근슬쩍 태인의 마음을 떠보았다.

"네 마음은 어떤데?"

"결혼이야 당연히 하고 싶죠."

태인이 솔직하게 대답하자 종철이 고개를 끄덕이더니 태인의 뒤에 대고 말을 걸었다.

"그렇다고 하는데?"

태인은 자신의 등 뒤를 응시하는 할아버지의 능청스러운 태도에 깜짝 놀라 고개를 돌렸다. 자신의 의자 뒤에는 소리도 없이 돌아온 다정이 뻣뻣하게 굳은 채 눈도 깜빡이지 못하고 서 있었다.

화장실에서 입가의 상처를 가리고자 화장품을 덧바르고 나온 다정은 룸에 돌아오자마자 날벼락을 맞았다. 결혼하고 싶다는 태인의 진심 어린 말이 그녀의 귓가에 홀쩍 날아들었다. 대답을 기대하는 종철의 눈빛에 다정이 우물쭈물 말을 더듬었다.

"……저, 그, 저는, 그게……."

"갑자기 이러시는 게 어디 있어요?"

벌떡 일어난 태인은 당황해서 어쩔 줄 몰라 하는 다정을 데려와 의자에 앉혔다. 그래도 또 제 여자랍시고 챙기는 손자가 기특하기도 하고 맹랑하기도 해, 종철이 코웃음을 치며 자리에서 일어났다.

"나는 두 시부터 일정 있으니까 먼저 가마."

"할아버지!"

태인의 목소리가 종철의 발목을 붙잡았으나, 걸음을 멈추게 하는 데는 역부족이었다. 이만큼 멍석을 깔아 줬는데도 못 하면 그건 손자가 무능한 것이다.

종철은 태인의 목소리가 들리지 않는지 폭탄만 터뜨려 놓고 홀랑 자리에서 빠져나갔다.

둘만 남은 공간에는 적막만 감돌았다. 그 누구도 먼저 말을 꺼내지 못하는 난처하면서도 어색한 상황, 결국 참다못한 태인이 먼저 입을 열었다.

"……입술 좀 봐요."

"괜찮아요."

어째 태인을 똑바로 볼 수가 없어서 다정이 고개를 모로 틀고 시선을 떨구었다. 그러나 그는 그녀의 턱 끝을 잡고 딱지가 앉은 입술을 면밀히 살피고는 사과했다.

"미안해요."

오전에 어머니가 때려서 생긴 게 분명한 흔적이 그의 가슴을 무겁게 만들었다. 그가 그녀의 왼쪽 입가에 살며시 입술을 맞추었다. 가벼운 키스에 어색하던 분위기가 조금 풀어졌다. 그녀가 솔직하게 말했다.

"경비 불러서 내쫓아 가지고 기분 많이 상하셨을 거예요."

"잘했어요."

그렇게 해서라도 은미와 다정이 마주치지 않았으면 좋겠다고, 태인은 진심으로 생각하고 있었다. 가능하다면 태인은 다정이 평생 은미와 볼 일이 없었으면 했다. 은미는 주변 사람들의 정신을 갉아먹는 존재였고, 은미와 만나면 다정은 항상 상처만 받을 게 분명하기 때문이었다.

"주치의가 그러더라고요. 어머니도…… 나처럼 문제가 있을지도 모른다고."

다정이 태인을 빤히 응시했다. 그는 테이블 위에 팔꿈치를 올린 채 양손에 얼굴을 묻었다. 눈물이 나올 것 같았다. 어머니 때문에 망가진 인생이 너무 많았다. 그나마 자신은 다정을 만나 회복하고 있다지만, 누나는 돌아올 수 없는 길을 떠났고 누나의 연인은 인생이 망가져 버렸다. 아버지는 평생 딸의 죽음에 죄책감을 느끼면서 살아야 할 것이다. 태인은 다정마저 희생될까 두려웠다.

"성격이 나쁘다고만 생각했는데 아닐지도 모른다는 게……."

그의 목소리가 힘겹게 울렸다. 말끝을 흐리는 그를 가만히 바라보던 그녀가 그의 손을 잡아 테이블 위로 내렸다. 그는 괴로운 듯 눈가를 일그러뜨리고 있었다. 그녀는 그의 미간을 부드럽게 펴 주고 마치 환자를 진단하듯 덤덤하게 말했다.

"할 수 있으면 검사를 받아 보는 게 좋겠어요."

다정 역시 오늘 일로 알 수 있었다. 분을 이기지 못하고 사람을 죽이려고 달려드는 은미의 모습은 결코 정상이 아니었다. 태인이 다정에게 복잡한 시선을 보내자 그녀가 말을 덧붙였다.

"절대 인정하실 것 같지 않지만요."

그 말에 동감이라 그는 한숨만 깊게 내쉬었다. 답이 없는 막막한 상황에 기분이 끔찍해졌다.

입술 조금 찢어진 걸로는 병원에 갈 필요가 없다고 다정이 한사코 고집했으나 태인은 그녀를 억지로 병원에 데려갔다. 그는 그녀가 외래 순번을 기다리는 동안 오후 근무 준비를 위해 잠깐 사무실에 들렀다가 동료 직원에게서 뜻밖의 이야기를 들었다.

"태인 씨, 손님이 와 계시는데요?"

"손님? 나한테요?"

사회생활을 하지 않는 태인에게 손님이 올 일은 거의 없었다. 협력 업체에서 찾아온 걸까 싶다가도 특별히 미팅이 예정되어 있지도 않아서 그는 의아하게 휴게실로 향했다.

예상외로 태인을 찾은 손님은 광열이었다.

"아버지?"

잔뜩 화가 난 얼굴로 광열이 큰소리를 냈다.

"도대체 무슨 짓을 한 거냐? 왜 전화는 안 받아?"

"아."

그러고 보니 태인은 다정과 함께 있는 시간을 방해받고 싶지 않아서 전화 수신음을 무음으로 바꿔 두었다. 그가 귀찮은 기색을 숨기지 않으면서 휴대폰을 꺼내 전화 수신 알림을 진동으로 바꾸고 물었다.

"무슨 일이세요?"

"네 엄마한테 무슨 짓을 한 거냐."

"아무 짓도 안 했는데."

태인이 위험한 미소를 지으며 고개를 옆으로 기울였다. 거짓말은 아니었다. 자신은 은미에게 아무 짓도 하지 않았고 아무런 말도 하지 않았으니까. 그나저나 어머니가 또 아버지에게 거짓 정보를 전해 준 모양이었다.

어쩜 발전이 없는 집안이다. 광열의 노기 어린 표정에 태인은 한숨을 길게 내쉬고 비치된 의자에 덜렁 앉았다. 아들의 버릇없는 태도를 참지 못한 광열은 화살을 다정에게로 돌렸다.

"너랑 만나고 있다는 의사, 누구냐? 좀 만나 봐야겠다."

"무슨 일이시냐고요."

다정을 들먹이는 아버지의 말에 태인의 목소리가 낮아졌다. 설명을 요구하는 아들의 맞은편에 앉은 광열은 못마땅했다. 큰 회사 대표 이사인 자신이 병원 구석 직원 휴게실 의자에 앉아 있는 상황이 기가 막히고 불편했다. 그래도 아들과의 대화를 위해서는 어쩔 수 없었다.

"회사로 찾아와서 대성통곡을 했어."

"……어머니가요?"

"너는 전화도 안 받고……."

답답한 듯 광열이 넥타이를 느슨하게 풀었다. 그런데 웬걸, 제 엄마가 통곡을 했다는 데도 태인은 눈 하나 깜짝하지 않고 오히려 코웃음까지 쳤다.

"뭐라고 하시던가요?"

"……그 의사가 네 엄마를 그렇게 무시하고 박대했단다. 결혼한다는 게 사실이냐고 물어보러 갔는데 경비한테 쫓겨났대. 너도 알잖아, 네 엄마 그런 거 못 참는 거."

그 자리에 태인 본인이 있던 게 아니라 태인은 은미의 주장이 어디서부터 어디까지가 진실이고 거짓인지 구분할 수 없었다.

"왜 쫓겨났는지나 아세요?"

그래도 확실한 건, 은미가 다정의 뺨을 때렸고 다정이 경비를 불러서 은미를 쫓아냈다는 사실이었다. 그 외에는 어느 그럴싸한 소리라도 태인은 어머니의 말을 곧이곧대로 믿지 않기로 했다.

"아무리 그래도 어떻게 어른을 경비를 불러 쫓아내? 그게 무슨 경우야?"

노기를 숨기지 못하는 아버지에게 태인이 피곤하다는 시선을 주었다.

"또 어머니 말씀 덮어놓고 믿으세요? 누나 때도 그래 놓고?"

"……뭐?"

태인이 지적하자 광열의 노기가 단숨에 가라앉았다. 아버지의 떨떠름한 눈빛을 무시하고 태인은 다정에게 전화를 걸었다. 아버지에게 사실을 말로 백 번 설명하는 것보다 그녀의 상태를 직접 보여 주는 게 나았다. 억지 부려서 그녀를 병원에 데려오길 잘했다.

"지금 어디예요?"

─잠깐 ER(응급실)이에요. 김 교수님도 뵐 겸.

다정이 예상치 못한 곳에 있어서 태인은 저도 모르게 미간을 좁혔다.

"외래 기다리는 거 아니었어요?"

─이런 건 시간 낭비거든요. ER에서 대충 약만 바르고 갈게요.

어쨌든 다정은 응급실에 있었다. 태인이 의자에서 일어났다. 따라오라는 아들의 눈빛에 광열은 태인의 뒤를 따랐다.

그 시간, 응급실에서 대충 입가에 연고를 바르고 나온 다정은 후배인 채린과 대화하고 있었다.

"지금 김 교수님 트라우마(Trauma, 외상) 환자 응급 수술 때문에 수술방에 계세요. 말씀 남겨 드릴까요?"

이제 돌아오는 3월이면 꽉 찬 4년 차가 될 신채린은 무척 피곤해 보였다. 그나저나 병원에 온 김에 웅진을 보고 갈 생각이었는데, 하필이면 딱 지금 웅진은 응급 수술 중이었다.

"아니, 나중에 뵐게. 어차피 합격 발표일이나 애들 입대 전에 만나 뵈어야 하고."

오랜만에 후배들과 의료진들을 보았는데 빈손으로 온 게 면구스러워서 다정이 머쓱하게 대답했다. 고개를 끄덕인 채린은 눈썰미 좋게 다정의 입가를 보고 조심스럽게 물었다.

"근데 얼굴이 왜 이러세요?"

"뺨? 맞았어."

다정이 담백하게 대답하자 채린은 당황했다. 자신이 아는 안다정은 누군가에게 맞고 다닐 사람이 아니었다. 그렇다고 다른 사람을 먼저 때리는 편도 아닌, 말로 분쟁을 해결하는 타입이었다.

"누, 누구한테요?"

"도태인 씨 어머니."

안다정이 맞은 것도 이상한데 때린 사람이 은미라니! 경악한 채린이 입을 쩍 벌렸다. 은미에게 다정이 맞은 이유보다 채린은 이 사실을 태인이 아는지 그게 더욱 궁금해졌다.

"태, 태인이 오빠 이거 알아요? 완전 뒤집어질 텐데?"

"이거 맞은 것만 알아."

"또 뭐가 있어요?"

여지를 남기는 말에 채린이 곧장 물었다. 다정이 한숨을 내쉬고 사실대로 털어놓았다.

"목 졸렸어. 죽을 뻔했다."

"……네?"

주변을 둘러본 다정이 목깃으로 가리고 있던 목을 슬쩍 드러내 보여 주었다. 채린은 다정의 목에 생긴 흔적을 보고도 그 사실을 믿을 수가 없었다.

"아니, 어떻게…… 이럴 수가."

다정의 목에 남은 흔적은 손으로 목이 졸려 살해당한 시신을 살폈을 때 보았던 자국과 비슷했다. 분명 목이 졸린 흔적이었다.

당사자인 다정이 워낙 덤덤해서 그런지 채린도 점차 진정할 수 있었다. 눈을 가늘게 뜨고 다정의 목을 살펴본 채린이 얼굴을 구겼다.

"선생님, 이거 오래 가겠는데요?"

"그게 문제야."

지금이야 밖에 있으니 괜찮다지만, 집에서는 어떻게 숨긴단 말인가. 집에서도 목을 꽁꽁 감싸고 있을 수는 없는 노릇이었다. 혼자 살 때와 달리 지금은 태인과 함께 하는 시간이 길었다. 이 자국을 보면 분명 그는 이 흔적의 원인에 대해 물어볼 테고, 은미의 짓임을 알게 되는 순간 그는 또다시 제 어머니에게 실망하고 한편으로는 분노할 것이다.

차라리 미리 말해 버리는 편이 낫지 않을까 싶다가도 눈물을 참고 있던 태인의 모습이 떠올라서 다정은 차마 말할 엄두가 나지 않았다.

"참, 싸이(PSY, 정신과)에 아는 던트 있어?"

"아뇨, 그쪽은 잘 몰라서……."

다정과 마찬가지로 채린도 정신과 전공의들과는 그다지 친하지 않았다. 다정이 아쉬운 투로 중얼거렸다.

"좀 물어볼 게 있는데."

그때였다.

"그럴 필요 없어요."

다정의 뒤에서 익숙한 음성이 들렸다. 태인을 발견한 채린의 눈이 동그래졌다. 다정이 깜짝 놀라 고개를 돌렸다. 등 뒤에는 태인과 낯선 중년 남자가 나란히 서 있었다.

"어머, 안녕하세요."

광열을 알아본 채린이 먼저 인사를 했다. 광열은 인사 대신 희미한 미소만 지어 주었다. 태인은 채린 쪽을 쳐다도 보지 않고 미간을 좁힌 채 다정에게 한걸음에 다가갔다.

"목은 왜 이래요?"

그제야 다정은 목깃을 잡고 있던 손을 놓았다. 목 끝까지 가려지는 셔츠 덕분에 은미가 남긴 손자국은 가려졌으나 이미 들통이 난 상황이었다. 다정이 할 말을 찾지 못해 눈동자만 굴렸고, 채린은 눈치를 살피다가 응급실 안으로 후다닥 들어갔다. 남의 집안일에는 빠지는 편이 좋았다.

태인이 다정의 셔츠를 내리고 목을 다시금 살폈다. 붉은 자국이 얼룩덜룩하게 남아 있었다. 연한 피부에 남은 무자비한 폭력의 흔적을 만든 사람은……

"이건 왜 말 안 했어요? 이것도 어머니가 그랬어요?"

다정은 대답하지 못했다. 뺨 맞은 것까지는 말하기 껄끄럽지 않았는데 목을 졸렸다는 건 말하기가 힘들었다. 은미가 정말로 자신을 죽일 것처럼 몰아갔고, 자신 역시 죽음의 공포를 맞닥뜨렸으니까.

한편, 다정의 난처한 눈빛에 담긴 사정을 읽고 태인이 한탄했다.

"목을 졸랐다는 건…… 죽이려는 거잖아요."

"그래서 말인데…… 검사를 받아 보시는 게 어떨까 해요. 정신과는 내가 인턴 때나 근무를 했어서 진단을 하기는 곤란하고요."

말을 마친 다정은 조심스럽게 태인과 광열을 번갈아 보았다. 태인의 옆에 서 있는 남자는 낯설었지만 누군지 소개를 받을 필요도 없었다. 뭐랄까? 겉모습만 보아도 도종철 회장과 도태인 사이에 있을 법해서 이 중년 남자가 누구인지 다정은 어렵지 않게 추측했다.

참혹한 표정을 애써 지운 광열이 다정에게 오른손을 내밀었다.

"도광열입니다."

"예, 안다정입니다."

다정이 고개를 숙이고 광열의 손을 맞잡았다. 광열은 다정의 손을 힘 있게 한 번 잡아 주고는 이내 손을 떼고 물었다.

"아내 말로는 경비를 불러서 내쫓았다던데……."

"예……."

그때 경비가 들어오지 않았더라면 자신은 죽었을지도 모른다. 아찔한 순간이 떠오르자 다정의 안색이 하얗게 바랬다. 당시 자신을 바라보던 은미의 눈에는 초점이 없었다. 정확히 말하자면, 은미는 다정을 바라보고 있는 게 아니었다.

"어떻게 된 일이냐고 물어볼 염치가 없군."

다정의 표정과 대화만으로도 광열은 자신이 또 그릇된 판단을 할 뻔했음을 깨달았다. 그가 한스럽게 중얼거렸다.

"……또 그랬던 거야."

그때, 딸의 말을 들어 주었어야 했다. 아내의 말에 홀리지 말고 영인과 그 남자의 말을 직접 들어 보았더라면 지금처럼 상황이 달라졌을 수도 있는데. 이미 늦은 후회였다. 영인은 세상을 떠났고, 영인의 연인은 소식이 끊어졌다. 시간이 흐를수록 영인의 죽음이 희미해지면서 광열은 그 남자와 그 남자의 가족들이 어떻게 되었는지 알아보지도 않았다.

"미안하게 됐네."

광열은 그 말만 남기고 걸음을 돌렸다. 광열의 쓸쓸한 뒷모습에 다정은 괜스레 잘못한 기분이 들었다. 그가 괜히 집에 돌아가서 아내에게 큰소리를 치지는 않을까 걱정이 되기도 했다. 자신이 보기에 은미는 끔찍한 사람이었지만 한편으로는 환자이기도 했다. 환자를 윽박지르기보다는 치료에 임하게 만드는 것이 좋지 않을까 고민하는 그녀는 뼛속까지 의사였다.

시선을 내리깐 그녀를 지켜보던 태인이 지친 듯 말했다.

"집에 데려다줄게요."

"일하는 시간 아니에요?"

다정이 시간을 살폈다. 어느새 두 시. 자신이 알기로 사무직원들의 점심시간은 한 시까지였다. 벌써 한 시간을 넘긴 셈이었다. 그러나 태인은 고개를 저었다. 이렇게 만신창이가 된 다정을 홀로 두고 떠날 수는 없었다.

"일보다 안다정이 더 중요하니까."

그의 무거운 목소리에 그녀는 차마 거절할 수가 없었다. 그녀가 고개를 끄덕이자 그가 그녀의 손을 잡아 주차장으로 이끌었다.

*　　*　　*

2월의 첫날, 전문의 시험에 깔끔하게 통과한 4년 차 세 사람은 이제 전공의가 아니라 전문의가 되었다.

"셋 다 합격이네. 그럴 줄 알았다."

점심을 얻어먹은 후, 웅진의 진료실에 나란히 앉은 다정과 찬형, 민석은 멋쩍은 표정만 짓고 있었다. 웅진이 축하 인사를 덧붙였다.

"축하한다. 이제 김찬형이랑 장민석은 뽑기 잘해서 좋은 데 발령받기를 기도해야겠고."

11년간의 고생이 끝났다는 잠깐의 희열도 잠시, 군 복무를 앞둔 두 사람의 얼굴이 어두워졌다. 제자들의 마음을 잘 아는 웅진이 키득거리면서 다정에게로 시선을 돌렸다.

"다정이는 월요일부터 알지?"

"……네."

안다정은 다음 주 월요일부터 출근이었다. 한 달 정도 쉬고 싶었던 다정은 힘이 없어서 웅진의 말을 거스르지 못했다. 그런 다정의 곁에서 찬형이 투덜거렸다.

"지금만큼 안다정이 부러운 적이 없어요."

찬형이 울상을 지었다. 민석도 동감이라는 듯 고개를 끄덕였다. 웅진이 찬형의 머리를 쥐어박았다.

"남자라면 다들 가는 걸 가지고 유세는."

눈치 빠른 민석은 찬형처럼 쥐어박히기 전에 얌전히 입을 다물고 아무렇지 않은 척 가장했다. 상석에 앉은 웅진이 보람찬 표정으로 제자 셋을 쓱 훑어보고 말했다.

"지금도 기분 좋겠지만 다음 달에 자격증 받으면 진짜 뿌듯할 거야."

"그거 받고 저희는 훈련소 가잖아요!"

"김찬형, 또 우는 소리한다. 너만 군대 가냐? 새파랗게 어린 애들도 다 갔다 오는데."

또 맞을까 봐 찬형은 냉큼 입을 닫았다. 웅진은 어엿한 전문의로서 가져야 할 마음가짐과 책임감에 대해 줄줄 설교를 하다가 응급실에서 걸려 온 전화에 벌떡 일어났다. 응급 수술이 필요한 중증 외상 환자가 도착한 모양이었다.

"메이저 트라우마(Major trauma, 중증 외상) 환자다. 다들 자격증 받을 때 또 보자. 알아서들 나가고."

"네!"

민석이 눈치껏 먼저 대답했다. 웅진이 손만 흔들고 가운을 걸치며 후다닥 방에서 나갔다.

웅진과 반대로 느긋하게 걸어 나온 세 사람은 중앙 계단을 통해 1층으로 내려와 응급실 쪽을 기웃거렸다. 그들을 아는 후배와 의료진들이 아는 척 인사를 건넸다. 겨울이 되면서 응급 환자가 많아졌다. 특히 날이 추워지면서 혈관 질환 환자들이 사망한 채로 실려 오는 경우가 많아 응급실은 아수라장이었다.

"ER(응급실) 바쁜가 보다."

정신없이 뛰어 다니는 후배들을 흘깃 보고 그들은 카페 쪽으로 걸음을 옮겼다. 일하는 사람들을 방해하고 싶지는 않았다. 그리고 괜히 저 근처에 있다가 손이 모자라다고 심폐 소생술 같은 초응급 상황에 동원되면 애매한 자신들의 위치에 난감해지기 때문이었다.

카페에서 따끈한 커피를 한 잔씩 앞에 둔 4년 차들은 식후 노곤함을 오래간만에 즐겼다. 응급실에 있을 때는 점심을 먹는 것도 종종 건너뛰곤 했는데, 이제는 식후의 나른한 여유까지 즐겼다. 턱을 괸 찬형이 입을 열었다.

"맞다. 장민석, 프러포즈했어?"

"오늘 해야지. 넌 프러포즈 안 해?"

"그러기엔 사귄 지 반년도 안 됐잖아."

민석보다 찬형이 군 입대에 예민해한 이유는 얼마 만나지 않은 연인 때문이었다. 내과 전공의인 미진이야 병원 근무를 하느라 눈코 뜰 새 없이 바쁠 테고, 또 전문의 시험까지 앞두고 있으니 한눈팔지는 못하겠지만, 그래도 첫 연애를 시작한 찬형은 불안한 모양이었다. 다정은 찬형을 힐긋 보고는 민석에게 물었다.

"프러포즈 어떻게 할 거야?"

"그건…… 비밀이야."

프러포즈를 상상하는 것만으로도 민석의 얼굴이 붉어졌다. 동기가 너무 부끄러워해서 다정과 찬형은 민석을 놀릴 엄두도 내지 못했다. 삐딱한 자세로 턱을 괸 찬형이 다정에게 화살을 돌렸다.

"안다정은 같이 살면서, 언제 결혼하냐?"

"글쎄……."

도 회장과의 식사 자리 이후, 결혼이라는 단어가 마치 금기어라도 되는 듯 두 사람 사이에는 결혼 이야기가 나오지 않았다. 태인은 분명 결혼에 뜻이 있었다. 단지 생활을 공유하고 감정을 나누는 것을 넘어 공식적으로 두 사람이 서로에게 속하기를, 그는 원하고 있었다.

"프러포즈 받았어?"

"아니."

"아직도?"

민석이 의아한 시선을 보냈다. 그렇게 지극정성이던 태인의 모습을 보면 전문의 시험이 끝나자마자 청혼을 할 줄 알았는데, 아직 두 사람 사이가 미적지근한 것이 이상했다. 민석이 눈살을 찌푸리고 지적했다.

"설마 뭐 아직도 연애하는 거 아니라고 거짓말로 둘러대고 그런 건 아니지?"

"아니야. 이제 안 그래."

다정이 확신을 담아 대답했다. 안다정과 도태인은 분명 연인 사이였다. 이제 결혼을 하느냐 마느냐, 그것이 문제였다.

종철과의 점심 식사 자리에서 태인의 속마음을 얼떨결에 들은 다정은 오랫동안 고민한 결과, 자신이 계속해 온 주장을 접어야겠다고 생각했다. 태인이 왜 자신에게 결혼 이야기를 꺼내지 못하는지, 그리고 왜 청혼할 엄두를 내지 못하는지 그녀는 어렵지 않게 추측할 수 있었다. 자신이 태인에게 결혼에는 뜻이 없는 독신주의자라면서 결혼을 부정해 왔기 때문이었다.

"그러면 안다정, 프러포즈 받을 때 엄청 큰 다이아 받는 거야?"

"그거보단 현금으로 줬으면 좋겠는데……."

다정이 떨떠름하게 말하자 찬형이 얼굴을 찡그렸다.

"너무 현실적인 거 아니야?"

"난 현금이 좀 더 낭만적으로 느껴져."

태인이 꼼짝도 못 하는 이상, 먼저 나서야 하는 쪽은 다정 쪽이었다. 어쩌면 프러포즈도 안다정이 해야 할지 모른다. 다정은 1억 원이나 한다는 큼직한 다이아몬드 반지를 떠올렸다. 뭐 굳이 그걸 받아야 하는 건 아니지만 조금 아쉽기는 했다. 그래도 청혼은 일생에 한 번뿐일 텐데.

"식 올릴 거면 주말에 해 줘. 그래야 축의금이라도 갖고 올라오지."

상념에 빠져 있는 다정에게 민석이 한마디 거들었다. 찬형과 민석은 3월에 훈련소에 입소했다가 4월 즈음부터 각각 다른 곳에 배치될 것이다. 몇 달 뒤에는 주말에만 시간을 낼 수 있을 가여운 동기들을 보며, 다정은 대답 대신 희미한 미소만 지었다.

오늘 다정은 바빴다. 점심때는 병원에 가서 웅진을 만났고, 오후까지 동기들과 '결혼'과 '청혼'에 관한 이야기를 나누다가 근처 마트에 물건이 다 빠지기 전에 후다닥 달려가 저녁거리를 사서 직접 저녁을 만들었다.

오랜만에 다정은 주방에서 된장찌개를 끓였다. 나름대로 신경을 썼는데 어째 도태인이 만든 것보다 맛이 없는 느낌이라 그녀는 조금 시무룩해졌다. 그래도 어찌 되었든 다음 주 월요일까지는 자신이 집에서 놀기 때문에, 그녀는 일하고 들어온 태인을 부려 먹고 싶지는 않았다.

지혜의 여행사와 협업하는 프로젝트가 끝물에 다다르자 태인은 매일 녹초가 되어 퇴근했다. 오늘도 정신을 반쯤 놓고 돌아온 그는 웬일로 집 안에서 나는 음식 냄새에 눈을 동그랗게 뜨고 주방으로 후다닥 달려왔다.

"어? 저녁 했어요?"

"네."

다정이 머쓱한 감정을 숨기고 덤덤하게 대답했다. 그러자 태인이 의심스럽게 식탁을 훑어보았다.

"안다정표 음식이라……."

깐깐한 시어머니처럼 음식을 살펴보는 그에게 미간을 찡그린 그녀가 울컥해서는 한마디 했다.

"원래 그쪽보다 잘했거든요?"

지금은 아닌 것 같지만…… 다정은 굳이 그 말을 덧붙이지는 않았다. 음식을 다 훑어보고 나서 태인이 엄격한 표정으로 그녀에게 다가와 호칭을 정정해 주었다.

"태인 씨."

"어우, 오그라들어……."

손사래를 친 다정이 저도 모르게 투덜거렸다. 태인의 이름을 부르는 게 아직도 어색해서 그녀는 웬만하면 그를 직접적으로 부르지 않았다. 어쩌다 이렇게 이름을 불러야 하는 일이 생기면 그녀는 어색해서 얼굴을 붉히곤 했다. 물론 얼굴에 두꺼운 철판을 깐 도태인은 전혀 아무렇지도 않았다.

"아니, 내 이름 불러 주는 게 그렇게 오그라드는 일입니까?"

"뭐 그렇다는 게 아니라······."

"그럼 다시 불러 봐요."

절대 순순히 넘어가지 않을 듯한 그의 태도에 그녀는 마른침을 삼켰다.

"꼭······ 지금요?"

태인이 단호하게 고개를 끄덕였다. 다정은 그의 어깨 너머로 식탁을 가리키며 어떻게든 이 난처한 상황을 벗어나고자 애를 썼다.

"찌개 식는데."

"괜찮아요. 식어도 맛있게 먹을 테니까."

다정이 우물쭈물하는 동안, 정장 재킷을 벗어서 의자 등받이에 걸어 둔 태인은 그녀가 이름을 불러 주기만을 기다렸다. 힐끔힐끔 그의 눈치를 보던 그녀가 어렵게 입술을 떼었다.

"알았어요. 태인 씨."

"잘했어요. 이제 조금씩 다른 호칭에도 익숙해집시다. '자기'라든가 '오빠'라든가······."

하여튼 이 변태는 그냥 넘어가는 법이 없다. 다정의 얼굴이 와장창 일그러졌다. 미간을 좁힌 채 그녀는 밥솥에서 그릇에 밥을 덜며 마음을 단단히 먹었다. 쇠뿔도 단김에 빼라고 했던가? 프러포즈를 며칠씩 질질 끌고 싶지는 않았다. 그녀가 태인의 앞에 밥

그릇을 놓아 주고 그의 옆자리에 앉아 말을 붙였다.

"나, 다음 주 월요일부터 출근이에요."

"설마 또 여섯 시?"

"며칠은 일찍 출근해야죠. 너무 논 기분이라."

그 시간에 출근하려면 여기서 몇 시에 나가야 하나…… 태인이 머릿속으로 시간을 계산했다. 확실한 것은 아침 일찍, 아주 일찍, 절대 차가 밀리지 않을 시간에 집을 나서야 한다는 점이었다. 겨울이라 추워서 침대 밖을 나가기가 힘든데 아침부터 다정을 병원에 데려다줘야 했다. 그때, 그녀가 그의 상념을 깨뜨렸다.

"보드 시험 준비하는 동안 많이 도와줘서 고마웠어요."

"갑자기 웬 감사 인사?"

당연히 해야 할 일을 한 것뿐인데, 다정이 갑자기 고맙다고 하자 태인이 불안한 듯 중얼거렸다.

"뭔가 이상해……."

그러고 보니 오늘, 안다정은 평소와 달랐다. 우렁 각시인 양 음식을 차려 놓지를 않나, 그동안 도와줘서 고맙다고 인사를 하질 않나, 다정은 꼭 이별을 앞둔 사람처럼 정리를 하고 있었다. 자신이 생각한 정리라는 단어에 태인의 가슴이 덜컥 내려앉았다. 그러나 그녀는 태연하기 그지없었다.

"그냥, 오늘 최종 합격 발표 났으니까요."

"설마 이제 내가 필요 없다거나 집을 나가겠다거나 그런 소리 할 건 아니죠?"

불안해진 태인이 다정의 손을 덥석 잡았다. 그녀는 그의 손을 내려다보았다. 지금까지 두 사람은 아무런 속박 없이 서로가 필요해서 상대의 호의에 기대어 함께 살고 있을 뿐이었다. 그 관계를 이제 정리할 때가 되었다고 다정은 느끼고 있었다.

"안 그래요. 이제 와서 무슨……."

다정은 빈말을 하는 성격이 아니었다. 태인은 한결 마음을 놓았지만, 맛있게 차려진 음식이 도통 눈에 들어오질 않았다. 입맛을 잃은 그를 물끄러미 바라보면서 그녀가 입을 열었다.

"할 말이 있어요."

"좋은 말이면 하고, 나쁜 말이면 하지 마요."

아직 불안이 다 가시지 않아 태인이 조건을 달았다. 다정이 고개를 갸웃거렸다. 자신이 청혼하면 도태인은 좋아서 날뛸 것 같은데 왜 저렇게까지 불안해하는 건지 그녀는 이해하지 못했다. 그래도 혹시 태인이 결혼 이야기를 썩 내켜 하지 않을 수도 있는 일이다. 돌다리도 두들겨 보는 안다정은 여지를 남겼다.

"좋은 말인지 나쁜 말인지는 그쪽…… 태인 씨가 받아들이기 나름인데."

"긴장되네."

그래도 그녀가 이름을 불러 주자 기분이 나아진 그는 어색한 표정으로 냉수를 한 모금 마셨다. 그녀가 한숨을 내쉬고 나서 운을 떼었다.

"계속 이렇게 살 수는 없다고 생각해서요."

"잠깐."

태인이 다정의 말을 막았다. 그녀의 의아한 눈길에 그가 나직한 목소리로 솔직히 말했다.

"나 지금 조금 불안해졌어."

"별로 불안할 이야기 아닌데."

그가 겁을 먹고 중얼거리자 그녀는 저 인간이 왜 저러나 싶었다. 요즘 그는 불안해하지 않았다. 잠도 편히 잤고, 종종 꾸던 악몽도 꾸지 않았고, 그의 말에 따르면 환청이나 환각이 전혀 느껴지지 않는다고 했다. 노출 요법이 도움이 되었는지 혈액 공포증도 꽤 나아서, 한두 방울의 피를 직접 봐도 실신하지 않았다. 당연히 불안증도 많이 나았다.

그런 도태인이 갑자기 엄청 불안해하기 시작했다. 그는 입술이 바짝 마를 정도로 불안 증세를 보였다. 청혼하기도 참 힘들다. 직접적으로 결혼 이야기를 하려고 그녀가 입을 열기 전에 그가 재빨리 선수를 쳤다.

"난 지금 관계에 만족하거든요. 같이 살고, 서로 사랑하고, 서로 기대고, 필요로 하고……."

다정은 태인을 빤히 쳐다보았다. 빠르게 흘러나온 그의 말에서 그녀는 그의 불안을 짙게 읽을 수 있었다. 이 생활에 만족하고 있다니 다행이기는 한데, 그렇다면 지난번에 도 회장과의 식사 자리에서 했던 말은 뭐지? 그녀가 미간을 좁히고 물었다.

"그것만으로 만족한다고요?"

"네······ 네?"

뭔가 이상하다. 그것만으로?

도태인이 안다정에게 그 이상의 일을 바랄 수는 없었다. 동거 이상의 일이란 약혼이나 결혼 같은 제도적인 결합이었고, 그녀는 결혼을 썩 내켜 하지 않았으니까. 태인은 다정에게 몇 번이고 했던, '곁에만 있어 주면 만족한다'는 말을 지키려고 노력했다. 그러기 위해서는 그녀에게 많은 것을 바랄 수 없었다.

다정은 태인을 똑바로 응시했다. 더 이상 뜸을 들이는 건 안다정 스타일이 아니었다. 안다정은 가능하면 직접적으로 명료하게 말을 하는 편이었다. 아주 무덤덤한 얼굴로, 그녀는 속에 담아 두었던 말을 곧장 입에 올렸다.

"나랑 결혼할래요? 아니, 결혼합시다."

전혀 생각지 못한 소리에 태인은 입도 뻥끗거리지 못했다. 그대로 돌조각이 된 듯 굳은 남자에게 다정이 계속 말했다.

"사랑하니까 평생 곁에 있어 주겠다고 했잖아요. 거기에 공인된 약속만 더하는 거죠."

그녀의 설명이 너무나도 이성적이고 또 사무적으로 들려서 그는 잠시 지금 그들이 계약서를 쓰는 건가 착각이 들었다. 왜 꼭 변호사 사무실에서 공증을 받는 그런 기분이랄까? 분명 청혼을 받았는데!

청혼!

도태인이 안다정에게 청혼을 받았다. 그제야 태인의 머리가 조금씩 돌아가기 시작했다. 그가 아무 대답도 하지 못하고 멍하니 허공만 바라보자 답답해진 다정이 재촉하듯 물었다.

"싫지 않잖아요?"

"자, 잠깐만……."

당연히 싫을 리가 없기는 한데, 진짜 안다정하고 결혼을 해? 이건 꿈일지도 모른다. 눈앞이 아찔해진 태인이 다정의 손을 잡더니 제 뺨을 철썩 때렸다. 어쩌다가 의도치 않게 연인의 뺨을 때린 다정의 얼굴이 구겨졌다.

"뭐하는 거예요?"

"아픈데? 진짜인가?"

태인의 멍청한 혼잣말에 다정이 한숨을 푹 내쉬었다. 아무래도 지금 도태인은 현실 감각이 떨어진 모양이었다. 그녀가 차근차근 설명했다.

"오늘 합격 발표 나고 프러포즈하는 사람들이 좀 있더라고요."

장민석을 포함해 타과 전공의들까지, 오늘 프러포즈를 한다는 사람이 다정이 알기로만 셋이었다. 마지막 관문을 넘어선 그들은 용기를 내어 연인에게 청혼을 했는데 뭐, 몇 명이나 성공을 했을는지는 몰랐다.

큼직한 다이아몬드 반지도 없고, 낭만적인 분위기도 아니고, 대단한 레스토랑에 있는 것도 아니지만 다정은 별로 신경 쓰지 않았다. 일단 마음을 전하는 데 의의를 두기로 했다.

"그러니까 나도 용기를 좀 내서 프러포즈를……."

하지만 태인이 덥석 끌어안는 바람에 다정의 말은 끝까지 이어지지 못했다. 다정이 놀란 눈으로 그를 올려다보았다. 이제 정신을 차린 건가 싶을 무렵, 도태인이 느끼한 소리를 뱉었다.

"안다정…… 우리 다정이는 왜 이렇게 예쁜 거야?"

"지, 징그러운 소리 하지 마요! 미쳤나 봐!"

'우리 다정이'라는 호칭에 그녀가 질색을 하면서 그의 가슴을 밀어냈다. 그러거나 말거나 그는 싱글벙글 웃고 있었다. 사랑하는 여자가 먼저 청혼을 하다니! 태인은 이게 꿈이라면 평생 깨지 않기를 바라며 헛소리를 뱉었다.

"이건 무효예요."

그녀의 손을 꼭 잡은 그가 진지하게 이 청혼을 무효화시켰다. 그녀가 그를 못마땅하게 쳐다보았다. 사람이 기껏 오랫동안 고민하고 생각을 해서 프러포즈를 했는데 거기다 대고 무효라고 말하는 못된 입술을 때려 주고 싶었다.

"웬 무효?"

"프러포즈는 내가 해야 하는 건데!"

"나 참, 누가 하든……."

달라질 건 없다고, 무심하기 짝이 없는 안다정은 코끝을 찡그렸다. 그러나 태인은 고개를 설레설레 저었다. 자신의 머릿속에서 프러포즈란, 적어도 남자가 화려한 반지를 내밀면서 무릎을 꿇고 결혼해 달라고 빌어야 하는 것이었다. 꿈에서나 그리던 일을 그는 그녀에게 꼭 해 주고 싶었다.

"아니에요. 이건 없던 걸로 하고, 제대로 프러포즈할 거야."

"아, 예. 마음대로 하시고, 저녁이나 먹읍시다."

흥이 다 깨진 다정이 태인의 손을 털어 냈다. 다시 제자리로 돌아가 앉은 태인은 며칠 뒤에 꼭 제대로 된 프러포즈를 하고 말 겠다고 눈을 반짝반짝 빛내고 있었다. 언제가 좋을지는, 달력이 뚫어지도록 살펴본 뒤에 그녀 몰래 선택할 생각이었다.

에필로그

4월, 어김없이 입국식이 있었다. 한 달 근무한 1년 차 전공의들의 소개를 듣고, 서로 인사를 나누었다. 인턴 때부터 꼽으면 여섯 번째. 아마 매년 숫자는 올라갈 것이다.

감개무량한 마음도 잠시, 채린과 이야기를 나누고 있는 다정의 등 뒤에서 익숙한 목소리가 들렸다.

"안다정, 전공의들 사이에서 뭐 하는 거야?"

응급의학과 과장인 김웅진 교수였다. 집에 가려고 자리에서 일어난 웅진이 다정에게 장난스럽게 물었다. 모두의 시선이 웅진과 다정에게 쏠렸다.

"저도 좀 데려가 주세요. 신 선생이 안 놔줍니다."

"안 놔주면 술을 먹여서 녹다운시켜야지."

농담 삼아 대꾸한 웅진이 키득거렸다. 다정은 미간을 좁혔다. 신채린과 대작을 하면 안다정이 필패였다.

사람 좋은 김웅진 교수가 유난히 다정을 아낀다는 소문은 응급의학과 내에 자자했다. 거기에 안다정의 약혼자는 병원 재단 이사장의 손자라, 모두들 다정이 무리 없이 스태프가 될 수 있을 거라고 점을 쳤다.

그렇다고 해서 다정을 시기하는 무리가 있지는 않았다. 인격적으로 부적절한 사람도 아니고, 능력이 떨어지는 것도 아닌 데다, 만사에 최선을 다하는 사람이니 미움을 받을 이유가 없었다. 실제로 후배 전공의들은 다정을 잘 따랐고, 교수나 스태프들 역시 다정을 든든하게 여겼다.

"난 늙어서 더 있으면 안 되겠다. 오늘 당직인 애들 빨리빨리 들어가."

웅진은 그 말만 남기고 홀랑 자리를 떴다. 오늘 당직인 안다정 역시 외투를 챙기며 주섬주섬 응급실로 돌아갈 준비를 했다. 그러나 다정의 발목을 붙잡는 사람이 따로 있었다.

"선생님, ER(응급실)에 지금 3년 차, 2년 차 잘 넣어 놓고 왔으니 좀 더 계세요."

4년 차 후배, 신채린이었다. 채린은 지금은 다른 동기에게 감투를 넘기고 마지막 한 해를 편하고 능숙하게 보내고 있었다. 점퍼를 걸친 다정이 채린의 눈빛에 도로 의자에 앉아 투덜거렸다.

"너희들끼리 먹지. 괜히 한소리 들었잖아."

"김 교수님이 선생님 아끼는 거 눈 달린 사람이면 다 알거든요."

다정은 아무 말도 하지 못했다. 그녀가 2월부터 다시 응급실 근무를 시작하자마자 웅진의 얼굴이 활짝 피었다. 다른 교수의 말에 따르면, 4년 차인 다정이 떠난다고 해서 웅진이 여름 즈음부터 우울해 했는데 마음을 바꿔서 다정이 눌러앉게 되자 웅진의 우울감이 씻은 듯이 나았다나?

물론 놀리는 소리임을 모르지는 않았지만, 까마득한 선배이자 스승에게 인정받은 기분에 다정도 마음이 편해졌다.

"아! 그리고 보니 선생님, 작년 이맘때 태인이 오빠 만나셨네요?"

눈만 굴리면서 언제 술자리를 빠져나갈까 궁리하던 다정이 멈칫했다. 채린이 씩 웃으면서 다정을 바라보고 있었다. 작년 입국식 날도 안다정이 당직이었다. 당직 근무 때문에 병원에 돌아가다가 뺨 한 대 맞고 피를 본 도태인을 만났다.

'그러고 보니 그때 여자랑 있었잖아?'

저도 모르게 다정이 미간을 찡그렸다. 그 여자는 환자를 내팽개치고 도망쳤던 걸로 안다. 그 때문에 자신만 덤터기를 쓰고 태인을 부축해 응급실로 돌아갔다가 그와 결혼까지 하게 생겼다.

작년 일을 상기한 다정이 한숨을 내쉬었다. 갑자기 웬 한숨인가 해서 채린이 의아한 시선을 보였다. 직업적으로도 인정을 받고 사랑하는 사람을 만나 결혼을 앞둔 사람이 무슨 근심이 있나 싶어서였다.

"왜요?"

"어? 아니야."

다정이 고개를 저었다. 채린은 물론 다른 사람에게 털어놓을 수 없는 마음이 있었다.

2월에 전문의 시험 합격 발표가 나고, 다정은 자신의 감정에 솔직해지기로 했다. 안다정은 어렸을 적부터 워낙 참고 살았던 터라 솔직해지는 게 어려웠지만 그래도 용기를 내어 태인에게 먼저 결혼하자는 말을 꺼냈다. 기뻐하긴 했으나 태인은 제대로 된 프러포즈를 해야 한다면서 길길이 날뛰었다.

문제는 그날 이후였다. 태인의 낌새가 조금만 이상하다 싶으면 다정은 무의식적으로 기대가 되었다. 예를 들면, 피곤하다는 이유로 저녁을 바깥에서 먹고 들어가자고 했을 때 분위기 좋은 레스토랑에 들어가면서 '오늘 프러포즈를 받나?' 하고 혼자 기대를 하다가 밥만 먹고 나오는 식이었다.

그렇게 두 달가량, 다정은 두근거리는 심장을 부여잡고 무슨 맛인지도 모를 음식을 일곱 번 정도 먹었다. 일곱 번쯤 실망하고 나자 다정은 이제 기대도 어느 정도 줄일 수 있었다. 도태인은 꼭 프러포즈를 잊은 사람 같았다. 안다정의 청혼이 무효라더니, 정작 자기는 프러포즈도 하지 않고 결혼 준비만 착착 하고 있었다.

이런 이야기를 후배에게 어떻게 하느냐, 이 말이다. 이럴 때 다정은 가끔 여자 동기나 선배가 있었으면 싶었다. 안다정이 들어오기 전까지 응급의학과는 남탕이었고, 지금도 기껏해야 남자 둘에 여자 하나라는 비율은 깨지지 않았다. 대학 시절에는 친구를 깊게 사귈 여력이 없어서 의대 동기들도 그저 표면적인 동기 그 이상이 되지 못했다.

그렇다고 채린에게 태인이 프러포즈를 하지 않아서 실망스럽다고 운을 떼는 순간, 폭주 기관차 같은 신채린은 도태인을 찾아가 들들 볶을 것이다. 그것만큼은 싫었다.

'창피하잖아.'

무슨 자존심인지, 다정은 매일매일 프러포즈를 기다리고 있던 사람처럼 보이고 싶지는 않았다.

"작년에는 태인이 오빠랑 결혼하게 될 줄은 꿈에도 모르셨죠?"

"당연하지."

다정은 먹지도 않을 고기를 젓가락으로 뒤적거리면서 힘없이 대답했다. 선배의 고민을 꿈에도 모르는 채린은 그저 싱글거렸다.

사실 채린은 처음부터 두 사람이 꽤 잘 어울린다고 생각했다. 다정이 질색을 하며 태인에게서 도망 다니는 터라 어쩔 수 없이 도태인을 한 번 먹고 버리라는 식으로 말하기는 했지만, 채린의 눈에 두 사람은 무척 잘 어울리는 커플이었다.

"선생님, 전에 저한테 하신 말 기억하세요?"

"뭐?"

"독거노인이 꿈이라고 하신 거."

그래, 그런 소리를 떠들고 다녔었지. 괜스레 찔린 다정이 젓가락을 테이블 위에 가지런히 내려놓았다. 그때는 진심이었다. 안다정은 사랑을 비웃었고, 결혼을 믿지 않았다. 태인을 만나면서 마음이 바뀌지 않았더라면 지금도 변함없었을 것이다.

할 말이 없어진 다정은 더 이상 놀림당하지 않기 위해 자리에서 일어났다.

"가야겠다. 자리 너무 오래 비워 둬서."

테이블에서 가장 연장자인 다정이 일어나자 채린은 물론 다른 전공의들도 다정을 올려다보았다. 후배들과 같은 테이블에 앉아 있어서 그런가? 2월부터 전문의로서 응급실에 상주하고 있는데, 아직도 수련 중인 느낌이었다.

"너무 많이 마시지 마."

"안녕히 가세요!"

다정의 등 뒤로 작별 인사가 쏟아졌다. 다정은 손만 흔들고 가게를 훌쩍 나왔다. 어둠이 내려앉은 길거리는 으슥했다. 4월이지만 꽃샘추위가 있어서 날은 쌀쌀했다. 그녀는 몸을 웅크리고 빠르게 걸었다.

익숙한 길을 걷던 다정이 문득 멈추어 서서는 골목 안쪽을 쳐다보았다. 채린이 괜히 작년 이야기를 꺼내서 감상적으로 변한 건지 걸음이 쉬이 떨어지지 않았다. 벚꽃 잎이 바람을 타고 살랑살랑 떨어졌다. 가로등 불빛에 자그만 꽃잎이 하얗게 빛났다.

작년, 이 길에서 도태인을 만났다.

지금은 아무도 없는 캄캄하기만 한 공간을 물끄러미 보던 다정은 고개를 돌렸다. 감상은 거기서 끝이었다.

'그땐 이렇게 될 줄 몰랐지.'

이제 도태인은 피를 보고 과호흡을 일으키거나 기절하지 않았다. 과일을 깎다가 과도에 살짝 손이 베였을 때도 침착하게 약을 바르고 밴드를 붙일 정도로 그는 많이 호전되었다. 아직 안색이 바래지면서 호흡이 조금 가빠지는 식으로 힘겨워하기는 하지만 정신을 잃지 않는 것만으로도 대단한 일이었다. 물론 과다 출혈 상황을 실제로 보게 되면 실신을 할 수는 있다고 들었는데, 그가 의료인이 아닌 이상 과다 출혈 상황을 맞닥뜨릴 일은 거의 없었다.

곧 병원 후문이 보였다.

그날, 태인은 후문을 지나 응급실 앞에서 다짜고짜 키스를 했다가 뺨을 맞았다. 제 딴에는 기억을 남기기 위해서라고 주장했는데, 아무리 생각해도 도태인은 변태가 틀림없었다. 그래도 태인을 만나지 않았더라면 지금 다정은 결혼을 앞에 두지도 않았을 테고 이 병원에 남아 있지도 않았을 것이다.

그리고 무엇보다 사랑을 평생 거부하면서 살았겠지. 그녀는 자신의 변화가 내심 신기했다.

응급실에 들어서자마자 다정이 간호사에게 물었다.

"환자 많이 밀렸나요?"

"아뇨. 오늘 입국식이라고 환자분들도 배려해 주시나 봐요."

마침 출입문 근처에 있던 우선미 간호사가 입가를 가리고 호호 웃었다. 4년 차가 되고 베테랑의 면모를 보이기 시작한 선미는 농담도 아무렇지 않게 건넸다. 다정이 가운을 찾아 입고 너스 스테이션으로 나오자 간호사가 다정을 불렀다.

"안다정 선생님, 야식 배달 왔어요."

"네?"

"아까 선생님 성함으로 와서 일단 받기는 했어요."

간호사가 스테이션 안쪽 책상을 가리켰다. 유명 브랜드 피자 박스가 세 개 차곡차곡 쌓여 있었다. 다정이 오지 않아서 아무도 손을 대지 못한 듯 박스는 꼭꼭 닫혀 있었다. 누가 보낸 야식인지는 명백했다. 다정은 가운 주머니에서 휴대폰을 꺼냈다.

"웬 피자입니까?"

─먹으면서 일하라고요.

달콤하게 낮은 목소리가 전화기 너머로 전해졌다. 다정이 슬쩍 맨 위의 피자 박스를 열어 보았다. 화려한 토핑이 얹어진 피자는 맛있어 보였다. 두 번째 박스와 세 번째 박스도 열어 보았으나 토핑만 다른 피자만 덩그러니 있었다.

아, 또 괜히 기대를 하고 말았다. 혹시 박스 안에 프러포즈 링이라도 들어 있나 했다.

'주책이다, 주책.'

피자는 아직 따끈한 기운이 남아 있어서 데워야 할 필요는 없었다. 배가 부른데도 고소한 치즈 냄새에 침이 고였다. 그녀가 자신을 단속할 겸 말했다.

"오늘 입국식이라서 많이 먹었는데."

─뭐 먹었어요?

"그냥 고기 구워 먹었……."

다정이 솔직하게 대답할 찰나였다. 응급실 출입문이 소란스러워서 그녀가 고개를 돌렸다. 스트레처(Stretcher, 이동식 침대)에 실린 환자가 흉부 압박을 받으면서 응급실 안으로 들어오고 있었다. 함께 들어온 간호사가 큰 소리로 외쳤다.

"TA(교통사고) 환자요!"

"끊을게요. 잘 자요."

─너무 무리하지 말고.

간호사의 목소리를 들었는시 태인은 별말 없이 전화를 끊었다. 휴대폰을 주머니에 넣고 다정이 소란스러운 쪽으로 향했다. 손이 빈 의료진이 심폐 소생술 환자에게 달려가는 건 당연했다. 피곤에 찌든 전공의들이 다정을 보고 한 걸음 물러섰다.

"어떻게 된 건가요?"

"오토바이 사고입니다."

구급대원이 환자 위에서 계속 심폐 소생술을 하고 있었다. 다른 것보다 머리 측면이 심하게 깨져 뭉개지다시피 했다. 헬멧 착용을 하지 않은 것이다.

숙련된 간호사의 손길에 심폐 소생술을 받고 있는 환자에게 여러 가지 기계가 부착되었다. 그동안 다정은 펜 라이트로 환자의 동공을 살폈으나, 반응은 없었다.

"펄스(Pulse, 맥박) 없습니다."

예상대로 심전도 모니터는 일자 선을 그렸다. 깨진 머리에서 흘러나오는 피가 바닥으로 똑똑 떨어졌다. 도착 시 사망 상태나 다름없었지만, 환자를 살려 보려는 의료진의 사투가 시작되었다.

젊은 환자의 활력 징후를 겨우 정상으로 돌려놓고, 가장 큰 외상을 치료하기 위해 다정은 신경외과에 연락을 했다. 이제 신경외과 병동으로 입원을 하면 이 환자와도 안녕이었다. 부모로 보이는 보호자들은 연락을 받고 한달음에 달려와 아들의 끔찍한 상태에 눈물을 흘렸다.

"신경외과 선생님께서 나머지 설명 다 해 드릴 겁니다."

다정의 말에 흰머리가 지긋한 보호자들이 연신 허리를 굽혔다. 보호자들은 머리에 붕대를 칭칭 감은 아들이 살아 있다는 것만으로도 감사해 했다.

정신없던 순간이 지나가자 다정의 머릿속에 뒤늦게 피자가 떠올랐다. 너스 스테이션으로 돌아간 다정은 손도 대지 않은 피자 박스를 보고 물었다.

"피자 왜 안 드셨어요?"

"선생님, 영수증 보셨어요?"

"영수증이요?"

피자 내용물만 보고 태인에게 전화를 했다가 초응급 환자가 들어왔으니, 영수증까지 볼 일은 없었다. 너스 스테이션에 있던 간호사가 다정에게 피자 박스에 붙어 있던 영수증을 건넸다.

"영수증에 배달할 때 요청 문구가 적혀 있는데……."

기껏해야 '식지 않게 배달해 주세요.' 정도를 예상했던 다정은 건네받은 영수증을 보고 얼굴을 새빨갛게 물들였다.

사랑하는 안다정 선생님께. 맛있게 드시고 보답은 키스로.

"이, 이게 뭐야!"

다정이 발작을 일으키듯 영수증을 테이블 위로 내던졌다. 너스 스테이션에 남은 오늘의 당직 간호사들은 히죽거리며 다정의 생생한 반응을 구경하고 있었다.

"뜨거우시네요."

우선미 간호사가 입가를 가리고 감상을 말하며 호호 웃었다. 다정의 눈가가 잔뜩 일그러졌다. 그녀가 다급히 물었다.

"이거 누구누구 봤어요?"

"저희만요."

"아무데도 말씀하시면 안 돼요."

울상이 된 다정이 입단속을 단단히 시키고는 영수증을 도로 집어 가운 주머니에 푹 찔러 넣었다. 첫 문장은 그렇다 쳐도, 키스 운운하는 건 뭐냔 말이다. 하여튼 이 변태는 종잡을 수가 없다. 다정은 씩씩거리면서 태인에게 다시 전화를 걸었다.

—왜요?

"왜긴 왜요! 영수증에 그게 뭡니까!"

—영수증?

태인은 모르는 척 되묻기만 할 뿐이었다. 다정이 겨우 노기를 억누르고 투덜거렸다.

"사람들 다 보는데 영수증에 그런 말 써서 보내면 어떡해요?"

—그런 말? 영수증에 뭐라고 쓰여 있었는데요?

그런데 그가 계속 오리발을 내밀어서일까? 그녀는 문득 그의 작품이 아닐지도 모르겠다 싶어졌다…… 는 개뿔! 거기에 분명 안다정이라는 이름이 적혀 있었다. 그녀는 주머니에 구겨 넣은 영수증을 꺼내 읽었다.

"사랑하는 안다정 선생님께. 맛있게 드시고 보답은 키스로. 라고 썼으면서 모르는 척할 겁니까?"

얼굴이 화끈거렸지만 다정은 끝까지 다 읽고 진저리를 치면서 가운 주머니에 영수증을 다시 집어넣었다. 그러나 휴대폰 너머는 조용했다. 침묵이 길어질수록 그녀의 미간이 좁아졌다. 동시에 왠지 불안하기도 했다.

그때였다.

—봤네?

태인의 목소리는 평온했고 나직했다. 어째 분위기가 이상하다 싶을 무렵, 그가 웃음을 섞어 말했다.

─그거 분명 봤으니까 집에 오면 키스부터 해 주는 겁니다.

다정의 얼굴이 더욱 붉어졌다. 아, 변태한테 말려들고 말았다. 차라리 영수증을 보지 못한 척을 했으면 나았을까? 하긴, 영수증을 못 봤다고 해도 그는 뻔뻔하게 얼굴을 들이밀면서 어떻게든 그녀에게 키스를 받았을 것이다.

*　　　*　　　*

광열은 2월부터 폐쇄 병동에 입원한 아내를 찾았다. 가장 호화로운 병실을 차지하고 있었으나 은미는 굉장히 억울해했다. 남편을 보자마자 은미가 한숨을 내쉬면서 날카로운 목소리로 물었다.

"창피해서 얼굴도 못 들고 사는 거 보러 왔어?"

광열은 아무 대꾸 없이 병실 문을 닫고 보호자용 의자에 앉았다. 은미의 주치의인 정신건강의학과 과장은 은미가 치료에 협조를 하지 않는다며 무척 힘들어했다. 가족들의 관심이 필요하다는 주치의 말에 광열은 바쁜 시간을 내어 면회를 왔는데, 아내는 얼굴을 잔뜩 찌푸린 채로 신경질을 부렸다.

"결국 당신도 아주버님들처럼 똑같은 남자야. 아니, 그보다 더 악질이야. 조강지처 정신 병원에 집어넣어 놓고 다시 살림 차렸 겠지."

악담과도 같은 소리에 광열의 미간도 찌푸려졌다. 여자는커녕, 텅 빈 집에 돌아가기 싫어서 회사에 붙어 있는 시간이 많았다. 솔직한 마음으로 광열은 다시는 여자를 만나고 싶지도 않았다. 아내만으로도 힘겨웠다.

"그런 거 아니라고 했잖아."

그가 마음을 다스리고 아내를 달래자 그녀의 눈초리가 조금은 부드럽게 가라앉았다. 은미는 광열의 손을 잡고 애처로운 눈빛으로 그를 바라보았다.

"그게 아니면 날 내보내 줘요. 응? 갤러리도 어떻게 돌아가는지 봐야 하고, 내 스케줄도 반년 치가 다 짜여 있었는데……."

아내는 연약한 모습을 무척 잘 꾸며 냈다. 순진하고 무고해 보이는 맑은 눈동자로 그녀는 오랜 기간 광열을 흔들어 왔다. 저 얼굴에 속아 딸을 잃고 아들을 망가뜨렸다. 정작 아내는 그렇게 생각하지 않겠지만 이제 광열은 단호해지기로 했다.

"그건 안 돼."

정신과 주치의는 광열에게 제일 먼저 아내의 말을 전부 믿지 말 것을 강조했다. 사람들은 제각기 자신의 입장에서 세상을 바라보기에 언행에 어느 정도 주관적인 생각이 가미된다고는 해도 은미의 경우는 도가 지나쳤다. 은미는 사실을 왜곡하고 재가공해서 교묘하게 사람을 휘두르곤 했다.

"반년 정도 여기 있어."

"아니라며? 여자 있는 거 아니라며? 그게 진짜라면 떳떳하게 날 내보내 줘야지!"

머리끝까지 화가 난 은미가 광열의 멱살을 쥐었다. 은미는 자신에게 병이 있다는 것을 인정하지 않았다. 자신이 병원에 갇힌 건, 남편에게 내연녀가 생겨서 더는 늙은 아내가 필요 없어진 탓이라고 철썩 같이 믿었다. 이것조차 망상 장애 증상의 일종이라는 걸 은미는 외면하고 있었다.

광열이 망설임 없이 벨을 눌렀다. 처음에는 남에게 이런 모습을 보이는 것이 창피해서 어떻게든 혼자 은미를 달래려고 노력했으나 역부족이었다. 차라리 전문가에게 맡기는 편이 훨씬 나았다. 남들 눈에 예민한 은미는 타인이 있으면 교양 있는 겉모습을 유지하려고 애를 쓰기 때문이었다.

"무슨 일이세요?"

간호사의 방문에 이번에도 어김없이 은미는 바로 온순해졌다. 은미가 억지로 웃으면서 나긋나긋하게 대답했다.

"아니에요. 이이가 실수로 눌렀나 봐요."

간호사는 이 상황을 단번에 눈치채고 광열과 눈빛을 교환했다. 조용해졌으면 됐다. 광열은 괜찮다는 듯 고개를 살짝 끄덕였다. 이내 특실 문이 닫히고, 광열은 구겨진 옷깃을 정돈하면서 황당하다는 투로 물었다.

"이러고도 네가 정상이라는 거니?"

"당신이 날 화나게 만들잖아."

한층 진정한 은미가 말을 마치자마자 소름 끼치는 미소를 지어 주었다. 한때는 저 미소에 반해서 집안을 등질 생각까지 했었다. 그나마 마음 약한 어머니가 막내아들의 결혼만큼은 원하는 대로 해 주자고 주장한 덕분에 은미를 잃지 않을 수 있었는데 이렇게 되어 버렸다. 돌아가신 어머니가 이 상황을 보면 참 개탄스러워 할 것이다.

은미는 광열을 불신의 눈빛으로 보다가 입을 열었다.

"태인이는 어디 있어?"

"일하고 있지, 이 시간에."

"그 새끼도 미친 새끼야. 엄마를 정신 병원에 가둬?"

은미의 입에서 튀어나온 험한 소리에 광열이 움찔했다. 그는 그나마 하나 남은 아들을 지켜 주고 싶었다. 이제 와서 아들에게 손을 내미는 것도 우습지만, 죽은 딸의 몫까지 잘 살아 주었으면 했다. 그렇기에 광열은 마음을 굳게 먹고 아내를 병원에 입원시킨 것이었다.

광열의 마음을 알 리 없는 은미는 아랫입술을 씹으면서 계속 투덜거렸다.

"그때 그 버릇없는 계집애를 죽여 버렸어야 했는데……."

방배동 빌라에 찾아갔을 적, 은미는 자신을 비웃는 다정의 목을 졸랐다. 쥐뿔도 없는 주제에 시아버지의 위세를 등에 업고 아들을 교묘하게 조종하는 여우 같은 계집애를 그때 죽였다면 아들도 정신을 차렸을 거라고 은미는 진심으로 믿고 있었다.

은미의 혼잣말을 들은 광열은 앞날이 막막했다. 정말 아내가 나을 수 있을까? 오히려 폐쇄 병동에 입원한 뒤로 아내의 증세는 더욱 나빠지는 느낌이었다. 은미는 남편이 무슨 생각을 하든 신경도 쓰지 않고 침대 헤드에 등을 기댄 채 혼잣말처럼 악의를 토해 냈다.

"교수라는 놈이 와서 태인이 얘기 지껄일 때마다 입을 찢어 버리고 싶어. 도태인, 그 가증스러운 놈. 그런 놈을 내 배로 낳았다는 게 징그럽고 한스러워."

절대 남들에게는 말할 수 없는 소리를, 은미는 남편의 앞에서만 할 수 있었다. 딸의 죽음으로 이미 밑바닥을 경험한 부부 사이에 못 할 말은 없었다. 남편이 없으면 교양 있는 우아한 모습을 꾸며 내야 하기 때문에 속이 답답하고 울화만 가득 찼다. 그래서 그녀는 남편이 찾아오기를 기다리기도 했다.

"자식새끼들이 하나같이 쓰레기 같아."

은미가 한탄했다. 딸은 자살했고 아들은 제 어미를 정신 병원에 가두었다. 자업자득이라고는 전혀 생각하지 못하고 은미는 자식들 탓만 했다.

"은미야, 조금만 마음 정리하고 나오자."

아내의 악의에 지친 듯 광열이 힘없이 말하며 그녀의 어깨를 잡았다. 그러나 남편의 손길이 끔찍하게 느껴진 은미는 남편의 손을 툭 쳐서 떨어뜨렸다. 그녀는 남편을 쏘아보았다.

"아니, 됐어. 차라리 평생 여기 갇혀 있는 게 낫겠어. 나가면 다들 날 정신병자 취급하겠지. 내가 아니라고 말해도 아무도 안 믿어 줄 거야."

병원에 입원한 순간부터 은미는 자신의 인생이 끝장났다고 생각했다. 완벽한 인생에 정신 병력은 오점이었다.

"내 인생이 허무해."

은미의 목소리가 쓸쓸하게 울렸다. 광열은 시선을 떨구었다. 아내뿐만이 아니라, 가정에 신경 쓰지 않고 일이 더 중요하다 떠들고 다녔던 과거의 자신도 가정을 파탄 낸 잘못이 있었다.

광열은 아내를 만나고 나면 꼭 마라톤이라도 한 양, 잔뜩 지쳤다. 그래도 병원에 온 김에 광열은 구내식당에서 아들과 마주 앉았다.

"집으로 들어올 생각은 없어?"

아버지의 은근한 말에도 태인은 단호히 고개를 저었다. 집으로 돌아갈 일은 앞으로 절대 일어나지 않을 것이다.

3월에 인사이동을 한 뒤로 태인은 사업기획본부 아래에 있는 의료관광서비스팀의 실무 책임자가 되었다. 딸은 세상을 떠났고, 아내는 폐쇄 병동에 입원했지만 그나마 아들만큼은 멀쩡히 사회생활을 하고 있어서 광열은 마음이 놓였다. 그런 아들과의 거리를 좁히고 싶어서 광열은 염치 불고하고 조심스럽게 말을 붙였다.

"집이 너무 넓더라. 혼자 있으려니."

"안 들어갈 거니까 괜한 말씀하지 마세요."

태인의 마음은 변하지 않았다. 누나의 죽음에 사로잡혀 있었을 때에는 그 집을 나가는 게 죄악처럼 느껴졌었다. 누나의 자살을 막지 못했다는 죄책감과 누나를 향한 미안한 마음 때문이었는데, 병원에서 치료를 받다 보니 그것 또한 한 증상에 불과했다. 그 후로 태인은 집을 향한 미련이나 누나에게 가진 죄책감을 털어 낼 수 있었다.

"그 집에 좋은 추억이 없어요."

그래도 서른 해 이상을 살았던 고향 같은 집인데 어쩜 좋았던 기억이 하나도 없는 건지 모르겠다. 본가 보다 예전에 다정과 잠시 살았던 오피스텔이 좋은 기억을 훨씬 많이 담고 있었다.

아들의 단호한 거절에도 불구하고 광열은 끝까지 미련을 놓지 못했다. 광열이 태인을 안타깝게 바라보면서 힘없이 되물었다.

"결혼하고도…… 안 들어올 거냐?"

"네."

결혼한 뒤라면 더욱 그 집에 들어가서는 안 된다. 의외로 마음이 여린 광열의 성격상, 은미는 언젠가 집으로 돌아오게 될 것이 분명했다.

태인은 은미가 있는 집에 다정을 데리고 들어가기는 싫었다. 은미가 살의를 가지고 다정의 목을 졸랐다는 말을 듣자마자 태인은 어머니를 포기했다. 그녀의 목에 남은 붉고 푸른 자국들이 그의 마음에도 보이지 않게 남았다.

"어머니랑 그 사람 만나게 하고 싶지 않아서요."

"……그래."

오늘도 은미가 다정에게 가진 적개심을 본 터라 광열도 태인의 마음을 이해했다. 태인은 어느새 훌쩍 늙어 버린 아버지를 복잡한 눈빛으로 바라보면서 담담하게 말했다.

"어머니, 나중에 퇴원하시면 두 분이서 사세요."

"다 나아서 퇴원을 할 수 있을지 모르겠다."

광열이 한숨을 내쉬었다. 은미의 상태가 점점 나빠지면 나빠졌지 좋아질 것 같지 않았다. 오늘도 은미의 상태는 엉망진창이었으니까.

그때, 연락을 받은 다정이 구내식당으로 들어왔다. 점심시간이 살짝 지나서 식당은 북적거리지 않았다. 다정은 태인을 발견하고 바로 그쪽으로 향했다. 태인에게 다가온 그녀가 광열을 보고 인사했다.

"안녕하세요."

"아, 안 선생."

"병원 오셨다고 해서요."

광열이 다정을 보고 옅은 미소를 내비쳤다. 평범하기 그지없는 모습이지만 광열에게는 다정이 천사나 다름없었다. 집 안에만 처박혀 있던 아들을 사회로 이끌어 준 사람이 다정이었다는 걸 종철로부터 전해 들은 덕분이었다.

태인의 옆에 앉은 다정이 광열에게 은미의 상태에 관해 물었다.

"어머니는 조금 나아지셨어요?"

"글쎄, 아직은 모르지. 두 달이나 되었나 싶으니까."

광열이 씁쓸하게 대답했다. 오히려 은미의 폭력적인 언행은 더욱 심해졌지만 태인과 다정을 굳이 걱정시키고 싶지는 않았다. 그러나 응급실에서 많은 환자와 보호자를 봐 온 다정은 광열이 말하지 않은 사실을 눈치챌 수 있었다.

"두 달이면 차도가 보일 땐데……."

생각보다 은미의 상태가 심각한 모양이었다. 다정의 걱정 어린 말에 광열은 어쩔 수 없다는 투로 웃어 보이고는 손목시계로 시간을 살폈다. 너무 오래 자리를 비워 두었다.

"이제 가 봐야겠다."

광열이 자리에서 일어나자 다정도 몸을 일으켰다. 아버지에게 존경심이 없는 도태인만이 다리를 겹쳐 꼰 불량한 자세로 앉아 있을 뿐이었다. 그러나 광열은 태인에게 아무 말도 하지 못했다. 자신에게는 아들을 훈계할 자격이 없었다.

"점심 잘 챙겨 먹고."

"예, 들어가세요."

인사를 한 다정은 광열의 모습이 사라질 때까지 기다렸다가 자리에 앉았다. 태인이 못마땅하게 그녀를 쳐다보았다.

"뭐하러 그렇게까지 서 있어요?"

"어른이잖아요."

태인이 입술을 삐죽거렸다. 수직적인 사회에서 오랜 시간 굴렀던 다정은 태인의 태도가 버릇없게 느껴졌지만 지적하지는 않았다. 점심을 먹어야 하는데, 은미의 상태가 썩 좋지 않은 듯해 다정은 입맛이 없어졌다. 그녀가 턱을 괴고 물었다.

"언제쯤 나아지실까요?"

병 때문에 사람이 악해진 거라고 생각하자 다정은 은미가 별로 밉지 않았다. 오히려 안타까운 마음도 없잖아 있었다.

다정과 정반대로 태인은 어머니를 치 떨리게 싫어했다. 흐릿하게 남은 자신의 어린 시절도 그렇고, 누나의 자살에 일조한 것도 어머니였고, 심지어 다정에게까지 해를 끼치려 했으니 자신의 어머니라도 좋아하려야 좋아할 수가 없었다.

"결혼식 전까지는 절대 못 나와요."

"최 교수님이 그러세요?"

그가 고개를 끄덕이고 말을 이었다.

"여름까지는 두고 봐야 한대요."

정신건강의학과 과장인 최성길이 은미의 주치의였다. 태인의 주치의이기도 한 성길은, 태인이 정신적으로 취약한 기질을 물려받은 데다가 학대나 다름없는 은미의 육아 방식이 태인의 정신에 나쁜 영향을 주었다고 설명했었다.

성길은 은미를 굉장히 경계했는데, 그건 입원 초 2월에 있었던 일 때문이었다. 정상적인 모습을 가장한 은미에게 베테랑인 성길도 깜빡 속아 넘어간 적이 있었다. 성길은 은미에게 문제가 없다고 판단한 후 하마터면 그대로 은미를 퇴원시킬 뻔했다. 다시 한 번만 더 확인해 달라는 태인의 부탁이 아니었으면 은미는 지금 집과 갤러리 등을 오가며 전과 다를 것 없이 일상생활을 영위했을 것이다.

무거운 침묵을 이기지 못한 다정은 식판에 음식을 담아 왔다. 그녀의 먹는 모습을 변태같이 흡족하게 보고 있던 태인이 까맣게 잊고 있던 것을 떠올렸다.

"맞다, 할아버지가 잠깐 보자고 하시던데."

"네?"

입 안에 든 음식을 삼키고 나서 다정이 미간을 찌푸리고 태인을 타박했다.

"어떻게 그걸 까먹어요?"

"오찬 모임 있다고 점심 지나고 오신댔는데……."

그 순간, 태인의 휴대폰이 울렸다. 두 사람의 시선이 동시에 그의 휴대폰으로 꽂혔다. 조금 있으면 가족이 될 사이라 다정은 종철이 전보다 더욱 어려웠다. 그런 자신의 마음도 모르고 이 남자는 연락을 까맣게 잊고 있었다.

"난 몰라. 이건 다 도태인 씨 잘못이에요."

허둥지둥 자리에서 일어난 다정과 다르게 태인은 느긋하기 그지없었다. 그는 전화가 울리는데도 이런 소리나 했다.

"도태인 씨 아니고, 태인 씨."

"전화나 받으시죠."

다정이 미간을 찌푸리고 차갑게 말한 뒤 퇴식대로 달려갔다. 남은 음식이 아깝지만 도종철 회장의 시간이 훨씬 비싸고 가치 있는 터라 여유롭게 밥을 먹고 있을 수는 없었다.

태인과 함께 이사장실에 간 다정은 긴장으로 바짝 마른 입술을 축이고 종철의 맞은편 소파에 앉았다. 인자한 웃음을 보이던 종철이 막냇손자에게 말을 붙였다.

"오랜만에 보는 것 같군."

"오랜만이라뇨? 저번 달에도 오셨으면서."

태인이 눈을 동그랗게 뜨고 대꾸했다. 종철에게 들키지 않게끔 다정이 그의 발을 톡 건드렸다. 다행히 그는 얌전히 입을 다물어 주었다.

곧, 종철은 다정에게 관심을 보였다.

"안 선생, 병원 일은 어때?"

"저야…… 똑같죠."

전공의 때나 지금이나 응급실 근무는 달라질 게 없었다. 그나마 근무 시간이 살짝 줄어든 것 정도? 다정의 담담한 대답이 마음에 드는지 종철은 고개를 끄덕였다.

"김 교수 말이야, 김웅진 과장."

"예."

"안 선생 칭찬을 얼마나 하는지 몰라."

다정의 뺨이 붉어졌다. 웅진이 자신을 아끼는 건 잘 알고 있지만, 도 회장에게까지 말했을 줄은 몰랐다. 조용히 실리만 챙기면서 살고 싶었는데 자꾸 눈에 띄는 느낌이라 어깨에 부담이 무겁게 얹혔다. 평범한 안다정에게 주변 사람들이 자꾸 대단한 일을 기대하는 것처럼 느껴졌다.

"내가 좀 안 선생한테 많은 걸 기대하고 있어. 그러니까 열심히 해서 차근차근 승진을 하자고, 병원장까지."

"병원장이요?"

다정 대신 태인이 관심을 보였다. 물론 다정도 경악 어린 눈빛으로 종철을 바라보았다.

"그래, 병원장은 의대 교수 중에 뽑으니까."

당장 스태프가 되지도 않았는데, 도 회장은 안다정의 미래를 어디까지 보고 있는 걸까? 이제 겨우 전문의 자격을 가진 다정이 난처해서 할 말을 찾지 못하고 침묵하자 종철이 대뜸 열쇠 하나를 테이블 위에 올려놓았다.

"그건 나중에 다시 이야기하고, 자."

다정과 태인의 주의가 단번에 테이블로 향했다. 어느 집 열쇠인지는 모르겠으나 열쇠 두 개가 고리에 함께 걸려 있었다.

"선물이야. 생일 선물."

"예?"

눈이 동그래진 다정이 열쇠와 종철, 그리고 태인을 번갈아 보았다. 그러나 태인은 별로 놀란 표정을 짓지는 않았다. 그는 그 열쇠에 흥미 없는 눈길만 줄 뿐이었다.

종철이 말을 이었다.

"안 선생, 조금 있으면 생일이라며?"

"아, 예……."

생일 선물로 열쇠라니, 도대체 무슨 열쇠? 다정은 종철의 말을 따라갈 수가 없었다. 종철이 설명을 덧붙여 주었다.

"이거 인천에 있는 별장인데, 비서 통해서 양도 계약서 쓰도록 해."

"에에?"

깜짝 놀라 새된 소리를 낸 다정은 얼마나 놀랐는지 사레까지 들려서 콜록거렸다. 그러니까 지금 도종철 회장이 예비 손자며느리에게 생일 선물로 별장을 준다는 뜻인데, 선물의 스케일이 너무 커서 이쯤 되니 실감도 나지 않았다.

한참 동안 기침을 하는 바람에 태인이 다정의 등을 부드럽게 토닥거렸다. 그의 부드러운 손길은 그녀가 기침을 멈출 때까지 계속되었다. 겨우 진정한 다정이 붉어진 얼굴로 고개를 들었다. 웬만해서는 보기 힘든 안다정의 강렬한 반응이 신기해서 종철이 껄껄 웃었다.

"아, 그렇지. 마음에 안 들 수 있으니까 한 번 둘러보고 와서 결정해도 괜찮아."

어쩔 줄 몰라 머뭇거리는 다정의 반응을 어떻게 이해한 건지, 종철은 인자한 미소를 지어 주면서 마음 넓게도 다정의 취향을 배려해 주었다.

*　　　*　　　*

오프 날, 다정은 태인과 함께 '생일 선물'로 받은 별장에 가 보기로 했다. 아무래도 그 별장이 마음에 들지 않을 일은 없을 것 같아 다정은 얼떨떨하게 종철의 비서와 변호사를 통해 무려 부동산 권리 양도 계약서를 작성했다. 자신의 명의로 아파트부터 사리라 생각했는데, 웬걸? 별장부터 생겼다.

멀리 별장 건물이 보였다. 별장은 바닷가 근처에 인접한 2층짜리 건물이었다. 언덕 위에 있어서 바다가 잘 내려다보일 듯했다. 태인이 의외라는 투로 중얼거렸다.

"이런 곳에다가 별장을 짓다니……."

"별로예요?"

"아뇨. 할아버지는 개방된 공간을 별로 안 좋아하셔서 이렇게 사방이 뚫려 있는데 별장을 지었을 줄은 몰랐어요. 그래서 선물로 준 건가?"

아니면 선물로 주려고 산 걸지도 모르겠다.

태인의 말에 다정도 언덕 위의 건물을 살펴보았다. 별로 폐쇄적인 건물은 아니었다. 하늘 끝까지 닿을 듯한 담장은 없는, 평범한 주택의 모양새였다.

"여기다 세우면 되나?"

"그런 것 같은데요."

자잘한 돌이 깔린 주차장에 태인이 차를 세우자 밖으로 나온 다정이 기지개를 켰다. 얇은 스니커즈 밑창으로 자글자글한 돌이 느껴졌다.

주차장에서 별장까지는 길이 하나만 나 있었다. 길옆으로는 푸른 잔디가 깔려 있었는데, 하나뿐인 길을 따라 걷던 다정은 관리가 잘 된 정원 잔디를 의문스럽게 내려다보았다.

"이런 거 다 관리해야 하는 거죠?"

"그건 그런데, 관리인 있으니까 괜찮을 거예요."

귀찮은 일이 생긴 줄 알고 긴장한 다정이 태인의 말에 안도의 한숨을 내쉬었다. 판판한 돌로 쭉 이어진 길을 걸은 다정이 별장 건물을 보고 멈칫 멈추어 섰다.

'어디서 본 적 있는데?'

멀리서 봤을 때와 다르게 가까이에서 2층 건물을 보자 다정은 왠지 낯이 익다는 생각이 들었다. 사실 낯익을 일은 없었다. 아까까지만 해도 안다정은 세상에 이 건물이 있는 줄도 몰랐고, 태인의 차와 내비게이션이 아니었다면 이 별장을 찾아오지도 못했을 테니 말이다. 그럼에도 불구하고 건물이 무척 익숙했다.

"뭘 그렇게 봐요?"

"언제 온 것 같은 기분이라서요."

"여길?"

태인이 의외라는 듯 다정을 응시했다. 다정은 눈을 가늘게 뜨고 별장 주변을 쭉 둘러보았다. 다른 건 별로 친숙하지 않은데 이 잔디와 하나뿐인 길, 그리고 건물이 눈에 익었다. 그녀는 고개를 갸웃거리면서 별장 쪽으로 계속 걸었다. 그가 물었다.

"비슷한 펜션 같은 델 갔었나?"

"그게…… 내가 어렸을 때 빼고는 여행을 잘 안 다녀서……."

다정은 금전과 시간적인 문제로 여행을 갈 일이 거의 없다시피 했다. 여행을 가느니 그 시간에 집에서 휴식을 취하는 편이 안 다정 스타일이기도 했고. 그러니 이 별장과 비슷한 펜션에 갔을 리는 없었다.

"TV 드라마 배경 같은 거로 나왔을지도요?"

"그건 아닐걸요?"

그나마 가장 일리 있는 소리였으나 태인이 바로 부정했다.

"할아버지가 다른 사람한테 별장을 빌려주지는 않았을 테니까."

듣고 보니 그럴 만도 했다. 그냥 기시감이 느껴지는 것이려니, 여기면서 다정은 태인과 함께 별장 현관 앞에 섰다. 그런데 특이할 것 없는 심플한 현관문도 어째 눈에 익었다. 그녀가 미간을 좁힌 채 뒤로 고개를 돌렸다.

바닥에는 푸른 잔디가 벨벳처럼 깔려 있었고, 별장으로는 길이 하나만 나 있었다. 통유리 창 바깥으로는 테라스가 자리하고 있었다. 아, 저기에 4인용 테이블을 놓으면…….

그 순간 다정이 얼어붙었다. 자신은 분명 이곳에 처음 와 봤다. 그러나 머릿속에 남아 있는 잔상이 눈앞의 풍경과 겹쳐졌다. 눈앞이 아찔해진 그녀는 다리에 힘이 풀려 비틀거렸다. 소름이 돋았다.

이곳은 꿈속의 별장과 꼭 닮아 있었다.

'어떻게 이럴 수가……'

그 꿈에서 자신은 그곳을 자신의 별장이라고 여기고 있었다. 꿈을 꾸었을 적의 자신은 별장은커녕, 오피스텔을 월세로 살고 있었음에도 말이다. 지금은 텅 비어 있지만 저 테라스에 테이블이 있었고, 그 위에는 케이크가 놓여 있었다. 그 케이크에 눈독을 들이던 어린 남자아이는 자신을 '엄마'라고 불렀고, 아이 아빠를 찾기 위해 별장 현관을 열었을 때…….

"왜 그래요?"

이 남자가 나타났었다!

다정은 비명을 지르고 싶었지만 겨우 참아 냈다. 이성적이고 경험적인 학문을 배워 온 그녀는 현실을 도저히 믿을 수가 없었다. 누군가에게 말을 해도 절대 믿어 주지 않을 기가 막힌 상황이었으니까. 심지어 당사자인 자신조차 끊임없이 의심을 하고 있지 않은가?

'내가 미쳤나?'

새파랗게 질린 채 휘청거리는 다정을 붙잡은 태인이 걱정스러운 눈빛을 내비쳤다. 그는 그녀의 사소한 몸짓에도 예민해 했다. 게다가 안다정은 감정 표현을 거의 하지 않았고, 표현을 한다 해도 서투른 편이라 이만큼 놀라는 모습은 처음이나 다름없었다. 그가 눈가를 찡그리고 물었다.

"어디 아파요?"

"아, 아니…… 아무것도."

다정의 말이 딱딱 끊어졌다. 차마 꿈과 현실이 혼동된다고 말할 수는 없었다. 그랬다가는 예비 시어머니 옆 병실에 들어가게 될지도 몰랐다.

겨우 마음을 가다듬은 다정이 한숨을 길게 내쉬자 태인이 그녀와 눈높이를 맞추었다. 상냥한 눈길이 그녀의 남은 당황마저 진정시켜 주었다.

"괜찮아요. 별거 아니에요."

"들어가요."

다정이 고개를 끄덕였다. 그러고 보니 꿈에서는 별장 안에 들어가 보지 않았다. 그녀는 두근거리는 마음으로 현관문을 열었다.

실내는 별장답게 목재가 많이 쓰여서 아늑한 기분이 들었다. 태인이 슬리퍼로 갈아 신고 다정의 앞에도 폭신한 실내용 슬리퍼를 놓아 주었다. 밑창 딱딱한 신발에서 벗어나자 꼭 구름 위를 걷는 듯 발이 포근해졌다.

태인이 닫혀 있던 미닫이 이중문을 열자마자 무표정하게 있던 다정이 입을 벌린 채 바짝 굳었다.

"이건……."

장미 꽃잎으로 덮인 길이 현관에서부터 별장 안쪽으로 쭉 펼쳐져 있었다. 붉은색, 핑크색 등 여러 색의 꽃잎을 차마 밟을 엄두가 나지 않아, 다정은 걸음을 옮기지 못했다. 말로만 듣던 꽃길인가? 아니, 왜 꽃잎이 여기 있는 거지? 가뜩이나 꿈과 현실을 혼동해서 머릿속이 복잡한 그녀는 상황이 쉽게 받아들여지지 않았다.

"계속 서 있을 거예요?"

"그, 어…… 밟아도 돼요?"

당연한 소리를 하는 그녀에게 그가 빙그레 웃어 주었다.

마른침을 삼킨 다정은 꽃잎으로 가득한 길을 조심조심, 천천히 걸었다. 긴장으로 다리가 뻣뻣하게 굳어졌다. 그녀의 발이 닿는 곳마다 꽃잎이 파르르 떠는 듯했다.

장미는 바닥에만 깔려 있는 게 아니었다. 다정의 걸음이 우뚝 멎었다. 꽃길의 끝에는 어림잡아도 수백 송이는 될 장미 다발이 놓여 있었다. 둘레만 해도 성인 둘이서 팔을 벌려 안아야 할 정도로 엄청난 위용이었다.

"이거 몇 송이에요?"

"천 송이요."

깜짝 놀란 다정이 입가를 가렸다. 몇백 송이 수준이 아니었다. 남자에게 장미꽃 한 송이 받아 본 적 없던 안다정은 평생 받을 꽃 다발을 다 받은 기분이었다. 조금 더 가까이 다가가자 장미 향이 물씬 풍겼다.

예전에 다정은 선물로 꽃을 받는 걸 이해하지 못했다. 특히 꽃을 사랑의 의미로 주는 건 이상하게만 보였다. 며칠 지나면 시들어 버리는 꽃을 사랑하는 사람에게 주기에는 너무 우습지 않은 가? 쉽게 변하는 사랑을 에둘러 표현하는 걸까? 조소가 나오기도 했다.

하지만, 다정은 오늘 마음을 고쳐먹었다. 눈앞에 있는 화려하고 아름다운 꽃이 말 그대로 사랑을 형상화한 것만 같았다. 지금이 순간의 감동만으로도 선물의 가치는 충분했다. 그녀는 부드러운 장미 꽃잎을 손으로 쓸어 보았다. 간지러운 촉감이 꼭 가슴속이 울렁거리는 느낌과 닮아 있었다.

그때였다. 언제부터 가지고 있었던 건지, 태인이 반지가 든 상자를 꺼내 손바닥 위에 올려놓았다. 할 말을 잃은 다정은 반지 케이스만 내려다보았다. 까만색 벨벳 케이스가 서서히 열리고 눈에 익은 반지가 드러났다.

"어? 이거……."

2차 시험 전날, 장민석이 보고 있던 카탈로그에 실린, 크고 아름답게 빛나던 다이아몬드 반지. 가격도 엄청나서 웬만한 사람이라면 엄두도 내지 못할 반지를 그녀는 실물로 보고 있었다. 태인이 웃음 섞인 목소리로 말했다.

"이거 받고 싶었다면서요?"

정곡을 찔려 화들짝 놀란 다정이 눈만 깜박거렸다. 고가의 화려한 반지를 받고 싶은 건 인간으로서 당연하지만 욕심을 내지는 않았다. 솔직히 말하자면 아무한테도 반지 선물을 받아 본 적이 없는 터라 태인에게 아무 반지나 받아도 상관없다고 생각했었다. 그녀가 마른침을 삼키고 물었다.

"누, 누가 그래요?"

"김찬형 씨가 살짝 귀띔해 줬어요."

차라리 현금으로 받았으면 좋겠다고 농담을 하면서도 다정은 반지 사진에서 시선을 떼지 못했다. 다정 본인도 모르는 마음을 읽은 찬형이 눈치껏 입대 전에 태인에게 슬쩍 알려 주었다. 도태인이 이 반지를 살 능력이 있음에도 안다정은 절대 제 입으로 말하지 못할 테니까.

"이, 이, 이걸 샀어요?"

그녀의 바보 같은 질문에 그가 웃음을 터뜨렸다. 샀으니까 가지고 있는 거지만, 그는 아무 말 없이 고개를 끄덕였다. 그녀가 멍하니 중얼거렸다.

"이거 되게 비싼데……."

다이아몬드 반지는 정교하게 가공되어 화려하게 빛을 반사했다. 지나가면서 언뜻언뜻 보았던 큐빅 액세서리는 이 다이아몬드를 흉내도 내지 못했다. 왜 그렇게 여자들이 반짝이는 보석에 관심을 갖나 했는데, 다정은 그 마음을 이제 충분히 이해할 수 있었다. 다이아몬드는 보는 것만으로도 심장이 두근두근 떨리는 효과를 가져왔다. 가슴이 설레서 그녀는 반지에서 시선을 떼질 못했다. 그 틈을 놓치지 않고 태인이 입을 열었다.

"프러포즈가 많이 늦었죠?"

그제야 다정의 시선이 태인에게로 돌아갔다. 따지자면 프러포즈는 두 달이나 늦었다. 2월 첫날, 전문의 시험 최종 발표일부터 안다정은 매일매일 프러포즈를 기다렸다. 분위기 좋은 레스토랑에 가면 '오늘인가!' 싶었고, 집에 돌아왔는데 향초가 켜져 있으면 '드디어 오늘?' 하고 혼자 김칫국을 마셨다.

하지만 레스토랑에서는 저녁만 먹었고, 향초는 태인이 다정의 피로를 풀어 주겠답시고 고른 이름 모를 아로마 향초일 뿐이었다.

그렇게 한 달이 지나자 그녀는 자신의 청혼으로 모든 게 끝난 줄 알았다. 응급실 근무에 정신이 없는 동안 6월에 결혼식 날짜가 잡혔고, 종철은 결혼 선물이랍시고 태인에게 현재 살고 있는 방배동 빌라를 주었다. 당사자인 다정이 바빠서 태인의 주도하에 플래너를 통한 결혼식 준비가 차근차근 진행되었고, 그녀는 플래너의 보고를 받을 때마다 프러포즈 없이 결혼이 진행되겠구나 생각했다.

"솔직히 프러포즈 안 할 줄 알았어요."

그녀가 살짝 삐친 듯 대꾸하자 그가 쿡쿡 웃었다. 가능하면 청혼을 다정의 생일 근처에 하고 싶어서 꾹꾹 참느라 이쪽도 고역이었다. 종철이 다정에게 선물이랍시고 별장 열쇠를 건넬 때 태인이 놀라지 않은 건 이미 전부 계획된 상황이기 때문이었다. 생일 즈음 프러포즈를 하겠다는 막냇손자의 계획에 종철은 흔쾌히 장소를 제공하기로 했고, 이 모든 것을 안다정만 까맣게 몰랐다. 할아버지가 발설하지 않는 이상, 그녀는 숨겨진 사정을 평생 모를 것이다.

태인은 화려하게 빛나는 반지를 빼서 다정의 왼손 약지에 끼워 주었다. 가느다란 손가락을 거의 가리다시피하는 큼직한 다이아몬드를 그녀는 입술을 벌리고 내려다보았다. 손가락에 묵직한 이물감이 느껴지자 그녀의 손이 떨렸다. 지금 왼손 약지에 1억 원이 끼워져 있는 셈이었으니까!

긴장 탓에 그녀의 어깨가 바짝 올라갔다. 은은하게 풍기던 장미 향도 이제는 느껴지지 않았다. 장미에 취한 건지 눈앞의 남자에게 홀린 건지, 그녀의 머릿속은 하얗게 비워져 있었다. 그가 그녀의 왼손을 부드럽게 감싼 뒤 나직한 목소리로 말했다.

"사랑해요."

새하얘진 머릿속에 그의 고백만이 남아 맴돌았다. 도태인은 안다정을 사랑한다. 무조건적으로 참이 될 수밖에 없는 명제였다. 천 송이의 장미도, 현관에서부터 이어진 꽃길도, 손에 끼워진 화려한 반지도 순간 잊었다.

그녀가 그를 멍하니 바라보았다. 희미한 미소를 띤 채, 그가 다시금 힘주어 고백했다.

"사랑합니다, 다정 씨."

그의 입에서 나오는 자신의 이름은 무척이나 달콤하고 사랑스러웠다. 그는 이 세상에서 가장 소중한 것을 말하는 양 그녀의 이름을 불러 주었다. 그녀의 손을 잡은 그의 손에 힘이 들어가더니, 이내 그가 말을 이었다.

"나랑 결혼해 줄래요?"

다정은 아무 대답도 할 수 없었다. 고개조차 끄덕이지 못하

고 그녀는 얼음처럼 굳어 태인만 바라보았다. 청혼을 받는다는
건 예상보다 가슴이 벅찬 일이었다. 그날, 담담하게 건넸던 자신
의 말에 그가 왜 뺨까지 맞아 가면서 현실 확인을 했는지 알 것도
같았다.

인생에 사랑도, 사랑의 결실인 결혼도 없을 거라고 믿고 살아
왔는데……

다른 사람 앞에서 눈물을 잘 보이지 않는 그녀였지만, 왠지 눈
가가 뜨거워졌다. 눈물을 숨기기 위해 그녀가 시선을 떨어뜨렸
다. 약지에 끼워진 반지가 보였다.

투명하게 빛나는 다이아몬드는 영원이라는 의미를 담고 있었
다. 이 사랑은 절대 변하지 않을 것이다. 그의 감정도, 자신의 마
음도 영원히.

"나랑 평생 같이 살아요."

"이미 그러고 있잖아요."

푹 숙인 고개를 들지도 못하고 그녀가 웅얼거렸다. 목소리가
젖어 있는 게 조금만 더 지나면 눈물이 뚝뚝 떨어질 듯했다. 그
가 그녀의 얼굴을 양손으로 감싸 들어 올렸다. 눈가에 눈물이 잔
뜩 번진 모습이 녹아 버릴 만큼 사랑스러웠다. 그가 그녀와 시선
을 맞추었다.

"내 아내가 되어 줄 거죠?"

그제야 다정이 고개를 끄덕였다. 그녀의 작은 몸짓 하나에 초
조한 마음이 단숨에 가라앉았다. 당연히 프러포즈를 수락할 줄

은 알았지만, 그녀가 아무 대답도 하지 않아서 그는 내심 불안했었다. 그가 그녀를 품 안으로 끌어당겨 꼭 안았다. 그녀가 어린 아이처럼 칭얼거렸다.

"눈물이 날 것 같아."

"내 앞에서는 울어도 된다니까."

웃음기 섞인 말이 떨어지기 무섭게 다정의 눈에서 눈물이 흘러나왔다. 그녀는 우는 모습을 가리고자 태인의 가슴에 얼굴을 기대었다. 하지만 셔츠 위로 번져 가는 뜨거운 눈물을 숨기지는 못했다.

* * *

'오늘 여기서 결혼식이 있을 예정입니다!'

……라고 주장하는 것처럼 건물 안팎으로 꽃이 가득했다. 꽃길의 뜻이 이런 걸까? 오랜만에 만난 연인, 미진과 함께 청첩장에 안내된 건물 앞에 선 찬형은 한숨을 내쉬었다. 불쌍한 꽃을 밟고 싶지 않아, 그가 곡예를 하듯 이리저리 피하며 걸음을 옮겼다.

보안 요원에게 청첩장을 제시한 찬형과 미진은 제지 없이 건물 안으로 들어갈 수 있었다. 결혼식 때 결혼식장 직원에게 하객용 스티커나 꽃 장식을 받은 적은 있어도, 입구에 있는 보안 요원에게 청첩장을 보여 주는 건 또 처음이었다.

"민석이는 아직 안 왔나?"

김찬형과 장민석은 현재 공중 보건의로 낙후된 지역에 흩어져 있었다. 오랜만에 하는 서울 나들이에 들뜬 것도 잠시, 찬형은 실내를 둘러보고 입을 벌렸다.

"아, 아니, 스몰 웨딩이라고 하지 않았어요? 가족 친지만 모여서 한다는……."

건물 인테리어부터 번쩍번쩍한 게, 어째 소박한 분위기와는 거리가 멀었다. 미진이 싱긋 웃고 대답했다.

"가족 친지만 모인다고 해서 꼭 규모를 작게 할 필요는 없겠죠."

1층 로비는 손님들로 북적였다. 대부분이 모르는 사람들인 게, 신랑 쪽 손님인 듯싶었다. 소박한 결혼식이라서 축의금은 받지 않는다는 고마운 팻말 옆에 아는 얼굴이 보였다.

"김찬형!"

찬형보다 민석이 먼저 손을 들어 보였다. 찬형이 가까이 다가가자 민석과 미진은 서로 까딱, 고개만 숙여서 인사를 했다.

"신부 대기실 들어가도 돼?"

"사진 찍을 거면 들어가도 될걸? 근데 대기실이 좀 멀어. 4층이야."

마침, 로비 한쪽에 안내장이 마련되어 있었다. 3등분으로 접혀 있는 안내장을 펼친 찬형은 내용을 쓱 훑어보았다.

내용은 간단했다.

건물은 결혼식용으로 5층까지만 개방되었다. 5층은 창고, 1층

은 사람들이 만날 수 있는 로비였고, 2층은 예식이 거행될 식장,
3층은 피로연장이었다. 4층은 신부 대기실과 가족 대기실이 있
어서 손님으로서는 결국 3층까지만 오르락내리락하면 될 일이
었다.

"4층 가 보자."

안다정을 실컷 놀려 줘야지, 하며 찬형이 속으로 낄낄거렸다.

건물에 마련된 엘리베이터는 화물용까지 총 다섯 대였다. 4층
버튼을 누르자 함께 탄 여자가 그들을 힐끔거렸다. 여자의 목적
지도 4층인 모양인지, 그녀는 버튼을 누르지 않고 대신 민석에게
말을 걸었다.

"4층은 대기실인데 어떻게 가시는 거죠?"

"아, 신부 친구입니다."

"그러시군요."

여자는 납득한 뒤로 더 이상 묻지 않았다. 괜히 낯선 여자 때
문에 엘리베이터 안 분위기가 어색해졌다. 찬형이 농담 삼아 입
을 열었다.

"꽃이 너무 많아서 이러다 질식하겠어."

양재동 꽃 도매 시장과 가까운 건물이라 그런지 심지어 엘리
베이터에도 꽃 장식이 화려하게 달려 있었다. 바라보는 것만으
로도 가슴이 간질간질해지는 예쁜 꽃을 올려다본 미진이 찬형의
농담에 웃으며 뭐라 말을 꺼내려던 참이었다. 낯선 여자가 황당
하다는 투로 대꾸했다.

"공기 청정기 가동되거든요."

"아, 네……."

응급의학과 전문의인 김찬형이 진심으로 꽃에 질식사를 할 거라고 믿는 것도 아닌데, 여자는 찬형을 바보 보듯 쳐다보았다. 바보 취급당하는 데 예민한 민석이 무례한 여자에게 한마디 하려 입을 열었으나 찬형이 냉큼 동기의 입을 가렸다. 좋은 날 괜히 싸움을 할 필요는 없었다.

엘리베이터는 2층과 3층 어디에도 멈추지 않고 4층까지 직통으로 올라갔다. 두리번거리며 신부 대기실을 찾는 그들과 달리, 그 여자는 거침없이 복도를 걸어갔다. 바닥에 깔린 카펫 덕에 여자의 구두굽 소리가 묻혔다.

"뭐야? 가족인가?"

결국 민석이 짜증스럽게 입을 열었다. 머리끝부터 발끝까지 유명한 럭셔리 브랜드로 걸친 젊은 여자는 왠지 오만하게 느껴졌다. 가족이라 해도 여자는 안다정의 가족은 아닐 것이 분명했다.

"대기실이 어딘지 모르겠는데, 저 사람 따라가 보자."

찬형이 진정하라는 양 민석의 어깨를 두드려 주었다. 미진은 찬형을 힐끔 곁눈질했다. 평화주의자 김찬형의 상냥한 모습이 그녀는 무척 좋았다.

그 여자를 따라오길 잘 했다. 그들이 코너를 꺾자마자 신부 대기실이 나타났다.

신부 대기실은 화려하기보다 청순한 꽃으로 장식되어 있었다. 살짝 열려 있는 문 틈새로 들어간 미진이 하늘하늘한 커튼을 살짝 걷자 인기척을 느낀 다정이 고개를 돌렸다. 여자인 미진이 맨 앞에, 시커먼 남자 동기 둘이 미진의 뒤에 어색하게 서 있었다.

"어? 왔어?"

곱게 화장을 하고 눈부신 웨딩드레스를 걸친 안다정은 찬형과 민석에게 있어서 무척 낯설었다. 평소라면 낄낄거리면서 장난을 걸었을 텐데 웬일인지 찬형은 아무 말도 나오지 않았다. 이는 민석도 마찬가지인 듯했다. 이 가운데 입을 연 쪽은 미진뿐이었다.

"선생님, 좋은 꿈꾸셨어요?"

"아…… 잘 못 잤어요. 와 주셔서 감사합니다. 앉으세요."

다정이 수줍게 웃으며 대답하고는 손님용 소파를 가리켰다. 푹신한 소파에 앉아서 민석이 말을 붙였다.

"잘 지냈냐?"

"정신없었지."

2월부터 다시 응급실에서 근무하게 된 다정은 여전히 바빴다. 결혼식 계획을 태인에게 일임해야 할 정도로 정신이 없어서 드레스 선택이라든지 웨딩 촬영 같은 중요한 일에도 시간을 겨우 짜냈을 정도였다.

하지만 정신없던 나날도 오늘로 끝이었다. 일주일 동안 신혼여행이라는 명목 하에 해외 휴양지에서 쉴 수 있기 때문이었다. 안다정은 지금 그날만을 기다리고 있었다. 휴양지 침대에서 기절하듯 잘 수 있는 날 말이다.

"너희는 어때?"

"딱 생각했던 만큼이야. 지루해."

풀이 죽은 투로 찬형이 얼른 대답했다. 4년 동안 동고동락하던 동기였기에 그들은 오랜 시간 떨어져 있는 게 아직은 어색했다. 찬형에게 동감인 터라 민석은 굳이 덧붙이지 않고 대신 궁금하던 점을 물었다.

"아까 로비에서 들었는데, 이 건물이 신랑 할아버지 거라며?"

"진짜?"

뜻밖의 사실에 깜짝 놀란 찬형이 되묻자 미진도 눈을 동그랗게 떴다. 다정이 난처한 듯 입술을 삥긋거리다가 한숨을 내쉬었다. 안다정 본인도 이렇게까지 화려하고 큰 결혼식이 될 줄은 몰랐다.

"내가 부모님도 안 계시고 그래서 평범한 결혼식 말고 작은 규모로 가볍게 하자고, 건물도 있으니까 식장 걱정도 안 해도 된다 하셨거든."

처음에는 말 그대로 작은 규모의 결혼식을 예상했다. 게다가 다정은 평범한 결혼식에 몇 번 초대받은 경험은 있지만, 특이한 결혼식에 대해서는 잘 몰랐다. 그저 막연히 자신이 아는 결혼식에서 규모를 줄인 것뿐이라고 생각했었다.

그런데 알고 보니, 2월에 안다정이 전문의 시험에 합격하자마자 도종철 회장은 본인 소유의 이 건물을 결혼식용으로 리모델

링을 지시했다. 병원 근무로 워낙 바빠서 결혼식에 신경 쓰지 못한 다정은 뒤늦게 이 사실을 알고 기겁했다. 반면, 결혼식 계획을 주도하던 태인은 전부터 알고 있었으면서 얄밉게 한 마디도 언질을 주지 않았다.

"좋은 거 아냐? 돈도 아끼고."

"낭비했으면 낭비했지, 아꼈을 리가……."

다정이 풍성한 꽃 장식을 쳐다보며 중얼거렸다. 신부 도우미에게서 꽃값만 해도 수천만 원이 들었다고 전해 들었다. 이미 건물 전체를 리모델링하는 값부터 평범한 결혼식과는 거리가 멀어졌다.

"너 혼자 여기 이러고 있으면 안 심심해?"

"아니?"

곧장 부정한 다정이 피곤한 표정을 애써 감추고 의자 등받이에 몸을 기대었다. 어제까지 병원 근무를 했다. 긴장 탓에 잠도 제대로 못 잔 상태에서 아침부터 메이크업과 머리를 하느라 죽을 맛이었다. 안다정은 휴식이 필요했다. 뿐만 아니라 심심할 만하면 이렇게 손님이 찾아왔다.

"너희 오기 전에 신 선생이 계속 옆에 있었어."

"신채린? 어디 갔어?"

"화장실 갔다 왔습니다."

찬형이 의아해하기 무섭게 채린이 커튼을 걷고 들어왔다. 민석은 오랜만에 만난 후배를 보고 키득거렸다.

"오랜만이다, 신채린. 네가 치프야?"

"당연히 아니죠! 구재희가 치프입니다."

바로 대꾸하고 나서 채린은 비어 있는 자리에 털썩 앉았다. 모두의 시선이 채린에게로 모일 때였다. 채린이 의미심장한 표정을 짓고 말했다.

"선생님, 그거 아세요?"

"……그게 뭐야?"

채린의 능글맞은 표정이 어째 불안해서 다정이 떨떠름하게 후배를 바라보았다. 소파 팔걸이에 팔을 올리고 턱을 괸 채린이 히죽 웃고 말을 이었다.

"저한테 전에 그러셨잖아요. 독거노인이 꿈이라고."

"대박! 안다정 꿈이 독거노인이었어?"

찬형이 기가 막힌다는 투로 끼어들자 황당한 장래 희망에 대기실은 웃음 바다가 되었다. 다정은 두꺼운 화장 위로도 숨길 수 없는 창피함이 올라왔다. 붉어진 얼굴을 어쩌지도 못하고 다정은 채린을 원망스러운 눈으로 응시했다.

"결혼하실 생각도 없다 하셨으면서."

"그땐 정말 없었어. 왜 지난 일을 들먹여?"

다정의 궁색한 변명에 채린은 더 이상 선배를 괴롭히지 않고 한숨을 툭 뱉었다.

"아뇨, 그냥 부러워서……."

결국 질투 때문에 오늘의 주인공인 신부를 난감하게 만들었다는 소리였다. 다정이 코끝을 찡그렸다.

채린의 말은 진심이었다. 평범하게 미강 계열사에서의 호텔 결혼식 정도만 예상했던 채린은 이 특별하고 고급스러운 결혼식에 마음을 빼앗겼다. 낭만적이게도 오늘 결혼식이 끝나면 그 누구도 다시는 이 화려한 건물에서 결혼식을 올릴 수 없다는 점까지 완벽했다. 환상 같은 결혼식이었다.

'도태인, 진짜 쩐다······.'

물론 이 결혼식이 그 정신 나간 남자와 평생을 살아야 하는 값이라고 치면 조금 부족한 것도 같지만 말이다.

머리끝부터 발끝까지 럭셔리 브랜드로 치장한 여자, 도지혜는 얄미운 사촌 동생과 마주 앉아 있었다.

"야."

"왜?"

"너, 진짜 나한테 고마워해야 하는 거 알지?"

지혜의 공치사에 태인이 눈살을 찌푸렸다. 하지만 부정할 수는 없는 노릇이었다. 도지혜가 이 결혼식 준비에 도움을 많이 준건 사실이었으니까.

물론 지혜가 맨입으로 결혼식 준비에 발 벗고 나선 것은 아니었다. 집안 최고의 권력자인 종철이 유난히 예뻐하는 태인과 다정을 위해 나서면서 지혜도 종철에게 이번에 눈도장을 확실히 찍었다.

"작은어머니는 안 오셨어?"

"못 와."

자신의 결혼식에 어머니가 참석하지 못한다는 데도 오늘의 신랑은 심드렁했다. 그럴 만도 했다. 폐쇄 병동에 은미를 입원시킨 사람이 태인 본인이었고, 은미는 입원 치료가 필요했다. 다정이 목숨의 위협을 느낀 이상, 태인은 어머니와 아내를 한 공간에 절대 두지 않으리라 다짐했다.

"작은아버지 혼자라서 뻘쭘하시겠네. 신부 측도 부모 없다니까 오히려 괜찮은가?"

"그래서 일부러 가족석이라고 테이블 합쳤잖아."

"그렇긴 한데…… 지금이라도 작은어머니 모셔 오지 그래? 그래도 하나뿐인 아들……."

그러나 지혜는 태인의 싸늘한 시선에 말을 다 잇지 못했다. 은미를 향한 태인의 혐오감을 느낀 탓이었다.

"쓸데없는 소리 할 거면 나가. 나도 신부 대기실 가게."

"진짜 재수 없어, 도태인."

기껏 생각해서 이야기를 꺼낸 건데 박대를 당하니 지혜의 기분은 팍 상해 버렸다. 다정과 은미 사이에 있었던 일을 굳이 꺼내고 싶지 않아, 태인은 재수 없는 사촌 동생이라는 오명을 기꺼이 뒤집어썼다.

지혜와 헤어지고 나서 태인은 곧장 신부 대기실로 향했다. 인사다 뭐다 해서 아버지와 할아버지에게 이끌려 돌아다니느라 정작 다정과 시간을 보내지 못했다.

"들어가도 돼요?"

"네."

그녀의 허락이 떨어지기 무섭게 그는 대기실 안으로 들어갔다. 조금 있으면 결혼식이 시작될 예정이라 신부 대기실을 찾았던 손님들은 모두 2층으로 내려간 상태였다. 대기실에는 다정에게 완벽한 신부의 모습을 연출하기 위한 도우미들만 남아 있었다.

"긴장되네."

……라고 말하는 안다정은 전혀 긴장한 표정이 아니었다. 태인이 다정에게 가까이 다가갔다. 그가 그녀의 얼굴에 드리워진 면사포를 살짝 걷어 내고 감탄을 섞어 말했다.

"이렇게 입으니까 예쁜데."

가까이에서 그가 지그시 바라보는 바람에 그녀는 얼굴이 조금씩 뜨거워졌다. 진심으로 그녀에게 다시금 반한 그가 미소를 띤 채로 황당한 소리를 뱉었다.

"한 번 더 할까?"

피곤해 죽을 지경인 안다정은 고개를 절레절레 흔들었다. 결혼식을 한 번 더 했다가는 10년쯤 늙어 버릴 것이 분명했다.

그때였다.

"앗!"

도우미들 사이에서 짧은 비명이 들렸다. 무의식적으로 다정과 태인은 고개를 돌렸다. 도우미가 옷핀을 쓰다가 손가락을 찔린 모양이었다.

"어우, 피 나. 너무 깊게 찔렀나 봐."

"어디 반창고 있나?"

별것 아닌 대화인데, 태인의 안색이 한층 나빠졌다. 다정이 몸을 일으켜 양손으로 그의 뺨을 잡았다. 도우미 쪽에 꽂혀 있던 그의 시선이 그녀에게로 온전히 돌아왔다.

"괜찮아."

그녀가 묻기 전에, 그가 먼저 힘없이 말했다. 그녀의 손 위에 제 손을 올린 그가 눈을 길게 감았다 떴다. 불안을 수습하자 그의 눈빛과 안색이 한결 나아졌다.

"준비 다 되셨어요? 이제 슬슬 내려가야 할 것 같아요."

곧, 지혜가 고용한 웨딩 플래너가 신부 대기실로 들어왔다. 다정이 플래너를 신경 쓰면서 어색하게 팔을 내릴 즈음, 그녀의 손이 그에게 꽉 잡혔다. 그녀가 의아한 눈으로 그를 바라볼 때였다. 그가 장난스럽게 말했다.

"키스 한 번만 하고."

이내 태인은 다정에게 입을 맞추었다. 다행히 키스는 진하지도 않고 길지도 않았다. 다만, 문제는…….

"신랑님! 립스틱 다시 발라야 하잖아요! 정말!"

도우미들 틈새에 있던 메이크업 아티스트가 난리가 나서는 립스틱 두 개를 들고 달려왔다. 태인은 씩 웃고는 제 입술에 묻은 붉은 립스틱을 손등으로 닦고 훌쩍 나가 버렸다. 남들 앞에서 키스를 당한 다정만이 이러지도, 저러지도 못한 채 얼굴이 빨개져서는 씩씩거렸다. 도태인은 안다정을 난처하게 만드는 놀라운 재주가 있었다.

예쁜 신부에게 눈이 돌아가서 키스하는 신랑을 자주 보는 터라 정작 도우미들은 별로 신경 쓰지 않았다. 다정은 그들의 무관심한 모습이 차라리 고마웠다. 도우미가 흐트러진 면사포를 바로잡아 주고 나서 말했다.

"신부님, 한 번 더 거울 확인하시고요."

당황한 다정을 도닥거려 주는 사람은 상냥한 도우미들뿐이었다. 다정은 겨우 정신을 차리고 제 모습을 한 번 더 점검했다. 생소하기 짝이 없는 웨딩드레스 차림에 침이 꿀꺽 넘어갔다. 평생이 옷을 한 번도 입지 못하리라 생각했는데.

그때, 누군가가 밖에서 대기실 문을 노크했다.

"언제 나와요?"

이어지는 목소리의 주인공은 태인이었다. 동시 입장이 예정되어 있어서 그는 먼저 내려가지 않고 그녀를 밖에서 기다리고 있었다.

태인의 재촉에 다정은 높은 웨딩슈즈에 발을 구겨 넣고 문을 열었다. 그가 기다렸다는 듯 그녀에게 손을 내밀었다. 마음 같아서는 신부를 훌쩍 안고 내려가고 싶지만, 그랬다가는 그녀가 질색을 할 테니 그는 자신의 충동을 꾹 참기로 했다.

도톰한 카펫 위에 아까는 본 적 없는 장미 꽃잎이 뿌려져 있었다. 그녀가 의아하게 꽃잎을 바라보자 그가 장난스럽게 말했다.

"안다정은 꽃길 정도는 걸어 줘야 하니까."

"어……."

할 말을 잃은 그녀에게 그가 씩 웃어 보였다. 도태인의 신부라면 꽃길 정도는 걸어 줘야 했다. 오늘, 자신의 아내가 되기 위해 식장으로 향하는 길목부터 그녀가 행복을 느끼길 바랐다.

"고마우면 키스…… 는 이따가."

또 화장이 번질까 봐 뒤에서 눈을 번뜩이는 메이크업 아티스트 때문에 태인은 의지를 꺾어야만 했다. 다정은 그의 손을 꼭 잡았다. 이 남자가 다짜고짜 키스하고 왜 뛰쳐나갔나 했더니, 길목에 꽃잎을 뿌리고 있었나 보다. 그 모습을 상상해 보는데 문득 웃음이 튀어나왔다.

"갑시다, 얼른."

그녀는 웃음을 얼른 갈무리하고 진지하게 말했다. 조금 있으면 예식이 시작이었다.

치료 방법 외전 1.
1년 전 약속 지키기

"야! 너 미쳤어? 저러다 환자 잘못되면 네가 책임질 거야?"

멀리서 전공의 4년 차 신채린의 고함 소리가 들렸다. 논문 작성을 하다가 콜을 받고 내려온 다정은 너스 스테이션에 느긋하게 서서 고개를 갸웃거렸다.

"신 선생은 또 왜 저래요?"

"아까 온 TA(교통사고) 환자요, 엑스레이 찍고 나서 목에 프랙쳐(Fracture, 골절) 발견되어 가지고 그러세요. 인턴 선생님이 환자 방치했나 봐요."

4년 차 간호사, 우선미의 대답에 다정의 눈이 가늘어졌다. 고개를 푹 숙이고 있는 인턴을 앞에 두고 채린은 펄펄 날뛰고 있었다. 환자 쪽에 큰일이 났을까 흘깃 곁눈질했지만 교통사고 환자의 주변에는 그다지 긴장감이 감돌지 않았다.

대충 무슨 일인지 머릿속에 상황이 그려졌다. 인턴도 환자가 멀쩡해 보이니 활력 징후 정도만 확인하고 마음을 놓은 모양이었다. 생사가 오락가락하는 응급 환자도 아닌 데다가 구급차를 타고 왔으면 목 보호대를 필수적으로 했을 텐데 그것도 아니었으니 그럴 만도 했다.

"하여튼 성질머리하고는……."

혀를 쯧쯧 찬 다정은 눈물이 쏙 빠지게 혼나고 있는 인턴에게로 걸어갔다. 악마 같은 4년 차 선배보다 연차가 높은 다정이 오자 인턴의 어깨가 더욱 움츠러들었다. 인턴이 오늘이야말로 자신의 제삿날인가 고민할 무렵, 예상과 달리 다정은 채린을 불렀다.

"신 선생."

"네?"

씩씩거리다 말고 채린이 다정에게 고개를 돌렸다. 평소와 다름없이 덤덤한 표정과 침착한 분위기의 선배는 펄쩍펄쩍 뛰고 있는 채린을 말렸다.

"인턴한테 스트레스 풀지 마."

"절 뭐로 보시고!"

그러면서도 채린은 점점 이성을 되찾았다.

"정신 똑바로 차려. 가 봐."

"……네."

채린과 다정에게 꾸벅 인사를 하고 인턴은 총총 멀어져 갔다. 불같은 신채린이 괜히 다른 사람에게 시비를 걸까 봐 다정은 후배를 질질 끌고 너스 스테이션으로 향했다. 차트 작성을 하고 있던 전공의들이 채린의 눈치를 살피며 슬그머니 자리를 떴다.

오늘 따라 신채린이 예민해 보였지만 역지사지라는 사자성어도 있지 않은가? 너스 스테이션에 기대어 선 다정은 채린을 물끄러미 쳐다보다 입을 열었다.

"신 선생도 1년 차 때를 생각해 봐. 백강우 선생님이⋯⋯."

"그 인간 이야기는 하지도 마세요!"

그러나 채린은 말을 끝까지 듣지도 않고, 서슬 퍼런 표정으로 다정의 말을 잘라 버렸다. 당황한 다정이 눈을 동그랗게 떴다.

"어? 왜?"

"4년 차 주제에 무슨 여름휴가냐고, 저보고 공부나 하라는 거 있죠? 웃기지도 않아! 자기는 4년 차 때 휴가 안 가졌나?"

"으음⋯⋯."

무뚝뚝하고 감정 표현에 서투르던 선배를 떠올린 다정이 한쪽 눈가를 찡그렸다. 솔직히 백강우의 말에 공감이 되었다. 전문의 시험이 있는 4년 차, 전공의 수련의 마지막 해는 중요했다. 그날만을 위해 10년이 넘는 시간을 달려온 셈이기도 했으니까.

"자기가 나보다 세 살 더 많다고 잔소리를 얼마나 하는지⋯⋯ 어이가 없어, 진짜!"

그렇다고 여기서 '나도 백강우 선생님 말이 옳다고 생각해!'라고 대꾸했다가는 후배에게 원망의 눈빛을 받을 것이 뻔했다. 다정이 한숨을 내쉴 즈음이었다.

"물 좀 드세요."

씩씩거리는 채린을 보다 못해 선미가 냉수를 내밀었다.

"고맙습니다."

채린은 종이컵을 단번에 비웠다. 점차 진정이 되는 듯, 채린의 얼굴이 펴지기 시작했다. 빈 컵을 가까운 휴지통으로 던지고 나서 채린이 다정에게 말했다.

"선생님, 저랑 점심 같이 드시죠?"

"아……."

그러고 보니 벌써 열한 시였다. 전공의들과 달리, 안다정은 웬만해서는 점심시간을 보장받았다. 오늘은 신채린 역시 제 시간에 점심을 먹을 수 있는 모양이었다. 하지만 다정은 슬그머니 시선을 돌리고 우물쭈물 대꾸했다.

"선약 있는데."

철 가면이라도 쓴 양, 표정 변화가 드문 다정이 부끄러워했다. 안다정을 부끄럽게 만드는 상대라면 누군지 불을 보듯 뻔했다. 새신랑이겠지. 얄미운 도태인이 떠오르자 채린은 얼굴을 구겼다.

"태인이 오빠하고 맨날 같이 먹으면 안 질려요?"

아침부터 점심, 저녁까지! 누가 신혼부부 아니랄까 봐 찰싹 붙어 다니는 눈꼴셔서 못 봐 줄 지경이었다.

붉어진 얼굴을 그새 수습한 다정이 예의 그 덤덤한 표정으로 채린의 아픈 곳을 찔렀다.

"부러우면 부럽다고 해."

"씨이······."

그렇지 않아도 채린은 진심으로 다정을 부러워했다. 벌써 몇 년째, 자신 역시 결혼을 꿈꾸고 있는 탓이었다. 누구는 꿀이 흘러넘치는 신혼을 즐기고 있는데, 자신의 무뚝뚝한 연인은 여름휴가에도 공부나 하라고 무심한 소리나 뱉었다.

"점심은 저 혼자 먹어야겠네요."

"응? 같이 먹을까?"

"됐습니다. 닭 털 날리는 건 사양이에요."

"닭 털은 무슨······."

과한 소리에 다정이 머쓱해했다.

결혼 따위는 하지 않겠다던 사람이 연애를 시작한 지 1년도 되지 않아서 덜컥 웨딩 마치를 올렸다. 잘 어울리는 커플이라고 생각하긴 했는데, 결혼에 이렇게 빨리 다다를 줄은 채린도 예상치 못했다.

"남들 안 보는 데서도 태인이 오빠가 잘해 주죠?"

"왜 그런 걸 묻고 그래?"

"뭐······ 그냥요."

조건으로는 도태인이 압도적이었지만 신채린의 눈에는 안다정이 불쌍했다. 평생을 그 미친 인간하고 살아야 한다니······.

그때였다. 불길한 전화벨 소리가 들렸다. 전화를 받은 사람은 너스 스테이션에 앉아 있던 우선미 간호사였다.

"네, 네."

다정과 채린은 선미의 얼굴을 유심히 살폈다. 무겁게 굳어진 표정이 썩 좋은 일은 아닌 모양이었다.

전화를 끊자마자 선미가 말했다.

"CPR(심폐소생술) 환자 3분 뒤 도착이랍니다."

선미의 말이 떨어지기 무섭게, 누가 먼저랄 것 없이 다정과 채린은 응급실 출입문으로 향했다. 업무를 중단하고 선미도 두 사람을 따라나섰다.

이내 구급차가 소란스러운 사이렌을 울리며 응급의료센터 앞에 도착했다. 환자에게 응급 구조사들이 매달려 있을 거라고 생각했는데, 구급차에서 내릴 때 환자는 다행히 심폐 소생술 도중이 아니었다. 의식을 잃은 상태이긴 했지만 말이다.

환자에게 여러 가지 의료 장비가 붙고, 선미가 혈관을 확보하는 동안 다정은 구급대원의 말을 들었다.

"10년 전에 스텐트 삽입술 하신 적 있다고 합니다."

심장 혈관이 막힌 적 있는 환자였다. 심장이 멎었던 것도 그와 관련이 있어 보였다. 다정이 보호자에게 고개를 돌릴 즈음이었다.

불길한 기계음이 다시 시작되었다. 다정은 보호자를 지나쳐서 심전도 모니터를 살폈다. 무맥성 심실빈맥 리듬에 그녀가 환자의 가슴을 압박하며 채린에게 지시했다.

"펄스(맥박) 안 잡히잖아. 안 되겠다. DC기(제세동기) 준비 좀 해 줘."

"고 선생!"

채린이 3년 차 후배를 불렀다. 3년 차 전공의가 제세동기를 준비하는 동안에도 심폐소생술은 계속되었다. 다정이 환자의 가슴을 세게 누르는 상황에서도 채린은 침착하게 환자의 기도를 확보했다.

곧, 제세동기의 준비가 완료되었다. 그 와중에도 심전도 리듬은 안정화되지 않았다. 다정이 한숨을 내쉬고 젤리가 잔뜩 묻은 제세동기 패드를 들었다. 가늘어진 눈으로 심전도 모니터를 보던 다정이 지시했다.

"200으로."

채린이 익숙하게 기계를 조작했다. 4년 차 전공의와 베테랑 간호사, 그리고 응급의학과 전임의가 붙어서 더 이상 말은 필요하지는 않았다.

곧 에너지 충전이 다 되었다는 기계음이 들렸다. 다정이 한숨을 내쉬고 경고했다.

"비키세요."

의료진이 환자에게서 멀찍이 떨어지고, 다정은 풀어헤쳐진 환자의 가슴팍에 패드를 가져다 댔다. 전기 쇼크로 인해 환자의 몸이 움찔 떨렸다. 제세동기 사용은 자주 있는 편인데도 늘 긴장이 되었다. 목숨이 왔다 갔다 하는 상황이기 때문일 것이다.

"됐어. 컴프레션(Chest compression, 흉부 압박) 해."

제세동기 사용 이후 바로 심전도를 확인할 수는 없어서 채린은 다정의 지시에 따라 바로 환자의 가슴을 압박했다. 다정은 긴장 가득한 표정으로 환자를 응시했다. 아직 마음을 놓을 수는 없었다. 심장이 여전히 제멋대로 날뛴다면 환자의 목숨은 위태로워질 가능성이 높았다.

4분간의 심폐소생술이 이루어지고 나서 다정은 초조하게 심전도 모니터를 바라보았다. 다행히 환자의 심장은 제대로 된 전기 신호를 만들어 내고 있었다.

"돌아왔어요."

확신 섞인 채린의 말을 듣자 그제야 다정이 한숨을 내쉬었다. 응급실 안은 에어컨이 틀어져 있는데도 등골에 식은땀이 흘렀다. 죽음과 싸울 때는 여름이고 겨울이고, 언제나 식은땀이 나곤 했다.

환자는 기존에도 이 병원에 내원한 적이 있었다. 65세인 환자는 10년 전, 50대 중반에 심장 혈관 스텐트 삽입술을 미강병원 심장내과에서 받았었다.

심장내과로 환자를 보내고 나서 다정은 차가운 물을 한 모금 마셨다. 냉수가 들어가자 머릿속이 한결 가벼워졌다. 그때, 선미가 다정을 팔꿈치로 쿡쿡 찔렀다.

"선생님, 점심 드시러 가셔야죠?"

"어?"

멍하니 있던 다정이 번쩍 정신을 차렸다. 다정이 선미를 바라보자마자 선미가 입구 쪽을 가리키며 음흉하게 웃어 보였다.

"새신랑이 기다리시는데."

"아……."

선미의 손가락을 따라 시선을 돌린 다정은 응급실 입구에 팔짱을 낀 채 서 있는 태인을 발견했다. 그는 그녀와 눈이 마주치기 무섭게 미소를 지으며 고개를 옆으로 기울였다. 하여튼 끼니 때는 칼같이 지키는 남자다.

"다녀오세요."

도태인의 응급실 출입을 막는 사람은 한 명도 없었다. 작년 이맘때와는 천지 차이였다. 단지 그가 병원 직원이라거나 재단 이사장의 손자이기 때문만은 아니었다.

도태인은 안다정의 껌딱지 같은 존재였다. 언제부터인가 응급실 의료진들은 안다정과 도태인을 하나로 묶어 생각하곤 했다.

낯이 그다지 두껍지 못한 다정은 걸음을 재촉해서 응급실을 후다닥 빠져나왔다. 태인은 다정의 어깨를 감싸 안았다. 그의 품에 안긴 모습이 되자 그녀는 얼굴을 들지 못했다. 직장에서의 애정 행각은 안다정에게 생소하고 창피한 일이었다.

구내식당 음식의 질이 높아지고 나서 식당 이용률이 높아졌다. 예전에는 텅텅 비었던 식당에 사람들이 득실거렸다.

사람들 사이를 지나서 다정은 태인과 구석 테이블에 마주 앉왔다. 점심을 빨리 해치우고 돌아가야 하는 그녀가 큼직한 감자 조림을 막 집을 무렵이었다.

"도시락이 좋아요, 식당이 나아요?"

뜬금없는 질문에 다정이 미간을 좁혔다. 한동안 태인이 도시락을 만들어 준 적이 있었다. 물론 두 사람 다 눈코 뜰 새 없이 바빠지고, 병원과 집의 거리가 멀어진 바람에 출근을 서둘러야 하면서 점심 도시락은 식당으로 대체가 되었지만 말이다.

그런데 왜 묻는 걸까? 설마 다시 도시락을 만들겠다는 건 아니겠지?

다정은 태인이 무리하지 않기를 바랐다. 출근 시간이 사무직원보다 한 시간가량 빠른 자신 때문에 가뜩이나 그는 새벽같이 일어나서 이르게 출근을 했다. 운전면허가 없는 안다정을 대신해서 당연히 출퇴근 때 운전도 그가 전임했다.

뭐 그 정도라면 괜찮을 수도 있겠지만, 일은 끝나지 않았다. 막냇손자를 향한 도종철 회장의 기대치가 얼마나 높은지 태인은 여러 프로젝트에 동시에 참여해야만 했다. 물론 강제로.

어쩌면 응급의학과 소속인 안다정보다도 도태인이 훨씬 바쁠지도 몰랐다. 이런 상황에 그가 점심 도시락까지 만들겠다고 나서는 건 두고 볼 수 없었다.

"식당이 편하잖아요."

다정의 담담한 대꾸에 태인이 눈가를 일그러뜨렸다.

"식당이 편해요?"

"남이 해 주는 밥이 편하죠, 그럼."

"그래도 내 사랑이 가득 담긴 도시락이……."

하지만 태인의 헛소리는 끝까지 이어지지 못했다. 태인의 뒤에서 비웃음 섞인 목소리가 울렸다.

"진짜 이중인격이야?"

어느새 뒤로 다가온 채린이 입술을 씰룩였다. 식판을 든 걸 보니, 이제 막 식당에 도착해서 점심을 먹으려는 듯했다. 고개를 돌린 태인이 불청객을 확인하고 나서 귀찮은 투로 말했다.

"다른 데 가서 먹어."

신채린을 썩 달가워하지 않는 태인은 날벌레를 내쫓는 듯 양손을 휘휘 저었다. 그는 오붓한 점심 식사를 방해받아 기분이 좋지 않았다. 채린도 지지는 않았다.

"서러워서 그쪽으로는 안 갈 거거든? 선생님도 점심 맛있게 드세요."

"아, 응……."

다정이 복잡한 심경을 담아 대답하자, 채린은 그 테이블을 지나쳐 갔다. 다정은 왠지 오후 근무 때 후배에게 질투 섞인 푸념을 들을 것 같아 걱정이 되었다. 아니면 짓궂은 질문으로 곤란하게 만들지도…….

채린이 사라지고 얼마 지나지 않아 태인이 입을 열었다.

"우리 여행 가기로 했잖아요."

숟가락을 든 채로 다정이 멈칫했다. 여행? 여행 계획은 세우지도 않았다. 얼마 전, 신혼여행이랍시고 해외 휴양지를 다녀왔기 때문에 더더욱 어딘가 가고 싶지도 않았다. 그녀가 눈을 동그랗게 뜨고 물었다.

"네? 언제요?"

"작년 여름에."

할 말을 잃은 다정은 엄마의 전화로 기분이 울적했던 기억을 떠올렸다. 작년이라고 하면, 납치되다시피 해서 갑자기 서해에 끌려갔을 때? 전혀 맑지 않은 바닷물을 복잡한 심경으로 바라보고, 갈매기에게 과자를 뿌려 줬던 기억이 덩달아 떠올랐다.

그리고 또 하나.

"내년 여름에는 제주도에 가요. 아니면 해외로 갈까? 남태
평양 쪽으로."

그때 안다정은 불확실한 미래에 대해 불쾌한 감정을 느꼈었다. 그럴 만도 했다. 이 남자랑 얽히다 못해 결혼까지 하게 될 줄, 당시의 자신은 몰랐으니 말이다.

하여튼 도태인은 쓸데없이 기억력이 좋다.

"지금 쓸데없는 것까지 기억한다고 속으로 욕했죠?"

"아, 아니……."

정곡을 찔린 다정이 난처하게 시선을 돌렸다. 태인은 미소를 감추지 않고 그녀에게 시선을 고정했다. 무심하고 표현이 적은 겉모습과 달리, 아내는 당황하면 속마음을 잘 숨기지 못했다. 그런 모습마저 사랑스러워 보이는 것은 신혼의 콩깍지 때문일까?

매력적인 미소를 흘리고 있는 그를 그녀가 흘끔거렸다. 결혼 후, 당직 근무를 할 적에 함께 있던 간호사가 이런 말을 했었다.

"선생님 남편분 말이에요, 선생님 볼 때마다 눈에서 꿀이 뚝뚝 떨어지는 게 완전 멜로 눈빛이던데요?"

그땐 무슨 뜻인지 정확하게 이해하지 못했는데, 지금에서야 안다정은 그 말을 완벽하게 절감할 수 있었다. 부담스러울 정도로 반짝거리는 눈빛이 그녀에게 쏟아졌다.

"그러니까 여행 갑시다. 여름휴가 이번 주 금요일부터죠? 나도 맞췄어요."

이 남자는 남의 여름휴가 스케줄까지 정확하게 알고 있었다.

사실, 도태인은 안다정의 일거수일투족을 전부 꿰고 있었다. 일이 쏟아지는 와중에도 아내에 대한 그의 관심은 하늘을 찔렀다. 세상이 안다정을 중심으로 돌고 있으니, 어쩌면 당연한 걸지도.

하지만 다정은 미간을 찌푸리고 청천벽력 같은 소리를 뱉었다.

"그거 반납해야 하는데."

"네에? 왜요?"

"신혼여행 다녀온 거, 여름휴가로 때우기로 했어요. 금요일 오프 지나고 주말 이틀만 쉬기로 해서 멀리 여행은 못 갈 것 같아요."

순간, 테이블 위로 정적이 내려앉았다. 말을 잃어버린 태인을 다정이 불안한 눈으로 응시했다. 그가 그녀에게 민감하듯, 그녀 역시 그에게 예민하게 반응했다. 단지 사랑하는 사람이기 때문만은 아니었다. 아직 그의 정신이 불안정할 때가 있어서 그녀는 가능한 한 그를 불안하게 만들지 않으려 노력했다.

석고상처럼 굳어진 그가 한참 뒤에야 입술을 달싹였다.

"나, 나, 나랑 한 마디 상의도 없이 어떻게 그럴 수가⋯⋯."

태인의 안색이 어두워졌다. 축 늘어진 어깨에서 실망이 묻어났다.

도태인이 기다리고 기다리던 여름휴가였다. 결혼 후 첫 여름휴가이면서, 병원에서 근무하며 처음으로 받는 정식 휴가이기도 했다. 첫 휴가는 당연히 아내와 함께 보내야 한다고 생각했는데!

"미안한데, 이번에는 안 되니까 그냥 집에서 쉽시다."

무심하기 짝이 없는 그의 아내는 남자의 순정을 몰라 주었다. 태인은 풀이 죽었다. 그래도 이렇게 쉽게 포기할 수는 없었다. 이내 그가 불쌍한 척 고개를 옆으로 기울이고는 은근슬쩍 말했다.

"내가 휴가 만들어 줄까?"

"그러기만 해 봐."

다정이 정색을 하고 대꾸했다. 태인은 농담이었다는 양 어깨를 으쓱거렸지만 문제는 그의 말이 농담처럼 들리지 않다는 데 있었다.

도태인은 실망 탓에 식욕마저 잃어버렸다. 어디로 여행을 떠날지 고민한 시간이 전부 다 부질없었다. 수저에 손도 대지 않는 태인을 가만히 살피던 다정이 조심스럽게 입을 열었다.

"뭐, 이틀은 쉬니까 가까운 곳은 갈 수 있을지도."

"가까운 곳? 작년에 간 데? 아님 인천 갈까?"

"아무데나……."

단순하게도 도태인은 금세 기분이 풀어졌다. 별장이 있는 인천으로 갈지, 작년에 다녀왔던 곳으로 갈지, 아니면 제3의 목적지를 찾을지 고민하는 건 태인의 몫이 되었다.

*　　*　　*

토요일 아침부터 새신랑은 분주했다. 안다정의 휴일은 금요일부터였지만, 당직 피로를 씻어 내기 위해 토요일에 집을 떠나기로 했다.

목적지는 별장이 있는 인천이 아니라 작년에 갔던 곳이었다. 태인은 지난 기억 위에 달콤한 감정을 덧씌우고 싶어서 이곳을 골랐다.

그다지 깨끗하지 않은 바닷물과 정신없이 날아다니는 갈매기, 해가 쨍쨍 내리쬐는 것까지 작년과 똑같았다.

"물 색이……."

다정은 바닷물 색깔을 제대로 보기 위해 선글라스를 벗었다. 충격적이게도 바닷물 색깔은 선글라스를 꼈을 때와 다르지 않았다. 그녀가 미간을 찌푸리기 무섭게 태인이 말했다.

"내년에는 진짜 제대로 휴가받아서 남태평양으로 가요."

남태평양 휴양지의 바다는 투명하고 맑기로 소문이 나 있었다. 그러나 다정은 별로 내키지 않는 표정으로 고개를 저었다.

"싫어요, 비행기 타는 거."

"아……."

사실 안다정은 여행을 즐기지 않았다. 안다정은 인도어 파, 즉 실내 생활을 좋아했다.

그뿐만이 아니었다. 비행기 탈 일이 한 번도 없었던 다정은 신혼여행 때 오랜 시간 비행을 하고 나서 비행기라면 학을 뗐다. 아무리 좌석 등급이 좋으면 뭐하나? 이착륙 시 그 끔찍한 기분은 전 좌석 동일인데.

이륙할 때에는 아무렇지 않은 척 잘 버텼으나 비행기가 고도를 낮춰 가며 착륙할 즈음, 다정은 새파랗게 질렸다. 무지로 인한 공포가 아니라 멀미 때문에!

그 과정을 전부 지켜보았던 태인은 더 이상 그녀를 조를 수는 없었다. 그녀는 그의 눈치를 살짝 살피고 나서 혼잣말을 중얼거렸다.

"덥다."

"커피 마실래요?"

다행히 화제가 바뀌고 여행 이야기가 쏙 들어갔다. 커피. 만성 피로에 시달리는 다정이 고개를 끄덕이자마자 태인은 지갑을 챙겼다.

"더우니까 차 안에 들어가 있어요."

바깥 공기가 기분 좋다거나 하다못해 바닷물이 맑기라도 했으면 열기를 버틸 보람이 있겠지만 아쉽게도 둘 다 기준 미달이었다. 그녀가 자리에 앉자 그는 조수석 출입문을 잡은 채로 농담을 건넸다.

"아무한테나 문 열어 주지 말고."

또 어린애 취급! 그녀가 한쪽 눈을 찌푸렸다. 그는 그녀의 찡 그러진 눈가에 입을 가볍게 맞추고 조수석 문을 닫아 주었다.

에어컨이 가동되어 차 안은 바깥과 달리 서늘했다. 고요한 공간에 홀로 남자 다정의 머릿속에 이런저런 생각들이 줄지어 떠올랐다. 멀리 보이는 방파제에 시선을 고정한 그녀는 한숨을 내쉬었다.

작년 여름은 그 어느 때보다도 스펙터클했다.

'그때만 하더라도⋯⋯.'

이렇게 될 줄은 몰랐는데.

다정은 고개를 모로 꺾었다. 점점 멀어져 가는 태인의 뒷모습이 보였다. 관광지답게 곳곳에 카페가 있었고, 그는 가장 가까운 카페로 향하는 중이었다.

'내가 저 인간하고 결혼해서 병원에 남다니!'

병원에 남은 건 괜찮았다. 당시 자신은 전임의로 병원에 남을 만큼 여유가 많지도 않았고 미래가 보장되지도 않았다. 당연히 조건 좋은 타 병원 응급실에 봉직의로서 일할 계획이었다.

치열하게 살아왔으니 이제는 조금 느슨하게 살아 보자고 마음을 달래며 현실적인 생각을 하고는 있었지만, 내심 전임의로 병원에 남는 걸 동경하기도 했다.

그래서 병원에 남게 된 점은 감사한 일이었다. 익숙한 공간에서 익숙한 일을 하게 되어 마음이 편했다.

문제는 도태인하고 결혼을 한 점이었다.

사랑의 불변을 믿지 않는 안다정 사전에 결혼이라는 단어는 없었다. 그런데 자신은 도태인을 만난 지 1년도 지나지 않아 결혼 결정을 내려 버렸다. 심지어 결혼하자는 소리를 자신이 먼저 꺼냈다.

다정은 왼손으로 이마를 감쌌다. 약지에 끼워진 결혼반지가 이마에 닿았다.

안다정은 연애 한 번 해 본 적이 없었다. 자신의 20대는 그 누구보다도 치열했으니까 시간을 '낭비'할 수 없다고 생각했다. 그러니까 얼마 전까지만 해도 결혼할 생각조차 없었다.

그런 안다정이 결혼을 결심하게 된 건, 도태인이라면 평생 변하지 않을 거라는 확신이 들어서였다.

결혼 전후로 생활이 크게 달라지지는 않아서 결혼했다는 사실이 실감 나지 않을 때가 종종 있었다. 익숙한 공간에서 익숙한 일을 하고 집으로 돌아오는 생활은 변함이 없어 보였다.

그러나 조금 더 깊이 생각해 보면, 자신의 인생 방향은 송두리째 바뀌고 말았다. 평생 홀로 자기 자신만을 믿고 살아야 한다고 생각했는데 누군가를 믿고 의지할 수 있게 되었다. 언제부터인가 자신은 변하지 않는 애정을 기대하기 시작했다. 성인이 된 뒤로 가족을 만들 일이 없다고 외면해 왔는데 가장 가까이에 자신의 편이 생겼다. 원하는 것을 참지 않고 말할 수 있게 되었다.

에어컨 바람을 직통으로 맞아 두통이 왔다. 다정은 쨍쨍 내리쬐는 햇빛을 감수하고 도로 차 밖으로 나왔다. 바닷가라 눅눅한 바람이 불었다. 물은 여전히 지저분했다.

계산을 마친 후, 양손에 일회용 플라스틱 컵을 들고 카페를 나온 태인은 멀리 있는 다정을 발견하고 혀를 찼다.

'차 안에 얌전히 있으라니까.'

주인을 본 강아지처럼 태인이 바깥에 우두커니 서 있는 다정에게로 걸음을 재촉할 찰나였다. 누군가가 그의 앞을 막아섰다.

"혼자 오셨어요?"

가벼운 차림의 여자 둘이었다. 종종 헌팅을 당하곤 했던 터라 그는 이런 상황이 낯설지 않았다.

"저요?"

그러고는 태인이 양손에 든 컵을 흔들었다. 커피가 두 잔. 일행이 있다는 뜻이었다.

"아! 잘됐네요. 친구분하고 오셨으면……."

그때 무슨 조화인지 여자의 어깨 너머로 태인은 다정과 눈이 마주쳤다. 무표정한 얼굴로 그녀는 이 상황을 지켜보고 있었다. 괜한 오해를 받기 전에 그가 빠르게 대꾸했다.

"친구가 아니라 아내하고."

딱 잘라 대답한 그는 낯선 여자를 지나쳐서 걸음을 옮겼다.

안다정은 이름처럼 참 다정하지 않았다. 남편에게 여자가 접근하는데도 눈 하나 깜빡하지 않고 그 광경을 응시하다니.

이럴 때마다 도태인은 불안해지곤 했다. 안다정이 아니면 살 수 없는 자신과 달리, 그녀는 혼자서도 잘 살 것 같아서였다.

태인은 등을 돌려서 몰랐지만, 다정은 그 자리를 떠나지 않은 두 여자의 감정 섞인 눈빛을 받고 있었다. 태인에게 말을 걸었던 여자가 다정과 자동차를 번갈아 보더니 의미심장한 표정을 짓고는 돌아섰다.

익숙한 시선이었다. 태인과 함께 다닐 때 가끔 받았던 시선. 남에게 무관심하고 성격 역시 덤덤한 편인데도 자신은 그 시선과 표정의 의미를 알 수 있었다. 다정은 헛웃음을 터뜨렸다.

곧, 가까이 다가온 태인이 그녀에게 컵을 건넸다.

"커피."

컵을 받자마자 차가운 커피를 한 모금 마신 그녀가 허탈하게 중얼거렸다.

"좀 억울하네."

"응?"

"아니에요."

다정은 두 여자의 눈빛에 예전, 수제 햄버거 가게에서 들었던 대화가 떠올랐다.

"여자는 좀 평범해 보이던데."

"돈이 많은가 보지."

안다정 같이 평범한 여자가 도태인 같은 미남을 데리고 다니는 방법은 오로지 돈뿐이라고 생각하는 세태가 기막히면서도 우스웠다. 그러나 이런 오해를 받을 법도 했다. 하필 세워져 있는 자동차 역시 값비싼 고급 수입 차였으니까.

다정이 원망스러운 눈으로 자동차 엠블럼을 흘끔거렸다.

'내 명의도 아닌데!'

슬프지만 안다정은 운전면허도 없었다. 이 자동차는 안다정 소유가 아니라 도태인 소유였고, 재산 규모 역시 도태인에 비하면 안다정은 새 발의 피였다.

컵에 꽂힌 빨대만 질겅질겅 씹고 있는데 다정의 얼굴 위로 그늘이 졌다. 그녀가 문득 정신을 차리자 태인이 고개를 가까이 숙이고 물었다.

"기분 나쁜 일 있어요?"

결코 기분 좋은 일은 아니었지만, 돈으로 남자 데리고 다니는 여자로 오해를 받고 있다고 어떻게 말을 한단 말인가, 창피하게!

다정은 짐짓 아무렇지 않은 척 부정했다.

"없는데요."

"그럼, 기분 좋아요?"

이 남자가 무슨 의도로 질문하는 건지 가늠이 되지 않아서 그녀가 직설적으로 물었다.

"내 기분은 왜요?"

"진짜 안 다정해. 여자들이 자기 신랑한테 추파를 막 던지는데 아무렇지도 않은가 봐."

태인이 장난스럽게 말했다. 장난스러운 말투였으나 진심이 잔뜩 담겨 있기도 했다. 다정이 미간을 좁히고 대꾸했다.

"한두 번이었어야지."

화려한 외모 덕분에 그는 어디를 가든 이목을 끌었다. 화려한 공작새 같은 남자에게 여자가 접근하지 않을 리 없었다. 이제는 그녀 역시 익숙해졌지만, 처음에는 적응이 되지 않아 불편했었다.

"질투 좀 해 주고 그래요. 귀엽게."

"뭐 이런 걸로 질투를 하고 그래요?"

"믿어 줘서 고맙기도 하고, 참……."

"들어갈래."

다정이 차 안으로 쏙 들어가 버렸다.

다른 여자의 접근 따위로 질투할 일은 없었다. 도태인이 안다정에게 푹 빠져 있기 때문만은 아니었다. 그저 평생 마음이 변하지 않는다는 그의 말을 믿을 뿐이었다.

"점심은 뭐 먹지?"

그녀를 따라 차 안으로 들어온 그가 운전석에 앉으며 물었다. 그는 그녀의 끼니에 꽤 집착하는 편이었다. 이는 그녀가 부실하기 짝이 없는 인스턴트 음식만을 카트에 담았을 때부터 시작되었다.

하지만 다정은 점심 메뉴 대신 다른 이야기를 입에 올렸다.

"도태인 씨랑 같이 다니면……."

"태인 씨."

그녀의 말을 도중에 자른 태인이 빙그레 웃으며 호칭을 교정했다.

"내가 '여보', '자기'까지는 바라지도 않지만, 이름만큼은 다정하게 부르자고 했잖아요."

"알았어요. 미안해요."

안다정은 안 다정하지만 사과는 잘했다. 그가 그녀의 머리를 귀 뒤로 넘겨 주면서 미소 띤 얼굴로 말했다.

"우리 다정이는 착하기도 하지."

"으으……."

다정이 눈가를 찡그리고 진저리를 쳤다. 제발 '우리 다정이'라고 부르지 말아 줬으면 좋겠으나, 솔직하게 부탁했다가는 이 남자가 하루 종일 '우리 다정이' 대신 '귀여운 다정이' 혹은 '예쁜 다정이' 등으로 사람을 괴롭힐 것이 분명했다. 예전에 멋모르고 부탁을 한번 했다가 안다정은 하루 종일 고통을 받은 적이 있었다.

그날 일은 다시 생각해도 끔찍했다. 소름이 돋는 건 에어컨 바람이 너무 차가워서만은 아닐 것이다.

"그래서 나랑 같이 다니면, 뭐요?"

"아…… 오해를 받는다고요."

"오해?"

태인은 눈만 동그랗게 뜨고 되물었다. 오해를 받을 일이 뭐가 있나 싶어서였다. 다정이 한숨을 내쉬고 대답했다.

"돈 때문에 같이 다니는 걸로."

"돈? 내 돈?"

더욱 영문을 모르겠어서 태인이 재차 물었다. 다정이 시무룩하게 고개를 저었다.

"내가 돈이 많아서 잘생긴 남자 끼고 다닌다고 오해를 하더라고요."

그는 할 말을 잃었다.

"아까 그 여자들도, 나랑 차를 보고 알 만하다는 표정이었고."

"……뭘 알 만해?"

"이 차가 내 차인 줄 알았나 보지."

말을 하고 나니 괜스레 창피해서 다정은 시선을 돌려 버렸다. 그가 한참 동안 말이 없자 마음이 답답해져서 그녀는 속이라도 시원해지라고 커피를 꿀꺽꿀꺽 마셨다. 차가운 커피가 단숨에 반이나 비워졌다.

"그래서 기분이 별로였구나."

태인이 중얼거렸다. 무슨 이유에서인지 커피를 받아 들 적, 다정의 기분이 썩 좋아 보이지 않았다. 그녀는 별일이 없다고 둘러댔지만 도태인은 안다정의 일거수일투족에 예민했기에 눈치챌 수 있었다.

질투는 아니었다. 낯선 여자의 접근에 기분이 나빴더라면 어깨 너머로 눈이 마주쳤을 때 표정이 변했을 터였다.

"기분이 좋을 리가 없죠. 우리가 돈 때문에 같이 다니는 게 아닌데."

그런 식으로 오해를 받는 건 딱 질색이었다. 감정을 갈무리하고 무덤덤하게 말한 다정이 커피를 한 모금 더 마실 즈음이었다.

"그러면 뭐 때문에 같이 다니는데요?"

태인이 황당한 질문을 하자 그녀가 어영부영 대답했다.

"거, 결혼했으니까……."

"으음, 그러니까 결혼을 왜 했는데?"

"결혼을 왜 하긴……."

결혼의 목적과 이유는 명확하게 정의 내릴 수 없었다. 변함없는 애정과 신뢰를 설명하는 것 또한 어려웠다. 뭐라고 대답해야 할지 고민하던 다정이 눈을 가늘게 뜨고 자신의 남편을 바라보았다. 싱글거리고 있는 그의 표정에 그녀의 맥이 탁 풀렸다. 이 남자는 그새 또 자신을 놀리고 있었다.

"뭐예요, 진짜? 억울한 사람한테."

"아니, 억울할 게 뭐가 있나 해서요."

"나는 부잣집 사모님으로 잘생긴 남자 데리고 다니는 여자고, 태인 씨는 부잣집 사모님한테 아양 떨고 사는 제비로 오해받는 데 안 억울해요?"

울컥하는 바람에 직설적으로 말한 다정은 뒤늦게 후회했다. 말이 너무 심하지 않았나 걱정이 되었으나 태인은 별로 신경 쓰지 않는 듯했다.

"아, 그거 반쯤은 맞는 말이기도 하네."

"어, 어디가 맞아요?"

기가 막혀서 그녀가 저도 모르게 꽥 소리쳤다. 그는 미소를 지우지 않고 컵을 들지 않은 손으로 그녀의 뺨을 쓸어 주었다. 구렁이 담 넘어가듯 은근슬쩍 넘어가려는 모양이었다.

"여기 온 김에 갈매기 먹이나 줄까요?"

"그건 이따가 합시다."

다정이 어금니를 꽉 깨물고 대꾸했다. 화제를 돌리지 말라는 무언의 압박에 태인은 차창밖으로 갈매기를 바라보다가 천천히 입을 열었다.

"제비도 먹고살려고 부잣집 사모님한테 붙어 있는 거잖아요. 사람 따르는 갈매기처럼."

"뭐라고요?"

갈매기 생태학 박사 도태인이 헛소리를 시작했다. 이제는 제비 생태까지 파악하려는 그에게 그녀가 황당한 시선만 보냈다.

"돈은…… 내 돈이 우리 다정이 돈이기도 하니까."

안다정은 제발 도태인이 자신을 지칭할 때 '우리 다정이'라고 지칭하지 않기를 간절히 바랐다. 손발이 오그라들 것 같았다.

"그러면 사모님이지 뭐."

"그게…… 대체 무슨 소립니까?"

"아니면, 아예 증여를 해 줄까?"

"필요 없거든요?"

다정의 목소리가 높아졌다. 그녀는 태인의 정신세계를 도통 이해할 수가 없었다. 작년에는 과자를 얻어먹는 갈매기에 감정 이입하더니 이번에는 제비한테 이입하고 앉아 있다.

최근에 바꾼 약이 살짝 문제가 있는 걸까? 그녀가 알기로 그의 약 복용량은 점점 줄고 있는데 말이다.

"사모님한테 버림받지 않기 위해서라도 열심히 하는 제비가 돼야겠어요."

장난기 가득한 표정으로 그가 생글거렸다. 그녀가 그를 물끄러미 응시했다. 문득 그의 말뜻을 알 것도 같았다. 하지만 사모님과 제비라니…… 그녀가 한숨을 뱉을 때였다.

"뭘 열심히 하겠냐고는 안 물어봐요?"

"뭘 열심히 하는데요?"

곧장 대답하면서도 다정의 얼굴이 붉어졌다. 에어컨 바람도 차갑고, 손에 든 커피도 시릴 만큼 찬데 이상하게 열이 올랐다.

이미 알고 있지 않느냐는 투로 그가 씩 웃어 보였다. 설마 차 안에서 무슨 짓을 할까 싶으면서도 그녀는 불안에 떨었다.

그 순간, 입술이 포개졌다.

환한 대낮에 사람들이 득실거리는 관광지에서 입을 맞추고 말았다!

그나마 차 안이라 다행이었다. 만일 사방이 뚫린 바깥이었다면 안다정은 쥐구멍으로 숨고 싶어졌을 테니까.

진한 키스를 하는 것도 아닌데 그는 좀처럼 그녀에게서 떨어지지 않았다. 오히려 그는 뻣뻣하게 굳은 그녀의 어깨를 잡아 제게로 끌어당겼다. 제비 도태인은 이미 열과 성을 다해 애정 표현을 하고 있어서 더 이상 열심히 할 필요가 없는데도.

어깨에 놓였던 그의 손이 움직이기 시작했다. 손가락이 짧은 소맷자락을 들추고 안으로 들어온다 싶을 즈음이었다. 다정의 손이 풀리고 차가운 커피가 무릎으로 쏟아져 버렸다. 그녀가 비명을 질렀다.

"차가워!"

눈앞의 남자에게 취해서 커피를 아슬아슬하게 들고 있던 탓이었다. 커피가 그녀의 셔츠 아랫부분과 바지를 물들였다. 얼음이 섞여 있던 터라 한기가 훅 끼쳤다. 짧은 바지 아래로 다리까지 차가워졌다.

"커피 조심했어야죠."

그의 말에 대답하지 않은 그녀는 컵에서 분리된 뚜껑을 주워 들었다. 아무래도 일회용 컵 플라스틱 뚜껑이 헐겁게 닫혀 있었던 모양이다. 반면, 얄밉게도 그의 커피는 뚜껑까지 꼭 닫혀서 홀더에 얌전히 끼워져 있었다.

"시트까지 젖겠는데……."

"시트는 됐어요."

그가 여유로운 미소를 지어 보였다. 시트 따위는 문제가 되지 않았다.

"큰일이네. 이러고 어디 돌아다닐 수는 없고."

태인이 혼잣말처럼 중얼거렸다. 부주의한 사고였다. 미안하게 되었지만, 짧은 드라이브는 여기서 마치고 집에 돌아가는 편이 나을 듯했다. 다정이 입을 열었다.

"일단 집으로……."

그러나 그녀의 말은 끝까지 이어지지 못했다. 그가 티슈로 그녀의 다리를 닦아 주면서 나직하게 속삭였다.

"가까운 호텔로 가서 프론트 데스크에 세탁 부탁하면 되겠네요."

"네?"

호텔?

"갈매기 먹이는 이따 저녁에 주고."

말을 마치기 무섭게 그가 운전대를 잡았다. 그녀는 젖은 셔츠 자락을 잡고 미간을 찡그렸다. 왠지 지금 이 남자한테 말려드는 느낌인데.

"우리 다정이, 옷 마를 때까지는 룸 못 나오겠네?"

그의 웃음 섞인 목소리에 그녀는 뒤늦게 정신을 차렸다.

"잠, 잠깐만요, 집으로 가도 되는데……."

물론 지상 최고의 변태 도태인이 이 기회를 놓칠 리 없었다.

"열심히 하겠다니까요?"

"열심히 안 해도 되는데……."

다정이 난처한 투로 대꾸하자 태인이 예쁘게 휘어진 눈으로 그녀를 흘깃 곁눈질했다. 이내 그가 달콤한 미소를 지어 주었다. 그 눈빛과 미소의 의미를 알기 때문일까? 그녀의 말문이 턱하니 막혀 버렸다.

*　　*　　*

평소와 다름없는 하루를 보낸 다정이 지친 기색으로 너스 스테이션에 돌아오자 4년 차 전공의, 채린이 지나가는 듯한 말투로 물었다.

"주말에 뭐 하셨어요?"

채린의 능글맞은 눈빛 안에는 신혼인 안다정을 향한 놀림이 담겨 있었다. 신혼부부가 주말에 할 일이 뭐가 있겠어, 같은 눈빛이었지만 다정은 담담하게 대답했다.

"바다 갔다 왔어. 서해."

그 순간, 다정은 채린의 주변 공기가 얼어붙는 착각이 들었다.

이해할 수 없는 정적이 흐른 뒤에 채린이 삐친 듯 입술을 쭉 내밀었다.

"지금 염장 지르시는 거죠?"

"염장이라니?"

"누구는 3년째 독수공방 중인데, 지금 여행 다녀왔다고 염장 지르시는 거잖아요."

그제야 다정은 자신의 선배이기도 한, 채린의 연인을 떠올렸다. 연인과 오래 떨어져 있는 후배는 곧잘 예민해하곤 했다.

타인의 감정에 둔한 안다정이 신채린을 달래는 특별한 방법을 알 리는 없었다. 그저, 다정은 떨떠름하게 중얼거릴 뿐.

"······똥물을 본 것도 여행에 포함이 되나?"

"아니, 잠깐만. 작년에 갔던 곳? 선생님, 작년 이맘때 태인이 오빠랑 여행도 다녀오셨어요?"

다정은 문득 채린이 '오빠'라는 호칭을 잘도 쓴다 싶었다. 자신의 남편이 오매불망 바라는 그 단어가 낯간지러워 제 입에서는 도저히 나오질 않는데.

그러나 이내, 날카로운 후배의 눈빛에 다정은 움찔거리면서 입을 열었다.

"뭐······ 그게······."

"아닌 척은 다 하시고는!"

결국 다정은 포악해진 후배를 못마땅하게 쳐다보며 쌀쌀맞게 말했다.

"신 선생, 오늘 왜 이렇게 예민해? 자기가 물어봐 놓고는. 나랑 싸우자는 거야?"

그렇게 안다정은 단번에 후배를 제압했다. 채린이 울먹이는 목소리로 투덜댔다.

"저 여름휴가 내지 말고 그냥 일이나 할까요? 돈이나 벌까 봐요, 정말."

신채린이 왜 저러는지 알겠다. 잠시 스팀이 올랐던 다정의 머리가 곧 차가워졌다.

"또 왜? 또 백강우 선생님하고 싸웠어?"

"으……."

정곡을 찔린 채린이 얼굴을 일그러뜨렸다. 다정이 삐딱하게 벽에 기대며 물었다.

"또 울 거야?"

"안 웁니다!"

화가 나면 눈물이 나는 신채린은 이를 악물었다. 기다리고 기다리던 여름휴가가 다가오고 있었으나, 무심하기 짝이 없는 연인은 공부나 하라며 그녀와의 만남을 거절했다.

3년째 독수공방 중인데!

다정은 억울하고 분한 감정이 고스란히 드러나는 채린을 신기하게 살펴보았다.

자신은 감정의 낙폭이 크지 않아서인지 저 후배처럼 감정을 적극적으로 표현하는 사람들이 흥미로웠다. 기분이 좋아도, 화가 나도, 슬프거나 즐거워도 대체로 거울에 비친 자신의 표정은 비슷했다. 그런 자신의 감정을 그나마 쉽게 알아채는 사람이 남편이었다.

'대단한 것도 같고…….'

쓸데없는 능력 같기도 하고.

태인을 떠올린 다정은 어째서인지 눈앞의 후배가 그와 겹쳐졌다. 지금은 서운해하고 있지만, 신채린은 연인을 만나면 금세 화를 풀 것이다.

사랑하는 사람을 향해 변치 않는 애정을 투명하게 표현하는 이들은…… 손해만 보는 것 같다.

그래서 이런 말이, 다정의 무의식중에 튀어 나왔다.

"맨날 신 선생이 갈 생각하지 말고 백강우 선생님더러 오라고 그래."

"네?"

안다정답지 않은 말에 채린이 눈을 동그랗게 떴다. 다정은 부채감을 애써 숨기고는 평소처럼 덤덤하게 말했다.

"가끔은 신 선생도 고집을 부려 보라는 얘기야."

"이미 엄청 고집쟁이인데요."

채린이 머쓱하게 대꾸했다. 절대 꺾이지 않는 그녀의 고집에 이번에도 무심한 연인은 결국 져 주고 말 것이다. 이기기까지가 좀 빡쳐서 그렇지, 생각해 보면 자신의 연인은 종래에 그녀가 원하는 대로 해 주곤 했다.

하지만 이런 사실을 알 리 없는 다정은 어깨를 으쓱하면서 덧붙였다.

"손해 보면서까지 맞춰 주지 마. 너무 불공평하잖아."

"손해요?"

채린의 반문에 대답하지 않은 다정은 주머니에서 휴대폰을 꺼냈다. 가볍게 한 번 진동이 울린 휴대폰은 태인이 보낸 달콤한 메시지를 담고 있었다.

주차장에 있어요.

"퇴근한다."

"네? 네……."

채린은 말을 하다 말고 갑자기 휙 돌아 나가 버리는 선배의 등을 의아하게 응시했다. 그럴 만도 했다. 애정이 뚝뚝 흘러넘치는 메시지를 보고도 다정은 여전히 무표정했으니 말이다.

하지만, 그녀의 걸음은 평소보다 빨라져 있었다. 꽤 많이.

"저녁 뭐 먹고 싶어요?"

손해 보면서까지 맞춰 주지 말라는 말은 4년 차 전공의 신채린이 아니라 도태인에게 해 주고 싶은 말이었다.

자신의 남편은, 모든 일에 항상 안다정의 의사를 우선시했다. 고작 저녁 메뉴마저도.

온전히 자신만을 향한 시선, 달콤한 목소리와 마음을 설레게 만드는 미소까지…… 이런 남자의 애정에 취하면 가끔 자신이 대단한 여자라도 된 듯한 착각이 들곤 했다.

다정은 자만을 경계하면서 오늘만큼은 그의 의사를 먼저 물어보기로 했다.

"태인 씨는요?"

"응?"

태인이 대답 대신 눈을 가늘게 떴다. 평소와 다른 아내의 반응에 놀란 듯했다. 평소, 다정은 제 이름답게 전혀 다정하지 않은 목소리로 무난한 저녁 메뉴를 정해 주곤 했는데…….

"글쎄?"

무슨 바람이 분 걸까? 그의 눈동자가 반짝였다. 그는 그녀의 사소한 변화마저도 크게 받아들이는 편이었다. 그리고 그녀는 무척 부끄러운 표정으로 이렇게 말했다.

"오늘은 자…… 자기가 먹고 싶은 걸로 해요."

물론, 남들 눈에는 무뚝뚝하고 무표정해 보이겠지만 도태인의 눈에 지금의 안다정은 첫사랑을 바라보는 사춘기 여학생 같은 모습으로 비쳤다.

"자기?"

그렇기에 더욱 장난기가 발동하는지도 몰랐다. 그는 다시 듣고 싶은 마음을 듬뿍 담아서, 그녀 쪽으로 고개를 기울였다.

"방금 내가 헛것을 들었나?"

태인의 얼굴이 가까워지자 그녀가 질색을 하며 그의 어깨를 밀었다.

"장난치지 말고 얼른 운전이나 하시죠."

"이 입에서 '자기'라고 한 거지? 나한테?"

"어우! 진짜 이렇게 호들갑을 떨어, 별것도 아닌 거 가지고."

"나한테는 우리 다정이가 내 옆에서 숨을 쉬고 있는 것만으로도…… 읍! 으읍!"

결국 부끄러운 소리를 참다못한 다정은 태인의 입을 콱 막아 버렸다.

"입 다물고 얼른 운전이나 해요!"

그녀를 놀릴 수 없게 된 그는 대신, 보드라운 손바닥에 키스를 했다. 간지러운 숨결이 손바닥에서 느껴지자 깜짝 놀란 그녀가 부랴부랴 손을 거두었다.

하여튼 변태를 이길 수가 없다. 다정은 한숨을 내쉬었다.

태인이 어디로 데려가나 반쯤은 기대를 했는데, 의외로 그는 병원에서 가까운 고깃집에서 차를 멈추었다. 그와 언젠가 함께 와보았던 가게였다.

"기껏 먹고 싶은 게 삼겹살이에요?"

"고기 완전 잘 구워 줄게요."

"아니, 자기가 먹고 싶은……."

……곳으로 가라니까, 라고 이어 말하려던 다정은 감격에 젖은 얼굴로 자신을 바라보는 태인 때문에 도중에 말을 멈추고 입

을 다물었다.

분명 그는 '자기'라는 단어에 또 감격하는 것이 분명했다. 이러니까 더 퉁명스러워지는 거다. 부끄러운 마음을 들키고 싶지 않아서.

"그쪽이 먹고 싶은 걸로 하라니까요."

"'그쪽'? 어떻게 신랑한테 그런 심한 말을……."

"뭐가 심한 말이에요?"

기가 막혀서 다정이 한마디 하자, 그제야 태인의 기세가 수그러들었다.

주문을 마치고 나서 멍하니 앉아 있는 다정에게 태인이 먼저 말을 붙였다.

"여기 작년에 한 번 오고 온 적 없잖아요."

"그랬나?"

"그때 고기를 너무 맛없게 구웠어."

순간, 다정이 마른침을 삼켰다. 자신은 이곳에 와 본 적이 있긴 하나 언제 무슨 일이 있었는지 정확하게 기억이 나지 않았다.

그때 무슨 일이 있었지? 고기가 얼마나 맛이 없었던 거지? 그녀가 당황스러운 마음을 차마 말로 하지 못하고 그저 고개만 끄덕일 무렵이었다. 태인이 피식 웃었다.

"기억 안 나는데 나는 척하는 거죠?"

"아, 아니에요."

"거짓말."

아, 도태인은 안다정을 너무 잘 안다. 표가 풀풀 나는 거짓말을 하고 나서 다정은 시선을 떨구었다. 거짓말을 하지 말 것을 그랬다.

"여기서 고기 조각냈었는데. 요리가 서투를 때라서."

태인의 말을 듣고 보니, 다정도 어렴풋이 뭔가가 떠오르는 듯했다. 물론 착각일지도 모른다. 병원 사람들과 회식 때마다 고깃집을 예사로 찾곤 해서 기억이 얽힌 것일 수도 있었다.

그러나 태인은 쓸데없이 기억력이 좋았다.

"그날 했던 말 생각나요?"

"거기까지 어떻게 기억해요? 일주일 전 일도 기억 안 나는데."

"언제 질릴 거냐고 했었지."

태인을 불만스럽게 바라보던 다정이 숨을 크게 들이마셨다. 그의 말이 나오기 무섭게 머릿속에 그날의 일이 바로 떠올랐다.

"나한테 언제쯤 질릴 거예요?"

"평생 안 질릴 거 같은데, 우리 안다정 선생님한테는."

입을 반쯤 벌린 채 다정은, 웃고 있는 남자를 응시했다. 그런 사소한 날들까지 기억하고 있는 태인이 대단하게 느껴졌다. 어쩌면 이 남자는 자신과 함께한 모든 날을 기억하고 있지 않을까, 하는 생각까지 들 정도로.

그의 미소가 짙어지자 그녀는 겨우 표정을 수습하고 평소와 다름없는 평이한 어조로 말했다.

"이제…… 결혼을 했으니까 질리면 안 되죠."

"질릴 일이 없다니까."

1년 전에도, 지금도, 앞으로도 영원히 도태인은 안다정에게 질리지 않을 것이다. 그 사실을 뒷받침하듯, 그가 생글생글 웃으면서 나직하게 속삭였다.

"다시 '자기'라고 불러 봐요."

"아니, 진짜 이 사람이……."

"얼른."

태인의 재촉하는 목소리에 다정의 얼굴이 뜨거워질 때, 다행스럽게도 주문한 음식이 나왔다. 그녀는 일부러 말을 돌리고자 삼겹살을 가리켰다.

"한 번이면 됐잖아요. 고기나 구워요."

하지만 태인은 시무룩한 표정으로 어깨를 축 늘어뜨리고는 꼼짝도 하지 않았다. 주인에게 간식을 바라는 강아지처럼 그가 그녀를 물끄러미 바라보았다.

"자…… 자기가 굽는다면서."

그러니까 이렇게 져 주고 만다. 양심이 있는 사람이라면, 지지 않고는 버틸 수 없는 상황이니까.

결국 듣고 싶은 말을 들은 그가 기분 좋은 웃음소리를 흘리면서 마침내 집게를 집었다. 그녀는 한숨 대신 태연한 척 컵을 들어 물을 마셨다.

1년 전과 다르게, 고기는 조각조각 나지도 않았고 너무 바싹 익어 가지도 않았다. 무슨 맛인지도 모르고 먹었던 고기가 단 1년 만에 맛있어 보였다.

치료 방법 외전 2.
가족으로 살아가기

금요일까지 혹사당했던 안다정은 토요일 이른 아침부터 또 출근 준비를 했다. 그녀와 다르게 주말에 쉬는 태인은 아쉬움이 가득 담긴 눈으로 아내를 바라보았다. 그의 시선을 느낀 그녀가 입을 열었다.

"오늘은 오전 근무만 할 거예요."

"그래도 돼요?"

"원래 오늘 오프잖아요. 나가 주는 것만으로도 감사해야지."

기세 좋게 말했으나 사실 안다정은 배짱 두둑한 소리를 할 처지가 되지 못했다.

그녀는 병원의 노예인 전공의 수준에서는 벗어났지만 여전히 노예나 다름없는 전임의 과정을 밟고 있었다. 그나마 나은 점이라고는 전공의 시절보다 근무 시간이 적어졌다는 정도일까?

현관 전신 거울 앞에 선 다정은 카디건을 여미면서, 뒤에 서 있는 태인에게 말했다.

"이따 전화할게요. 밖에서 점심 먹고, 으음……."

"느긋하게 데이트?"

태인이 대신 말을 잇자 다정의 얼굴이 미세하게 붉어졌다.

결혼한 지도 꽤 됐는데 안다정은 아직도 데이트 같은 단어를 부끄러워했다. 워낙 연애와 상관없는 삶을 오랫동안 살았기 때문이었다.

지하 주차장에 얌전히 주차된 차에 오르면서 태인이 고개를 갸웃거렸다. 뭔가 당장 해야 할 일이 닥치지 않으니 어색했다.

"오랜만에 한가해진 느낌이네."

"요즘 많이 바빴잖아요."

언제나 바쁜 응급실과 마찬가지로, 태인 역시 정신이 없었다. 도종철 회장은 이때다 싶었는지, 백수로 오랫동안 지냈던 손자를 이리저리 데굴데굴 굴렸다.

결국 신혼인데도 신혼 같은 상큼한 느낌이 들지 않을 만큼, 두 사람 다 얼마 전까지는 피로에 절어 지냈었다. 물론 지금은 안다정만.

다정이 우울한 얼굴로 안전벨트를 매자 태인이 시동을 걸면서 물었다.

"데려다주고, 아예 기다릴까?"

"……병원에서?"

"끝날 때쯤 전화 받고 달려오는 것보다 기다리다가 만나는 게 1초라도 더 빠르기도 하고……."

"됐습니다."

다정은 신이 나서 떠드는 남편을 복잡한 눈빛으로 보다가 고개를 돌렸다. 고급 주택이 즐비한 바깥 풍경이 이제는 익숙했다.

다정이 병원에서 진료를 볼 시간에 태인은 무척 무료했다. 도태인의 취미는 안다정 관찰…… 즉, 안다정 스토킹이었기 때문에 오늘 같이 쉬는 날에 그녀가 곁에 없으면 인생이 재미없었다.

가뜩이나 한창 바빴던 업무에 익숙해져서 시간이 더욱 느리게만 느껴질 때였다. 책상 위에 둔 휴대폰이 부르르 진동했다.

혹시 다정의 연락일까 싶어서 냉큼 휴대폰을 집어 든 태인은 화면에 뜬 아버지의 번호를 보고 차갑게 식었다. 그는 모든 기대를 내려놓고 무기력하게 전화를 받았다.

"네."

─전화…… 빨리 받는구나?

"네, 지금은요."

안다정 연락을 기다리느라 휴대폰을 가까이 두고 있어서 빨리 받은 것뿐이지만 도광열 사장이 이를 알 리는 없었다.

─그래, 지금 바쁘지는 않고?

"네. 왜 전화하셨어요?"

태인이 날카롭게 물었다. 그동안 아버지가 전화를 아예 하지 않은 것은 아니었다. 문제는 그 전화의 목적이 대체로 어머니의 퇴원에 대한 상의라는 데 있었다.

도태인은 추은미가 안다정에 대한 적의를 버리기 전에는 퇴원에 동의할 수 없었다. 그리고 아마도 은미는 죽을 때까지 '아들을 꾀어낸 여자'를 미워할 것이다. 도태인이 추은미의 퇴원에 동의하는 일은 영원히 일어나지 못할 터였다.

─바쁘지 않으면 점심에 좀 보자.

"바쁩니다."

한 치의 망설임도 없이 태인이 딱 잘라 말했다. 거짓말은 아니었다. 도태인은 안다정과 점심을 같이 먹고 느긋한 데이트를 즐길 생각이었으니까.

도태인의 마음속 저울에서 안다정 이상의 무게를 가진 존재는 없었다. 무슨 일이 일어나든 간에, 다정과의 약속이 최우선이라는 뜻이었다.

방금 전과 말이 다른 아들에게 광열이 황당하다는 투로 물었다.

─많이 안 바쁘다면서?

"갑자기 바빠졌어요. 끊을게요."

그때였다.

─안 선생이.

아버지의 입에서 다정의 존재가 튀어나오자 태인의 움직임이 저절로 멈추었다. 휴대폰을 쥔 태인의 손에 힘이 바짝 들어갈 무렵이었다. 광열의 말이 이어졌다.

─너 논다던데.

"……제 스케줄 다 알고 전화하신 거죠?"

─미안하게 됐다. 점심에 안 선생이랑 셋이 보자. 점심만 먹고 보내 줄게.

핏줄은 속일 수 없다고 하던가? 할아버지도 툭하면 다정을 들먹이더니 아버지도 똑같다. 잘생긴 얼굴을 일그러뜨린 태인은 억지로 동의를 한 후 전화를 끊어 버렸다.

그리하여, 도태인은 지구가 멸망한 기분으로 아버지와의 약속 장소를 찾았다. 당연히 아내인 다정과 함께였다.

월요일 아침부터 토요일 점심까지 혹사당했음에도 다정은 덤덤한 표정으로 오히려 태인의 태도를 단속했다.

"인상 좀 펴요. 점심만 같이하면 되잖아요."

"요즘 할아버지도 안 부르는데……."

그 대신 도종철 회장은 일을 보냈지만.

한편, 다정은 차창 밖을 의아하게 쳐다보았다. 시아버지인 도광열 사장과 만나기에는…… 뜻밖의 장소였다.

현재 차가 멈추어 선 곳은 교외의 칼국수 집이었다. 그녀가 확인차 다시 물었다.

"약속 장소가 여기 맞아요? 칼국수 집?"

"찍힌 주소는 여기가 맞는데, 아무래도 아닌 것 같죠?"

다정이 대꾸하지 않았으나 태인은 주절주절 말을 이었다.

"아무래도 아닌 것 같아. 약속 장소를 잘못 알려 준 사람 잘못이니까, 아버지하고 약속은 없던 걸로……."

"도태인 씨."

태인이 말을 멈추었다. 그는 그녀의 입에서 나오는 거리감 가득한 호칭이 싫었다. 세상에서 그 누구보다도 가까운 사이인데 왜 저렇게 멀게 부르는 건지.

"오늘 왜 그렇게 어린애 같아요?"

"마음만은 소년이니까."

가슴에 손을 얹고 헛소리를 하는 남편 탓에 다정은 할 말을 잃었다. 아내의 잔소리를 듣기 전에 태인이 선수를 쳤다.

"그리고 또! 어떻게 남편을 그런 호칭으로……."

"호칭? 아…… 이름 좀 부른 것 가지고."

"어떻게 오빠 이름을 막 불러요?"

눈을 가늘게 뜬 다정은 연장자임을 주장하는 태인을 가만히 응시하다가 입을 열었다.

"그렇게 나한테 '오빠'가 되고 싶습니까?"

"네, 그럼요. 당연하죠. 우리 다정이가 날 그렇게 불러 준다면 죽어도 여한이 없을……."

"좋아요."

태인의 말끝을 자른 다정이 선뜻 수긍하자 그가 멈칫했다.

"정말? 갑자기 왜 이러지?"

"여한이 없을 정도라는데, 그 정도는 해 줘야죠."

그는 믿을 수 없다는 듯 한참 동안 그녀를 바라보았다.

이참에 버릇을 고쳐 놔야겠다고 마음먹은 그녀의 속내를 꿈에도 생각하지 못한 그는 대뜸 그녀에게 손을 뻗었다.

하지만 다정은 태인의 손을 툭툭 쳐냈다. 그녀를 끌어안기 위한 손이 허공으로 머쓱하게 밀쳐지자 그의 몸이 바짝 굳어졌다.

안다정답지 않게 그녀가 빙그레 웃으며 차가운 목소리로 말했다.

"근데 그거 알죠? 오빠랑 동생은 이런 짓, 하는 거 아닙니다."

"네?"

다정은 멍하니 앉아 있는 태인을 뒤로하고 차에서 내렸다. 뒤늦게 그녀를 따라 헐레벌떡 내린 그는 날아가기 직전인 새를 잡으려는 양 황급히 그녀의 허리를 감쌌다.

"잠깐만!"

아니, 감싸려고 했다. 다정이 그의 팔을 다시 쳐내기 전까지는 말이다.

"어딜 만져요? 오빠가 되어서는?"

"아니, 내 말은……."

"아! 저기 아버님 차 같은데? 여기가 약속 장소가 맞았네요."

그 순간, 그가 그녀의 팔을 꼭 잡고 간절하게 외쳤다.

"'오빠' 안 할게요. 안 하면 되잖아!"

그까짓 호칭보다 스킨십이 더욱 절실한 변태, 도태인은 결국 안다정의 생각대로 무너지고 말았다.

마침 저 멀리, 차에서 내린 도광열 사장이 한심한 시선으로 아들을 쳐다보고 있었다. 광열의 곁에 있던 비서는 아무것도 보지 못한 척 태인에게서 등을 돌렸다.

다정이 광열과 어색하게 인사를 나누고 나서 세 사람은 예약된 룸 안으로 안내를 받았다. 가게 직원이 나가자마자 태인이 불만을 표했다.

"지금 칼국수 먹자고 바쁜 사람 부르셨어요?"

그러나 광열은 아들의 말을 무시하고는 고개를 절레절레 저으며 며느리에게 한탄했다.

"안 선생 볼 낯이 없어."

"……아닙니다."

두 사람의 대화가 어떻든 간에 이 무거운 분위기의 원흉인 태인은 여전히 불평했다.

"아버지는 오너니까 모르시겠지만, 저희 같이 밑에서 일하는 사람들은 휴일에 제대로 쉬어야 한다고요."

"밥만 먹고 보내 준다고."

광열이 이를 악물고 대답한 다음에야 태인의 못마땅한 기세가 조금 누그러들었다.

곧, 가게 직원이 예약 확인차 룸 안으로 들어왔다.

"예약하신 대로 칼국수 3인분 맞으시죠?"

"예."

"더 필요한 건 없으시고요?"

"됐습니다."

오늘 광열이 이곳까지 온 목적은 음식이 아니었다. 점심 식사
는 못 먹을 음식만 아니면 어떻게 되든 상관이 없었다. 마침내 광
열은 이 가게에 온 목적을 입에 담았다.

"이따가 실장이라는 분을 좀 만나고 싶은데. 김 실장."

"김 실장님이요?"

광열이 말없이 명함을 팁과 함께 건넸다. 유명 기업 대표의 이
름이 찍힌 명함을 확인한 직원의 얼굴에 놀라운 빛이 스쳐 지나
갔다. 평소라면 팁을 고맙게 챙겼겠지만 왠지 지금만큼은 이걸
받아도 되는 건지 모를 만큼 당황스러웠다.

"아, 저, 어……."

"마음 편히 하고 와 주었으면 좋겠다고도 전해 주면 고맙겠어
요."

"아, 알겠습니다."

타인에게 더 이상 설명하고 싶지 않은 광열은 거기서 대화를
끝냈고 직원은 보통 때보다 공손하게 고개를 숙이고는 룸을 나
갔다.

문이 닫히는 것을 확인한 후에 태인이 눈가를 찡그리며 물었
다.

"김 실장이 누군데요?"

"먹고 차차 이야기하자."

좋은 일이면 일찌감치 용건을 말했을 텐데 끝까지 말을 아낀다는 건…….

태인은 다정과 불안한 눈빛을 공유했다.

광열이 만나고 싶었다던 김 실장은 딱딱하게 굳은 얼굴로 룸 안에 들어왔다. 동시에 컵을 든 태인의 손에 힘이 들어갔다.

실장은 도태인도 아는 얼굴이었다.

"내가 자네와 마주할 용기가 없어서…… 아들, 며느리까지 달고 왔어."

그제야 김 실장이라 불린 남자는 다정을 지나 태인의 얼굴을 한참 동안 바라보았다. 태인은 죽은 누나와 꼭 닮은 눈을 내리깔았다. 자신을 향한 남자의 눈동자에 담긴 감정이 고스란히 느껴졌다.

"여긴 어떻게 아시고……."

남자가 말을 하다 말았다. 이곳을 어떻게 알았느냐는 말은 의미가 없었다. 도광열 사장에게 있어서 한 사람의 거취를 알아보는 정도는 별것도 아닐 테니 말이다.

대신, 남자는 질문을 바꾸었다.

"어쩐 일이십니까, 여기까지."

"……사과를 하고 싶었네."

"사과…… 라고요?"

남자는 당황스러우면서도 기가 막힌 듯했다. 그럴 만도 했다.

'김 실장'은 죽은 누나의 연인이었다. 힘 있는 집안의 횡포로 인해 모든 것을 잃어버린 불쌍한 남자. 그리고 자신을 향한 남자의 눈동자에 담긴 감정은…… 죽은 연인을 향한 그리움이었다.

태인은 남자의 왼쪽 가슴에 달린 명찰을 곁눈질했다. 김재욱. 자신의 부모가 인생을 망친 남자의 이름이 또렷하게 보였다.

상대의 이름조차 모를 때에는 남자의 불행이 막연했는데, 눈앞에서 김재욱이라는 남자를 직접 보자 죄책감이 바닥에서부터 스멀스멀 차올랐다.

"자네가 칼국수 가게를 다닐 줄은 몰랐네."

"……어떻게든 먹고살았어야 하니까요."

광열은 아무 말도 하지 못했다. 이 남자의 앞길을 짓밟은 본인으로서 입이 열 개라도 할 말이 없었다. 창창하던 남자의 인생은 단숨에 곤두박질쳐졌다. 선천적인 성실성이 아니었다면 남자는 지금쯤 뭘 하고 있을지 상상조차 되지 않을 정도로.

"너무 늦었지, 용서를 빌기에는."

남자는 대답하지 않았다. 침묵은…… 긍정이었다.

도광열이 저지른 잘못은 한 사람의 인생을 망친 것뿐만이 아니었다.

"부모님께선 건강하신가?"

"다행히 그렇습니다."

재욱의 말에서 보통 때보다 가시가 더 박혀 나왔다. 똑똑한 큰

아들을 자랑스러워하던 부모님은 그 장남 때문에 오랫동안 쌓아온 삶의 기반을 잃어버려야만 했다. 눈앞의, 대단하신 회사 사장님 내외 때문에.

원망과 분노가 하늘 끝까지 닿을 만도 하지만 어째서인지 재욱은 쉬이 분노하지 않았다. 단지 광열이 강자라는 탓만은 아닌 듯 재욱의 표정은 복잡했다.

"결혼은 했고?"

"동생은 갔는데…… 저는 아직입니다."

"나이도 꽤 될 텐데, 왜?"

"결혼할 처지도 아니었고, 좋은 사람을 아직 못 만났습니다."

비혼의 이유를 무난하게 설명하는 대답인가 여길 무렵이었다. 재욱이 쓸쓸하게 덧붙였다.

"영인이만큼 좋은 사람이 없어서요……."

죽은 사람이 만들어 내는 무거운 공기가 실내에 가득 찼다. 태인은 숨이 막힐 것 같아서 더듬더듬, 다정의 손을 찾아 꼭 쥐었다. 고개를 살짝 틀고 자신을 살피는 시선이 느껴졌다.

약물과 상담 치료를 동시에 받으면서 환각은 더 이상 느껴지지 않았다. 스트레스 관리에도 신경을 썼고 무엇보다 도태인의 곁에는 항상 안다정이 함께했다.

발병 시기나 양상을 봐도 쉬이 나아질 리가 없건만 태인은 빠르게 좋아지고 있었다. 약물이 예상보다 잘 통하는 것 같다고 주치의는 신기해하면서 치료에 의욕을 가지고 임했다.

하지만 태인은 자신의 옆에 다정이 없었다면 지금도 누나의 환청을 듣고 있을 거라는 사실을 알고 있었다. 지금도 단지 손이 닿았을 뿐인데 숨이 쉬어지니까.

무거운 정적 이후 광열이 한탄조로 말했다.

"산 사람은 살아야 하지 않나, 자네도 자네의 인생이 있는데."

"하하, 그러게요. 그래야 하는데……."

억지웃음을 지으면서 대답하던 재욱은 자신의 마음을 가지고 먼 곳으로 떠나 버린 연인을 떠올렸다. 오래된 일임에도 불구하고, 또렷하게 떠오르는 영인의 얼굴에 재욱의 눈시울이 금세 붉어졌다.

"저는 영인이를 잊을 자격이 없습니다."

영인이 마지막으로 그에게 보여 준 표정은 실망과 상처가 어우러진 얼굴이었다.

자신에게 적대적인 세상에서 도망치고 싶어서, 사랑하는 여자를 원망하게 될까 봐 두려워서 고한 이별에 그녀는 세상이 무너진 모습이었다.

그렇게 그녀는 죽음을 택했다. 살아 봐야 좋을 것이 없다고 여겼기 때문일까. 연인마저 포기한 사랑에 좌절했기 때문일까.

그때 이별을 고하지만 않았더라면 모든 것을 잃은 지금 그녀만큼은 제 곁에 있을지도 모른다고, 재욱은 매일 후회를 거듭했다.

항상 여리기만 하던 영인이 이 사랑만큼은 굳게 지켜 내고 싶다 말하던 것을 잊지 말았어야 했다. 물러날 곳 없었던 자신만큼이나 그녀 역시 절벽 끝에 서 있었던 것이다.

그리고 절벽에 서 있는 그녀를 민 사람은 그 누구도 아닌 재욱 자신이었다.

생각이 깊어질수록 또렷해지는 그녀의 얼굴에 재욱은 울컥, 아픔이 치밀어 올랐다. 오랫동안 숨겨 둔 상처가 벌어지면서 피를 흘렸다.

마침내, 재욱은 한 번도 하지 않고 속에만 담아 두었던 말을 토해 냈다.

"저 때문에 영인이가 그렇게 된 거니까요."

"무슨 소리인가? 그건 영인이 선택이었어."

"아뇨. 제가 너무 지쳐서…… 헤어지자고만 하지 않았다면, 영인이는 지금도 살아 있을지 모릅니다."

"뭐?"

태인은 물론 광열 역시 처음 듣는 말이었다. 다정은 자신의 손에 가해지는 압력을 느끼고 태인을 바라보았다.

죽은 누나의 존재에 태인은 괴로운 듯 안색이 파리해져 있었지만, 이 자리에서 다정을 제외하고는 아무도 그의 상태에 관심을 갖지 않았다. 심지어 본인조차도.

다정이 미간을 살짝 좁힌 와중, 재욱의 말이 계속되었다.

"죄송합니다. 이 사실을 이제 와서 말하는 것도 용서해 주십시오."

재욱은 괴로운 가운데에서도 후련해 보였다. 어디에도 말할 수 없었던 과거를 털어놓고 싶었는지도 모르겠다.

광열은 잠시 할 말을 잃었다.

딸을 잃었던 당시였다면 괘씸하다는 생각이 앞섰을지 모른다. 어디 주제도 모르고 먼저 헤어지자는 말을 꺼내서 딸을 죽음으로 몰았느냐고 말이다.

그러나 세월이 흐르고 나서 보니 가해자는 명백했다. 젊은 연인들을 못살게 굴며 이별을 종용한 쪽은 부끄럽게도 자신과 아내였다.

은미가 나서지 않았다면 재욱이 영인에게 헤어지자고 했을까? 혹은 재욱이 이별을 고했다 한들 영인이 극단적인 선택을 했을까?

"아니, 자네를 지치게 한 쪽은 나야. 나와 영인이 엄마."

눈앞의 이 남자는, 그저 그 과정에서 휘말린 피해자였다.

광열은 목에 걸린 가시처럼 오랫동안 가슴 한구석을 찔렀던 김재욱이라는 가시를 이제 뽑아내고 싶었다. 오만한 생각이라는 건 알지만 마음이 편해지고 싶었다.

"아무것도 변하는 것은 없어. 영인이는, 내 딸은 불쌍하게도 부모 때문에 그렇게 간 거야."

광열이 딱딱하면서도 회한이 서린 목소리로 말하자 재욱은 조아렸던 고개를 들었다.

"자네에게 용서를 빌러 온 자리야. 내게 사과하지 마."

잘못을 했으니 용서를 빌고 그에 합당한 보상을 하는 것. 광열이 바라는 것은 그뿐이었다.

"사모님은…… 잘 계십니까."

증오스러운 사람의 안부를 묻는 태도치고 재욱은 덤덤했다. 시간이 지났기 때문인지, 아니면 모든 것을 놓아 버렸기 때문인지는 재욱 본인조차도 알 수 없었다.

"폐쇄 병동에 들어가 있어."

"폐쇄 병동이요?"

"태인이 주장으로…… 너무 늦었지."

광열이 한숨을 내쉬며 고개를 절레절레 젓자 재욱은 태인에게로 시선을 돌렸다. 그러고는 이내 태인에게서 영인의 모습을 찾은 양, 재욱의 눈동자에 그리움이 스쳐 지나갔다.

태인은 재욱의 감정을 온전하게 이해하지는 못했다. 자신의 곁에는 다정이 건강하게 살아 있었고, 이 결혼을 반대할 단 한 사람인 어머니는 이미 자신의 손으로 병원에 가두었다.

그뿐만이 아니었다. 환각에 시달리며 오랫동안 무력함을 맛보기는 했으나 이제는 점점 나아질 거라는 희망도 가지고 있었다. 재욱의 절망이나 회한, 그리움을 이해하기에 태인은 가진 것이 너무 많았다.

그래서인지 태인은 재욱의 시선이 부담스러웠다. 아마도 그건 누나의 죽음을 막지 못했다는 죄책감에서 비롯된 것이리라.

그때, 웬일인지 재욱이 태인에게 말을 걸었다.

"괜찮으십니까?"

"예?"

"그래도…… 어머니신데."

전혀 예상치 못한 말에 태인은 말문이 막혔다. 누나도 그랬지만 이 남자 역시 너무 착한 사람이다. 너무 착해서 세상의 악의에 피해만 보는, 평범하고 선량한 사람 말이다.

만일 자신이 재욱이었더라면, 그 끔찍한 어머니가 폐쇄 병동에 갇힌 것만으로 만족하지 않았을 텐데.

"사사로운 감정 보다는 치료가 시급하니까 괜찮습니다."

태인이 할 수 있는 말은 이 정도였다.

"그렇군요. 결정하기 힘들었을 텐데 대단하십니다."

문득 태인은 재욱이 훌륭한 부모 슬하에서 자랐음을 깨달았다. 어머니를 폐쇄 병동에 들여보내는 일이 재욱의 기준에서는 힘든 일인 것이다. 재욱의 부모는 존경할 만한 부모였나 보다.

"그리고 보니, 영인이가…… 저한테 동생분을 언젠가 소개해 주고 싶다고 했었어요."

어느새 재욱은 꿈꾸는 듯한 눈빛으로 과거를 회상하기 시작했다.

"내 동생, 태인이라고 있어. 나하고 쌍둥이처럼 닮았는데 언
제 한번 같이 만나 볼래? 선배도 좋아하게 될 거야."

"동생?"

*"응. 천방지축이긴 해도 착하고 귀여워. 아니, 나하고 닮아
서 귀엽다는 게 아니고!"*

"자기랑 참 닮았는데 아주 천방지축이라고, 그래도 만나면 좋
아하게 될 거라고 그랬거든요."

"……아, 그렇습니까."

웃는 재욱의 앞에서 태인은 난처하게 대꾸했다. 영인이 살아
있었을 적의 태인은 그녀의 관점에서 천방지축, 그 자체였을 것
이다.

"천방지축인지는 잘 모르겠지만, 영인이 말이 맞네요. 왠지 호
감이 갑니다. 꼭 제 동생처럼요."

재욱은 벌써 두 아이의 아버지가 된 남동생을 떠올리고는 웃
어 보였다.

이미 평범한 삶의 궤도에서는 멀어졌지만 행복하게 사는 사람
들을 보면 덩달아 기분이 좋아져서 재욱은 그것만으로도 만족했
다. 후회 가득한 과거는 되돌릴 수 없고 사람은 현재를 살아가면
서 미래는 꿈꾸는 법이니 말이다.

"그래서…… 영인이 몫까지 행복하시길 빕니다."

진심 가득한 재욱의 선한 미소에 태인은 아무 대답도 하지 못
했다. 자신의 손으로부터 전해지는 다정의 온기만이 느껴질 뿐
이었다.

재욱과의 자리가 파하고 나서 주차장으로 가기 직전, 머리끝까지 화가 난 태인이 광열에게 성질을 부렸다.

"이런 일은 미리 언질을 주세요!"

"그러면 네가 안 선생하고 같이 나왔을까?"

"당연히 안 나옵니다."

태인이 바로 받아치자 광열은 어이가 없어서 침묵했다. 다정 역시 마찬가지였다. 이러니까 미리 말하지 않았지, 싶을 즈음 태인이 다시 입을 열었다.

"그래도 저 혼자는 고민하다가 나갔을 거예요. 제가 지금 화가 나는 건, 아무 상관 없는 사람을 이런 자리까지 끌고 나온⋯⋯."

"태인 씨, 그만해요."

다정이 태인의 팔을 끌어당기며 말리는 바람에 그의 입이 다물어졌다. 그러나 아버지를 향한 태인의 못마땅한 눈빛은 계속되었다.

영인의 죽음은 태인이 다정을 만나기 전에 지나간 일이나 다름없었다. 게다가 부모라는 사람들은 딸의 자살을 치부처럼 여기지 않았던가? 즉, 태인은 누나의 일에 다정을 꼭 끌어들였어야 하느냐고 광열을 비난하는 셈이었다.

"⋯⋯미안하게 됐네."

전혀 예상치 못한 시아버지의 사과에 다정이 깜짝 놀라 고개를 저었다.

"아닙니다, 괜찮습니다."

"나는 말이야, 이 나이를 먹도록 계속해서 누군가에게 미안할 일을 저지르는 것 같아."

광열의 허탈한 음성이 이어졌다. 딸은 자살했고 아내는 폐쇄 병동에 입원했다. 광열은 하나 남은 아들과의 관계마저 끊고 싶지 않았다. 나이가 들어가면서 마음이 약해지는지 정에 굶주린 것이다.

"나중에 보지."

"들어가세요."

꾸벅 인사를 하는 그녀에게 광열은 힘없는 미소만 비치고 돌아섰다.

늘 변함없이 덤덤한 다정에게 태인은 물론 자신까지 무의식중에 의지한다는 사실을 광열은 차에 오르기 전까지도 깨닫지 못했다.

광열의 차가 떠나고 나서 태인도 다정과 함께 주차해 둔 차에 올랐다.

운전석 문을 닫자마자 그가 답답한 마음을 담아 말했다.

"그냥 넘어가니까 아버지가 우릴 자꾸 부르는 겁니다."

이런 일은 오늘이 처음이었으나 다정은 굳이 그 점을 지적하지는 않았다.

"화 많이 났어요?"

조심스러운 그녀의 질문에 그는 고개를 저었다. 안다정 한정 쉬운 남자인 도태인은 보통 때보다 부드러워진 그녀가 예뻐서 벌써부터 화가 풀리고 있었다.

"아버지한테 화난 거예요. 아무 상관 없는 사람을 끌어들였잖아."

"나는 고마운데."

하지만 이어지는 그녀의 말은 전혀 생각지 못한 대답이었다.

"나도 가족이구나, 싶어서."

다정의 얼굴에 희미한 미소가 비쳤다. 저만한 미소가 올라올 정도면 진심으로 기분이 좋다는 뜻이리라.

"오히려 이런 일에 뺐으면 서운했을 거예요."

그러고 보면, 다정은 가족이 없었다. 백부들과 사촌들이 있기는 해도 할머니 사후에 교류가 별로 없었다. 결혼식 때에나 봤던 그 사람들은 태인의 어마어마한 배경을 불편해했던 것도 같다.

"……그렇다면 다행이고."

화를 냈던 일이 갑자기 머쓱해졌지만 억지로 납득하는 태인의 목소리에는 아직 불만이 가득했다. 그녀는 그를 달래기라도 하려는 양, 어깨를 두드려 주었다. 그 소소한 토닥임이 마지막까지 남은 짜증의 불씨마저도 꺼트렸다.

도태인이 안다정을 길들였다고 생각했는데, 이럴 때 보면 반대가 아닌가 싶다. 태인은 착한 강아지처럼 얌전해졌다.

한편, 오랜 시간 한 여자만 그리워하던 재욱에게 나름대로 감동을 받은 다정이 옅은 미소를 유지한 채 말했다.

"대단한 분이네요. 아직까지 태인 씨 누나를 계속 잊지 않고 계셨던 거."

물론 죄책감도 포함이었겠으나 변치 않는 애정이 기반이라는 점이 다정의 마음을 울렸다. 이 세상에 사랑만큼 유통 기한이 짧은 감정이 있을까 싶었는데, 생각보다 변함없는 감정을 가진 사람이 많은 모양이다.

그러나 태인은 별로 감흥이 없었다.

"아, 그 사람?"

다정이 고개를 끄덕이자 태인이 가볍게 입을 열었다.

"글쎄…… 누나만 한 여자 찾기가 쉬울 리 없거든요."

"네?"

"얼굴 예쁘지, 학벌 좋지, 성격이랑 집안도 좋지. 눈에 누가 차겠어요? 절대 안 차지."

다정은 거침없이 말하는 남편을 가만히 바라보다가 입을 다물었다. 씩 웃은 태인이 반쯤은 비난하는 어조로 덧붙였다.

"남자들이 바라는 아주 이상적인 스타일이었죠, 누나는."

반쯤은 은미가 훌륭한 액세서리로, 고가에 팔아먹기 위해 키운 셈이었지만 말이다.

"음…… 그렇군요."

고개를 무겁게 끄덕인 다정이 말을 이었다.

"그렇게 수준 높은 분이 누나였는데…… 안됐네요, 도태인 씨는 나랑 결혼해서."

"응?"

뭐가 안됐다는 거지? 도태인에게 있어서 안다정이야말로 최고의 동반자인데.

아내의 말이 바로 이해되지 않아서, 태인은 다정을 바라보았다. 살짝 올라왔던 희미한 미소는 이미 사라진 지 오래였다. 사람의 시선을 잘 피하지 않던 그녀가 차창 밖으로 슬그머니 눈길을 돌렸다.

태인은 눈만 깜빡거렸다. 어째서인지 안다정 주변에서 기분 나쁜 듯한 공기가 퍼지는 착각이 일었다.

아니, 착각이 아닌가?

안다정 스토커나 다름없던 도태인은 그녀의 작은 표정 변화만으로도 그녀의 기분을 읽는 능력을 얻었다. 그는 그녀의 미간이 미세하게 찌푸려져 있음을 확인하고는 자신의 직감이 맞았음을 깨달았다.

그녀가 너무나도 덤덤하게 말하는 탓에 태인은 처음에 다정의 말이 질투일 리가 없다는 생각마저 들었다. 보통, 질투는 감정이 치밀어 올랐을 때 드러나기 마련이라 감정을 이기지 못하고 격한 말투로 내뱉게 되기 때문이다.

하지만 역시나 안다정은 달랐다. 그녀는 오늘의 점심 메뉴를 말하는 듯 무던한 말투로 무려 질투를 하고 있었다.

여기서 '뭐야? 우리 다정이가 왜 이렇게 귀여운 소리를 하는 거야?' 같은 말을 한다면, 가뜩이나 기분이 저조한 안다정은 더욱 치를 떨 게 분명했다.

그는 터지려는 웃음을 참기 위해 애를 쓰면서 짐짓 아무렇지도 않게 말했다.

"아까 그 사람도 그랬지만, 도지혜도…… 아니, 사촌 누나도 나한테 그러더라고요. 내가 누나의 남자 버전 같다고."

다정이 고개를 돌려 태인을 바라보았다. 어째서인지 그녀의 눈이 '네가?' 하고 기막혀하는 것 같았다. 그렇지만 뻔뻔하기 짝이 없는 도태인은 턱을 들고 거만한 말투로 으쓱거렸다.

"우리 다정이, 복 받았다니까. '그렇게 수준 높은' 남자랑 살고."

"갑자기…… 무슨 소립니까?"

"자기도 그렇잖아, 어디 가서 다른 남자가 눈에 찰 리가 없을 걸?"

당황한 다정이 입술을 뻐끔거리다가 일자로 꾹 다물었다.

"그렇죠?"

재차 묻는 그의 말에도 다정은 대꾸하지 않았다. 이럴 때의 침묵은 분명히 긍정이다.

안다정은 이미 도태인에게 길이 들어서 다른 남자를 쳐다볼 여유는 한 자락도 없었다. 옆에 있는 이 남자에게 익숙해진 터라 다른 남자는 사람으로도 보이지 않기도 했고.

하지만 왠지 부끄럽고 난처한 화제로 계속 이야기를 하고 싶진 않아서 다정이 말을 돌렸다.

"집에 가요. 오늘은 밖에 오래 있고 싶지 않으니까."

"아직 밝은데?"

바깥을 살핀 태인이 고개를 갸웃거렸다. 원래 점심을 먹은 다음 느긋하게 데이트를 즐기는 게 오늘의 계획이었다.

아직 집에 돌아가기에는 이른데 그녀가 피곤한 걸까? 월요일부터 오늘까지 쉬지 않고 일을 했으니 피곤할 수도 있겠는데……

"쉬고 싶잖아요?"

그러니까 안다정이 아니라 도태인이.

그녀의 시선이 그에게 올곧게 꽂혔다. 환자를 바라보는 눈이었다.

평소처럼 태연한 척을 하고 있었으나 그의 안색은 좋지 않았다. 잠시나마 숨이 쉬어지지 않았었는지 재욱과 함께 있을 당시에는 호흡도 불안정했다. 가게 안에서 꼭 맞잡았던 손에 식은땀이 맺혔던 것까지 다정은 놓치지 않았다.

태인은 씁쓸한 미소를 지으면서 고해성사를 하듯 중얼거렸다.

"누나 이야기를 넘기기가 아직은 쉽지 않네요."

"잠깐 쉬었다가 운전할래요?"

그럴 줄 알았다는 그녀의 말에 그는 힘없이 고개를 끄덕이고는 자연스레 그녀를 안았다. 등을 쓸어 주는 손은 따뜻했고, 그의 이마가 닿은 그녀의 가슴은 포근했다.

"누나를 잊어버리는 게 미안해요."

"그 분이 기억하고 있잖아요."

꽤 오랜 시간이 흘렀음에도 김재욱은 도영인을 잊지 못했다. 도영인의 마지막 연인. 어쩌면 그 남자의 마지막 연인 역시 도영인이 될지도 모른다.

"그거면 누나도 만족하실 거⋯⋯."

그러나 다정의 말은 끝까지 이어지지 못했다. 태인의 등줄기를 따라 안쓰럽게 토닥이던 손이 뚝 멈추더니, 이내 그녀가 재킷에 감싸인 그의 팔뚝을 아프게 꼬집었다.

"앗!"

"어딜 만져요, 밖에서?"

슬금슬금 가슴 근처를 헤매던 못된 손이 들키기 무섭게 도망치듯 내려갔다.

"밖이라니, 차 안인데요."

"그럼 여기가 집입니까?"

역시 안다정은 빈틈을 보이지 않았다. 세상 최고의 변태, 도태인은 약해진 척을 하면서 은근슬쩍 그녀의 속살을 탐하려고 했다. 그녀는 변태를 밀어내고는 인상을 썼다.

"다 나은 것 같은데 출발합시다."

"아직 아닌데⋯⋯."

다정의 눈이 가늘어졌으나 태인은 딴청을 피웠다. 사실, 그녀의 말마따나 이미 괜찮아졌다. 그녀의 체온을 느끼면 불안한 마음은 금세 진정이 되었으니까.

"아직 힘들다니까요?"

그럼에도 태인은 조금 더 그녀의 온기를 느끼고 싶었다.

이번에는 그녀를 품 안으로 쏙 끌어당긴 그가 헤실거렸다. 그의 귓가에 대고 그녀가 따갑게 불평했다.

"도대체 어디가 '그렇게 수준 높은' 남자야?"

물론, 얄밉다는 투로 말은 해도 다정은 태인을 더는 밀어내지는 않았다. 밀어낼 수 없다는 게 맞겠지만.

治療 방법 외전 3.
가족과 함께하기

    안다정은 팔짱을 끼고 별장 정원을 응시했다. 따로 관리인을
둔 덕분에 관리가 잘 된 잔디가 벨벳처럼 깔려 있었다. 여름 날씨
는 무척 더웠지만, 테라스는 그늘이 져 있어서 못 견딜 정도는 아
니었다.
    며칠 전, 다정은 달갑지 않은 연락을 받았다. 그 연락이 목에
걸린 가시처럼 계속해서 머릿속을 맴돌았다.

    —안녕하세요, 선생님. 저 기억하시겠어요? 노수지라고 하
   는데.

놀라울 만큼 자신과 닮아 있는 목소리에 다정은 잠시 말을 잃

었었다. 잘 알고 있는 이름을 듣자마자 휴대폰을 잡은 손에 힘이 바짝 들어갔었다.

아버지가 다른 자매, 수지가 곧 엄마의 10주기라고 연락을 해 왔다.

다정은 아무에게도 이 연락에 대해 털어놓지 않았다. 남편조차 모르는 연락이었다. 누군가에게 굳이 이야기하고 싶지 않았다.

사실, 이미 지나간 일이라고 생각해 왔다. 엄마의 장례식장에서 자신은 수지가 어렵게 내미는 호의를 거절했었다. 아무리 피가 반쯤 섞였다지만 20년 만에 알게 된 낯선 여자와 가족이라는 생각은 전혀 들지 않았으니 말이다. 두 사람을 이어 줄 엄마가 떠난 이상, 안다정이 노수지와 특별한 인연을 이어 가야 할 이유는 없었다.

그때였다.

"엄마."

아들이 부르는 소리에 다정이 흠칫 정신을 차렸다. 올해 여덟 살이 된 아들은 테라스 테이블 앞에 턱을 괴고 앉아 있었다.

"도이안, 턱 괴지 말랬지?"

다정이 이안의 안 좋은 자세를 곧장 지적했다. 몸을 펴고 제대로 앉은 아이가 애교 가득한 웃음을 지으며 물었다.

"케이크 먹어도 돼?"

"안 돼, 아까 먹었잖아."

"한 조각밖에 안 먹었는데?"

아쉬움 가득한 목소리가 흘러나왔다. 이안은 테이블 가운데 놓여 있는 케이크를 간절하게 응시하며 중얼거렸다.

"한 조각 더 먹어도 될 것 같은데……."

어느새, 제 아빠를 꼭 닮은 눈으로 이안이 다정을 바라보았다. 다정은 엄한 편이었지만 강아지처럼 올망거리는 눈빛에 약했다. 약삭빠른 아이는 엄마의 약점을 잘 알고 있었고 이번에도 눈빛 공격에 나섰다.

"응?"

결국, '안 돼'라는 말은 나오지 못했다.

"알았어. 한 조각만 먹어. 엄마가 잘라 줄게."

다정이 팔짱을 풀고 테이블 앞에서 케이크를 잘라 이안의 앞에 덜어 주었다. 신이 난 이안은 이내 포크를 들었다. 아이의 얼굴에 설렘이 가득했다. 아들이나 아빠나, 신이 났을 때의 표정이 똑같았다.

"엄마도 먹을 거야?"

"안 먹어."

안다정은 단 음식을 썩 좋아하지 않았다. 혀가 마비될 것 같은 생크림 케이크라면 더더욱 사절이었다. 다정은 케이크를 잘 먹는 이안을 신기하게 쳐다보았다. 미각이 민감한 어린 나이라서 그런 걸까?

"달지 않아?"

"맛있는데."

이안이 헤헤 웃으면서 대답했다. 그러고 보면 자신 역시 어렸을 때, 생일에나 먹었던 느끼한 크림 케이크를 좋아했었다. 1년에 한 번이나 먹을까 말까하던, 동그란 케이크에 로망이 있었다.

아이의 입속으로 사라지는 케이크를 흐뭇하게 보던 다정이 냅킨을 들었다.

"입에 다 묻었어."

"어디?"

혀를 날름거리며 이안이 고개를 갸우뚱거렸다. 다정은 아이의 입가에 묻은 크림을 닦아 주고 걱정스레 말했다.

"천천히 먹어. 빼앗아 먹는 것도 아닌데."

"엄마가 케이크 많이 못 먹게 하니까 그렇지."

아이의 못마땅한 듯한 대꾸에 다정의 미간이 좁아졌다. 간식을 제한하는 데에는 이유가 있었다.

"이따 저녁에 배부르다고 밥 안 먹을 거잖아?"

"밥도 먹을 거야."

말은 잘한다. 귀엽게 삐죽이는 아이를 보고 그녀가 코웃음을 쳤다.

먹고 돌아서면 배가 고플 시기인데도 이안은 입이 짧았다. 제 아빠를 닮아 또래보다 키는 큰데 삐쩍 말라, 보기만 해도 안타까울 지경이었다.

처음에는 뭐든 잘 먹으면 좋겠다는 생각으로 간식 제한을 하지 않았으나 정작 간식거리가 끼니가 되어 버렸다. 건강을 위해서라도 간식은 적당량만 지급해야 했다.

다정은 테라스 기둥에 등을 기대고 아이를 살폈다. 점점 줄어드는 케이크 조각에 아쉬워하면서도 이안은 다리를 이리저리 흔들며 간식의 기쁨을 누렸다. 닦아 준 입가에 다시금 크림이 묻기 시작했다. 이안은 케이크를 먹다가도 고개를 들어 제 엄마를 올려다보고는 방긋방긋 웃었다.

안다정은 자신의 인생에 아이가 있으리라고는 생각지도 못했다.

결혼할 생각이 없었던 터라 그녀는 아이를 기대하지도 않았다. 그래서인지 가만히 아이를 지켜보다 보면 다정은 가슴 한쪽이 뭉클해지며 벅차곤 했다. 물론 워낙 무표정해서 태인을 제외하고 그녀의 기분을 아는 사람은 없었지만.

또한, 아이를 낳고 난 후로 다정은 엄마를 더욱 이해할 수 없어졌다. 이안과 떨어진다는 상상만 해도 가슴이 시큰거렸다. 단 하루라도 아이의 얼굴을 보지 못하면 기운이 빠질 것 같은데, 엄마는 참 독했다.

엄마는 어린 자식이 눈에 밟히지 않았을까? 아니면, 그만큼 사랑이 사람을 맹목적으로 만든 걸까?

'자식을 버릴 정도로?'

다정은 케이크에 열중하고 있는 아들을 빤히 바라보다가 고개를 작게 저었다. 아무리 사랑에 눈이 뒤집혀도 자식을 버리고 갈 자신이 없었다.

'또 모르지. 다른 이유가 있었을지도.'

시간이 지나고 나이를 먹으면서 다정의 시야는 한결 넓어졌다. 그러고 보면 엄마는 아빠와 돈 때문에 종종 싸우기도 했다. 엄마가 새로 만난 남자는 경제적으로 여유 있는 축이었으니, 생활의 안정을 위해 남편과 자식에게 등을 돌렸을 수도 있겠다. 이역시 안다정으로서는 이해할 수 없는 이유였지만 말이다.

"다 먹었다!"

이안의 외침이 다정의 상념을 깨뜨렸다. 또 입가에 크림을 잔뜩 묻힌 아들을 보고 그녀가 한숨을 내쉬었다.

"입 닦게 엄마 봐 봐."

"흐흐흥……."

보드라운 냅킨이 닿을 때마다 간지러워서 아이는 웃음소리를 냈다. 기분 좋은 웃음소리에 다정도 희미한 미소를 지었다. 그때, 별장 현관문이 벌컥 열리고 태인이 나왔다. 그는 아내와 아들을 번갈아 보다 물었다.

"뭐 해요?"

"어……."

순간, 다정은 기시감을 느꼈다. 언젠가 이런 적이 있었나? 아들과 셋이 별장을 찾은 게 처음은 아니었다. 그런데 이상하게도 다정은 이 상황을 과거에 겪은 것 같은 착각을 받았다. 꿈에서라든지…….

'피곤한가?'

그녀가 눈만 깜빡거릴 무렵이었다. 엄마 대신 이안이 나섰다.

"케이크 먹었어!"

이안은 빈 접시를 들어 보이며 아빠에게 자랑을 했다. 다정에게서 시선을 돌린 태인은 한걸음에 아들에게 다가가 이안의 머리를 흩트리듯 쓸어 주었다.

"먹어도 괜찮은 거야? 간식 너무 많이 먹으면 밥 못 먹잖아."

"엄마가 먹으라고 했어. 그렇지?"

부자의 눈이 다정에게로 동시에 향했다. 태인은 의외라는 시선을, 이안은 확신해 달라는 시선을 각각 보냈다. 화들짝 정신을 차린 다정이 고개를 끄덕였다.

"괜찮대요. 저녁도 다 먹을 거라니까."

이안이 슬그머니 접시를 테이블 위로 내렸다. 케이크에 눈이 멀어서 큰소리를 치긴 했으나 자신이 없어졌다. 속이 빤히 들여다보이는 아이의 태도에 태인은 웃음을 참았다.

"전화는 잘했어요?"

"그럭저럭? 휴가 때 전화를 하고 그래, 귀찮게."

다정의 물음에 태인이 코끝을 찡그리고 대답했다. 심각한 사고가 아닌 이상 휴가 중에는 연락하지 말라고 지시했음에도 어김없이 연락이 왔다. 모든 사안에 도태인의 검토가 필요한 탓이었다.

"아빠는 너무 힘들어."

태인이 푸념하며 이안을 등 뒤에서 껴안았다. 의자째로 아빠에게 안긴 이안이 고개를 모로 돌리고 눈을 반짝였다.

"그럼 아빠도 케이크 먹자."

"그건 별로 좋은 생각이 아닌데……."

눈을 번뜩이는 아내를 보자마자 태인이 아들에게 속삭였다. 아빠에게 얕은 수가 통하지 않아서 이안은 입술만 삐죽거렸다.

곯아떨어진 아들을 침대에 반듯하게 눕힌 뒤 다정은 태인을 붙잡았다. 그는 뜨거운 여름밤이 예정되어 있나, 하며 기대 섞인 눈으로 그녀를 응시했다. 그러나 그녀의 입에서 나온 소리는 기대와 달랐다.

"어머니는 잘 계신대요?"

"갑자기 어머니는 왜?"

"그냥……."

의외라는 듯 바라보는 남편에게 수지의 연락을 말해야 하나 다정은 계속 고민 중이었다.

조금 있으면 엄마의 10주기였다. 그동안 교류 한 번 없던 수지의 일을 굳이 이야기해야 할까? 여기서 무시해 버리면 더 이상 연락이 오지 않을 텐데.

"잘 계시겠죠. 잘 못 지낼 사람 아니니까."

태인이 조소를 섞어서 대답했다. 자신이 알기로 어머니는 호화 병실에 정기적으로 입원과 퇴원을 반복하고 있었다.

어머니의 옆에서 고생하는 사람은 당연히 아버지였다. 가정에 무관심한 사람이라고 생각했는데 아버지는 생각보다 가정적이었다. 가끔 어머니에게 괴롭힘을 당한 아버지가 푸념을 털어놓으면 태인은 기가 막혀서 웃을 때도 있었다. 호의적인 웃음은 아니었지만.

"보고 싶어 하지 않으세요?"

"누굴? 어머니가 설마 나를?"

"자식이니까."

다정의 입에서 나올 말이라기엔 감상적인 소리였다. 그는 아내를 가만히 바라보았다.

안다정은 엄마가 되고 나서 많이 물러졌다. 맺고 끊음이 확실하고, 타인에게 무관심하며, 웬만한 일에는 눈 하나 꿈쩍하지 않던 여자가 꽤 감상적으로 변했다. 마음속에 쌓아 둔 철벽을 하나씩 무너뜨렸기 때문일까? 아내는 날이 갈수록 귀여워지고 있었다.

"보고 싶어 하실 것 같아서."

"그럴 리 없어요."

태인이 단호하게 부정했다. 은미에게 있어서 자식이란 자기 자신을 돋보여 줄 장치에 불과했다. 고작 액세서리였던 태인이 자신의 자유를 제한하고 있으니 은미는 아직도 아들을 향한 분노를 채 가라앉히지 못했다.

그는 얼마 전, 아버지의 푸념을 떠올리며 말했다.

"아버지한테 며칠 전에도 소리 질렀대요. 아들이라고 하나 있는 게 인생을 망쳤다고."

언제부터인가 은미는 세상에 대한 적개심을 모조리 아들에게 투사했다. 어린 시절 자신에게 가했던 폭력을 그대로 돌려주는 셈이라 태인은 어머니의 분노가 만족스러웠다. 다정에게는 차마 말할 수 없는, 마음속 어두운 부분이었다.

"틀린 소리는 아니지만."

그가 피식 웃었다. 그녀는 괜히 자신이 남편의 아픈 부분을 건드렸구나 싶어 미안해졌다.

"너무 마음에 담아 두지 마요. 아픈 분이 하는 소리니까."

그녀가 시무룩하게 대꾸하며 그의 어깨를 쓸어 주었다. 자신의 어깨에 놓인 손을 맞잡은 그가 직접적으로 물었다.

"뭐 때문에 그래? 며칠 전부터."

다정이 눈을 동그랗게 떴다.

"티 났어요?"

"당연하죠."

태인은 다정이 수지의 연락을 받은 그날부터 아내의 고민을 눈치채고 있었다. 도태인의 취미와 특기는 안다정 관찰이었고, 이는 처음 만났을 때부터 지금까지 바뀌지 않았다. 굳이 캐묻지 않은 이유는 그녀가 스스로 말해 주기를 기다려서였다.

"엄마 10주기라고 연락이 와서요."

"누구한테?"

"그 집 첫째."

"아아……."

그가 고개를 끄덕였다. 오래된 기억 속, 다정과 말다툼을 하던 수지가 떠올랐다. 안다정과 피가 딱 절반 섞인 여자였지만 그에게 있어서 수지의 인상은 흐릿했다.

"그냥 그런 생각이 들었어요. 엄마는 어떻게 자식을 떼어 놓고 떠났을까?"

다정은 태인에게 잡히지 않은 손으로 아이의 뺨을 한 번 쓸어 주었다. 말랑말랑하고 보드라운 아이의 살결이 기분 좋았다. 아들을 향한 다정의 눈길과 손길에는 애정이 듬뿍 담겨 있었다.

"도대체 무슨 기분이었을까…… 정말 이해가 안 돼."

그녀가 한숨을 내쉬었다. 그때였다.

"나랑 이안이 중에 선택해 봐요."

태인이 손가락으로 자신과 아이를 번갈아 가리켰다. 황당한 질문에 다정이 얼굴을 구겼다.

"말이 되는 소리를 하세요, 아저씨. 어떻게 그걸 선택하라고……."

"그러니까 이해를 못 하는 거죠. 안다정에게는 선택할 일이 아닌걸."

순간, 그녀의 말문이 막혔다. 그가 빙그레 웃으면서 말을 이었다.

"하지만 어머니에게는 선택해야만 하는 일이었던 거지."

다정은 아이를 물끄러미 바라보았다. 눈을 곱게 감고 있는 얼굴이 제 아빠를 빼다 닮았다. 반짝거리는 눈동자, 노랫소리 같은 목소리와 달콤한 체취까지 하나도 버릴 것이 없었다. 역시 안다정은 목숨만큼 소중한 아이를 차마 포기할 수는 없을 것 같다.

"그래도 나는……."

하지만 다정의 말은 끝까지 이어지지 못했다. 태인이 헛웃음을 터뜨렸다.

"아니, 빈말로라도 나를 선택해 주면 안 됩니까?"

기가 막힌 소리였다. 그녀가 눈살을 찌푸리고 철없는 남편에게 핀잔을 주었다.

"아빠가 되어 가지고, 무슨 소리예요?"

아내의 못마땅한 대꾸에 태인은 아이에게로 시선을 돌렸다. 부모가 무슨 대화를 나누는지도 모른 채 이안은 꿈나라 여행 중이었다. 그가 아이를 가만히 내려다보다가 한숨을 내쉬었다.

"……뭐 어쩔 수 없지."

아들은 무척 사랑스럽고 귀여우니까 지는 수밖에.

*   *   *

결국 안다정은 노수지와 만나기로 했다. 심지어 다정은 수지가 거주하는 대구까지 직접 움직였다. 아무도 모르는 곳에서 수지와 만나고 다시는 마주치지 않기를 바랐기 때문이었다.

카페에서 다정은 수지의 맞은편에 자리했다.

"그동안 잘 지내셨어요?"

"네."

다정의 무뚝뚝한 대답은 수지의 발랄한 목소리와 대조되었다.
수지의 옆에 앉아 있던 남자는 인사치레도 하지 않는 다정에게
의아한 눈빛을 보냈다. 다정이 낯선 남자를 빤히 쳐다보자 수지
가 나섰다.

"아! 이쪽은 제 남편 될 사람이에요. 아직 식은 안 올렸지만요.
어, 이쪽은…… 엄마가 병원에 있을 때……."

수지는 다정을 어떻게 소개해야 할지 몰라 쩔쩔맸다. 다정은
수지와 자매라는 사실을 거부해 왔다. 어디서 자신을 '언니'라 부
르고 있느냐 펄펄 화를 내던 다정의 모습이 수지에게는 강렬하
게 남아 있었다.

수지를 대신해 다정이 말을 이었다.

"응급실에서 근무했었어요."

"아? 네에……."

남자는 억지로 납득하는 모양이었다. 수지가 실망한 기색을
겨우 숨기고 말했다.

"자기야, 차에 가 있을래? 이야기 좀 하고 전화할게."

"그래."

남자가 다정을 흘깃 보고는 멀어져 갔다.

미안하지만 안다정은 노수지와 혈연지간임을 굳이 드러내고

싶지 않았다. 자신은 수지와 타인이었다. 어쩌면 남보다도 못한 사이일지도 모르겠다. 앞으로는 다시 볼 일이 없을 테니 말이다.

"10년 만에 뵙는데 별로 변한 건 없네요. 그렇죠?"

수지의 말에 다정은 대답하지 않았다.

'내가 속이 좁은가?'

10년 정도 지나면 감정을 다 삭여야 하는 걸까? 노수지는 안다정의 마음이 풀렸을 것이라고 지레짐작하고 부른 걸까? 하지만 여전히 다정은 자신이 왜 수지와 이렇게까지 만나야 하는지 이해할 수 없었다.

"사실은 이거 드리고 싶었어요."

수지가 가방에서 꺼낸 건 놀랍게도 청첩장이었다. 리본과 레이스로 아기자기하게 장식된 청첩장을 다정이 황당한 눈으로 내려다보았다.

"내가 여길 가면 반가워할 사람이 몇이나 될 것 같아요?"

다정은 테이블 위에 놓인 청첩장에 손끝 하나 대지 않고 계속해서 물었다.

"할머니? 이모? 삼촌? 아니면, 그쪽 아버지?"

엄마의 장례식장에서 다정은 자신의 등 뒤로 꽂히던 불편한 시선을 똑똑히 느꼈다. 외가 식구들에게 있어서 안다정은 배연실의 오점 같은 거였다. 실패한 결혼의 찌꺼기 같은 존재를 그들이 반길 리 없었다.

"아…… 죄송해요."

수지는 자신의 생각이 짧았음을 인정하면서도 솔직하게 털어놓았다.

"저는 선생님하고 잘 지내고 싶어요. 그래도 언니니까."

"예비 신랑한테도 말할 수 없는 언니?"

다정이 카페 출입문을 턱짓으로 가리키기 무섭게 수지가 고개를 흔들었다.

"그건 아니에요! 지금이라도 설명할 수 있어요. 선생님 기분이 나쁠까 봐……."

"그럴 필요 없습니다."

다정이 딱 잘라 거절하자, 수지가 말을 멈추었다. 다정은 고요하고 서늘한 시선으로 눈앞의 수지를 쳐다보았다. 둘 다 배연실의 딸이라서 그런 건지, 아버지가 다른데도 묘하게 인상이 비슷했다.

"엄마도 돌아가셨고, 우리가 굳이 만나야 할 이유는 없으니까."

"외롭지…… 않으세요?"

"난 원래 외로움 같은 거 잘 안 타요. 바빠서 외로울 시간도 없고."

시할아버지인 도종철 회장이 원했던 대로 안다정은 차곡차곡 계단을 올라 교수 직함을 얻었다. 전공의 교육에 논문 집필, 진료까지 도맡아 하니 외로움을 느낄 새가 없었다. 그뿐만이 아니었다.

"남편도 있고 아이도 있어서 정신없으니까 그런 걱정은 안 해도 됩니다."

병원에서는 응급의학과 교수로, 집에서는 아내이자 아이의 엄마로 세 가지 역할에 충실하느라 바빴다.

오랜 시간이 지났음에도 다정의 입장은 변함이 없었다. 수지는 다정의 마음이 바뀔 일이 없음을 절감하고 씁쓸하게 웃으며 말을 돌렸다.

"식사는 하셨어요?"

"아뇨."

"그럼 괜찮은 데 안내…… 해도 될까요?"

수지가 조심스럽게 제안했다. 다정은 피가 절반 섞인 동생을 물끄러미 보다가 고개를 끄덕였다.

"그러세요."

한 번 정도는, 밥을 먹어도 될 것 같았다.

수지와의 점심 식사는 생각보다 정신력 소모가 심했다. 역시 불편한 사람과는 식사를 함께하면 안 되는 거였다.

'피곤하다.'

휴대폰을 붙잡은 채 다정이 한숨을 내쉬자 태인이 걱정스럽게 물었다.

—차 보낼까?

"KTX가 더 빠를 것 같은데."

서울에서 여기까지 차를 보내는 시간보다 기차를 타고 움직이는 시간이 빨랐다. 게다가 이미 기차역에 도착해서 열차 승차권까지 구입한 뒤였다. 조금 있으면 서울행 기차가 도착할 예정이었다.

—그러니까 뭐 하러 거기까지 내려가요? 점심은?

"먹었어요."

체할 것 같던 식사 자리를 떠올린 다정은 진저리를 쳤다. 아무래도 소화제를 하나 사 먹어야 할 듯했다.

—조심히 올라오고. 아, 어디서 내릴 거예요? 광명?

"네."

—언제 도착해요?

"지금 가면…… 다섯 시 정도?"

다정이 승차권에 찍힌 도착 시간을 확인하고 대답했다. 이내 태인이 밝게 말했다.

—다섯 시요? 시간 맞춰서 나갈게.

"퇴근 시간 아니잖아요."

—잊고 있나 본데, 원래 오늘 나 출근하는 날 아니거든.

"아……."

그랬다. 오늘도 남편은 휴가 중이었는데 급한 일 때문에 임시로 출근한 상태였다. 출근하지 않았더라면 도태인은 현재 안다정의 옆에 붙어 있었을 것이다.

—이안이 픽업해서 같이 갈게요.

"알았어요."

그녀는 전화를 끊고 약국으로 걸음을 옮겼다. 소화제를 사고 바로 기차에 오를 생각이었다.

정신적으로 지친 다정은 서울행 기차에서 깜빡 잠이 들었다. 겨우 정신을 차리지 않았더라면 목적지를 지나칠 뻔했다. 부랴부랴 하차한 그녀는 넓은 역사를 가로질러 주차장으로 향했다.

"엄마!"

엄마를 발견하자마자 이안이 손을 크게 흔들었다. 익숙한 목소리에 다정의 입가가 풀어졌다. 방금 전까지 기운이 다 빠졌는데 아이의 목소리를 듣는 순간 힘이 솟아났다.

다정이 가까이 다가오자 태인이 그녀의 가방을 받아 들고 허리를 끌어당겼다. 그때, 다정의 눈앞으로 이안이 뭔가를 들이밀었다.

"이거 봐!"

"이게 뭐야? 명함?"

"엄마한테 자랑하려고 갖고 있었지."

이안이 배시시 웃으면서 다정에게 손바닥만 한 명함을 건넸다. 명함에는 당황스럽게도 연예 기획사 팀장의 이름과 연락처가 적혀 있었다.

그녀가 미간을 찌푸리고 중얼거렸다.

"연예 기획사?"

"아까 받은 거예요. 아역 배우랑 모델 같은 거 매니지먼트 한다고."

이안을 대신해서 태인이 설명해 주었다. 다정이 명함과 아이를 번갈아 보았다. 엄마인 자신이 봐도 아이는 귀엽고 예쁘게 생겼지만 이는 주관적인 감상이었지, 스카우트 제의까지 오리라고는 상상도 못 했다.

"연예인 할 것도 아닌데?"

"하고 싶으면 하는 거지."

태인의 말에 다정이 눈을 동그랗게 뜨고 아들을 내려다보았다.

"하고 싶어?"

"아니."

물론 연예인에 관심 없는 도이안은 칼같이 거절하고 뒷좌석에 올랐다. 이럴 때는 또 제 엄마 같아, 태인이 피식 웃고는 운전석에 자리했다.

조수석에 앉은 다정이 뒤를 돌아보고 말했다.

"안전벨트 매."

매일 교통사고 환자를 보는 다정은 안전벨트 착용을 항상 점검했다. 이미 이안은 익숙하게 안전벨트를 맨 뒤였다.

주차장을 빠져나가며 태인이 아이에게 말을 붙였다.

"이안아, 넌 무슨 일이 하고 싶어?"

"으음⋯⋯."

갑작스러운 질문에 이안은 고민하기 시작했다. 어린아이지만 나름대로 미래에 대한 환상이나 기대가 있을 터였다. 얌전히 기다리는 태인과 달리, 다정은 혼잣말처럼 중얼거렸다.

"의사는 하지 마. 거지 같으니까."

아내의 불만 섞인 목소리에 그는 웃음을 참지 못하고 낮게 쿡쿡거렸다. 아이는 엄마의 말을 무시하고 여전히 미간을 좁힌 채 고민 중이었다.

"으으음……."

"잘 모르겠으면 나중에 생각해 보고 말해."

"아! 케이크 만드는 사람 할 거야."

의외의 대답이었지만, 한편으로는 그럴 만도 했다. 도이안은 케이크에 집착이 심했다. 간식 제한을 하지 않으면 하루 세 끼를 케이크로 먹을 만큼 말이다.

"그래, 의사만 아니면 됐지. 가게에서 커피도 같이 팔아."

커피가 마시고 싶어진 안다정은 차창에 머리를 기대고 아무 말이나 뱉었다. 뒷좌석에서 아이가 제 엄마를 쳐다볼 무렵이었다.

태인이 농담인지 진담인지 모를 소리를 했다.

"지겸이 형한테 미리 말 좀 해 놔야겠네, 베이커리 체인 하나 달라고."

다정은 어린아이의 말을 진지하게 받아들이는 태인을 흘겨보았다. 아이가 성인이 되었을쯤에는 오늘 일을 기억하지도 못할 텐데.

　아내의 황당한 시선에도 그는 씩 미소만 지었다. 일단 아내에게 커피를 주기 위해 가까운 카페부터 찾아야 했다. 그 김에 아들을 위한 작은 케이크도 하나 사고 말이다.

〈응급! 사랑으로 치료하는 방법 완결〉